Les muguets bleus

Massimo Ermanni

Les muguets bleus

ROMAN

À la mémoire de Philippe

PREMIERE PARTIE

Les deux portraits

... qui sait d'où tu viens, et quand tu reviendras !

(H. Calland, La comète de 1858)

1.

Prologue

Angers, 9 octobre 1858

Donati était visible à l'œil nu depuis septembre, rivalisant de beauté avec la grande comète de 1811. En cette nuit étoilée, elle était à son périgée et offrait ainsi un spectacle éblouissant, sa longue queue blanche et les deux fines traînes bleuâtres qui l'entouraient s'étirant majestueusement sur une large portion de la voûte céleste.

Réveillé par le bruit des badauds attroupés dans la rue, Louis retroussa sa chemise et s'installa à califourchon sur sa petite draisienne, qu'il poussa des pieds avec entrain. Après avoir pris son élan, il leva les jambes et roula le long du couloir jusqu'à la bibliothèque, où il aperçut ses parents debout près de la fenêtre, en train de contempler le ciel dans la pénombre des lustres mis en veilleuse. Avec un gloussement de joie, il laissa tomber son jouet et courut s'agripper à la jupe de sa mère, qui le souleva dans ses bras, en l'embrassant doucement sur le front.

— L'agitation de cette nuit est sans respect pour le sommeil d'un enfant, regretta-t-elle.

— Mathilde, la circonstance est particulière, tempéra Victor avec bienveillance. Regarde, continua-t-il en s'adressant à Louis, la comète est à vingt millions de lieues et pourtant elle nous éblouit par ses reflets chatoyants.

— Restera-t-elle pour toujours ? demanda le petit d'une voix claire, en levant le doigt en sa direction.

— Hélas, non ! Cependant qu'elle est au plus près de la Terre, déjà elle disparaît, pour retrouver l'espace lointain qui l'a vue naître. Laissons-nous séduire par sa beauté aussi longtemps qu'elle nous est offerte ; nous en garderons un souvenir d'autant plus précieux qu'il est unique.

— Est-ce qu'elle reviendra ? insista Louis, en fronçant les sourcils.

— Les astronomes ne sont pas encore au bout de leurs mesures, mais ce sera peut-être dans plus de mille ans.

La petite moue chagrine de l'enfant les fit sourire tendrement.

— Les comètes sont légères et capricieuses, essaya de le consoler Mathilde, soucieuse qu'il retrouvât son sommeil. Leur inconstance s'accommode mal à la rigueur des sciences. Et même, pour les anciens, elles étaient les messagères célestes de la Providence, dont il ne nous est pas permis de connaître les desseins. Qui peut donc savoir ce qu'il adviendra d'elle ?

Après l'avoir aidé à remonter sur la draisienne, elle le suivit jusqu'à sa chambre, où il se glissa promptement sous les draps.

— Je suis sûre qu'elle nous reviendra un jour, lui murmura-t-elle à l'oreille, en le bordant. Je veux t'en faire la promesse, car j'ai la conviction que le Seigneur ne nous l'offre pas si grande et magnifique, pour aussitôt nous la ravir à jamais.

Le visage de Louis s'épanouit d'un large sourire ; rassuré, il ne tarda pas à s'endormir.

*

Charleroi, 14 janvier 1969

Enveloppé dans les draps, Pierre se tenait assis au bord du lit, le front perlé de sueur, sans réussir à réprimer les frissons qui venaient de le réveiller en pleine nuit. D'un pas hésitant, il alla à la fenêtre et regarda songeur les flocons de neige tomber lentement sur les arbres du parc. C'était le même trouble que vingt-trois ans auparavant, à l'époque de son ami imaginaire, et il savait qu'il n'y avait qu'une seule manière pour retrouver son calme.

Il regrettait de devoir manquer à sa promesse de ne plus travailler la nuit, mais il n'avait pas le choix. Accompagné par le bruit régulier de l'horloge du vestibule, il se dirigea vers l'ancien jardin d'hiver, aménagé en atelier de peinture. Au fil des années, il y avait entassé à même le sol des centaines de tableaux, mêlés aux toiles vierges et aux esquisses. Une grande planche en bois, posée sur deux chevalets en guise de table sommaire, et deux fauteuils en tissu, usés et délavés, constituaient le seul mobilier, sur lequel s'amoncelaient dans un désordre bariolé pinceaux et tubes de couleur.

Il se mit à peindre avec des gestes rapides et précis, presque automatiques, en dépit de la torpeur qui le gagnait de plus en plus. Bientôt, il ressentit un profond apaisement, comme lors de ses premiers croquis, quand le petit garçon lui apparaissait en rêve. Les visions avaient cessé après quelques jours, aussi subitement qu'elles avaient commencé, mais il avait continué à dessiner, au grand étonnement de ses parents, surpris par un talent révélé du jour au lendemain et tout à fait exceptionnel pour un enfant de six ans. Au fil du temps, il avait acquis une maîtrise remarquable du portrait, en réalisant ses premiers tableaux après l'école, sous l'œil attentif d'Angélique, sa mère, qui veillait à ce qu'il fît tout d'abord ses devoirs. Au début, ses sujets étaient la famille et les camarades de jeu ; puis, la rumeur se répandant, il avait commencé à peindre sur commande, ses clients ne tarissant pas d'éloges. Parfois émus aux larmes, ils trouvaient ses œuvres non seulement très bien exécutées, mais aussi douées d'une étrange fascination, les expressions réalistes des visages et les décors oniriques qui les entouraient laissant deviner les pensées profondes qui les agitaient ; il arrivait même que certains repartissent bouleversés, touchés par une révélation qu'ils étaient bien souvent les seuls à comprendre. Pierre ne s'expliquait pas cette faculté, sinon par une sorte d'intuition qui hantait son esprit et guidait sa main. C'était cette force qui l'animait maintenant, mais avec un trouble et une intensité jamais ressentis auparavant.

Il peignit jusqu'à l'aube, sans s'arrêter. Affalé dans un des fauteuils, il contemplait à présent le tableau comme s'il se réveillait d'un rêve, en sentant peser sur lui le regard triste de la vieille dame, dont les yeux, éclairés par les premiers rayons du soleil, diffusaient une lueur étrange. Habillée en bourgeoise du dix-neuvième siècle, elle était représentée assise de trois quarts, les mains posées sur les genoux. Le visage, pâle et menu, était tourné vers l'observateur et dévoilait une grâce exquise, que les signes de l'âge n'arrivaient pas à effacer. Son maintien noble était souligné par un raffiné chignon bas, retenu par une longue broche blanche qui se perdait dans ses boucles dorées, ainsi que par une élégante robe à crinoline noire, dont le corsage au col montant était fermé par des boutons en nacre et enrichi de dentelles. Elle arborait un collier en or agrémenté d'un gros pendentif, rond et joliment ciselé, incrusté de pierres bleues dessinant avec précision une branche de vigne avec une grappe de raisin. Derrière elle, sous un ciel orageux, un vaste champ fleuri se perdait à l'horizon jusqu'aux avant-postes d'une ville, dont on ne distinguait que les toits fumants et les flèches d'une église.

Pierre dissimula le tableau derrière une toile vierge et regagna sa chambre, l'air perplexe ; jusque-là, il n'avait jamais réussi un si beau portrait sans avoir recours à un modèle.

*

Charleroi, 22 mai 1971

Poussée par un faible vent du nord, une épaisse brume nocturne envahissait lentement les allées du parc, en plongeant la villa dans un silence feutré. Le regard perdu dans le noir, Angélique hésitait encore. Pourtant, à quelques heures d'une journée qui s'annonçait belle et festive, elle savait ce qui lui restait à faire. Assaillie par les souvenirs, elle devait trouver le courage d'accomplir ce qu'elle avait cru pouvoir oublier pendant trente ans.

Elle descendit dans le vestibule, en avançant à tâtons pour ne réveiller personne. Les pleurs soudains de Matthieu la firent tressaillir ; elle retint son souffle et se cacha dans l'ombre de l'escalier, juste avant que Nathalie n'allumât à l'étage. Elle l'entendit se dépêcher vers la chambre du petit et refermer la porte derrière elle, les sanglots cessant quelques instants après. Dès que l'obscurité et le silence furent retombés, elle s'engouffra sans tarder dans la salle d'eau à côté de la cuisine, avec un soupir de soulagement. Elle se regarda dans le miroir, en se trouvant jolie, malgré ses cinquante-huit ans et une nuit sans sommeil ; ses yeux verts en forme d'amande, sa bouche bien dessinée, son teint clair, rehaussé par des cheveux noirs à peine grisonnants qui descendaient en boucles larges sur les épaules, conféraient à son visage une sensualité enfin épanouie, après tant d'années d'angoisse et de remords. Elle se maquilla et revêtit la robe en satin blanc qu'elle avait dissimulée la veille dans le placard, derrière les serviettes. Après avoir laissé un petit mot dans la cuisine, elle prit le volant de la vieille DS d'Étienne, son mari, et s'éloigna lentement, les phares éteints.

Valenciennes, Cambrai, Compiègne, Paris, Chartres, Tours ; les routes étaient quasi désertes et les villes s'égrainaient rapidement les unes après les autres, sans interruption. Elle luttait contre le sommeil, en se disant que c'était certes une folie, mais que cette fois elle n'avait pas le droit de se désister. À la hauteur des premiers panneaux pour Angers, où elle était attendue comme témoin de mariage, elle prit la direction opposée et roula jusqu'à Mirebeau, à une trentaine de kilomètres au nord de Poitiers. L'aube pointant à l'horizon, elle s'arrêta sur la place principale, pour consulter la vieille carte qui les avait guidés pendant l'exode de 1940. Elle la déplia lentement, les mains tremblantes d'émotion, car elle n'avait plus osé l'ouvrir depuis qu'Étienne y avait marqué l'endroit avec une croix. Elle repéra le chemin forestier qu'ils avaient emprunté en ce jour de juin et reprit la route, en s'efforçant de garder son calme. À l'approche de la clairière, où rien n'avait changé, le souvenir du bombardement refit surface avec violence. La gorge nouée, elle descendit de la voiture et s'avança de quelques pas, les yeux fermés. Elle entendit à nouveau les cris de terreur des réfugiés, courant vers le bois, poursuivis par les hurlements stridents des stukas allemands, et revit les nuages noirs des explosions se dissiper lentement, en dévoilant à perte de vue les cadavres ensanglantés. Elle se rappela avoir serré le petit dans ses bras, pendant qu'Étienne, son cher Étienne, essayait désespérément de les protéger, en faisant un bouclier de son corps. Soudain, tout disparut. Seule dans le silence de l'aurore, la chaleur des premiers rayons apaisant quelque peu sa douleur, elle ouvrit les yeux et reconnut le vieux chêne à deux troncs, sous lequel ils avaient trouvé refuge. Elle s'en approcha et caressa son écorce rugueuse, comme un geste de gratitude envers un fidèle gardien. Elle étala son manteau à ses pieds, près d'une tombe que rien ne signalait sinon le souvenir, et se mit à genou, les mains jointes en prière.

2.

Paris, 19 février 1969

Il pleuvait sans arrêt depuis l'après-midi. Assis à une table de restaurant, l'air maussade, Hugues Mercer terminait son vin, en observant les gouttes d'eau glisser le long de la fenêtre. La soixantaine avancée, il ne faisait pas son âge, malgré quelques rides et les tempes dégarnies ; ses cheveux gris, courts et légèrement frisés, accentuaient le teint hâlé de son visage, aux traits avenants et au regard vif. Après avoir fait signe à la serveuse, il posa ses lunettes et se frotta les yeux, en essayant de chasser la fatigue accumulée à courir les vernissages entre la Belgique et la France, à la recherche d'œuvres intéressantes pour sa galerie d'art à Reims. En ouvrant le portefeuille pour régler l'addition, il tomba sur le sourire triste d'Ela et eut chaud au cœur, car il ne supportait plus d'être séparé d'elle.

Il hésita un long moment sous la marquise, en regrettant la chaleur qu'il venait de quitter ; finalement, réconforté à l'idée des quelques jours de repos qui l'attendaient, il ajusta d'un geste machinal son nœud papillon et s'élança d'un pas rapide. L'artiste n'étant pas encore très connu en France, il fut étonné de voir une foule considérable se masser à l'entrée de la galerie. Quelques mois auparavant, au hasard d'une visite chez un collègue de Namur, il avait entendu parler de lui comme d'un jeune portraitiste talentueux ; toujours friand de nouveautés, il s'était débrouillé pour obtenir une invitation personnelle, qu'il brandissait maintenant en se frayant un chemin.

À l'intérieur aussi, le public se pressait déjà, de manière qu'il n'était pas aisé de se déplacer d'une salle à l'autre. Malgré la cohue, il remarqua d'emblée l'étrange particularité des tableaux exposés. Sans exception, il s'agissait de portraits d'hommes et de femmes de tout âge, représentés assis ou en buste, de trois quarts, la tête tournée vers le spectateur, leurs visages étant restitués avec une telle maîtrise des volumes et des ombres, qu'ils paraissaient animés, Hugues éprouvant ainsi le sentiment oppressant d'être observé de toute part. Contrairement aux personnages, tous figés dans la même position, les arrière-plans étaient très différents les uns des autres, pouvant être des paysages surréalistes très détaillés ou se limiter à des formes diffuses voire à de simples jeux de lumière. Il y avait en tout cas une sorte de cohérence entre les décors et les expressions des visages : ici, un vieil homme mélancolique contemplait au loin une danse macabre ; là-bas, une femme au sourire radieux était entourée de volutes aux mille couleurs, qui laissaient deviner les traits de deux enfants ; plus loin encore, une jeune fille au regard rêveur et mystérieux, perdue aux abords d'une clairière brumeuse, semblait attendre du spectateur la réponse à une question qu'elle était pourtant la seule à connaître.

En approchant d'un buffet richement dressé, Hugues eut l'agréable surprise de reconnaître la silhouette trapue de Tanguy

Picard. Il avait été le premier artiste à exposer dans sa galerie, inaugurée juste après la guerre. Depuis, une solide amitié les unissait et chaque fois qu'ils en avaient l'occasion, ils aimaient parler d'art autour d'une bonne table, l'autre plaisir qu'ils partageaient. Tanguy était un bon vivant plein d'enthousiasme ; libre et passionné, il ne pouvait pas s'accommoder de compromis ou de demi-mesures. Cette vie sans réserve l'avait marqué ; bien qu'ayant presque le même âge qu'Hugues, son visage rubicond et bouffi, ses poches sous les yeux et son nez bourgeonnant le faisaient paraître dix ans plus vieux. Ses quelques cheveux, longs et teints en noir, étaient attachés sur la nuque avec un catogan rouge vif, la même couleur que la chemise, laquelle tombait sur des pantalons blancs, en dissimulant quelque peu sa corpulence. À ses côtés, se tenait un homme d'une trentaine d'années, plutôt élancé, les cheveux ébouriffés et la barbe naissante ; tandis que Tanguy s'affairait à saluer à grands gestes ceux qu'il reconnaissait dans la foule, lui restait en retrait, silencieux, les mains croisées derrière le dos et la tête enfouie dans un pull-over à col roulé.

En l'apercevant à son tour, Tanguy s'empressa de saisir deux flûtes de champagnes sur le buffet.

— Si je m'attendais à te voir ici ! lui lança-t-il de sa voix rocailleuse.

— Que deviens-tu ? se réjouit Hugues, en prenant le verre qu'il lui tendait. Et ton école ?

Tanguy avait toujours eu à cœur de transmettre son amour de l'art aux jeunes. Dans les années cinquante, las des contraintes imposées par les expositions et les œuvres sur commande, il avait décidé de ne plus travailler que pour le plaisir et de réaliser enfin un vieux rêve, en ouvrant à Bruxelles un atelier de peinture, qu'il animait depuis avec passion.

— Une vraie pépinière, je te dis ! répliqua-t-il avec fougue. Permets-moi d'ailleurs de te présenter Pierre Lécuyer, mon meilleur élève. Plus encore, mon protégé ! Un grand artiste !

Hugues se tourna vers le jeune homme, qui rougit et détourna le regard, visiblement embarrassé par l'emphase de son mentor.

— Je suppose que vous êtes monsieur Mercer, lâcha-t-il d'une voix mal assurée. Tanguy m'a beaucoup parlé de vous.

— Il ne faut surtout pas croire tout ce qu'il raconte, s'empressa-t-il de préciser, en lançant une œillade complice à son ami. Mais, je vous prie, appelez-moi Hugues.

Pierre acquiesça d'un sourire timide.

— Je ne suis qu'un modeste marchand d'art, continua-t-il, mais je sais reconnaître les œuvres dignes d'intérêt. Je dois vous avouer que vos tableaux sont fascinants, au sens propre du mot. Il y a quelque chose d'insaisissable qui se dégage de tous ces regards...

Tu as joué une fois de plus les cachottiers, ajouta-t-il, en se tournant vers Tanguy.

— Tu me connais, je n'expose jamais mes élèves avant qu'ils ne soient tout à fait prêts. À vrai dire, je n'ai pas eu beaucoup à apprendre à Pierre ; la difficulté a été plutôt de le convaincre qu'il méritait la consécration du public. Il s'est déjà fait un nom en Belgique ; nous allons maintenant éblouir Paris !

Avant de poursuivre, il échangea d'un geste rapide sa flûte vide avec une pleine.

— J'ai connu Pierre il y a bientôt dix ans, reprit-il, après avoir avalé une gorgée de champagne. J'ai su tout de suite qu'il avait un grand potentiel et je ne me suis pas trompé. Cette approche surréaliste du portrait est remarquable ; comme tu peux le voir, Pierre ne se limite pas à reproduire l'aspect physique des modèles, leur enveloppe matérielle si tu veux, mais il dévoile surtout les forces inconscientes qui les agitent, leurs secrets, leurs désirs refrénés et souvent inavoués, leurs passions ardentes...

Hugues connaissait bien les envolées lyriques de Tanguy, chaque fois qu'il était question d'art ; avec un petit sourire, il préféra faire diversion et proposa un toast au succès du vernissage.

— Peignez-vous autre chose que des portraits ? demanda-t-il en s'approchant de Pierre, le vacarme ayant entre-temps redoublé.

— Non, se désola-t-il. Tanguy a bien essayé de m'initier à d'autres types de composition, mais cela n'a pas été très concluant.

Hugues apprécia sa franchise.

— Qu'est-ce qui vous inspire ? Comment réussissez-vous à... percer les secrets de vos modèles ?

— Je suis le premier à me poser cette question. Je ne sais pas exactement ce qui se passe ; c'est une sorte d'intuition obsédante qui ne me laisse de répit qu'après l'avoir matérialisée sur la toile.

Sans perdre du regard le public, à l'affût d'éventuels critiques d'art, Tanguy se réjouit que la conversation allât bon train ; il avait maintes fois expliqué à Pierre l'importance de se départir de sa réserve et se faire ambassadeur de son œuvre. Rassuré, il les quitta pour jouer les guides improvisés auprès des visiteurs, un catalogue d'exposition sous le bras. Hugues en profita pour entraîner Pierre dans une salle plus tranquille.

— Votre maîtrise m'impressionne, le complimenta-t-il encore, en examinant de près un tableau, lunettes à la main. Le rendu des visages est d'un réalisme stupéfiant, presque photographique, à la différence qu'ici le spectateur éprouve des sensations qu'aucun cliché, même parfaitement réussi, ne pourra jamais donner. Vous parvenez à donner vie aux personnages en créant l'illusion déconcertante d'un monde à eux, de l'autre côté de la toile. Si je comprends bien, continua-t-il en remettant les lunettes, le résultat final ne vous est pas connu à l'avance, comme si tout se faisait au fur et à mesure, de manière spontanée...

— Oui, tout à fait. Je peins d'instinct et je suis souvent le premier à être surpris. C'est pour cette raison que j'ai renoncé à travailler avec les modèles professionnels, car avec eux je n'ai aucune inspiration. Bien sûr, ils peuvent exprimer à la demande tous les sentiments que l'on souhaite, mais cela donne un tableau qui ne dit rien, comme s'il n'avait pas d'âme. C'est seulement avec les gens de tous les jours que j'obtiens ce que vous voyez ici, même quand ils posent avec leurs sourires figés.

Il eut un rire étouffé.

— Veuillez m'excuser, reprit-il, en se ressaisissant. Je ne devrais pas me moquer d'eux de cette manière, mais parfois il m'est difficile de rester sérieux devant leurs réactions, quand ils se découvrent en pleine crise d'angoisse alors qu'ils s'attendaient à un portrait tout à fait classique. Certains ont même refusé d'honorer leur commande.

— Cela vous arrive-t-il souvent ?

— À vrai dire non, car Tanguy veille au grain. Par contre, j'en vois régulièrement qui pleurent, qui pouffent nerveusement ou encore qui rougissent de honte. La plupart me regardent ébahis, en se demandant comment j'ai pu deviner... Une fois, une dame m'a fait promettre de ne rien dire à personne ; j'ai essayé de lui expliquer que je ne comprenais pas de quoi elle parlait, mais elle ne m'a pas cru, en me rétorquant que je savais forcément, puisque je l'avais peint...

— À quel âge avez-vous commencé ?

— Depuis son enfance, mon cher ! s'écria Tanguy, en pénétrant dans la pièce d'un pas chancelant, enivré par le succès du vernissage et le champagne.

— D'emblée des portraits ? continua Hugues en s'adressant à Pierre, après avoir jeté sur Tanguy un regard bienveillant.

— Oui. Mes premiers dessins ont été ceux d'un petit garçon dont j'avais rêvé...

Il se tut, l'air soudainement troublé.

— La famille en a conservé quelques-uns, s'empressa d'ajouter Tanguy. Ils dénotent déjà une maîtrise extraordinaire pour un enfant de six ans.

Il essayait de ne pas le montrer, mais il se faisait du souci, car depuis quelques semaines, sans raison apparente, Pierre manifestait d'étranges sautes d'humeur.

— C'est quand même grâce à toi si j'ai pu m'améliorer et apprendre à peindre exactement ce que je ressens, tint à préciser ce dernier, reconnaissant. Les critiques étant de plus en plus encourageantes, mon père, qui avait longtemps espéré pouvoir me remettre un jour son cabinet d'avocat, avait finalement accepté l'idée que je quitte la faculté de droit. De toute façon, ajouta-t-il avec un petit sourire, j'étais un étudiant très médiocre.

— Combien de journées passées ensemble dans ton atelier ! se souvint Tanguy, soulagé que Pierre retrouvât son aplomb. Hugues, tu devrais d'ailleurs le voir : c'est un magnifique jardin d'hiver qui baigne dans la lumière, un endroit rêvé pour peindre ! Pierre pourrait ainsi te montrer le reste de son œuvre...

Hugues s'esclaffa.

— Tu ne changeras jamais ! Mais, je te rassure tout de suite, tu prêches un converti. Pierre, si vous êtes d'accord, je vais demander à mon associé de vous contacter ces prochains jours pour un rendez-vous chez vous, car j'aimerais organiser au plus vite un vernissage à Reims.

Confus, Pierre ne trouva pas les mots et se limita à acquiescer de la tête, l'air surpris et ravi à la fois. Tanguy leva les yeux au ciel avec un sourire résigné et se dépêcha de glisser une carte de visite dans le catalogue d'exposition, qu'il donna à Hugues. Ce dernier porta encore un toast aux succès à venir et ne tarda pas à prendre congé d'eux, car il souhaitait rentrer le lendemain avec le premier train.

— Salue Ela de ma part, lui lança Tanguy, alors qu'il disparaissait déjà dans la foule. Il faudra que je passe un jour goûter à nouveau à ses spécialités !

En cherchant la sortie, Hugues traversa une petite salle qu'il n'avait pas remarquée auparavant et dans laquelle régnait un calme feutré qui contrastait singulièrement avec l'agitation ambiante. Son attention fut attirée par le portrait d'une vieille dame du dix-neuvième siècle, au regard particulièrement vif et perçant. Troublé par son visage, qui lui était étrangement familier, il songea un instant à retourner vers Pierre Lécuyer, pour en savoir plus. Finalement, fatigué et découragé par la cohue, il se résolut à rentrer à l'hôtel, en se promettant de lui en toucher un mot lors de leur prochaine rencontre.

3.

Angers, 2 décembre 1858

De retour du marché avec un gros panier en osier sous le bras, Mathilde essayait tant bien que mal de se protéger du vent, qui s'engouffrait sous la capuche en cinglant violemment les traits délicats de son visage et en faisant larmoyer ses grands yeux verts. Elle longeait la rue Baudrière l'air inquiet, en pressant le pas malgré la fine couche de neige qui rendait les pavés glissants. D'habitude, elle aimait flâner entre les étals en compagnie d'Agnès, sa domestique, mais, ce matin, elle avait demandé à cette dernière de rester auprès de Louis, qui était souffrant depuis la veille.

Parvenue à l'angle de la rue qui montait vers la cathédrale, la jeune femme s'approcha de la pharmacie, en ôtant du revers de la manche le givre qui recouvrait la vitrine. Victor était assis derrière le comptoir, un large meuble aux riches moulures et au plan de travail en marbre, chargé de toutes sortes de spatules, lancettes, mortiers et instruments en verre, soigneusement disposés à côté d'un codex et d'une balance aux plateaux dorés. Tout autour de lui, des albarelles aux inscriptions calligraphiées, des boîtes en bois peint et des flacons aux étiquettes émaillées étaient alignés avec précision sur de hauts murs de rangement, décorés d'arabesques et agrémentés de cariatides qui supportaient des lampes à pétrole. La trentaine passée, il grisonnait déjà, les boucles de ses longs cheveux jouant avec la dentelle du jabot et encadrant un visage auquel de petites rides souriantes au coin des yeux donnaient un air doux et bienveillant. Absorbé dans ses pensées, il broyait avec application des feuilles desséchées ; elle posa sur lui un regard attendri, car elle savait qu'il mettait un point d'honneur à ce que ses préparations médicinales fussent toujours d'excellente qualité.

En la voyant, il s'empressa de la faire entrer, Mathilde reprenant vite des couleurs grâce à la chaleur et à la délicate senteur de menthe qu'un alambic diffusait depuis l'arrière-boutique.

— Il s'est levé un vent glacé, soupira-t-elle. J'ai hâte de m'abriter et retrouver Louis. Agnès est-elle descendue ?

Il secoua la tête négativement et la rassura d'une voix calme.

— N'aie pas d'inquiétude, il est entre de bonnes mains. Et puis, ce n'est sans doute qu'un de ces accès de fièvre si fréquents à cet âge.

— Tu as certainement raison, mais quelle mère ne se mettrait pas en peine au moindre signe de maladie de son enfant ? As-tu pensé au remède ?

Victor la pria d'attendre un instant et se dirigea vers une fontaine en étain posée près de la porte de l'arrière-boutique.

— Voici déjà une préparation tonique que j'ai développée en simplifiant la formule de la thériaque, expliqua-t-il, tout en laissant couler dans un flacon un breuvage épais et noirâtre.

Il monta ensuite sur un escabeau à roulettes et se saisit d'un bocal rempli d'un liquide clair. De retour au comptoir, il en versa une petite quantité dans une fiole, en répandant dans la pièce une forte odeur d'alcool.

— C'est de l'essence d'écorce du Pérou, continua-t-il, amusé de la voir se boucher le nez.

Finalement, il sortit d'un tiroir un pot, dans lequel il préleva avec une spatule une poudre blanche, qu'il délaya dans la fiole en secouant avec énergie.

— Contre les fièvres persistantes, j'ajoute volontiers l'extrait de saule, qui s'avère être très efficace…

Satisfait, il déposa les remèdes dans le panier, sans oublier la prescription, qu'il avait déjà rédigée. Mathilde le remercia d'un baiser et s'éloigna dans les tourbillons de neige, en disparaissant aussitôt derrière le portail qui jouxtait la pharmacie.

*

Agnès vint à sa rencontre en dévalant l'escalier en pierre qui desservait l'immeuble. Plutôt petite, elle portait un tablier en toile claire, noué à la taille sur une robe noire à la large jupe plissée et à l'austère corsage montant ; une coiffe blanche entourait un visage long et maigre, que des yeux ternes et creusés vieillissaient avant l'âge.

— Puis-je aider Madame ?

— Le panier n'est pas bien lourd, répondit-elle, en le lui donnant. Les quelques marchands que le froid n'a pas rebutés n'avaient pas grand-chose à proposer. J'ai néanmoins réussi à dénicher une belle poularde pour le dîner.

Tout en lui parlant, elle passa devant elle et se dépêcha de franchir la porte du premier étage.

— Si cela convient, je peux la préparer au goût de Monsieur, avec les pruneaux et les raisins secs.

— Cela ira très bien...

Elle lui avait répondu distraitement, occupée à chercher du regard son fils.

— Dans votre absence, monsieur Louis s'est amusé comme de coutume, la rassura Agnès, remarquant son inquiétude. Je ne l'ai pas quitté des yeux.

Mathilde lui sourit avec bienveillance, connaissant son dévouement. Elle l'avait rencontrée sept ans auparavant au refuge du Bon Pasteur, où elle avait été recueillie après s'être retrouvée à la rue sans ressource. Élevée dans la misère par des parents ivrognes, elle était tombée amoureuse d'un jeune charbonnier désœuvré, avec qui elle s'était mise en ménage dès les premiers signes de grossesse ; victime d'une fausse couche, l'intervention chirurgicale à laquelle elle avait survécu par miracle l'avait rendue stérile. Alors qu'elle était encore souffrante, son compagnon l'avait abandonnée à elle-même, en lui reprochant de ne plus pouvoir lui donner de descendance. Grâce aux cures prodiguées par les sœurs, elle avait pu se rétablir rapidement ; reconnaissante, elle participait avec assiduité aux exercices religieux et s'occupait avec ferveur des tâches de blanchissage et de couture qui lui étaient attribuées. Mathilde, qui venait chaque semaine pour ses cours bénévoles de broderie, avait vite remarqué le soin dont elle faisait preuve ainsi que son caractère aimable ; étant donné qu'elle allait se marier, elle lui avait proposé d'entrer à son service, la jeune femme se révélant d'emblée être une travailleuse infatigable et une personne digne de confiance.

Avec un signe de tête respectueux, Agnès se retira dans la cuisine, en évitant de justesse Louis, qui remontait le couloir à vive allure, fièrement juché sur sa draisienne.

— Voici mon ange ! se réjouit Mathilde, ses cheveux blonds aux boucles ondoyantes lui rappelant les chérubins de Raphaël.

Habillé d'un costume marin bleu clair, à la vareuse rehaussée d'un grand col rayé, il avait ses traits fins et délicats, tandis que les yeux, doux et souriants, étaient ceux de Victor.

— Mère !

Il mit pied à terre et courut vers elle.

— Demain, pourrai-je aller à l'école ? demanda-t-il, en levant vers elle un regard suppliant.

Mathilde caressa ses cheveux, heureuse de le voir en meilleure forme. Malgré ses six ans, il était déjà très studieux, passionné surtout par l'apprentissage de l'alphabet, car il souhaitait pouvoir lire tout seul les innombrables livres de la bibliothèque familiale. Elle s'accroupit et posa une main sur son front, en constatant avec dépit qu'il était encore plus chaud qu'au réveil.

— Mon cœur, tu seras sous peu guéri, lui dit-elle d'une voix douce, pour ne pas l'inquiéter. Mais d'abord, il faut que tu te mettes au lit et que tu te reposes. Je vais prévenir Agnès pour qu'elle t'amène une tisane et les remèdes de père.

— Ce soir, me ferez-vous la lecture ?

Elle le regarda avec tendresse, car il nourrissait la même passion qu'eux pour les livres. À leur mariage, elle et Victor avaient réuni leurs collections respectives et consacré une pièce entière de l'appartement à l'imposante bibliothèque ainsi constituée, où ils aimaient lire pendant de longues heures, à côté de la cheminée. Dès son plus jeune âge, Louis avait pris l'habitude de se joindre à eux ; après avoir choisi un ouvrage, il s'asseyait sur les genoux de Mathilde et l'écoutait attentivement, bercé par sa voix caressante. Ne pouvant pas encore la suivre dans le texte, il avait une préférence pour les œuvres riches en images, dont il connaissait désormais par cœur toutes les reliures. Il y avait par exemple le livre en maroquin rouge, qui traçait la vie des grands peintres, leurs tableaux étant reproduits en lithographie, ou le livre illustré des fables, une belle édition en vert laqué avec des motifs floraux ; il adorait aussi les récits de voyage, avec leurs nombreuses planches en couleurs de contrées lointaines et exotiques. Chaque fois qu'une image se présentait, il l'étudiait avec minutie, les yeux émerveillés, Mathilde marquant alors un temps d'arrêt. Tous les soirs, avant de s'endormir, quelques minutes étaient réservées aux Vies parallèles de Plutarque, une lecture qu'il attendait avec trépidation. Il s'agissait d'un recueil de biographies d'hommes illustres de l'antiquité, que Mathilde prenait soin d'interpréter avec emphase et mystère, à l'instar des contes pour enfants, en renvoyant souvent au lendemain le dénouement d'intrigues ainsi savamment entretenues.

— S'il vous plaît ! insista Louis avec une petite moue boudeuse.

Elle acquiesça de la tête, en se relevant.

— Nous verrons ce soir. Si tu guéris de la fièvre, je te lirai la suite de la vie d'Alexandre. Mais pour cela…

Sans attendre la fin de la phrase, il disparut derrière la porte de sa chambre, en sautillant de joie. Mathilde se débarrassa de sa mante et retrouva Agnès à la cuisine, en train de plumer la poularde.

— Comment va monsieur Louis ?

— Bien, mais la fièvre n'a pas cédé et cela ne me plaît guère. Je lui ai dit de se coucher. Vous lui apporterez une infusion de tilleul ; voici aussi les remèdes avec les instructions.

— Cela sera fait selon le désir de Madame, répondit Agnès, en s'emparant tout de suite d'une casserole. Si Madame m'en donne la liberté, je prépare de même des linges mouillés ; le moyen est simple, mais fort utile quand on fait de la température.

— Sans doute, murmura Mathilde, en quittant la cuisine, l'air préoccupé.

*

Louis respirait calmement ; seuls ses cheveux collés par la sueur trahissaient une fièvre qui n'avait cessé de monter au fil de la matinée. Sans faire de bruit, Mathilde retourna vers Victor, qui attendait dans la salle à manger.

— Il dort paisiblement, mais transpire à grosses gouttes, lui apprit-elle, sans cacher son appréhension.

— Ce n'est pas plus mal. Il faut être patient, car les remèdes demandent parfois du temps... Agnès ! s'exclama-t-il, en l'apercevant approcher pour le service. Cet après-midi, vous irez voir monsieur Louis toutes les heures. Nous aurons ainsi l'esprit tranquille.

— Si Monsieur le consent, j'aimerais pouvoir rester à son chevet. Madame pourra faire sa leçon au Bon Pasteur sans prendre du souci. J'ai les remèdes et j'avertirai au besoin.

Son visage trahissait une grande inquiétude. Connaissant son attachement pour Louis, dont elle prenait soin depuis la naissance comme d'un fils et qui d'ailleurs l'appelait tata avec affection, Mathilde s'approcha d'elle et lui prit le plat des mains.

— Laissez, je m'en occupe. Allez plutôt vous assurer qu'il ne se découvre pas pendant son sommeil et prévenez-nous de tout problème.

Agnès esquissa un sourire reconnaissant et se dépêcha en direction de la chambre.

— Si je peux me permettre, Madame aura l'extrême obligeance de donner le bonjour de ma part à sœur Marie-Thérèse, murmura-t-elle encore, avant de refermer la porte derrière elle.

*

Malgré le vent qui s'était renforcé et la nuit qui s'annonçait très froide, Mathilde revenait du refuge en ayant retrouvé sa bonne humeur, comme chaque fois qu'elle pouvait s'occuper de ses protégées. Fille unique d'un homme d'affaires qui s'était enrichi dans le textile, elle avait perdu son père à l'âge de onze ans. Sa mère Nicole, descendante d'une vieille famille aristocratique, avait alors vendu la société pour se consacrer entièrement à son éducation, en l'entourant de son amour et en lui assurant une existence aisée. Consciente de sa bonne fortune et mûrie par le deuil précoce, elle s'était adonnée très tôt aux œuvres de bienfaisance, en faisant ainsi la connaissance de sœur Marie-Thérèse de la congrégation de Notre-Dame de Charité du Bon Pasteur, qui s'occupait d'accueillir et instruire les jeunes femmes démunies, souvent arrachées à la rue. Passionnée de broderie, elle avait accepté avec enthousiasme la proposition de leur donner des cours bénévoles, en devenant très vite leur fidèle confidente, toujours prête à écouter patiemment le récit de leurs misères et à réconforter leurs âmes avec compassion.

Parvenue à la pharmacie, elle remarqua que Victor n'était pas à sa place, ce qui était très inhabituel, car il tenait à respecter scrupuleusement les horaires d'ouverture. Plus grave encore, le vent s'engouffrait par la porte grande ouverte, en éparpillant une préparation restée inachevée sur le comptoir. Le cœur battant, elle se précipita vers l'immeuble et tomba sur Agnès, qui franchissait le portail en proie à une grande agitation.

— Que se passe-t-il ? demanda-t-elle d'une voix étranglée.

— Dieu soit béni ! Madame est déjà là ! Monsieur Louis s'est réveillé il y a une demi-heure, grelottant sous la couverture. Je lui ai administré les remèdes et suis descendue avertir Monsieur, qui est maintenant à son chevet et m'envoie vous chercher.

Mathilde courut jusqu'à la chambre, où elle trouva Victor assis sur le lit, occupé à rafraîchir le front de Louis avec un linge humide. En s'approchant, elle constata avec effroi que ce dernier respirait avec difficulté et que tout son corps était secoué par de violents frissons. Profondément prostré, l'enfant ne s'aperçut de sa présence que quand elle prit ses mains dans les siennes ; il tourna alors péniblement la tête dans sa direction, le regard vitreux.

— Maman, j'ai mal..., gémit-il d'une voix rauque et à peine audible.

En s'efforçant de garder son calme, elle effleura de ses lèvres son front bouillant.

— Tout va bien, glissa-t-elle à son oreille. Ce n'est qu'une grosse fièvre de rhume, que père guérira bientôt.

Elle leva les yeux vers Victor, mais ce dernier évita son regard, en continuant à éponger la sueur.

— Mon bien-aimé..., insista-t-elle, en le saisissant par le bras pour qu'il se tournât vers elle.

— Le fébrifuge ne devrait plus tarder à agir, souffla-t-il enfin.

Il avait parlé doucement, mais son visage trahissait une sombre inquiétude. La main à la bouche, Mathilde étouffa un cri, car Victor n'était pas de nature à s'affoler pour rien. Au même moment, Agnès franchit la porte avec une corbeille de linges propres, qu'elle laissa tomber avec grand bruit, en voyant le corps meurtri de Louis, dont l'état s'était aggravé en quelques minutes. Victor bondit du lit et lui demanda à voix basse d'aller chercher de toute urgence le docteur Basset.

4.

Dans le train pour Angers, 20 février 1969

Hugues somnolait paisiblement, la tête posée sur son manteau en guise d'oreiller. Réveillé par une brusque secousse du train, il regarda par la fenêtre, sans réussir à se repérer, le paysage étant noyé dans un épais brouillard matinal. Il poussa un long bâillement, car la nuit avait été agitée, l'étrange portrait de la vieille dame revenant sans cesse dans ses rêves. L'air perplexe, il ajusta son coussin improvisé, en se demandant une fois de plus pourquoi ce tableau lui faisait cet effet. Tandis que la torpeur le gagnait à nouveau, il pensa à Ela et se réjouit de la retrouver après bientôt deux semaines. Il l'avait vue pour la première fois un dimanche matin de mai 1955, au mont Saint-Michel, un endroit où il aimait faire halte au gré de ses tournées. Alors qu'il lisait le journal assis dans le hall de l'hôtel, elle s'était dirigée vers la réception, très élégante dans son tailleur gris et ses fins escarpins vernis. La quarantaine passée, son visage était avenant, aux pommettes saillantes et aux yeux clairs ; ses longs cheveux blonds, tressés en diadème, lui conféraient un charme quelque peu désuet, mais d'autant plus séduisant. Il s'était senti envahir par un sentiment intense, qu'il n'avait plus éprouvé depuis longtemps. À cette époque, il allait avoir cinquante ans et sa nouvelle galerie, inaugurée après les bombardements qui avaient détruit celle héritée de son père, connaissait un grand succès ; plus important encore, il adorait son travail, qui lui permettait de voyager tout en assouvissant sa passion pour l'art. Seule ombre au tableau, aucun de ses amours n'avait résisté à l'usure du temps, si bien qu'il avait fini par se résigner à l'idée de rester vieux garçon. En la regardant quitter l'hôtel et se perdre dans la foule qui montait à l'abbaye, il avait secoué la tête avec un sourire désabusé, en se disant qu'il n'avait plus l'âge pour s'enticher de la première belle inconnue. Pourtant, quand il l'avait revue le soir au piano-bar, il avait ressenti le même trouble, la trouvant ravissante dans sa robe en satin noir, dont le décolleté pudique révélait un cou frêle et gracieux. Après une longue hésitation due à sa timidité, il s'était finalement décidé à l'aborder.

— Pardonnez-moi mon audace, lui avait-il dit avec égard, mais je m'aperçois que nous ne sommes pas accompagnés ; si vous le voulez bien, nous pourrions souper ensemble.

Elle avait gardé le silence, en posant sur lui un regard étonné. Confus, il s'était empressé de se présenter, en la priant d'excuser son manque de savoir-vivre.

— Votre nœud papillon est adorable, avait-elle alors répliqué d'une voix douce, teintée d'un accent aux r délicieusement roulées.

Dans son demi-sommeil, Hugues ne put réprimer un sourire, le souvenir touchant de cette remarque spontanée et quelque peu naïve lui faisant toujours chaud au cœur. Il se rappelait avoir vérifié d'un geste habituel que le nœud fût parfaitement horizontal, en lui expliquant qu'il le préférait à la cravate depuis que son père lui avait appris à le nouer, le jour de ses vingt ans. En voyant son expression surprise et amusée, elle s'était excusée à son tour de sa maladresse, en lui avouant que c'était son premier voyage et qu'elle menait sinon une vie très réservée.

— Je suis désolé de vous avoir importunée, l'avait-il interrompue avec courtoisie, en pensant que la sienne était une manière élégante de repousser ses avances.

Alors qu'il s'apprêtait à prendre congé, elle lui avait soudainement demandé s'il connaissait un bon restaurant dans le village, car, jusque-là, elle n'avait mangé qu'à l'hôtel. Fasciné par une sorte de mélancolie attachante qui se dégageait d'elle, il avait été ravi de lui faire découvrir l'auberge où il avait ses habitudes. Elle avait ainsi assisté à la préparation des omelettes, la spécialité locale, au rythme entraînant des fouets, que les cuisiniers frappaient avec dextérité contre de grands récipients en cuivre, en même temps qu'ils battaient les œufs. L'espace d'un instant, son visage s'était illuminé d'un large sourire, sincère et épanoui, presque enfantin ; lorsque leurs regards s'étaient croisés, elle s'était néanmoins ressaisie, en donnant l'impression de regretter d'avoir cédé au charme de l'endroit. Avec galanterie, il avait relevé que le rire lui allait pourtant si bien ; troublée, elle avait préféré faire diversion, en se désolant tout à coup.

— Vous faites preuve d'une courtoisie exquise, alors que je ne vous ai même pas dit mon nom…

Il lui avait souri avec bienveillance, sans insister, tout en se demandant quelle était la raison de son embarras.

— Votre présence ce soir me comble à tel point, que tout le reste n'est que détail, lui avait-il répondu d'une voix flatteuse.

Ils avaient été interrompus par l'arrivée du serveur, qui leur amenait deux omelettes au homard.

— Madame, vous m'en direz des nouvelles ! s'était réjoui Hugues, en proposant un toast.

— Ela, je vous prie. Je m'appelle Elżbieta Bazylewski, mais depuis toujours tout le monde me surnomme ainsi.

— Vous avez un accent très charmant...

— Je suis d'origine polonaise, mais je vis en France depuis la fin de la guerre.

— J'imagine que vous avez fui les Soviétiques, avait-il avancé.

Elle avait froncé les sourcils et pris son temps avant de répondre.

— Non, il ne s'agit pas de cela, avait-elle enfin lâché d'une petite voix. Mais, c'est une période dont je n'aime pas parler...

Comme pour chasser de mauvais souvenirs, elle s'était saisie de son verre, en proposant à son tour un toast au délicieux repas qu'ils s'apprêtaient à honorer. Tout le long de la soirée, Hugues avait évoqué ses voyages et ses découvertes artistiques, en évitant de la mettre à nouveau mal à l'aise avec des questions trop personnelles. Ils étaient ensuite montés à l'abbaye, pour admirer depuis le parvis le ciel nocturne se réfléchir dans l'eau noire de la baie. Malgré la magie du moment et l'attention dont il faisait preuve, elle était restée très discrète à son sujet, en lui confiant uniquement qu'elle vivait seule à Angers, où elle travaillait comme infirmière à l'hôpital, le dévouement pour ses patients étant sa raison de vie. Avant de se quitter, il avait insisté pour garder le contact et lui avait d'ailleurs écrit dès le lendemain, à son retour à Reims. Leur échange épistolaire avait duré une année, Ela se dévoilant petit à petit, mais toujours avec une grande réserve et sans jamais vraiment évoquer le passé. Finalement, en juin 1956, alors qu'il commençait à douter de pouvoir un jour lui déclarer ce qui était devenu pour lui un amour profond, elle lui avait envoyé une longue lettre, dans laquelle elle expliquait les causes de sa tristesse ; il avait ainsi appris que Thierry, son ancien compagnon, était mort en déportation et que leur fils Hyacinthe, âgé de quelques mois, avait disparu sous les bombes pendant l'exode de 1940. Elle avait ajouté qu'elle ouvrait à nouveau son cœur pour la première fois et qu'elle espérait ardemment qu'il comprît pourquoi. Ému par cette déclaration poignante, il avait sauté dans le premier train, en serrant la lettre dans sa main, comme pour s'assurer qu'il ne s'agissait pas d'un rêve.

*

Son sac de marin en bandoulière, un souvenir de voyage qu'il trouvait fort pratique pour ses déplacements, il descendit d'un bon pas la ruelle qui menait de la cathédrale à la rue Baudrière. Ela habitait dans un immeuble datant du milieu du dix-neuvième siècle, dont l'architecture néoclassique avait été préservée au fil des rénovations. Comme elle en avait l'habitude, elle l'attendait accoudée à la fenêtre du salon, au premier étage, savourant la fragrance de pain chaud qui montait jusqu'à elle depuis la boulangerie située au rez-de-chaussée.

— Tu m'as manqué ! lui lança-t-elle d'une voix enjouée, en le voyant arriver.

Il gravit l'escalier à grandes enjambées et courut l'embrasser sur le pas de la porte.

— Il faut que je songe à ma retraite ! soupira-t-il, en posant le sac.

— Je ne te croirai que quand tu le feras pour de bon, le taquina-t-elle.

Le bruit caractéristique d'une cafetière italienne se fit entendre ; Ela se hâta vers la cuisine, en lui montrant du doigt le courrier à son nom qu'elle avait conservé à côté du téléphone.

— Tu as l'air fatigué, ajouta-t-elle sur un ton plus grave, avant de disparaître.

Il se mit à l'aise et commença à trier distraitement les lettres. En apercevant ses traits creusés dans le miroir du meuble d'entrée, il se dit qu'elle avait raison. Les tournées l'épuisaient de plus en plus, mais le vrai motif pour lequel il songeait sérieusement à se retirer était l'envie de vivre enfin pleinement avec elle. Malgré son amour sincère et au risque de le perdre, elle n'avait jamais pu se résoudre à le suivre à Reims, en lui expliquant que quitter l'endroit où tout lui rappelait son bonheur éphémère avec Hyacinthe aurait signifié pour elle l'abandonner une deuxième fois. Au début, il avait essayé de la convaincre qu'elle n'avait rien à se reprocher et que, au contraire, elle était elle aussi une victime de ces jours tragiques, mais il avait fini par comprendre que s'il voulait rester avec elle, et cela était son désir le plus profond, il fallait qu'il acceptât sa souffrance. Dès lors, il s'était débrouillé pour être à ses côtés le plus souvent possible, en commençant par regrouper ses déplacements. Puis, l'année précédente, il avait réussi à trouver un associé, à qui il pouvait confier la galerie pendant ses absences, de plus en plus longues et fréquentes. L'idée de lui remettre l'affaire datait de cette époque, car il avait vite remarqué son talent et sa passion pour l'art, qui lui rappelaient avec nostalgie ses débuts dans le métier. Ela n'était pas au courant de ses projets ; en fait, il attendait le bon moment, parce qu'il voulait en même temps la demander en mariage.

— C'est prêt ! lui annonça-t-elle depuis la cuisine.

Il la rejoignit et l'aida à remplir les tasses.

— Un buon caffé all'italiana ! se réjouit-il, la *macchinetta* à la main. En tout cas, il m'en faut un bien corsé...

Il maîtrisait la langue italienne, en ayant parfait sa formation à la faculté de littérature et philosophie de l'université de Florence, à la fin des années vingt. Ela ne se lassait pas de l'écouter déclamer les poèmes de Leopardi, Carducci, Pascoli ou encore D'Annunzio, lorsque le souvenir de ses années juvéniles le poussait à dépoussiérer ses anciens livres d'études. Elle ne comprenait pas les paroles, mais se laissait volontiers transporter par leur musique et la gestuelle irrésistible d'Hugues.

— C'était comment à Paris ? demanda-t-elle, en s'asseyant avec lui à la petite table où ils avaient l'habitude de manger en toute intimité.

Il prit le temps de finir son café, en claquant les lèvres avec délectation.

— Il n'a pas arrêté de pleuvoir, mais bon, je n'étais pas là pour faire du tourisme...

— As-tu trouvé des choses intéressantes ?

— J'ai découvert deux ou trois artistes prometteurs, mais le vernissage qui m'a le plus marqué a été celui d'hier. Quand je pense que j'ai songé à y renoncer... En fait, j'ai longtemps hésité, car j'avais envie de te revoir.

Il lui caressa la main tendrement et fit mine d'attraper le baiser qu'elle lui envoyait de la bouche.

— À propos, reprit-il, j'y ai croisé Tanguy, qui te salue bien.

— Cela fait un moment ! Comment va-t-il ?

— Oh, il reste le bon vivant que nous connaissons. Il anime toujours avec passion son atelier à Bruxelles.

— J'imagine que la nuit a dû être courte...

Elle lui reversa du café, avec un sourire entendu.

— Tu ne vas pas me croire, mais, cette fois, j'ai préféré décliner. J'avais un train à prendre... Et puis, il était fort occupé avec la promotion du jeune belge, dont je t'ai parlé.

— Le portraitiste ? Étonnant qu'il ne nous ait jamais rien dit à son sujet.

— Je sais qu'il n'aime pas mettre en avant ses étudiants, tant qu'ils n'ont pas acquis une maturité artistique suffisante. Mais dans le cas de Pierre Lécuyer, c'est son nom, je crois que leurs liens sont beaucoup plus étroits que le simple rapport entre maître et élève. Quoi qu'il en soit, je n'ai pas regretté ma visite, car il est très doué et ses tableaux sont tout à fait déroutants. Tu as l'impression que les personnages te suivent du regard et je t'assure qu'au bout d'un moment, cela devient presque oppressant, parce qu'ils sont tous figés dans la même position, le visage tourné vers toi.

— Est-ce que ce n'est pas quelque peu monotone ?

— Bien au contraire, car chaque tableau suscite une émotion différente. Avec une franchise plutôt inhabituelle dans le milieu, l'artiste m'a avoué que seuls les portraits lui réussissent et il est vrai que dans sa spécialité il fait preuve d'une rare maîtrise. Ses personnages donnent l'illusion d'exister réellement dans un monde à eux, derrière la toile…

— Tu me fais penser au miroir d'Alice.

— En quelque sorte, acquiesça-t-il, l'air songeur. Les arrière-plans sont par contre très différents les uns des autres. Il peut s'agir de mises en scène oniriques très élaborées, qui rappellent le surréalisme...

— Rien d'étonnant, étant donné que c'est Tanguy qui l'a formé.

—... ou alors, se limiter à de simples jeux de couleur suggestifs, termina-t-il. Tu as raison, il y a certainement l'influence de Tanguy, mais je ne crois pas que ce soit tout. Pierre Lécuyer m'a parlé d'une sorte d'intuition profonde, mystérieuse, qui est propre à chaque modèle. Bref, c'est un artiste remarquable que je compte bien exposer à Reims. J'ai demandé à Leal de m'organiser un rendez-vous pour la semaine prochaine déjà.

— Où est-ce qu'il travaille ?

Il se tapa le front, en se souvenant de la carte de visite.

— À Charleroi. Mais attends... J'aurais pu y penser avant.

Il revint vite, le catalogue à la main.

— Regarde, même en photo ses œuvres sont saisissantes.

— C'est en effet très troublant, reconnut-elle, en parcourant les pages. Tu as raison de le vouloir chez toi.

En posant le cahier sur la table, elle remarqua le tableau reproduit sur la quatrième de couverture, à côté d'une brève biographie de l'artiste. Elle fronça les sourcils et se figea, l'incrédulité peinte sur son visage.

— Ce n'est pas possible, murmura-t-elle.

En la voyant courir vers la chambre au fond du couloir, Hugues se souvint tout à coup. Il baissa les yeux et croisa le regard de la vieille dame, saisi d'un frisson dans le dos.

5.

Le cocher tira avec force sur les rênes et serra le frein, en arrêtant brusquement le cheval, qui poussa un long hennissement et piétina les pavés. Sa mallette à la main, le docteur Étienne Basset descendit du fiacre et s'engouffra avec Agnès par le portail, en se dépêchant jusqu'en haut de l'escalier. Victor l'entraîna aussitôt au salon et referma la porte derrière lui, tandis qu'Agnès continua vers la chambre, où elle trouva Mathilde en larmes, en train de nettoyer le visage de Louis. Elle essaya de la rassurer, en lui apprenant que le médecin était là, mais elle-même ne put cacher son désarroi, la respiration de Louis n'étant plus qu'un souffle à peine audible.

— Que se passe-t-il ? demanda Étienne d'une voix posée.

Âgé de trente-cinq ans, il portait une longue redingote sombre qui accentuait sa grande taille et sa carrure imposante ; son regard austère et l'épaisse moustache à l'anglaise qui masquait la bouche figeaient son visage dans une expression sévère, marquant l'autorité d'un brillant clinicien. Il avait connu Victor à l'hôpital Saint-Jean, où ils avaient travaillé ensemble avant que ce dernier ne s'installât en ville ; depuis, ils se fréquentaient de manière assidue, liés par une profonde amitié.

— J'espère me méprendre, répondit Victor, mais la fièvre qui accable Louis depuis hier ne veut pas céder aux fébrifuges. Pourtant, je lui administre régulièrement le quinquina et la salicyline...

Sachant qu'il était très compétent en matière médicale, Étienne le regarda droit dans les yeux, sans se départir de son calme, et le pria de tout lui dire. Victor hésita un instant, le frémissement de ses lèvres trahissant une vive angoisse.

— Tout à l'heure, il a essayé de prononcer quelques mots. Sa voix était rauque…

— Penses-tu qu'il est attaqué du croup ?

Il acquiesça de la tête, avec une moue dépitée.

— En as-tu parlé à Mathilde ?

— Non, je ne veux pas l'effrayer sans en être certain…

— Voilà déjà une bonne chose ! s'exclama le médecin. D'ailleurs, continua-t-il à mi-voix, nous devrions vite la rejoindre, avant qu'elle ne s'inquiète de la raison de notre conversation.

En franchissant la porte, Étienne reconnut tout de suite l'odeur fétide qui empestait la chambre, mais ne laissa rien paraître sur son visage et s'avança d'un pas déterminé jusqu'au chevet de Louis. De l'autre côté du lit, Agnès fit place à Victor et quitta la pièce sans faire de bruit, les yeux baissés.

— Comment va notre petit vélocipédiste ? demanda Étienne de sa voix puissante.

Louis leva péniblement les paupières et s'efforça d'esquisser un sourire, qui se mua vite en une grimace de douleur ; il voulut parler, mais de ses lèvres ne sortit qu'un râle étouffé.

— Il s'affaiblit de plus en plus, murmura Mathilde dans un souffle, en s'éloignant pour qu'il pût l'examiner.

Étienne posa sa mallette sur la table de chevet et se saisit d'un cylindre en bois, évasé à un bout et assorti d'un écouteur en ivoire à l'autre.

— Je vais ausculter ta poitrine et ensuite tu pourras faire de même avec moi, annonça-t-il à Louis.

Pour l'avoir déjà examiné par le passé, il savait que l'enfant se réjouissait d'utiliser le stéthoscope, fasciné par les bruits étranges que l'instrument lui permettait de découvrir. Mais, cette fois, Louis ne put qu'opiner d'un faible mouvement de la tête, qui lui arracha à nouveau un gémissement étouffé. Imperturbable, Étienne souleva les draps et défit avec délicatesse le devant de sa chemise de nuit, en remarquant avec inquiétude que les frissons continuaient de secouer son corps et que la peau, très pâle, commençait à devenir bleuâtre aux extrémités. Il l'ausculta longtemps, en déplaçant l'instrument sur sa poitrine avec des gestes lents et précis, les paupières plissées pour mieux se concentrer. Il sentait peser sur lui le regard de Victor ; Mathilde, de son côté, se tenait derrière lui, en se torturant les mains dans l'attente fébrile du verdict.

— Il n'y a pas de signes d'hydropisie ni de congestion, annonça-t-il enfin.

Mathilde, peu coutumière du langage médical, se tourna vers Victor avec anxiété, ne sachant pas si cela était de bon ou de mauvais augure.

— Il n'est pas malade des poumons, résuma ce dernier, sa voix restant grave malgré la nouvelle apparemment encourageante.

Étienne rangea le stéthoscope et se saisit d'un abaisse-langue métallique. Il demanda au petit d'ouvrir la bouche, ce qu'il fit péniblement, sa respiration s'accompagnant maintenant de sifflements aigus. En revenant dans la chambre à cet instant, Agnès vit sa gorge rouge et enflée, recouverte d'épaisses membranes blanches ; affolée, elle pria en silence pour qu'il ne s'agît pas de la même maladie qui avait jadis emporté en quelques jours une des jeunes filles du refuge. Son regard croisa alors celui de Victor ; elle vacilla, la mine consternée de ce dernier lui ôtant tout espoir.

— Nous allons te soigner, lança Étienne à Louis sur un ton rassurant, tout en lui caressant doucement le front.

Son geste de tendresse mêlée de compassion n'échappa pas à Mathilde.

— De quoi souffre-t-il ? demanda-t-elle, la peur dans la voix.

— Pour l'instant, il n'y a pas d'inquiétude à avoir. Victor, j'aimerais te parler en particulier. Laissons Louis se reposer et Mathilde avoir l'œil sur lui.

Il referma sa mallette et quitta la chambre avant que Mathilde ne pût lui poser d'autres questions. Victor le suivit, après avoir fait signe à Agnès de rester avec elle.

— Tes soupçons sont fondés. Il s'agit bien de la diphtérie, lui annonça-t-il dès qu'ils furent de retour au salon. L'affection inflammatoire est déjà très étendue, mais nous pouvons encore la guérir.

Brisé, Victor se laissa tomber sur une chaise, le diagnostic confirmant ses pires craintes.

— Ne cédons pas à la panique, l'exhorta Étienne, en s'asseyant à ses côtés. Louis tient de toi pour la force et la santé. Il peut vaincre la maladie, si nous réussissons à apaiser l'ardeur de la fièvre et à libérer la gorge.

— Que devons-nous faire ? demanda-t-il, une lueur d'espoir dans les yeux.

— Il nous faut du muriate d'ammoniaque et du coton hydrophile pour le nettoyage des membranes, ainsi que du nitrate d'argent pour cautériser les amygdales. Comme tu le fais déjà, nous allons administrer le quinquina et la salicyline toutes les trois heures. Ce sont d'excellents remèdes, que j'utilise moi-même pour les fiévreux de l'hôpital.

Victor bondit de la chaise avec l'intention de se rendre tout de suite à la pharmacie. Une question le retint néanmoins sur le pas de la porte.

— Ne devrions-nous pas l'amener à Saint-Jean ?

— Ce serait une imprudence, car il n'est pas en état de souffrir le transport dans le froid. Par contre, si cela ne t'importune pas, je resterai pour la nuit.

Victor opina de la tête, en le remerciant d'un sourire ému.

— Où vas-tu ? lui demanda Mathilde d'une voix affolée, en le voyant s'engager dans l'escalier.

Elle avait surgi de la chambre et s'avançait vers lui à grands pas, l'angoisse dans les yeux. Elle fut arrêtée dans son élan par

Étienne, qui l'entraîna avec lui, en lançant à Victor un regard entendu, pour qu'il se dépêchât. Alertée par l'agitation, Agnès passa la tête par la porte, mais ne vit plus personne. Elle se signa et referma doucement, troublée par les pleurs étouffés de Mathilde qui lui parvenaient du salon.

*

Le chapelet glissa lentement de ses mains et tomba sur le parquet avec un bruit sec qui la réveilla en sursaut. Pendant un instant, Agnès s'inquiéta d'avoir laissé Louis sans surveillance, alors qu'elle avait tenu à le veiller la première, mais elle se rassura aussitôt, en le devinant sous les couvertures dans la même position que tout à l'heure, signe qu'elle n'avait pas dû somnoler longtemps. Elle se réjouit qu'il pût se reposer, car la soirée avait été éprouvante. Le docteur Basset avait dû nettoyer sa gorge avec les cotons imbibés d'ammoniaque, pendant qu'elle et Monsieur le maintenaient fermement dans le lit, la cautérisation des plaies ainsi mises à nu lui arrachant d'affreux cris de douleur. Le supplice avait duré longtemps, mais finalement, il avait permis de baisser la fièvre et faciliter la respiration, Louis plongeant alors dans un sommeil profond. Elle ramassa le chapelet et commença à le réciter, en s'apercevant que le murmure de ses prières résonnait étrangement dans le silence de la chambre. Mue par un mauvais pressentiment, elle souleva les draps, en découvrant avec horreur que l'enfant ne respirait presque plus. Une épaisse bave sanglante coulait de sa bouche et son visage, blême et cireux, se teignait de marbrures violacées qui dessinaient un épouvantable masque de mort. Le cœur à la gorge, elle se précipita vers la chambre d'amis et frappa à la porte de toutes ses forces, Étienne bondissant alors dans le couloir et la précédant au chevet de Louis en quelques enjambées. Après avoir constaté avec consternation que son pouls filait, il demanda à Agnès d'aller chercher des linges propres et commença à préparer ses instruments chirurgicaux, en les alignant avec minutie sous le regard effrayé de Mathilde et Victor, accourus entre-temps.

— Le catarrhe le suffoque, leur expliqua-t-il avec gravité. Je dois inciser au plus vite la trachée-artère. C'est risqué, mais l'urgence ne nous laisse guère le choix.

De retour avec les linges, Agnès s'empressa de glisser son chapelet dans la main de Louis et s'agenouilla à côté du lit pour prier.

— Allez plutôt au salon avec Madame, lui dit Étienne d'une voix qui se voulait rassurante, mais qui en fait cachait mal sa préoccupation pour l'opération qu'il s'apprêtait à réaliser.

Ses mots tirèrent Mathilde de l'état d'hébétude dans lequel l'avait plongée la vue de son fils agonisant.

— Je ne l'abandonne pas ! s'écria-t-elle.

Elle se jeta sur lui et le prit dans ses bras, la tête de l'enfant retombant en arrière sur son corps livide, tel un tragique pantin désarticulé.

D'un regard, Étienne fit comprendre à Victor qu'il n'y avait plus de temps à perdre ; ensemble, ils la saisirent par les épaules et la confièrent à Agnès, qui sortit de la chambre avec elle. Restés seuls, ils se placèrent des deux côtés du lit ; Victor, qui avait déjà eu l'occasion d'assister aux opérations à l'époque de Saint-Jean, disposa des linges propres autour du cou de Louis et couvrit son visage avec un mouchoir en soie.

— Tu n'utilises pas de chloroforme ? s'étonna-t-il, Étienne s'apprêtant à inciser la peau.

— Nous n'avons pas le temps. De toute façon, il a sombré dans le...

Il s'interrompit, Louis ne respirant plus. Avec rapidité et précision, il disséqua les plans profonds et les exposa à l'aide de deux écarteurs, qu'il confia à Victor. Puis, il ouvrit la trachée et introduisit un tuyau en caoutchouc, la manœuvre déclenchant un puissant accès de toux qui fit jaillir tout autour une importante quantité de mucus ensanglanté. Avec un soupir de soulagement, il constata que la respiration redevenait régulière. Sans perdre de temps, il fixa la canule et adapta les berges de la plaie avec quelques points de suture, pendant que Victor exerçait avec des compresses une douce pression pour freiner l'hémorragie.

— Il devrait reprendre ses esprits dans les quelques heures. Tu peux aller rassurer Mathilde...

Victor ouvrit la porte et se trouva nez à nez avec cette dernière, en train de faire les cent pas dans le couloir. Avant qu'il ne pût l'en empêcher, elle s'avança jusqu'au lit, en découvrant le triste spectacle offert par la canule sortant du cou, le visage de Louis étant toujours caché sous le mouchoir et entouré de linges tachés de sang.

— Tu ne devrais pas le voir ainsi, protesta faiblement Étienne, qui connaissait néanmoins le courage de son amie.

Il vérifia avec le stéthoscope le bon fonctionnement des poumons et rassura tout le monde d'un clignement des yeux. Dès qu'il eut achevé le pansement, Mathilde enleva le mouchoir et constata que Louis reprenait déjà des couleurs. Avec Agnès, elle s'attela à nettoyer à l'eau tiède le sang desséché qui souillait son corps, pendant que les deux hommes se retiraient au salon.

— En m'assoupissant, j'ai manqué à mon devoir, se désola Agnès. Par ma faute, monsieur Louis a failli mourir...

— Ce qui s'est passé n'est que mauvaise fortune, l'interrompit Mathilde avec bienveillance. Vous ne pouvez rien à la gravité de la maladie ; bien au contraire, grâce à vous le docteur Basset a pu intervenir à temps. Ne vous affligez pas et allez plutôt vous reposer ; c'est moi qui veillerai à son chevet.

— Madame use d'indulgence à mon égard. Permettez-moi néanmoins de rester avec vous, car cela adoucirait ma peine.

Après avoir débarrassé les linges sales, elles s'assirent près du lit et commencèrent à prier à voix basse, le sifflement régulier de la canule accompagnant leurs murmures.

*

La respiration de Louis étant calme et libre, elles avaient fini par s'endormir, vaincues par le bouleversement et la fatigue. À l'aube, l'enfant se réveilla brusquement et essaya d'arracher le tuyau, la peur dans les yeux. Mathilde se précipita sur lui et retint sa main.

— Tout va bien, mon cœur, le rassura-t-elle, émue aux larmes de le voir reprendre connaissance. Pour que tu puisses respirer, le docteur Basset a dû mettre ce tube dans ta gorge. Ce n'est que pour un temps, mais tu ne dois pas y toucher.

Agnès s'approcha du lit, en embrassant la croix de son chapelet. Louis voulut la saluer, mais alors que ses lèvres dessinaient le mot *tata*, aucun son ne sortit de sa bouche.

— La canule t'empêche de parler, lui expliqua Étienne en pénétrant dans la chambre. Ne t'inquiète pas : quand je la retirerai, tu retrouveras ta belle voix.

Derrière lui, Victor affichait un visage marqué par l'appréhension et le manque de sommeil. Il embrassa Louis sur le front et caressa sa joue d'une main tremblante ; ce dernier s'efforça de lui sourire, en posant sur lui un regard doux et mélancolique, mais sombra vite dans une profonde torpeur. Étienne en profita pour contrôler aussitôt le pansement.

— La plaie est propre, leur dit-il à voix basse, tout en constatant une légère tuméfaction, dont il décida de ne pas faire état. Il faut veiller à ce que la canule ne se déplace pas, ajouta-t-il à l'attention de Victor. Je repasserai de toute façon cet après-midi, pour changer les compresses.

Il donna ensuite instruction à Agnès d'humecter régulièrement les lèvres de Louis et de préparer un bouillon de viande, pour qu'il pût, à son réveil, avaler un peu de liquide et se revigorer. Il se voulait rassurant, mais il savait que les prochaines heures allaient être difficiles. Il craignait par-dessus tout les convulsions fiévreuses, souvent d'issue fatale malgré des actes chirurgicaux correctement pratiqués. Il prit congé en gardant pour lui ses préoccupations, certain de pouvoir faire confiance à Victor et ne voulant pas tourmenter inutilement Mathilde.

*

La journée fut rythmée par les courts réveils de Louis, pendant lesquels Agnès, qui avait insisté une fois de plus pour rester à son chevet, essayait de le faire boire, en dépit des puissantes quintes de toux que cela provoquait. Son état semblait néanmoins se stabiliser lentement. Après la visite d'Étienne en début d'après-midi, lors de laquelle il n'avait rien constaté d'alarmant, Mathilde s'était laissé convaincre par Victor d'aller se reposer, pour retrouver les forces nécessaires à accompagner une convalescence qui s'annonçait longue et difficile. En réalité, il voulait lui cacher son angoisse, car il savait lui aussi que leur fils n'était pas encore hors de danger. Les pas feutrés pour qu'elle ne remarquât pas son manège, il montait depuis la pharmacie toutes les demi-heures et venait aux nouvelles en passant la tête par la porte, à l'affût d'un signe d'Agnès.

Au coucher du soleil, alors que l'espoir renaissait, cette dernière s'aperçut que Louis était à nouveau fiévreux et que son cou présentait une volumineuse boursouflure, de laquelle la canule ne dépassait plus que de quelques centimètres. Victor, arrivé au même moment, s'empressa de défaire le pansement, en découvrant que la plaie était livide et laissait s'écouler un liquide épais et nauséabond. Il se tourna vers Agnès, mais elle avait déjà quitté la chambre précipitamment.

6.

Ela revint à la cuisine avec un tableau, qu'elle posa contre le mur du plan de travail sous les yeux ébahis d'Hugues. Il s'agissait de la toile du dix-neuvième siècle qu'il avait aperçue quelques années auparavant dans le débarras au fond du couloir, cachée derrière les vieux meubles. Avec une ressemblance stupéfiante, elle représentait la même femme que celle du portrait de Pierre Lécuyer. Tout était identique : sa position, son visage, son regard triste, le corsage noir, le collier en or, le pendentif agrémenté de pierres bleues. La seule différence résidait dans le décor : le champ fleuri était ici remplacé par une imposante bibliothèque en bois massif, remplie de livres anciens jusqu'au plafond, à côté de laquelle on reconnaissait la cheminée en marbre du salon d'Ela.

— Je n'arrive pas à le croire, lâcha-t-il, en soufflant délicatement pour dégager une fine couche de poussière.

Ela, qui n'en revenait pas non plus, posa à côté du cadre le catalogue du vernissage, la ressemblance entre les deux portraits paraissant ainsi encore plus flagrante. Hugues retira ses lunettes et entreprit de les examiner de près, en poussant des murmures de plus en plus étonnés, au fur et à mesure qu'il constatait que tout correspondait effectivement jusque dans le moindre détail.

— S'il te plaît, rappelle-moi qui est cette dame, demanda-t-il, sans s'arrêter.

— Il s'agit de Mathilde Durant, la grand-mère de Thierry. C'est sa fille Irène qui m'a confié le tableau, en 1946, quelques jours avant sa mort. J'étais désormais la seule famille qui lui restait. Elle m'a fait promettre solennellement de ne jamais m'en séparer, sous aucun prétexte. J'ai voulu savoir pourquoi, mais elle a refusé de m'en dire plus.

Hugues remit ses lunettes et se saisit du catalogue, en remarquant au passage que le regard d'Ela s'était voilé, comme chaque fois qu'elle évoquait Thierry. Malgré les dimensions réduites de la photo, il écarquilla les yeux, surpris par un détail qui prenait maintenant une signification toute particulière. Il s'empressa de lui en parler, en espérant ainsi éloigner les souvenirs douloureux.

— Observe bien la ville qu'on entrevoit tout au fond, lui dit-il, en lui passant la brochure. À quoi penses-tu ?

Elle secoua la tête, l'air interrogatif.

— Pourtant, c'est évident, insista-t-il.

Elle regarda plus attentivement, tout en lui faisant remarquer que l'image était minuscule.

— Il faut néanmoins que je trouve toute seule, ajouta-t-elle sur un ton taquin, sinon tu vas t'en vanter longtemps...

Hugues, ravi qu'elle sourît à nouveau, eut envie de lui révéler l'extraordinaire coïncidence qu'il venait de découvrir, mais, bon joueur, il décida d'attendre, tandis qu'elle décrivait à haute voix ce qu'elle voyait.

— Un champ fleuri, des toits sombres qu'on devine à l'horizon, les deux flèches d'une église... Tout ceci me semble assez banal. C'est un paysage que l'on peut rencontrer partout en France.

— Banal... ou peut-être familier, suggéra Hugues, qui ne tenait plus en place.

L'attention d'Ela se porta tout à coup sur la silhouette de l'église.

— Attends un moment... La croix sur le clocher a une forme particulière. C'est très petit, mais on dirait une croix de Lorraine, comme celle de la France libre...

— Elle était aussi appelée croix d'Anjou...

— Mais bien sûr ! Les deux flèches, le clocher, la croix... C'est la cathédrale Saint-Maurice.

— À côté de laquelle tu vis, précisa Hugues, en gloussant. Ce qui signifie…

La stupeur se dessina sur le visage d'Ela.

— Ce qui signifie, conclut-elle, qu'un artiste belge, dont nous n'avons jamais entendu parler, a non seulement peint à l'identique la Mathilde d'un portrait du siècle passé, mais l'a clairement située dans la ville où elle a vécu !

Ils se turent, frappés par l'invraisemblance de leur découverte, le regard sombre et mélancolique de la vieille dame pesant sur eux. Hugues fronça les sourcils, étonné que cet ancien tableau le mît encore plus mal à l'aise que celui de Pierre Lécuyer, le sentiment confus qui l'agitait depuis la veille n'étant donc pas une simple impression de déjà-vu.

— Un souci ? s'inquiéta Ela.

Il se ressaisit et se limita à évoquer une nuit trop courte, car il ne voulait pas l'ennuyer avec ses bizarreries, sans doute le fruit de la fatigue accumulée pendant sa tournée.

— Comment penses-tu que Pierre Lécuyer ait pu faire ça ? demanda-t-elle, en reposant le catalogue à côté du portrait.

— De toute évidence, il ne s'agit pas d'un hasard. Cela dit, je n'ai pas d'explication, en tout cas pour le moment. Voilà une raison de plus d'aller le voir. Que sais-tu au sujet de Mathilde ?

— Pas grande chose. Compte tenu des circonstances, Irène n'aimait pas non plus évoquer le passé... Elle m'a seulement dit que sa mère a toujours vécu ici avec sa famille et qu'elle est morte en 1889, à l'âge de 59 ans. Par contre, j'en ai appris un peu plus sur elle en lisant le journal de sa fille.

— Un journal ?

— Ce sont de vieux carnets que j'ai juste parcourus, sans leur prêter grande attention...

Elle détourna le regard, les joues soudainement empourprées. Devinant la raison de son trouble, Hugues prit ses mains dans les siennes.

— Tu n'as rien à te reprocher. Tu voulais tout simplement en savoir un peu plus sur la vie de Thierry, ce qui est tout à fait normal.

— Nous nous sommes à peine connus, soupira-t-elle. Malheureusement, Irène n'a plus rien écrit après la mort de son mari, en 1906, de manière que je n'ai trouvé que le récit de son enfance.

— Dommage. Je n'aime pas te voir triste, car je suis fou de ton sourire.

Joignant le geste à la parole, il l'embrassa tendrement sur la bouche.

— Tu fais rougir une vieille dame, protesta-t-elle avec une moue enjouée. Revenons aux carnets, si tu veux bien. Tu t'en doutes, Irène y raconte surtout sa vie avec Gilbert, son mari ; elle parle aussi beaucoup de Thierry, dont la naissance les avait d'autant plus ravis, qu'elle était tombée enceinte sur le tard, alors qu'ils avaient déjà perdu tout espoir d'avoir des enfants. Le reste de la famille n'est évoqué qu'à l'occasion d'événements particuliers, comme la visite à Paris de Mathilde, où les jeunes mariés vivaient. D'ailleurs, je m'en souviens, car il s'agit d'un drôle de récit, où il est question d'une étrange séance avec les morts.

— Voilà qui épaissit encore plus le mystère, fit remarquer Hugues, en écarquillant les yeux avec ironie.

Sa grimace ne la surprit guère, car elle connaissait bien son esprit cartésien. Même, elle s'était souvent demandé si la faible ferveur dont il faisait preuve à l'église ne cachait pas en réalité un matérialisme qu'il n'osait pas admettre.

— Y a-t-il autre chose d'intéressant à son sujet ? reprit-il, en retrouvant son sérieux.

— Je dois t'avouer que je n'ai vraiment lu que les carnets concernant Thierry. Mais, si tu veux, je peux te les prêter.

Il la suivit jusqu'à la porte de l'ancienne chambre d'enfant, au bout du couloir qui séparait en deux l'appartement. Celui-ci occupait tout l'étage et avait été rénové en son temps dans un style Art déco. Les murs et les hauts plafonds étaient enrichis de moulures et de rosaces ; d'époque étaient aussi les parquets en marqueterie, dont les motifs géométriques en bois polychrome étaient tous différents d'une pièce à l'autre. Les vitraux représentant des fleurs rampantes avaient été détruits pendant la guerre, à l'exception de ceux de l'ancienne bibliothèque, ce qui était d'autant plus heureux qu'il s'agissait de la pièce principale, les rayons du soleil l'illuminant ainsi de lumières colorées qui changeaient sans cesse au fil des heures et des saisons. Ela en avait fait le séjour, où elle aimait se prélasser le soir, à la chaleur de la cheminée. Côté rue, l'appartement comptait encore la salle à manger et l'ancien salon, deux pièces plus petites, contiguës de part et d'autre au séjour, avec lequel elles communiquaient par de grandes portes. Côté cour, outre la cuisine et une salle d'eau, il y avait deux chambres à coucher, qui donnaient sur un jardin ombragé de mimosas et agrémenté à son centre d'une jolie fontaine à vasques.

Elle ouvrit la porte et appuya sur l'interrupteur, la lumière jaunâtre d'une simple ampoule en guise de plafonnier révélant plusieurs meubles entassés dans le désordre ainsi qu'un nombre impressionnant de livres. Il s'agissait pour la plupart de volumineux tomes du dix-huitième et dix-neuvième siècle, aux belles reliures en maroquin ou en toile, pour la plupart rehaussées de reliefs et dorures. Elle avança à travers les piles posées à même le sol et ramassa une boîte, qu'elle donna à Hugues. À l'intérieur, il trouva une vingtaine de cahiers d'assez grand format, aux pages jaunies ; les couvertures en carton, sur lesquelles des numéros d'année avaient été calligraphiés à l'encre de Chine, étaient dotées à leurs bords de boucles intercalées, ce qui permettait, une fois le cahier refermé, d'y glisser un crayon en guise de fermoir. Incommodée par la poussière, Ela se dépêcha de quitter la pièce, suivie par Hugues, qui trébucha dans un tabouret et fit tomber un coffret en bois.

— Tiens donc ! s'étonna-t-il, en y découvrant un collier en or et une longue broche en ivoire.

Revenue sur ses pas, Ela voulut lui expliquer, mais fut prise d'une quinte de toux. En s'excusant d'un geste de la main, elle disparut dans la cuisine.

— Il faut vraiment que je nettoie cette pièce une bonne fois pour toutes, lui dit-elle, en s'éclaircissant la gorge avec un verre d'eau.

Hugues, qui l'avait rejointe avec les carnets et les bijoux, opina de la tête l'air songeur, en se souvenant qu'elle lui avait un jour avoué avoir transformé l'ancienne chambre d'enfant en un débarras pour qu'elle ne lui rappelât plus l'absence de Hyacinthe. Après la mort d'Irène, qui lui avait tout légué, elle avait mené une vie très réservée, ses journées étant rythmées par son travail à l'hôpital Sainte-Marguerite, par ses prières et ses lectures dans la solitude de l'appartement et surtout par ses efforts inlassables pour retrouver son fils. Dès la libération, elle avait écrit des centaines de lettres à tous les hôpitaux, à tous les orphelinats et à toutes les mairies situés dans un rayon de plus en plus étendu autour de Mirebeau, là où Hyacinthe avait disparu ; elle avait sollicité l'Office national des anciens combattants et victimes de guerre, la Croix rouge, l'Entraide française ; elle s'était rendue à plusieurs reprises sur les lieux du bombardement et avait frappé à toutes les portes des villages alentour ; à deux reprises, elle avait rencontré les fermiers qui avaient secouru Thierry, sans pouvoir en apprendre plus que ce que ce dernier lui avait déjà raconté. Dans l'espoir d'au moins trouver une tombe sur laquelle se recueillir, elle avait aussi visité tous les cimetières et toutes les fosses communes de la région, en demandant si un nourrisson y avait été inhumé lors de l'exode de juin 1940. Au bout de quelques années, elle avait dû se résigner, ses recherches n'aboutissant à rien. Elle ne se faisait plus d'illusions quant au sort tragique de son enfant et essayait de toutes ses forces de s'en convaincre, pour alléger sa peine. Pourtant, contre toute raison, quelque chose en elle la poussait avec obstination à garder espoir ; ainsi, dans ses prières, elle continuait à lui parler comme s'il pouvait l'entendre où qu'il fût, en lui promettant d'être un jour réunis. En janvier 1955, elle avait été très affectée par le décès de son père, qu'elle n'avait plus revu depuis la guerre, le rideau de fer les ayant séparés à jamais. Désormais seule au monde, sa mère étant morte pendant son enfance, elle s'était accrochée à la mémoire de Hyacinthe, pour ne pas sombrer dans la dépression ; en puisant la force dans sa foi profonde, elle avait ainsi décidé de se ressaisir, en commençant par remplacer les vieux meubles, qui lui rappelaient sans cesse les sombres souvenirs qui hantaient les lieux. À l'exception d'un secrétaire Second Empire, installé au salon et auquel elle tenait particulièrement, elle avait entreposé les autres pièces de valeur dans cette chambre, dont elle avait condamné les volets, en y empilant aussi les nombreux volumes de l'ancienne bibliothèque. Enfin, pour la première fois, elle avait pris quelques jours pour elle au mont Saint-Michel, en se faisant belle et en s'achetant pour l'occasion un joli tailleur. Hugues ne put retenir un sourire attendri, ces meubles et ces livres entassés dans la poussière étant en quelque sorte à l'origine de leur histoire d'amour. Il posa les carnets sur la table et s'approcha du portrait le collier à la main, en constatant que c'était bien le même, reproduit à l'identique dans les moindres détails, aussi par Pierre Lécuyer, ce qui était beaucoup plus surprenant.

— Déjà qu'on en parle, continua Ela sur un ton espiègle, je te rappelle une fois de plus que tu m'as promis de tout expertiser, avant que je ne jette un trésor à la poubelle...

— Je n'ai pas oublié. Ce sera d'ailleurs ma première occupation de jeune retraité !

— Alors, ce n'est pas demain la veille, pouffa-t-elle, comme chaque fois qu'ils évoquaient le sujet.

— Et ces bijoux ? éluda-t-il, ravi à l'idée de la surprise qu'il était en train de lui préparer.

— J'étais sure de t'en avoir parlé. Irène me les a confiés avec le reste, peu de temps avant sa mort.

— En te faisant promettre comme pour le tableau ?

— Tout à fait. Mais, encore une fois, c'était bien plus qu'une promesse. J'ai franchement eu l'impression de sceller un pacte secret.

Hugues s'assit à la table et examina le collier avec minutie. De forme plutôt inhabituelle, il était composé de petites plaques carrées en or massif, reliées entre elles à leur bord supérieur par une fine chaîne tressée, ce qui rappelait vaguement les pectoraux de l'ancienne Égypte. Le gros pendentif, au contour richement ciselé, était incrusté de lapis-lazulis, qui dessinaient avec précision la même branche de vigne visible sur les deux portraits.

— C'est un collier de très bonne facture, dit-il, en levant la tête. Dommage de le laisser dans le débarras.

— Est-ce que tu me vois me promener avec ça au cou ? répliqua-t-elle, en mimant une pose austère.

Hugues rit de bon cœur. Il connaissait ses goûts et savait qu'elle aimait être élégante, mais sans ostentation.

— Mathilde était-elle riche ? Ce collier a dû coûter une petite fortune.

— Je suppose que oui. Elle faisait partie de la bourgeoisie de la ville et son mari tenait une pharmacie au rez-de-chaussée, à la place de l'actuelle boulangerie.

Tout en l'écoutant, Hugues se saisit de la broche, longue d'une vingtaine de centimètres, en ivoire poli.

— Là, par contre, je ne comprends pas, murmura-t-il après un bref examen. Il me semble normal qu'Irène t'ait légué personnellement le collier et le tableau, pour la valeur et pour le souvenir. Mais, cette broche n'a rien de particulier ; alors que le collier relève d'un travail d'orfèvrerie hors pair, elle n'est même pas agrémentée des embouts décoratifs qui étaient habituels à l'époque.

— Pourtant, elle me l'a précieusement confiée comme pour le reste.

— Dans quel but ? se demanda-t-il, en se caressant le menton.

— Que veux-tu dire ?

— C'est un objet banal et sans valeur. Elle devait donc avoir un motif précis pour te la remettre sur son lit de mort, car ce n'est pas exactement le moment où l'on a envie de se complaire dans la futilité. Si j'ai raison, il se peut que le tableau et le collier soient à leur tour plus qu'un simple héritage de famille...

— Irène m'a fait promettre aussi pour les livres...

Hugues l'interrompit d'un claquement des doigts.

— Bien sûr, les livres et avec eux les carnets... Et s'ils refermaient un secret ?

— Un secret ? s'étonna-t-elle.

—... ou tout au moins l'explication d'une promesse qui semble faire de toi une sorte de gardienne du passé.

Elle secoua la tête, en le regardant d'un air amusé et sceptique à la fois.

— Là, je ne te suis plus. Si Irène avait quelque chose à me confier, pourquoi ne m'a-t-elle rien dit ? N'oublie pas que j'étais la seule personne qui lui restait au monde et qu'elle est morte dans mes bras. C'était le moment ou jamais de m'en parler.

— En effet, reconnut Hugues, l'air pensif. Je ne comprends pas non plus ce que Pierre Lécuyer vient faire dans tout ça. Quoi qu'il en soit, il doit forcément savoir quelque chose et je compte bien le découvrir.

7.

Angers, 3 décembre 1858

La neige crissait sous ses bottines. Ne voyant pas de fiacre, Agnès essayait tant bien que mal de se hâter en direction du pont du Centre, sous les regards interloqués des passants, encore nombreux en ce début de soirée. Soudain, elle reconnut sur son charriot un maraîcher chez qui elle avait ses habitudes ; à bout de souffle et affolée, elle se mit en travers de la chaussée et l'arrêta d'un grand mouvement des bras. En apprenant pour l'enfant, il la fit assoir à l'arrière, protégée du vent glacial par de gros sacs de pommes de terre ; il lança ensuite les chevaux au galop et longea la Maine jusqu'à l'imposante façade moyenâgeuse de l'hôpital Saint-Jean, qu'ils atteignirent en quelques minutes. Avant de disparaître sous le portique, Agnès le remercia de sa compassion, en promettant de lui faire dire une messe ; puis, sans plus attendre, elle poussa le lourd portail et s'avança dans la grande salle des malades, ses pas résonnant sous les voûtes gothiques des trois nefs, longues d'une soixantaine de mètres et séparées par de très hautes colonnes. Les lits étaient rangés dans les travées latérales, les hommes à gauche et les femmes à droite, cachés à la vue par d'épais rideaux, qui formaient ainsi un couloir central, où s'affairaient dans le silence des religieuses en robe noire et cornette blanche. La voix étranglée, Agnès réclama le docteur Basset et fut dirigée vers un petit cloître attenant, où elle le trouva en train d'ausculter une dizaine de malades abrités sous les arcades. En l'apercevant, il s'empressa de terminer son diagnostic, tout en indiquant à la sœur qui l'assistait les souffrants qu'il fallait recevoir.

— Monsieur Louis ne va pas bien du tout, lui annonça-t-elle. La fièvre l'a repris et son cou a tellement gonflé, qu'il ne peut presque plus respirer. Monsieur vous demande incessamment.

Étienne fronça les sourcils ; à l'évidence, l'enfant développait l'inflammation qu'il redoutait tant. Le visage fermé, il ordonna à Agnès de l'attendre sous le portique et d'arrêter un fiacre ; puis, il courut à son cabinet, où il prépara sa trousse en y glissant un bocal à sangsues. Après avoir revêtu sa redingote et son haut-de-forme, il s'apprêta à quitter les lieux, mais hésita subitement devant un petit crucifix accroché au mur. Pour la première fois depuis la mort d'Alphonsine, sa bien-aimée, il se signa et embrassa les pieds du Christ, en demandant la grâce pour Louis.

*

De retour en bas de l'immeuble, Agnès s'éloigna sans mot dire en direction de la cathédrale, tandis qu'Étienne se dépêcha au chevet de Louis, où il retrouva Victor avec Mathilde dans ses bras. Il voulut la saluer, mais elle garda les yeux fermés, sans faire cas de sa présence, vacillant comme si elle allait s'évanouir à tout instant.

En s'approchant du lit, l'odeur chaude et métallique de l'hémorragie le prit à la gorge ; l'enfant baignait dans un sang noir et visqueux, qui se répandait lentement de son cou, en souillant les draps de taches sombres qui s'élargissaient inexorablement. De la canule ne s'échappait plus qu'un râle, interrompu par moments par une toux rauque, le dernier signe de vie d'un corps autrement blême et inerte.

— Tout à l'heure, il a été saisi de spasmes, murmura Victor à son oreille, d'une voix étrangement calme.

Étienne l'examina rapidement et ausculta ses poumons.

— Sa respiration est gênée par la phlegmasie, lui annonça-t-il avec le même calme.

Ils se connaissaient depuis trop longtemps pour se mentir ; ils essayaient seulement d'épargner à Mathilde leur affolement.

— Il ne faut pas qu'il meure !

Son cri déchirant les fit tressaillir. Le regard effaré, elle les dévisagea avec insistance, en retenant son souffle, comme pour déceler dans leurs yeux un ultime espoir auquel s'accrocher. Après un moment qui leur parut interminable, elle s'affala sur une chaise, le visage caché dans ses mains.

—Il est nécessaire d'opérer une saignée, reprit Étienne, en sortant de sa trousse le bocal. Cela devrait réduire la congestion et libérer la trachée-artère.

Horrifiée à la vue de la dizaine de vers qui flottaient dans l'eau en se tortillant dans tous les sens, Mathilde alla se jeter dans les bras de Victor, qui en profita pour s'éloigner avec elle en direction du salon. Étienne défit le pansement et posa de chaque côté de la plaie deux sangsues, qui s'accrochèrent en gonflant rapidement. Au bout d'une vingtaine de minutes, elles se détachèrent d'elles-mêmes, en laissant deux minuscules traces de morsure. Il ausculta à nouveau Louis et constata avec dépit que, si les râles avaient quelque peu diminué, son corps était néanmoins toujours chaud et secoué par des frémissements maintenant continus. Surtout, l'enfant restait plongé dans le coma, sans aucune réaction aux sels volatils, qu'il agitait pourtant avec insistance sous son nez. Il savait que ce n'était plus qu'une question de temps, mais ne pouvait pas s'y résoudre ; finalement, submergé par le chagrin, il se dirigea vers la porte d'un pas grave, les paroles qu'il s'apprêtait à dire à Victor et Mathilde hantant déjà son esprit. À peine l'avait-il entrouverte, que Louis fut pris de violentes convulsions. D'un bond, il se jeta sur lui et le maintint fermement, pour qu'il ne se blessât pas, en essayant en même temps de dégager l'écume ensanglantée qui jaillissait de la bouche, pour s'assurer qu'il n'avalât pas sa langue. Alertés par le vacarme, Victor et Mathilde se précipitèrent dans la chambre, en découvrant Louis arcbouté avec une telle violence, qu'Étienne devait peser de tout son corps pour parvenir à le maîtriser. Victor courut l'aider, mais soudain, après un dernier soubresaut, le petit corps s'effondra, vidé de toute force. Étienne se releva et fixa dans les yeux son ami, car ils connaissaient les deux l'inévitable issue de ces signes. Leur mutisme, surtout celui d'Étienne, qui d'habitude savait toujours trouver les bons mots pour consoler de sa voix bienveillante et rassurante, fit comprendre à Mathilde que leur seul espoir reposait désormais dans la grâce du Seigneur. Elle s'approcha de Victor, mais ce dernier détourna le regard pour lui cacher ses larmes, comme s'il pouvait encore la préserver de la douleur et du chagrin. Avec douceur, elle l'obligea d'une main tremblante à tourner la tête vers elle ; ils pleurèrent ainsi ensemble, l'un dans les bras de l'autre, leurs sanglots couvrant le râlement de plus en plus tenu de Louis. Puis, elle le laissa et avança lentement vers le lit, avec la contenance sévère et digne d'une mère qui s'apprête à réconforter son enfant mourant. Elle saisit un linge mouillé et commença à nettoyer le sang qui souillait le corps meurtri, en accompagnant ses gestes de douces berceuses. Étienne s'approcha de Victor et lui parla à voix basse.

— Je suis sincèrement désolé. J'aimerais tellement pouvoir faire quelque chose… À présent, nous ne pouvons que prier pour lui.

Dans sa douleur, Victor eut un mouvement de surprise, son ami n'ayant plus mis pied dans une église depuis le deuil qui l'avait frappé. Touché par son profond abattement, il acquiesça gravement d'un hochement de tête.

— Tu as fait tout ce qui t'était possible...

Il s'interrompit, en entendant Mathilde fredonner la chanson du petit matelot, la préférée de Louis.

— Peux-tu rester un moment avec elle ? reprit-il, brisé par l'émotion. Il faut que je donne commission à Agnès d'aller chercher l'abbé Giralt.

— Je crois qu'elle y est déjà. Tout à l'heure, je l'ai vue courir vers la cathédrale...

Au même moment, Agnès se précipita dans la chambre. En découvrant Mathilde en train de laver le visage ensanglanté de Louis, elle chancela, promptement retenue par Étienne.

— Que Monsieur veuille pardonner la liberté que j'ai prise, murmura-t-elle à Victor, mais j'ai pensé que...

Elle baissa les yeux, incapable de terminer la phrase.

— Vous avez bien fait, répondit-il. Faites-le entrer, car le temps presse.

Lorsqu'il franchit la porte, Victor salua l'abbé d'un signe respectueux de la tête, tandis qu'Étienne l'ignora, en s'éloignant vers la fenêtre. Âgé d'une soixantaine d'années, la silhouette trapue et le visage joufflu surmonté d'une barrette paraissant trop petite, il détonnait par son gros ventre, que la soutane noire, boutonnée du menton aux pieds, retenait avec difficulté. Rattaché à l'évêché d'Angers, il avait béni leur mariage, en devenant par la suite leur confident spirituel et finalement un intime de la famille. Le souffle court, il avança vers le lit d'un pas chaloupé, en se désolant à la vue de Louis, qui ne donnait presque plus de signes de vie. Visiblement affligé par le sort de l'enfant, qu'il avait baptisé, il chercha du regard Étienne, lequel lui fit comprendre d'un geste nerveux qu'il ne pouvait plus rien pour lui. Il se signa alors avec dévotion, les yeux fermés, comme pour déjà invoquer la grâce divine, et sortit de la sacoche qu'il portait en bandoulière une étole violette et un petit flacon, en le glissant discrètement dans sa poche.

— Mathilde, nous allons nous recueillir...

Il lui avait parlé avec prévenance, d'une voix nasillarde qui contrastait avec sa corpulence. Pour toute réponse, elle marmonna des mots confus, sans lui prêter plus d'attention qu'aux autres. Avec l'aide de Victor, il la saisit par le bras et l'éloigna doucement du lit, Agnès s'empressant d'amener une chaise, sur laquelle elle la fit assoir.

— Je vais confesser Louis et lui donner la bénédiction, reprit-il, en s'habillant de l'étole. Nous prierons ensuite pour que Dieu notre Seigneur le reçoive dans sa miséricorde.

Mathilde opina lentement de la tête, sans quitter des yeux son fils. Debout derrière elle, Victor posa délicatement une main sur son épaule, tandis qu'Agnès rejoignit le docteur Basset, qui regardait silencieux la rue se vider des passants.

— In nomine Patris, et Filii, et Spiritus Sancti, amen, entonna le prêtre en se signant.

Il se baissa et murmura quelques mots à l'oreille de Louis ; puis, il s'approcha de sa bouche et attendit un long moment, avant de se relever, en se saisissant du petit flacon dans sa poche. Il enduisit son pouce d'huile parfumée et traça des croix sur le front et les mains de l'enfant, en psalmodiant une bénédiction.

— Per istam sanctam unctionem et suam piissimam misericordiam adiuvet te Dominus gratia Spiritus Sancti, ut a peccatis te salvet atque propitius allevet. Amen.

Il entama ensuite le rosaire, mais personne n'eut la force de prier avec lui.

*

Les heures s'égrenaient lentement, à l'instar des Ave Maria et des Pater noster, dans une attente insoutenable, rendue encore plus cruelle par l'espoir ultime d'une grâce divine à laquelle tous voulaient malgré tout croire. En dépit des efforts de Victor pour la persuader de se reposer quelques instants, Mathilde refusait obstinément de quitter Louis et restait assise à son chevet immobile et muette, insensible à tout ce qui se passait autour d'elle. Ajoutant au chagrin, tous se faisaient du souci pour elle ; Agnès avait même dû lui prendre des mains son chapelet, car elle le serrait si fort, que la croix avait entamé la peau. Soudain, après un brusque soubresaut, Louis tourna la tête et essaya d'ouvrir les paupières. Avant qu'ils ne pussent la retenir, Mathilde se jeta sur lui, en le couvrant de baisers désespérés, entremêlés de mots qu'elle lui murmurait avec douceur. À grand-peine, il la chercha du regard et voulut lui parler, mais ses lèvres n'eurent qu'un frémissement imperceptible, la peur et la douleur se lisant dans ses yeux. Alors, comme pendant les nuits d'orage, quand le tonnerre le réveillait en sursaut, Mathilde s'allongea à ses côtés et le prit dans ses bras, en fredonnant une berceuse à bouche fermée, tandis que Victor, à genoux, mouillait de larmes sa petite main, désormais inerte. La souffrance sur le visage de Louis s'apaisa, laissant paraître, le temps d'un court instant, le sourire serein d'un enfant qui s'endort réconforté par ses parents. Après une dernière inspiration, un long sifflement s'échappa de la canule et se perdit dans les sanglots étouffés.

— Requiem æternam dona ei, Domine, et lux perpetua luceat ei, dit le prêtre sur un ton grave, le bras levé en signe de bénédiction.

Victor embrassa Louis sur le front et s'approcha de Mathilde, qui continuait à le bercer en chantonnant. Il voulut la faire sortir, pour préparer la veillée funèbre, mais elle le repoussa, en s'accrochant fermement au petit corps, le visage hagard.

— Laissons-la, le temps que j'aille prévenir le marguillier, lui glissa à l'oreille l'abbé Giralt. Les prières et la foi dans la résurrection sauront apaiser la douleur et calmer son esprit.

Après avoir reconduit le prêtre à la porte, Agnès revint de la bibliothèque avec un prie-Dieu, qu'elle plaça aux pieds du lit. D'un geste de la main, Victor l'invita à s'y recueillir la première, car il voulait rester près de Mathilde, pour s'assurer avec Étienne qu'elle ne fît pas de malaise. Agnès alluma alors un cierge et récita en silence une dizaine ; puis, en signe de deuil, elle alla fermer à demi tous les volets, sans oublier d'arrêter au passage les horloges et de voiler les miroirs. Enfin, sans se faire remarquer, parce qu'elle savait que Monsieur ne donnait croyance à ces pratiques, elle se rendit à la cuisine, où elle retourna tous les chaudrons, pour que l'âme du petit ne fût pas entravée en s'y réfléchissant. Au loin, le glas tinta cinq fois, suivi de six coups espacés, l'âge de Louis ; quelques minutes après, pénétrèrent dans la chambre deux femmes vêtues de noir, chargées de laver et parer l'enfant. À leur vue, Mathilde se raidit et se serra encore plus contre Louis, la tête enfouie dans le creux de son cou. Agnès eut alors l'idée de lui apporter le costume marin en soie blanche que le petit avait l'habitude de mettre les jours de fête. Ainsi bercée par les souvenirs que la douceur du tissu et le parfum d'Inde qui s'en dégageait lui inspiraient, Mathilde se laissa enfin conduire en dehors de la chambre.

Allongée sur son lit, elle fit semblant de dormir et attendit qu'ils sortissent. Victor avait insisté pour qu'elle se reposât jusqu'à la veillée funèbre ; Agnès, de son côté, avait repris le costume marin, en lui promettant d'habiller elle-même Louis, afin qu'il fût le plus gracieux des anges. Mathilde savourait le silence qui l'entourait enfin et qui lui accordait un peu de répit, en la soulageant des pleurs et des litanies. Tâtonnant dans la pénombre, elle alla s'agenouiller sur le prie-Dieu posé à côté de la fenêtre, où elle et Victor avaient l'habitude de prier le soir, devant un grand crucifix accroché au mur. En levant les yeux pour implorer la miséricorde de Dieu, elle remarqua dans le ciel ce qui restait de la comète. Le minuscule point brillant, autour duquel on imaginait plus qu'on voyait une faible traîne luminescente, lui rappela douloureusement le visage émerveillé de Louis, en train de se réjouir du spectacle céleste blotti dans ses bras. Comme lui, pensa-t-elle, l'astre quittait désormais la Terre, en ne laissant derrière lui que le souvenir d'une joie trop courte. Mais, au contraire des comètes, les âmes ne revenaient pas ; les paroles de ce lointain soir d'octobre résonnèrent alors cruellement dans sa tête : pourquoi la divine Providence prodiguait-elle ses bienfaits, pour aussitôt les ravir à ceux qui pourtant s'abandonnaient à elle dans la foi ?

8.

Dans le train pour Charleroi, 25 février 1969

La vieille femme assise devant lui rangea son tricot et ferma les yeux, en essayant de dormir. Hugues aussi rêvassait, le regard perdu dans les dernières lueurs du crépuscule, en regrettant que le temps en compagnie d'Ela filât toujours trop vite. Cette fois, c'était d'autant plus vrai, qu'ils s'étaient passionnés pendant tout le weekend pour le mystère des deux portraits, sans pour autant réussir à comprendre comment cela avait pu se produire. Elle lui avait assuré que le tableau n'avait jamais quitté l'appartement ; il datait de l'année de la mort de Mathilde et, du vivant de sa fille, était resté accroché en sa mémoire dans l'ancienne bibliothèque. Elle-même l'avait laissé en place jusqu'au réaménagement, en l'entreposant ensuite dans le débarras et en finissant par l'oublier. Pendant un instant, ils s'étaient demandé s'ils ne l'avaient pas montré à Tanguy à l'occasion d'une de ses visites, mais ils n'en avaient pas le souvenir et, de toute façon, cela aurait difficilement pu expliquer une copie à l'identique par personne interposée et tant d'années après. Le portrait ne semblait pas avoir été répertorié, un examen minutieux de la toile et du châssis n'ayant pas révélé de traces laissant supposer son inscription dans un catalogue. Il n'était pas non plus signé, ce qui ne permettait pas de remonter à l'artiste et peut-être à d'autres représentations de Mathilde, fussent-elles des croquis préparatoires, que Pierre Lécuyer avait pu découvrir par hasard. Hugues était donc impatient de le rencontrer ; à cet effet, Ela avait demandé à un ami photographe de réaliser un tirage grandeur nature de l'ancien portrait.

En constatant qu'il lui restait encore une bonne heure de trajet, il décida de jeter un coup d'œil aux carnets d'Irène, curieux de connaître les raisons de son étrange legs. Il feuilleta le premier, celui de 1883, en découvrant des pages noircies d'une fine écriture, régulière et élégante. Il s'agissait d'une succession chronologique de notes datées, comme une sorte de journal de bord, dans lequel Irène racontait sa vie de famille en consignant les événements dont elle souhaitait garder le souvenir, parfois de manière très concise, parfois sur plusieurs pages, sa prose étant alors très soignée. La toute première note était celle du 22 septembre, le jour de son mariage avec Gilbert ; touchante d'innocence et de candeur, elle évoquait son admiration et son amour pour ce diplômé frais émoulu de l'École des Arts et Métiers d'Angers, qui avait su ravir son cœur dès sa plus tendre jeunesse et avec qui elle s'était fiancée le jour de son vingt-troisième anniversaire, le 30 mai de la même année. En passant rapidement les pages, Hugues apprit que le couple s'était installé à Paris quelques semaines après, dans le quartier du Faubourg Montmartre, Gilbert ayant obtenu un poste d'ingénieur à la compagnie de chemin de fer de la Grande Ceinture et Irène entamant ses études à la faculté de médecine. Dans le carnet de 1884, il tomba sur une note dont la date, le 24 mai, avait été entourée d'un trait au crayon rouge et pourvue d'une annotation en marge renvoyant au 16 février 1906. En parcourant les premières lignes, il comprit qu'Irène y racontait la venue à Paris de sa mère et qu'il s'agissait donc très probablement du récit bizarre auquel Ela avait fait allusion. Il marqua la page avec une de ses cartes de visite et poursuivit avec les autres carnets, désireux d'en avoir tout d'abord une vue d'ensemble ; cela faisant, il ne put retenir un sourire, en se rappelant ses habitudes d'étudiant à la faculté de Florence, quand il passait des heures à compulser les anciens livres de la Biblioteca nazionale centrale, située à l'époque dans le décor somptueux de la Galerie des Offices. Dans ses notes de mai 1884 à décembre 1887, Irène décrivait, au gré de ses humeurs, les grandes et petites joies d'un couple de jeunes mariés qui découvrait avec émerveillement la Ville Lumière ; elle évoquait aussi avec beaucoup d'enthousiasme ses études, en racontant avec force détails ses cours d'anatomie, de chirurgie, de psychiatrie ou encore de physiologie et histologie. Seule ombre au tableau, le regret plusieurs fois exprimé de ne pas avoir d'enfants, pourtant ardemment désirés. Dans les dernières pages du carnet de 1887, Hugues remarqua avec surprise une deuxième note soulignée au crayon rouge, datant du 7 décembre et relatant la mort de Victor, son père ; ici aussi, une annotation en marge renvoyait étrangement au 16 février 1906. Comme toute à l'heure, il marqua la page avec une carte de visite puis s'étira, l'air fatigué, en s'apercevant que la vieille dame dormait désormais profondément. En veillant à ne pas la déranger, il sortit dans le couloir et fit quelques pas pour se dégourdir. La campagne que le train traversait à vive allure était maintenant plongée dans la nuit ; songeur, il eut un pincement au cœur en se souvenant de la belle soirée trois jours auparavant, à la représentation de Così fan tutte. Comme d'habitude, lors du souper après le spectacle, il s'était fait un plaisir de résumer à Ela les intrigues amoureuses des deux sœurs Fiordiligi et Dorabella, en citant le livret original avec une fougue digne de la commedia dell'arte. Elle s'était beaucoup amusée et son rire joyeux, qui résonnait encore dans sa tête, lui manquait déjà ; il mesurait la chance d'avoir pu faire de sa passion pour l'art son métier, mais, une fois de plus, il se dit que le moment était venu de se poser et profiter avec elle du temps restant. Il retourna à sa place, en enjambant précautionneusement les pieds de la vieille dame, qui maintenant ronflait sourdement. Il referma le carnet de 1887, en prenant soin de le faire claquer, ce qui eut l'effet escompté d'arrêter le bourdonnement. En s'en voulant un peu pour ce petit méfait pourtant nécessaire, il se mit à feuilleter l'année 1888, en remarquant que les notes, moins nombreuses, étaient empreintes de tristesse et dédiées pour la plupart au souvenir d'un père aimé. Dès les premières pages de 1889, le ton était à nouveau serein, Irène se réjouissant de l'obtention de son diplôme en médecine, le 28 juin. Elle l'avait fêté en visitant avec Gilbert l'Exposition universelle, dont elle évoquait avec enthousiasme la magnificence des réalisations, en commençant par la tour Eiffel, au sommet de laquelle ils avaient pu jouir d'une vue unique sur Paris. La Galerie des Machines, le Palais des Beaux-Arts, celui des Industries, la reconstruction de la Bastille : comme pour ses cours, elle décrivait les attractions avec une foule de détails, les notes étant parfois agrémentées de croquis rapides, à l'exemple de celui représentant un ballon captif, dans lequel elle disait s'être sentie défaillir, gagnée par l'émotion de voler comme les oiseaux. Il y avait aussi le dessin technique d'un train à petit écartement, probablement réalisé par son mari, avec une inscription en bas de page :

Chemin de fer Decauville, entre le Champ-de-Mars et les Invalides. Une idée pour les transports dans tout Paris ?

Hugues sourit, en pensant au métro, qui allait devenir une réalité une dizaine d'années plus tard. Les récits passionnés de ces jours de liesse cédaient brusquement la place à des notes bien plus sombres, un certain Étienne lui ayant appris que sa mère avait été victime d'une syncope dont elle ne s'était que partiellement remise, souffrant depuis d'une angine de poitrine qui l'alitait la plupart du temps. Son état s'aggravant jour après jour, Irène était rentrée à Angers. Dans une note datée du 11 novembre 1889, elle exprimait sa surprise d'avoir reçu de sa mère un portrait, un collier et une broche, dont elle ne devait jamais se séparer.

— Les voilà ! se réjouit Hugues à haute voix, en réveillant en sursaut la vieille dame.

Il s'empressa de s'excuser d'un signe désolé de la tête, mais elle poussa un long bâillement, sans lui prêter attention. Il reprit la lecture, en espérant trouver d'autres références au tableau. La note du 17 novembre 1889 lui apprit que Mathilde avait été retrouvée morte dans son lit, au petit matin, son état s'étant rapidement aggravé en quelques jours. Comme pour son père, Irène racontait son émotion et sa profonde tristesse d'avoir perdu une mère à laquelle elle était très attachée ; Hugues, qui avait pensé un instant qu'elle signalait ainsi les événements importants, fut intrigué de ne pas trouver ici de trait au crayon rouge. Il marqua néanmoins la page avec une carte de visite et se dépêcha de poursuivre la lecture, le train approchant désormais de Charleroi.

Après le décès de sa mère, Irène avait ouvert un cabinet médical à la place de l'ancienne pharmacie, son mari ayant entre-temps quitté Paris pour travailler comme ingénieur aux ardoisières d'Angers. Dans les carnets de 1890 à 1900, elle racontait sa vie de médecin de famille, une certaine routine s'installant au fil du temps et rendant ses récits toujours plus courts et rares. Hugues releva néanmoins deux événements qui l'avaient particulièrement marquée : le départ en 1892 pour raisons d'âge de leur domestique Agnès Dastous, à laquelle elle était manifestement très attachée et qui se retirait à Nantes chez une cousine, ainsi que la mort du docteur Étienne Basset, en 1896, dont elle parlait avec émotion et reconnaissance comme d'un éminent confrère et ami dévoué. En ouvrant le carnet de 1901, il remarqua d'emblée que les notes étaient à nouveau très nombreuses et ne tarda pas à en comprendre la raison : Irène n'avait pas de mots assez forts pour exprimer sa stupéfaction en se découvrant enceinte, à bientôt quarante et un ans. Dans un récit touchant, elle décrivait leur bonheur, au fil d'une grossesse inespérée, qu'ils considéraient comme un merveilleux cadeau du Seigneur. Thierry était né le 7 septembre 1901 ; dans ses notes désormais presque quotidiennes, Irène parlait de lui avec l'attachement et la fierté d'une mère comblée, en évoquant les grands et petits moments qui émaillent les premières années d'une vie, de l'intime tendresse de l'allaitement aux premiers pas, de la peur pour une brulure avec la soupe, finalement sans gravité, à la douce tristesse de la première séparation pour se rendre au catéchisme. Hugues éprouva un sentiment étrange, car c'était pour lui plutôt déconcertant de découvrir page après page celui qu'Ela avait aimé passionnément et qu'elle gardait douloureusement présent dans son cœur, l'incertitude quant au sort de leur fils la privant de l'apaisement du deuil. Comme pour le cimetière, il comprit qu'en fait elle ne lui avait jamais montré le journal pour ne pas le blesser ; en contemplant le cahier qu'il tenait dans ses mains, il sourit avec tendresse à cette nouvelle preuve d'amour.

Le dernier carnet, celui de 1906, contenait très peu de notes ; une troisième date marquée au crayon rouge, le 14 février, éveilla néanmoins sa curiosité, car, depuis celle de 1887, il ne s'attendait pas à en trouver une autre près de vingt ans après. En mettant sa carte de visite, il remarqua que ses premières lignes évoquaient la mort de Gilbert dans un accident à la mine, une semaine auparavant. Il tourna la page et découvrit que la date du 16 février 1906, à laquelle renvoyaient les annotations de 1884 et 1887, correspondait en fait à une note, la toute dernière, qu'il s'empressa de lire.

Vendredi, 16 février 1906

Pendant toute la neuvaine, l'abbé Vadnais a été un visiteur assidu et n'a connu de cesse qu'il ne m'ait encouragée et réconfortée. Hélas, le malheur cruel qui a frappé notre famille accable mon âme d'un désespoir sombre qu'aucune pitié ne saurait calmer. Ainsi sont les choses humaines, que les grands bonheurs et les grandes infortunes ne sont jamais fort distants ; ma souffrance n'a pas de mesure, car les larmes intarissables de Thierry, que son père chérissait par-dessus tout, ajoutent une peine encore plus profonde à celle de la perte d'un mari aimant et d'un frère adoré. Je prie Dieu pour qu'il préserve mon âme de l'égarement et de la noirceur, en fortifiant mon esprit du sentiment le plus noble, le seul qui m'anime désormais, celui de la maternité ; qu'il puisse m'accorder la force d'élever et protéger notre enfant, afin que je ne mente pas à la promesse faite à un mourant.

Envahie par une émotion poignante, qui réchauffe mon cœur autant qu'elle le transperce, je relis les premiers mots de mon journal, écrits en toute hâte à l'heure où l'allégresse des noces nous enivrait encore ; des mots plus que des phrases, comme les graines que la confiance en l'épanouissement de la fleur nous fait semer avec une joyeuse insouciance. Les pages du dernier cahier, condamnées à rester blanches à tout jamais, défilent rapides entre mes doigts, avec un bruissement qui me plonge dans une folle rêverie ; jouet d'une lugubre illusion, j'imagine les souvenirs dont elles auraient encore pu être les gardiennes et, telle une frénétique, je me réjouis un instant du mirage éphémère de ce qui ne peut plus être. Que la bienfaisance de la prière et du recueillement rende quelque calme à mon âme meurtrie et me permette de supporter la vie, de laquelle mon enfant et mes malades seront désormais la seule raison. Ainsi, je termine mes carnets, car je ne pourrais leur confier que douleur et tristesse. Je les ai parcourus une dernière fois, non pas telle la vieille amie qui, attendrie, prend congé d'un fidèle compagnon en remémorant avec lui les entreprises communes, mais parce que je cherche à comprendre ce que mon cher et bien-aimé Gilbert m'a dit en mourant. Ses paroles m'ont plongée dans la plus grande perplexité et accablent mon âme, déjà si durement éprouvée, d'une interrogation d'autant plus inlassable qu'ils m'ont rappelé ceux que père avait murmurés sur son lit de mort. Je me suis souvenue aussi du récit de mère, lors de sa visite à Paris, son histoire singulière m'ayant laissée en doute, en dépit des étranges manifestations auxquelles j'avais assisté et qui semblent aujourd'hui revêtir un sens nouveau. Toutes ces coïncidences ne seraient-elles pas la preuve de l'espoir qui la fit vivre ?

Hugues referma le carnet et se frotta les yeux, déçu de n'avoir rien trouvé de particulier au sujet du portrait ; il ne comprenait pas non plus pourquoi Irène avait marqué au crayon rouge les trois dates, celle à laquelle elles renvoyaient ajoutant à son tour au mystère. Le train approchant des faubourgs de Charleroi, il se dépêcha de tout ranger dans son sac ; ce faisant, une page virevolta jusqu'à la vieille dame, qui venait juste de se réveiller. Elle s'empressa de la ramasser et la lui tendit avec un sourire, ce qui lui fit regretter un peu l'épisode de tout à l'heure. En ouvrant à nouveau le cahier de 1906, il s'aperçut qu'en fait une des pages centrales avait été arrachée ; pour ne pas perdre la feuille restante, qui n'était plus retenue par la couture, quelqu'un avait dû la remettre dans le carnet au hasard. Avec étonnement, il remarqua qu'elle comportait une note d'Irène, bien postérieure à celle qu'elle avait pourtant désignée comme étant la dernière.

Jeudi, 10 juillet 1919

À l'image de ma mère, j'ai toujours été animée du désir d'être secourable aux besogneux, l'étude de la médecine en étant l'aboutissement. Pendant tout ce temps, j'ai donc appris à côtoyer la souffrance et la mort, non pas du fait de l'indifférence d'un cœur asséché par l'habitude, mais en acceptant avec humilité l'ordre naturel des choses et la volonté de Celui qui les régit. Cependant, rien ne pouvait me préparer aux abominations qui ont ébranlé mon âme ces deux dernières années. Il y a eu d'abord la guerre et ses mutilés, qui n'avaient d'humain que les larmes mouillant leurs visages défigurés ; ensuite, comme si l'horreur ne pouvait jamais suffire, c'est la grippe qui a sévi, si bien nommée tel un prédateur qui ne lâche pas ses victimes, avec un acharnement d'autant plus cruel que c'est notre jeunesse qu'elle a le plus décimée. Dès l'été 1917, outre mon activité au cabinet, j'ai prodigué mes soins à l'hôpital Sainte-Marguerite, car le besoin de secours était sans mesure. Le nombre et l'état des malades ne m'ont laissé aucun répit et bien souvent, impuissante à combattre l'infection, je n'ai pu que soulager les douleurs et consoler les âmes. Les décès se suivaient les uns les autres, de plus en plus fréquents, au fur et à mesure que l'épidémie s'installait dans le pays. Il n'était pas rare que le lit occupé le matin fût libéré l'après-midi déjà ; à la place du vieillard que j'avais ausculté à l'aube, je trouvais alors un jeune enfant, dont je savais qu'à son tour il n'allait pas passer la nuit. Certains malades mouraient dans de grandes souffrances, le trépas étant pour eux une délivrance abrupte, d'autres tombaient dans le coma pour ne plus se réveiller, d'autres encore, les traits jusque-là déformés par la peur et la douleur, semblaient s'apaiser juste avant la mort, les yeux ouverts et remplis de bonheur, comme en extase devant une apparition qu'ils étaient les seuls à voir. Parfois, j'assistais à des rétablissements qui tenaient du miracle, tellement j'avais perdu tout espoir ; à ces occasions, d'autant plus réjouissantes qu'elles étaient trop rares, quelques convalescents m'ont raconté leurs étranges visions à l'imminence de la fin. Ces visages béats, ces récits poignants m'ont rappelé, avec une émotion croissante, les derniers instants de père et ceux de Gilbert. Le questionnement avec lequel j'avais quitté mon journal surgit à nouveau, plus profond et incessant qu'à l'époque de ma confidence à monsieur l'abbé, qui avait crié au blasphème, en m'exhortant à persévérer dans la prière et dans l'attente de la résurrection des morts. La semaine passée, j'ai découvert les études de 1896 du professeur Egger ; j'en ai été bouleversée, car les phénomènes qui y sont décrits sous le nom d'expériences de mort imminente sont tout à fait semblables à ce que j'ai pu entendre. Dès lors et malgré la foi qui m'anime, comment pourrais-je ignorer le doute qui m'assaille, avec une telle obstination qu'il en devient presque remords ? La légèreté et l'incrédulité avec lesquelles j'avais accueilli le récit de mère ont-elles toujours raison d'être ?

Hugues hocha la tête, l'air perplexe, et salua distraitement la vieille dame, qui disparut dans le couloir. Quelques instants après, ce fut la secousse du train s'immobilisant en gare qui le tira à contrecœur de ses pensées. Il remit le feuillet à sa place, en remarquant des traces de foulage sur la page suivante celle arrachée. Il haussa les sourcils, en se disant qu'avec un peu de chance, les carnets n'avaient pas fini de livrer leurs secrets.

9.

Angers, mars 1859

— Vous appliquerez la teinture en friction légère six fois par jour. Au cas où l'accès de goutte soit violent, donnez-lui une cuiller à café de vin de colchique, mais au plus trois fois par jour, c'est important.

Alors qu'il rangeait les remèdes dans le panier de la vieille dame, Victor aperçut au loin la silhouette familière de sœur Marie-Thérèse. Vêtue d'une robe blanche, nouée à la taille par une simple ceinture en chanvre, elle portait un voile noir, qui ne laissait paraître que l'ovale d'un visage affable, à la peau claire et à peine ridée par l'âge. Il la salua d'un geste de la main et se dépêcha d'accompagner à la porte son unique cliente.

— Veuillez présenter mes hommages à Madame et lui transmettre mes vœux pour qu'elle se rétablisse au plus vite, lui glissa cette dernière avec compassion.

Il prit congé d'elle avec un sourire triste et fit entrer la sœur, visiblement soulagé de la voir.

— Je vous suis très reconnaissant d'être venue.

— Vous avez bien fait d'envoyer Agnès me prévenir, répondit-elle d'une voix douce. Au refuge, nous sommes toutes accablées de chagrin ; nous recommandons son âme à Dieu tous les jours, pour qu'il lui fasse miséricorde. Comment se porte-t-elle ? Y a-t-il du mieux ?

— Elle n'a plus quitté la maison depuis l'enterrement de Louis. Elle languit dans son lit, mélancolique et insensible à tout encouragement, malgré les prières de monsieur l'abbé et les soins assidus du docteur Basset ; c'est déjà pour nous un grand réconfort quand, à la persuasion d'Agnès, elle accepte de se sustenter quelque peu. J'ai l'espoir que votre présence saura peut-être lui rappeler ses bonnes œuvres et l'apaisement que la charité pour le prochain peut apporter aux âmes affligées.

Sœur Marie-Thérèse embrassa le crucifix qui pendait à son cou.

— Avec l'aide du Seigneur, reprit-elle confiante, je me promets de convaincre Mathilde des bienfaits qu'un éloignement temporaire peut prodiguer.

— Mon désarroi est tel, que j'ai envie d'applaudir à vos desseins avant même de les connaître.

— J'ai hâte de lui en parler, car cela ne vient pas de moi, mais de la divine Providence, qui m'a inspiré de sa grâce ce matin, pendant les laudes...

Elle voulut lui en dire plus, mais ils furent interrompus par l'arrivée d'un jeune commis, qui poussait avec difficulté un diable chargé d'une lourde caisse en bois, dans laquelle de gros bocaux s'entrechoquaient avec grand bruit. En s'excusant auprès d'elle, Victor s'empressa de lui prêter main-forte, la cargaison ballottant dangereusement.

— Je vous laisse à votre occupation, mais je vous tiendrais au fait à mon retour, lui lança-t-elle en sortant, pressée de rejoindre son amie.

*

Agnès lui réserva un accueil chaleureux, ravie de voir sa bienfaitrice, pour laquelle elle nourrissait une affection presque filiale.

— Comme je vous l'ai promis, je viens aux nouvelles, lui dit la sœur à voix basse. Peut-elle me recevoir ?

Agnès acquiesça gravement de la tête et l'invita à la suivre au salon. En apercevant la chambre de Louis au bout du couloir, sœur Marie-Thérèse se souvint du soir de sa mort, quand on l'avait demandée pour réconforter Mathilde. Elle l'avait trouvée assise à son chevet, le regard rivé sur le petit corps exsangue, étrangère aux pleurs et aux gémissements des familiers, pourtant nombreux au pied du lit. Ses traits étaient fermés, figés, presque durs ; surtout, aucune larme ne voilait ses yeux hagards. Paré pour la veillée funèbre, Louis reposait sur des camélias blancs ; avec émotion, elle avait remarqué qu'il était habillé de son costume du dimanche, dont elle savait qu'il affectionnait surtout la vareuse à grand col bleu, comme il le lui avait expliqué un jour à la sortie de la messe, avec l'enjouement attachant des enfants. Après des mots de réconfort pour Victor, elle s'était assise à côté de Mathilde, en s'associant aux prières du rosaire que l'abbé Giralt récitait avec quelques femmes du voisinage. Très peinée de voir son amie plongée dans une telle apathie, elle avait profité des préparatifs du photographe, qui venait pour le portrait avant l'inhumation, pour l'amener avec elle au calme de la bibliothèque, où elle lui avait lu des psaumes et des cantiques, jusqu'à ce qu'elle s'endormît d'un sommeil agité.

— Votre visite lui sera assurément d'un grand secours, lui dit Agnès. Elle a beaucoup d'estime pour vous et saura écouter vos paroles.

— Au refuge, notre inquiétude est de plus en plus vive à mesure que son absence se prolonge. Je m'étais fait bien du souci pour elle, en ne la voyant plus à la messe, mais l'abbé Giralt m'a appris qu'au moins elle reçoit tous les jours la sainte communion. Je crains néanmoins que le chagrin qui la consume ne soit un supplice trop cruel à supporter et qu'elle ne sombre bientôt dans la maladie.

— Son comportement s'en approche fort, se désola Agnès. Madame garde le lit la plupart du temps et ne quitte sa chambre que pour se rendre dans celle de feu monsieur Louis, où elle peut rester des heures, assise au milieu de ses jouets, immobile et sans rien dire, ne serait-ce qu'une prière. L'attention de Monsieur et l'assiduité de monsieur l'abbé n'y font rien, non plus que les visites régulières de madame sa mère...

La voix brisée par l'émotion, elle se retira pour aller prévenir sa maîtresse. Sœur Marie-Thérèse aperçut à travers la porte qui menait à la bibliothèque un imposant porte-cierge en bois sculpté, posé au centre de la pièce, sur lequel brûlait une grosse bougie munie d'un ruban noir. L'attente se prolongeant, elle s'agenouilla sur le prie-Dieu posé à côté et commença à réciter une tierce avec ferveur.

— Ma sœur…

La voix rauque de Mathilde interrompit son recueillement. Elle se tourna, en réprimant un geste d'effroi, car la jeune femme était méconnaissable. D'habitude très belle et élégamment parée, elle approchait à petits pas hésitants, vêtue d'une chemise de nuit, le visage défait, ses cheveux blonds tombant jusqu'à la taille en mèches désordonnées. Elle s'affala sur un fauteuil à côté de la cheminée et l'invita d'une main tremblante à s'asseoir en face d'elle.

— Je suis très heureuse de vous voir, réussit à dire sœur Marie-Thérèse, en se remettant de sa surprise. Nous nous inquiétons beaucoup pour vous ; votre absence nous attriste et nous fait craindre pour votre santé.

Mathilde resta muette un long moment, le regard perdu dans les dernières braises, dont les reflets rougeoyants empourpraient son visage blême.

— Son souvenir me tourmente sans cesse, lâcha-t-elle enfin, dans un souffle.

La sœur s'efforça de cacher son bouleversement. Elles travaillaient ensemble au refuge depuis dix ans, unies par une amitié sincère, scellée au fil de leurs conversations particulières pendant les cours de broderie. Mal à l'aise avec l'abbé Giralt, Mathilde la considérait en effet comme sa véritable confidente spirituelle, à qui elle avait recours chaque fois qu'un questionnement ébranlait sa foi, comme à la veille de son mariage, quand elle lui avait avoué, avec beaucoup de pudeur, ses doutes et ses hésitations entre le désir amoureux d'une jeune femme et la nécessaire retenue d'une épouse vertueuse. Voir son amie et protégée ainsi accablée la peinait beaucoup et ajoutait au terrible déchirement de la disparition de Louis, auquel elle aussi était très attachée, Mathilde lui ayant confié sa catéchèse depuis sa plus tendre enfance.

— Sa chambre, ses jouets, ses livres, tout me rappelle sa mémoire, continua Mathilde dans un murmure, la tête baissée. La nuit, les sanglots et l'angoisse me privent du sommeil et laissent surgir les images de sa mort, tel un cauchemar sans fin.

Sœur Marie-Thérèse fut soulagée de l'entendre parler, car elle craignait par-dessus tout le mutisme dans lequel elle avait vu se murer certaines filles du refuge, malades de mélancolie profonde.

— L'eau du baptême l'a purifié du péché originel, s'employa-t-elle à la réconforter. À la résurrection, son âme d'enfant innocent sera tout près de Dieu notre Père.

Elle se leva et s'approcha de la bibliothèque, en se saisissant de la bible qu'elle avait jadis donnée à Mathilde pour ses oraisons quotidiennes et dont elle s'était servie pendant la veillée funèbre. De retour à sa place, elle chercha un passage de l'épître aux Corinthiens, dont elle lut à haute voix quelques extraits :

— « *Ainsi en est-il de la résurrection des morts. Le corps est semé corruptible ; il ressuscite incorruptible ; ... il est semé animal, il ressuscite corps spirituel... Mais ce qui est spirituel n'est pas le premier, c'est ce qui est animal ; ce qui est spirituel vient ensuite... Voici, je vous dis un mystère : nous ne mourrons pas tous, mais tous nous serons changés, en un instant... La trompette sonnera, et les morts ressusciteront incorruptibles, et nous, nous serons changés... »*

— Il n'avait que six ans !

Mathilde bondit du fauteuil, la colère dans les yeux. Sœur Marie-Thérèse retint son souffle et la regarda d'un air consterné, car elle ne l'avait jamais vue dans un tel état.

— Nos peines sont les épreuves du Seigneur, pour affermir notre foi et notre espérance, répliqua-t-elle enfin d'une voix douce, en essayant de la raisonner. Elles nous montrent le chemin de l'amour et de la charité ; ne permettez pas à la douleur d'égarer votre esprit, car nous serons tous réunis le jour de la résurrection des corps.

Mathilde vacilla sur ses jambes et se laissa à nouveau tomber dans le fauteuil, subitement vidée du sursaut d'énergie qui venait de l'animer.

— Par moments, reprit-elle plus calmement, j'implore ma souffrance d'achever son œuvre, pour que l'attente de ce jour me soit abrégée.

Troublée, la sœur se signa et embrassa sa croix.

— C'est le désespoir qui vous fait dire cela ! rétorqua-t-elle avec fermeté. Chassez ces pensées, telles les tentations du malin ; gardez votre foi et gagnez le paradis par vos actes de charité, car ce n'est qu'ainsi que vous retrouverez votre enfant.

Elle comprenait son profond désarroi, mais il fallait la préserver du mal auquel l'abattement l'exposait. Il était donc grand temps de lui parler de son idée.

— Mathilde, permettez-moi de vous entretenir d'un projet, qui m'a été inspiré ce matin par la bonté divine...

Elle fut interrompue par Agnès, qui, par la porte entrouverte, lui montra un plateau avec deux tasses fumantes de lait chaud et quelques biscuits au beurre, encore tièdes. Sœur Marie-Thérèse lui fit signe d'approcher avec un hochement d'approbation.

— Agnès a pris l'initiative d'une petite collation, expliqua-t-elle à Mathilde, qui ne s'était pas aperçue de son arrivée. Le souvenir que je garde de sa pâtisserie me fait penser que nous aurions tort de nous en priver.

Elle les servit sans mot dire, en leur lançant des regards préoccupés. Au moment de quitter la pièce, elle hésita sur le pas de la porte.

— Si Madame me permet un avis, dit-elle enfin en se retournant vers elle, quelques jours au bon air pourront rétablir sa santé, car ici la mémoire de monsieur Louis est partout. Son image nous suit en tous lieux, comme lorsqu'il chevauchait allègrement sa draisienne. Je pleure sa mort tous les jours et je compatis, pour l'avoir connue, à la terrible affliction d'une mère qui perd son fils. Mais c'est Dieu le maître de nos vies et rien ne se fait que par sa volonté. Il l'a rappelé à lui, mais il a laissé une épouse aimée, qui peut encore enfanter.

Elle se tut, en posant sur elle un regard rempli de larmes, car elle ne supportait plus de la voir dépérir de jour en jour. Elle s'éloigna vers la cuisine d'un pas fatigué, après une ultime supplique des yeux à la sœur, dont elle connaissait la bonté et la charité.

— Ses paroles sont pleines de raison, reprit cette dernière. Vous vous punissez d'une réclusion qui meurtrit votre âme et l'amène sur le chemin de la perdition. Aux prières du matin, le Seigneur a éclairé mon esprit et me charge ainsi d'une proposition, que, je l'espère, vous saurez accueillir favorablement.

Elle remarqua avec soulagement que ses mots avaient éveillé son attention, car Mathilde leva la tête, en arrêtant son regard sur elle pour la première fois depuis tout à l'heure.

— Notre Congrégation opère partout en France, s'empressa-t-elle d'expliquer. Nous venons d'ouvrir un refuge à Paris, où les besoins sont grands, car la détresse est à la mesure de la ville. Ce n'est là qu'un établissement provisoire, mais vous pourriez déjà y enseigner la broderie pendant quelques mois, le temps de recouvrer vos forces et fortifier votre âme.

Mathilde secoua tristement la tête, en poussant un long soupir. Elle se leva et traversa lentement la pièce, en s'approchant de la baie vitrée, les mains devant les yeux pour se protéger du soleil. Dans la rue, les gens vaquaient tranquillement à leurs occupations par une belle journée de printemps, au bruit rythmé des attelages. Une nostalgie douloureuse s'empara soudainement d'elle et remplit de tristesse son regard jusque-là éteint.

— Qu'y a-t-il ? demanda la sœur, en la rejoignant.

— Du temps de la comète, c'est ici que Louis et moi nous nous tenions d'habitude pour l'admirer, après nos lectures du soir. Son spectacle avait captivé son imagination d'enfant et il voulait tout savoir d'elle. En dépit de nos explications, il n'était pas rare qu'il s'endormît dans mes bras la tête encore pleine de questions. Victor lui avait dit qu'il s'agissait d'une étoile spéciale, d'autant plus éblouissante qu'elle allait bientôt nous quitter pour rejoindre d'autres univers...

Elle se tut, en apercevant ce dernier en bas de l'immeuble, en train de prendre congé d'une cliente qu'il venait d'accompagner jusque dans la rue. En se retournant, il leva machinalement la tête dans sa direction et se figea, surpris de la voir à la fenêtre, alors que la veille elle avait, une fois de plus, interdit que l'on ouvrît les volets de sa chambre. Il la regarda avec compassion, car elle n'était plus que l'ombre d'elle-même, les rayons du soleil creusant encore plus ses traits émaciés et blafards. Depuis la mort de Louis, elle refusait son aide et s'infligeait au contraire le silence et l'obscurité, bien que le répit qu'ils lui accordaient fût aussi éphémère qu'illusoire. Sa mine chétive, qui offrait maintenant un contraste saisissant avec l'agitation printanière de la rue, lui rappela les malades de Saint-Jean, au moment où ils revenaient à la vie après avoir failli la perdre, les yeux éblouis par la lumière retrouvée. Cette pensée raviva son espoir d'une guérison qu'il avait maintes fois implorée dans ses prières. Il eut envie de la rejoindre pour la serrer dans ses bras, mais d'autres clients attendaient déjà au comptoir ; il se résolut à lui souffler de la main un long baiser, avant de disparaître dans la pharmacie en lui adressant un sourire attendri. Mathilde le suivit du regard, en posant délicatement ses doigts contre la vitre, un geste d'affection qui n'échappa pas à la sœur.

— Pour Paris, je vous en laisse la décision, reprit cette dernière avec prévenance. Je vous demande seulement de vous donner le temps de la réflexion. Promettez-le-moi, je vous en conjure.

Mathilde retourna à son fauteuil, sans lui prêter attention.

— Pourtant, je lui avais dit qu'elle reviendrait, murmura-t-elle, l'air égaré.

Sœur Marie-Thérèse se pencha sur elle et, d'un geste doux, la força à tourner la tête vers elle.

— Mathilde, écoutez-moi…

— Louis était ma comète, ma merveille. Pourquoi Dieu ne permet-il pas aux anges de nous revenir ?

— Parce qu'ils sont des êtres purs. Louis est monté au paradis, où il s'épanouit dans sa lumière. Je vous en exhorte : partez pour Paris et œuvrez sans relâche au bien. Vous le retrouverez ainsi le jour du Seigneur.

— Je ne peux pas... Je ne peux pas oublier celui que j'avais de plus cher au monde. Ici, dans ces murs où résonnent encore ses cris de joie, j'ai au moins l'illusion de sa présence. C'est une chimère maléfique, car je sais qu'elle déchire mon âme. Mais la souffrance qu'elle inflige est la rançon dont je dois m'acquitter pour préserver mon esprit de la folie.

— Soyez rassurée, une mère garde à jamais le souvenir de son enfant, quoi qu'il advienne. De grâce, rappelez-vous que vous êtes l'épouse aimée d'un homme à qui vous manquez d'autant plus cruellement, que la douleur qu'il éprouve est tout aussi grande que la vôtre. J'ai vu que ses marques de tendresse vous touchent, signe que l'étincelle qui couve dans votre cœur peut encore jaillir et vous ramener à nous...

Mathilde baissa la tête, les yeux rougis et les lèvres agitées d'un frémissement soudain. Submergée par l'émotion, elle cacha le visage dans ses mains, des sanglots désespérés secouant aussitôt son corps. Agnès se précipita dans la pièce, en interrogeant du regard sœur Marie-Thérèse, qui la rassura d'un geste de la main. Ensemble, elles l'aidèrent à se lever et l'accompagnèrent dans sa chambre, où elle s'allongea sur le lit.

— Ce sont ses premières larmes depuis la mort de monsieur Louis, s'étonna Agnès, en refermant la porte derrière elle.

— Elles sont l'œuvre de la miséricorde divine, répondit la sœur en partant. Je me confie au temps, pour qu'elles soulagent son âme et la guérissent de la mélancolie. Restez auprès d'elle, car ma visite lui a causé une grande commotion ; je reviendrai demain m'enquérir de son état.

*

Agnès s'arrêta devant la porte, un plateau à la main, sur lequel elle avait disposé une aiguière avec de l'eau de mélisse et une tisanière dans laquelle fumait encore une infusion de tilleul. Elle frappa doucement sans obtenir de réponse, ce dont elle se réjouit, car sa maîtresse avait besoin de repos. En ouvrant sans faire de bruit, avec l'intention de laisser les remèdes pour plus tard, elle l'aperçut assise au bord du lit, le visage toujours en larmes. Dans un silence respectueux, elle posa le plateau sur la table de chevet et prit le flacon de laudanum, pour ajouter à la tisane la dose prescrite par le docteur Basset. Mathilde se leva alors brusquement, en arrêtant sa main d'un geste aussi vif qu'inattendu.

— Ces gouttes apaisent le corps, mais elles engourdissent l'esprit, lança-t-elle. Elles ne sont qu'illusion, car elles ne peuvent guère me soigner de la maladie qui me consume, qui est celle de l'âme.

Elle essuya ses larmes et se dirigea d'un pas décidé vers la fenêtre, dont la poignée lui résista.

— Mon accès de mélancolie a-t-il été si violent, que je vous apparais tel Lazare sortant de la tombe ? demanda-t-elle avec une pointe d'ironie. Venez plutôt m'aider sans peur, car ce n'est pas la frénésie qui me prend.

Figée d'étonnement, Agnès la regardait incrédule. Mathilde la saisit alors doucement par le bras et lui parla avec affection.

— J'étais au plus mal et vous avez veillé sur moi avec dévouement.

— Madame a bon cœur...

Elle voulut faire la révérence, mais Mathilde l'en empêcha.

— Non, c'est à moi de vous remercier ! Louis était pour vous comme un fils et vous l'avez perdu aussi ; pourtant, malgré la douleur, vous avez été mon soutien, alors que vous, vous n'aviez personne. Sœur Marie-Thérèse m'a parlé raison : minée par le chagrin, j'ai oublié la charité et l'amour pour les autres, sans lesquels nous ne sommes rien devant le Seigneur. Il est grand temps que j'y remédie.

En joignant le geste à la parole, elle tourna fermement la poignée, laquelle, cette fois, céda d'un coup ; ensemble, elles poussèrent les volets, en inondant la pièce de lumière.

10.

Charleroi, 25 février 1969

Hugues raccrocha le téléphone et défit son nœud papillon avec une moue de regret ; Tanguy, à qui il avait donné rendez-vous à l'hôtel, venait de se désister à la dernière minute, retenu à Bruxelles par un imprévu. Il aimait leurs escapades nocturnes, à parler d'art et de bons crus jusqu'à l'aube, et était d'autant plus déçu que les occasions de se voir se faisaient rares au fil des années. Il se résigna à faire monter en chambre un sandwich et sortit de son sac le dernier carnet d'Irène, décidé à découvrir ce qu'elle avait écrit sur la page manquante. Avec un rasoir, il racla la mine d'un crayon et étala la fine poudre sur les traces de foulage, en constatant avec soulagement que la note était encore lisible.

Lundi, 18 août 1919

J'ai retrouvé à Paris madame Duchamp, dans une maison de repos du quartier Saint-Ambroise. Emportée par mon envie de savoir, j'ai quitté Angers en grande hâte, en oubliant d'annoncer ma visite ; pourtant, elle n'avait pas l'air surprise de me voir. Sa santé est fragile et elle ne se déplace plus qu'en fauteuil roulant ; bien qu'elle ait beaucoup vieilli, son regard vif et souriant n'a pas changé. Nous avons passé l'après-midi sous les arbres du parc

115

attenant, en nous racontant nos vies après la rencontre de 1884. Elle s'est réjouie d'apprendre que j'ai un fils et m'a longuement félicitée pour mon dévouement en faveur des blessés de la guerre ; les larmes aux yeux, elle m'a dit que beaucoup de jeunes soldats errent sans cesse dans les ténèbres, trop vite arrachés à ce monde par une mort qu'ils ne peuvent ni comprendre ni accepter. Elle m'a avoué que son don est continuellement sollicité par ces Esprits, qui voudraient parler une dernière fois à leurs êtres chers, mais les forces lui font désormais défaut. C'est à ce moment qu'elle a posé sa main tremblante sur mon genou, en m'annonçant avec un sourire attendri qu'elle connaissait la raison de ma venue et qu'elle m'attendait d'ailleurs depuis de longues années. Elle a aussi ajouté, d'un air énigmatique, que cette séance, sa dernière, était nécessaire et qu'elle se réjouissait de pouvoir finalement la réaliser. Nous sommes allées dans sa chambre ; après une brève invocation, elle a commencé à écrire tout à fait naturellement, comme à l'époque. Bouleversée, j'ai tout de suite reconnu le style de mère. Ses premiers mots ont été un message d'amour et de protection de la part de Gilbert ; j'ai dû alors me retenir pour ne pas éclater en sanglots, qui auraient sinon dérangé notre recueillement. Sans m'expliquer le pourquoi, elle m'a ensuite exhortée à cacher la note, que je consigne en ce moment, dans le livre, dont elle...

Hugues constata avec dépit qu'Irène avait dû écrire sur les deux faces de la page. Il examina donc la note du 10 juillet 1919, mais les traces de foulage, déjà tenues sur une feuille blanche, disparaissaient ici derrière le texte. Des bribes de phrases, qu'il s'empressa de noircir, étaient néanmoins visibles entre les lignes :

... en 1884...
... garder précieusement le tableau...
... qu'il y aura un grand malheur...

Il ne voyait pas de rapport entre l'ancien portrait et l'ésotérisme d'Irène ; par contre, il devait forcément y avoir une raison pour que le tableau revînt dans son récit, qui plus est avec la recommandation qu'elle-même allait faire à Ela. Cette histoire d'âmes perdues lui paraissait invraisemblable, mais il se dit que peut-être Irène avait effectivement glissé la page manquante dans un des livres de la bibliothèque familiale, en suivant celles qu'elle croyait être les instructions de sa mère décédée. Si tel était le cas, il pouvait la retrouver, Ela lui ayant assuré que la collection d'origine était complète.

*

Le lendemain matin, le taxi l'amena devant un imposant portail aux pointes dorées, qui donnait sur une longue allée au milieu d'un vaste parc arboré. À son bout, Hugues aperçut une villa cossue, datant du début du siècle ; ses murs en brique rouge, sur lesquels s'ouvraient à intervalles réguliers des fenêtres en arc, étaient décorés dans un style Art nouveau, avec des motifs végétaux et solaires qui étaient repris dans la balustrade en fer forgé du large balcon de la façade principale. Les bruits de la ville s'estompaient au fur et à mesure qu'il s'en approchait ; arrivé devant la porte, à laquelle menait un perron orné de deux vases monumentaux, il eut l'agréable sensation de se trouver sur un îlot coupé du monde, dans la quiétude des bouleaux et des saules pleureurs. Il n'y avait pas de sonnette, mais un lourd heurtoir, qu'il fit claquer à deux reprises, une jeune femme lui ouvrant quelques instants après. Petite, elle portait une robe courte sur des collants foncés, qui faisaient ressortir sa silhouette svelte. Elle était très belle ; ses cheveux châtains, longs et ondulés, tombaient librement le long des épaules et entouraient un visage fluet, auquel de grands yeux ronds et des lèvres charnues conféraient un charme troublant, exalté par un maquillage sophistiqué qui prolongeait ses paupières vers le haut. Hugues leva le chapeau d'un geste courtois et se présenta ; pour toute réponse, elle lui adressa un sourire confus, en détournant la tête pour exhaler la fumée d'une cigarette qu'elle tenait cachée derrière le dos.

— Désolée, bredouilla-t-elle, en s'empressant de jeter le mégot dans un des vases. Il ne faudra pas que j'oublie de l'enlever, car je n'ai pas le droit de fumer à la maison, ajouta-t-elle encore, en pouffant.

Elle l'invita à entrer, ce qu'il fit avec une moue amusée, car, avec l'insouciance qu'il aimait tant chez les jeunes, elle avait omis de lui dire qui elle était. Sans se formaliser, il se débarrassa du manteau et du chapeau et la suivit le long d'un couloir sombre, en emportant son sac.

— Pierre est déjà à l'atelier. Il se met au travail toujours très tôt, parfois quand il fait encore nuit. Je dois le surveiller pour qu'il ne se fatigue pas trop, car, sinon, il n'en ferait qu'à sa tête. Mais, vous connaissez mieux que moi les artistes...

Elle ouvrit une porte donnant vers l'arrière de la propriété, en faisant jaillir un éclat de lumière qui aveugla Hugues. Dès que ses yeux se furent habitués, il comprit les paroles enthousiastes de Tanguy : installé dans un ancien jardin d'hiver, l'atelier était une vaste salle rectangulaire, très claire grâce aux larges baies vitrées qui descendaient jusqu'au sol et dont la structure en fonte formait au plafond une grande verrière en forme de coupole aplatie, les rayons du soleil filtrant ainsi de toute part, irisés par le gel nocturne qui recouvrait encore les parois externes. Occupé à peindre au centre de la pièce, Pierre leur tournait le dos et ne remarqua pas leur arrivée ; il mettait la touche finale au portrait d'un homme en blouse blanche, au regard mélancolique, assis sur une chaise qui semblait flotter dans l'espace sidéral, devant une étoile flamboyante, qu'un astre noir cachait en partie.

— Chéri, monsieur Mercer est là.

Elle lui avait parlé à voix basse, en effleurant son épaule. Il se retourna en sursaut, l'air perdu ; en apercevant Hugues, il frotta les yeux pour se ressaisir et lui souhaita timidement la bienvenue, en l'invitant à prendre place dans un des deux fauteuils. Il s'installa dans l'autre, la jeune femme à ses côtés, assise sur l'accoudoir.

— Je vois que vous avez déjà fait connaissance, dit-il.

Elle se tapa le front, l'air désolé.

— Permettez-moi alors de vous présenter mademoiselle Morin, ma fiancée, ajouta-t-il, en posant sur elle un regard attendri.

— Nathalie suffira, corrigea-t-elle avec entrain. Ma fiancée ! C'est bien la première fois qu'il m'appelle ainsi. C'est certainement l'émotion d'accueillir un expert d'art de renom.

D'un air compassé, Hugues se leva et saisit sa main avec galanterie, en approchant ses lèvres.

— Hugues, pour vous servir, proposa-t-il à son tour.

Surprise et amusée à la fois, Nathalie lui répondit avec une révérence maladroite, qui fit rire Pierre de bon cœur.

— Je suis très honoré de votre visite, reprit-il, visiblement plus à l'aise grâce à leur jeu. J'avoue que je ne m'attendais pas à ce que votre associé me contacte si vite.

— Comme je vous l'ai dit à Paris, si j'ai un talent, c'est celui de le reconnaître chez les autres.

— À en juger aux tableaux vendus, le public parisien a plutôt apprécié, fit remarquer Nathalie.

— Et les critiques ont été assez positives, ajouta Pierre.

— Elles ont été excellentes ! Vous savez, il m'arrive aussi de les lire, de temps à autre…

Il les gratifia d'un large sourire, car ils étaient attachants, leur modestie contrastant singulièrement avec les toiles qui les entouraient, l'une plus admirable que l'autre.

— Depuis ses tout premiers vernissages, Pierre s'étonne toujours de l'accueil favorable que le public lui réserve, expliqua Nathalie. Pourtant, il est de plus en plus demandé et Tanguy ne cesse de...

Elle se leva de but en blanc, sans terminer sa phrase.

— Ce matin, j'oublie les bonnes manières... Puis-je vous offrir un café ?

Elle quitta promptement l'atelier, sans attendre de réponse, sous le regard bienveillant d'Hugues.

— Vous avez une compagne pleine de vie ! s'exclama-t-il.

Pierre baissa les yeux avec un sourire gêné.

— Avec son énergie, elle doit vous être d'un grand soutien pour votre création artistique, éluda Hugues, pour ne pas l'embarrasser avec des questions trop personnelles.

Il n'était pas de nature curieuse, mais il avait toujours accordé beaucoup d'importance à connaître l'homme avant l'artiste.

— Je lui dois beaucoup, en effet. Tanguy m'a appris le métier et a amorcé ma carrière, mais c'est elle qui a su me mettre en confiance. Aujourd'hui, elle organise mes vernissages et je ne pourrais pas avoir de meilleur agent.

— Je ne vois aucune toile la représentant, s'étonna Hugues, en regardant tout autour. N'y avez-vous jamais songé ?

— Non, répondit Pierre après une brève hésitation. C'est à cause de cette impression de mettre à nu les sentiments de mes modèles, d'enlever le masque qui cache leur vrai visage...

— Il veut préserver mon jardin secret et garder ainsi une part de mystère, s'amusa Nathalie.

Elle revenait de la cuisine avec le café, qu'elle servit après avoir libéré un coin de la table d'un geste habile du coude.

— Si j'ai bien compris, reprit Hugues en reposant sa tasse, vous terminez à Paris ce vendredi.

— En effet. S'agissant d'une première, ils ne m'ont accordé que deux semaines. Mais ils souhaitent m'accueillir une deuxième fois cette année encore.

— Vous voyez, j'ai bien fait de me dépêcher. À ce propos, j'aimerais bien sélectionner avec vous les œuvres pour Reims. Je me suis déjà fait une bonne idée au vernissage, mais je suis agréablement surpris de constater que votre production est bien plus vaste que je ne l'avais imaginé.

Il sortit de son sac le catalogue de Paris et commença à l'étudier avec Pierre, Nathalie les laissant pour aller refaire du café.

— Avant de passer aux autres tableaux de l'atelier, dit Hugues au bout d'un moment, je dois vous avouer que je suis quelque peu intrigué par celui-ci…

Il désigna la photo sur la brochure, Pierre lâchant un soupir, comme s'il s'y attendait.

— À Paris, beaucoup de visiteurs m'ont posé des questions à son sujet. Quand je pense que j'ai hésité à l'exposer…

— Pour tout vous dire, j'ai failli moi aussi revenir vers vous, mais j'ai été découragé par la foule. Ce n'est pas tellement l'époque qui le rend différent des autres, mais son intensité. Vous avez ici sublimé votre virtuosité, si bien que le regard de la dame semble vous suivre avec une insistance troublante, presque inquiétante, comme si elle voulait à tout prix vous dire quelque chose.

Nathalie, qu'ils n'avaient pas entendue entrer, s'approcha d'eux avec deux tasses fumantes ; en voyant la photo, elle s'immobilisa, l'air perplexe.

— Je connais tous tes tableaux, sauf celui-ci, releva-t-elle avec une pointe de contrariété dans sa voix. Quand l'as-tu réalisé ?

— À la mi-janvier, reconnut Pierre. Mais, crois-moi, ce n'est pas comme pour les autres. Normalement, continua-t-il en se tournant vers Hugues, je dois représenter de vraies personnes, car c'est seulement ainsi que surgit cette sorte d'évidence dont je vous ai parlé. Mon sommeil est alors agité de rêves confus...

— Voilà pourquoi je veille à ce qu'il ne travaille pas pendant la nuit, l'interrompit Nathalie. J'ai peur qu'il ne s'épuise, car il dort très peu et très mal la plupart du temps.

— Si je vous comprends bien, tint à préciser Hugues, vous avez réalisé le portrait de la vieille dame sans modèle.

Avec Ela, il avait en effet songé pendant un instant à une incroyable coïncidence due à un sosie de Mathilde.

— Oui, ce qui est tout à fait inhabituel pour moi. Par le passé, à l'insistance de Tanguy, j'avais déjà essayé quelques tableaux d'inspiration, mais je dois reconnaître qu'aujourd'hui, je n'oserais même pas vous les montrer, car ils sont encore moins intéressants que ceux réalisés avec des modèles professionnels. Cette fameuse nuit, la seule manière de me calmer a été de peindre d'un seul jet, guidé par je ne sais pas quoi. J'ai d'ailleurs été le premier à être surpris du résultat.

Hugues ne put cacher son étonnement, car ceci écartait une autre hypothèse, la plus plausible.

— Ce n'est donc pas une copie… Est-ce la première fois que cela vous arrive ?

— Je n'avais plus éprouvé cette sensation depuis mon enfance.

— Tes premiers dessins..., se rappela Nathalie.

— Ce n'étaient que des gribouillages… Mais c'est justement à cette époque que j'ai ressenti le même trouble que cette nuit de janvier. C'était en 1946, je venais de commencer l'école.

Sans mot dire, Nathalie courut dans le couloir et monta à l'étage, où ses pas résonnèrent quelques instants après. Interrogé du regard par Hugues, Pierre écarta les bras.

— Parfois, elle est imprévisible, admit-il avec tendresse.

Il marqua un temps d'arrêt, un bruit sourd retentissant depuis le grenier.

— J'ai beaucoup de chance de l'avoir rencontrée, reprit-il, car je me rends compte que ce n'est pas facile de partager la vie de quelqu'un comme moi, constamment perdu dans ses tableaux.

— Est-ce que vous vous connaissez depuis longtemps ? demanda Hugues, en le voyant plus disponible.

— Nous sommes ensemble depuis quatre ans. L'année passée, elle a déménagé chez nous...

— Chez vous ?

— C'est la maison de mes parents, où je vis avec ma mère, mon père étant décédé il y a quelques années. Quand Tanguy a commencé à s'occuper de moi, ce sont eux qui ont insisté pour que j'installe ici mon atelier de peinture. J'aime beaucoup cet endroit, parce que je peux travailler avec une bonne lumière et surtout dans le calme, grâce à cette vue unique sur le parc.

Nathalie revint avec un petit dessin encadré, que Pierre reconnut tout de suite.

— J'avais oublié qu'il en restait encore.

— Ses parents avaient gardé les plus beaux en guise de souvenir, expliqua-t-elle à Hugues. Regardez, c'est vraiment étonnant pour son âge. Sa mère m'a dit qu'il en faisait à longueur de journée et qu'il les disséminait par dizaines partout dans la maison.

Hugues écarquilla les yeux, car, malgré quelques imprécisions, le dessin était tout à fait remarquable et n'avait rien à voir avec les gribouillis d'un enfant évoqués par Pierre. Il s'agissait d'un portrait au crayon de couleur d'un garçonnet au visage gracieux et aux boucles dorées. Habillé d'un costume marin, il se tenait à califourchon sur une sorte de petit vélo en bois, au milieu d'un vaste pré, au centre duquel trônait un imposant érable aux feuilles orangées, qui dispersait dans l'air des myriades de samares virevoltantes.

— Quelle précocité, lâcha-t-il sur un ton admiratif.

— Je m'en souviens encore comme si c'était hier. C'est un garçon que je voyais dans mes rêves.

— Est-ce que cela a duré longtemps ?

— Non, quelques semaines au plus. J'ai arrêté de le dessiner quand les rêves ont cessé. Par contre, j'ai continué avec les portraits des gens de mon entourage et je suis vite passé à la peinture, encouragé par toute ma famille…

— Cela ne m'étonne pas du tout. Votre talent est d'autant plus admirable qu'il s'est manifesté très rapidement, si je vous suis bien.

— D'un jour à l'autre, en même temps que les rêves.

Hugues se tut et contempla le dessin, l'air pensif, en se disant que la lecture des carnets d'Irène devait déteindre sur son esprit logique, car une idée saugrenue commençait à lui trotter dans la tête.

— Le portrait du petit garçon et celui de la vieille dame semblent vous avoir été inspirés de la même façon, fit-il remarquer à demi-mot.

— En tout cas, j'ai ressenti le même bouleversement…

Il eut une hésitation, qui n'échappa pas à Hugues.

— Quelque chose vous préoccupe-t-il ?

— À vrai dire, je ne suis plus sûr qu'il s'agisse de rêves. Je l'avais cru à l'époque, mais ce que j'ai éprouvé cette nuit de janvier a été très étrange. J'étais réveillé et pourtant le souvenir de ce qui s'est passé est si confus que je me demande encore ce qui m'est arrivé vraiment et surtout comment j'ai pu terminer le tableau dans un tel état.

— Tu ne m'as rien dit..., se désola Nathalie, en lui faisant les gros yeux.

— Il ne faut pas m'en vouloir. Cela ne s'est produit qu'une seule fois et j'ai pensé qu'il valait mieux ne pas t'inquiéter pour rien.

— Est-ce que vous savez qui est le garçon ? demanda Hugues.

— Personne dans ma famille ne lui ressemble ; en son temps, mes parents avaient parlé avec ma maîtresse d'école et cherché dans le voisinage, en vain. Ils en avaient conclu qu'il s'agissait de l'ami imaginaire que beaucoup d'enfants s'inventent.

— Et pour la vieille dame ? insista Nathalie.

— Je ne sais pas non plus. Son visage ne me dit rien du tout. Comme pour le garçon, je crois qu'elle est juste une sorte d'hallucination nocturne.

— Je n'en serais pas si sûr.

Ils se tournèrent vers Hugues, l'air surpris, et le regardèrent sortir de son sac le tube en carton avec le tirage photo.

DEUXIEME PARTIE

Le cep de vigne

Demain, dès l'aube, à l'heure où blanchit la campagne,
Je partirai. Vois-tu, je sais que tu m'attends.
J'irai par la forêt, j'irai par la montagne.
Je ne puis demeurer loin de toi plus longtemps.

(Victor Hugo, Les contemplations)

11.

Paris, avril 1859

Le cocher referma brusquement la porte du fiacre puis retourna à son poste en grommelant dans sa moustache, agacé par un retard qui lui faisait perdre des pourboires. En apercevant au loin le porteur, qui avançait en poussant péniblement sur son chariot une grosse malle, il bondit dans sa direction avec un geste d'exaspération et l'apostropha sans ménagement, pour qu'il se dépêchât. Blottie dans son épaisse mante, car les nuits étaient encore fraîches, Mathilde essaya de ne pas faire cas des éclats de voix des deux hommes, qui chargèrent le bagage avec grand fracas. Le long voyage en train l'avait épuisée, mais elle ne regrettait pas sa décision, qu'elle avait annoncée à Victor le soir même de la venue de sœur Marie-Thérèse. Il avait pleuré de joie, en saluant ce qu'il considérait comme un miracle, mais s'était aussitôt inquiété de son extrême faiblesse, en lui demandant de différer son départ de quelques mois ou de consentir au moins à ce qu'Agnès l'accompagnât. Elle n'avait pas voulu attendre, de crainte que la maladie ne la fît se désister, et avait aussi insisté pour qu'Agnès restât avec lui, les sœurs du refuge allant lui apporter le réconfort et le soutien dont elle avait besoin.

À son grand soulagement, le fiacre s'ébranla enfin. Bercée par les cahots, elle découvrait au petit trot Paris et sa foule, encore nombreuse malgré l'heure tardive. Au milieu de cette agitation étincelante de mille lumières, elle songea avec nostalgie au calme de sa chambre ; une fois de plus, elle se donna du courage, en se disant que c'était le remède douloureux mais nécessaire à une apathie qui l'aurait sinon tuée à petit feu. Soudain, elle reconnut la façade baroque de l'église Saint-Roch, que sœur Marie-Thérèse avait pris soin de bien lui décrire, le refuge se trouvant à quelques encablures de là. Le fiacre s'engagea dans une ruelle étroite et déserte et s'arrêta devant un petit portail, qu'un réverbère à gaz éclairait faiblement. Peu bavard, le cocher la fit aussitôt descendre ; après avoir déchargé le bagage et reçu son dû, il repartit sans tarder, en se raclant la gorge, un cigare à la bouche. Ses quintes de toux se perdirent rapidement dans la nuit et laissèrent la place au silence, que des bruits lointains de sabot troublaient par moments. Vêtue de deuil, sa silhouette se confondant avec son ombre, Mathilde se sentit seule, en proie au doute et à l'inquiétude comme jamais elle l'avait été ; d'un geste qui lui était désormais habituel, elle leva la tête, la vue du ciel nocturne que Louis avait jadis admiré avec elle la consolant quelque peu. Elle trouva ainsi la force d'actionner une petite cloche accrochée au mur, dont le tintement la fit tressaillir. Au bout d'un instant, les yeux bienveillants d'une vieille sœur portière apparurent à travers un étroit guichet ; sans mot dire, elle s'empressa de lui ouvrir et l'invita d'un geste de la main à la suivre le long d'un couloir sombre, tandis qu'une jeune novice s'occupait du bagage. Elles pénétrèrent dans un vaste cloître, où régnait un calme feutré, l'air sentant bon l'encens. Brisée par la fatigue et l'émotion, Mathilde ne put retenir ses larmes.

— Venez, murmura la sœur d'une voix compatissante.

Un lourd trousseau de clés à la main, elle se dirigea vers l'aile du couvent affectée aux bénévoles laïques, les autres galeries étant protégées par d'imposantes grilles en fer forgé. Elle franchit une des nombreuses portes qui s'alignaient sur plusieurs mètres et alluma une bougie posée sur une petite table. Mathilde regarda autour d'elle, en découvrant une cellule au mobilier modeste, pourvue d'une étroite lucarne haut placée qui faisait office de fenêtre. Sur une étagère murale étaient rangés une bible et un missel, qu'elle effleura de la main, l'air songeur.

— Ici, dans la renonciation et le don de soi-même, vous serez affranchie de la douleur, la rassura la sœur, en remarquant son trouble. Ces prochains jours, dès que vous irez mieux, je vous montrerai les ateliers et vous présenterai à nos protégées, qui se réjouissent déjà de faire votre connaissance. Maintenant, reposez-vous, ajouta-t-elle en la laissant. L'esprit ne peut guère se fortifier dans un corps malade.

Finalement seule, Mathilde s'agenouilla à même le sol devant un petit crucifix cloué au mur et ouvrit la bible au hasard, en récitant à voix basse le psaume ainsi trouvé.

— « *Aucun malheur ne t'arrivera, aucun fléau n'approchera de ta tente. Car il ordonnera à ses anges de te garder dans toutes tes voies ; ils te porteront sur les mains, de peur que ton pied ne heurte contre une pierre. Tu marcheras sur le lion et sur l'aspic, tu fouleras le lionceau et le dragon. Puisqu'il m'aime, je le délivrerai ; je le protégerai, puisqu'il connaît mon nom. Il m'invoquera, et je lui répondrai ; je serai avec lui dans la détresse, je le délivrerai et je le glorifierai.* »

En lisant la dernière phrase, elle se sentit envahir par un bonheur si intense qu'elle en eut le souffle coupé. Ce sentiment incongru, aussi surprenant qu'inconvenant au deuil qu'elle portait, finit par avoir raison de ses forces. Elle s'allongea sur le lit, avec l'intention de réciter encore le chapelet, mais ne tarda pas à sombrer dans un sommeil profond.

*

Elle se rétablissait rapidement, réconfortée par l'affection que ses jeunes élèves lui témoignaient jour après jour. Ses pensées étaient toujours pour Louis, mais le désespoir avait laissé la place à une émotion étrange, déconcertante, une douce quiétude qu'elle ne pouvait s'expliquer que par son assiduité et sa ferveur aux travaux et aux prières du couvent. Elle occupait son temps libre en s'adonnant à de longues promenades, le plus souvent au jardin des Tuileries, où elle aimait flâner dans les interminables allées aux magnifiques parterres fleuris, à l'ombre des chênes et des platanes. Elle n'oubliait jamais quelques miettes de pain pour les passereaux et se délectait des cris joyeux des enfants, qui poussaient leurs petits bateaux en fer-blanc dans les grands bassins. Parfois, avant de rentrer, elle faisait le détour par le Palais-Royal, où elle avait repéré une librairie tenue par un jeune homme prévenant et de bon conseil. En ayant retrouvé le goût pour la lecture, elle pouvait ainsi assouvir à nouveau sa passion, la bibliothèque du refuge ne comptant que des ouvrages religieux. Les dimanches, après la première messe à Saint-Roch, elle aimait emprunter la somptueuse rue de Rivoli jusqu'à la cathédrale de Notre-Dame, où elle assistait à la grande messe, pour ensuite longer la Seine, bercée par la nostalgie des tendres moments au bras de Victor, au bord des flots tranquilles de la Maine. Le soir, après le repas en commun dans le réfectoire, elle s'isolait dans sa chambre pour lui écrire de longues lettres, dans lesquelles elle lui apprenait les progrès de sa convalescence et lui faisait le récit minutieux de ses journées. Il lui répondait avec des poèmes d'amour, qu'elle lisait et relisait avec délice, en se réjouissant déjà de son retour, prévu pour la fin de l'été.

*

Le 15 août, alors qu'elle sortait de l'église après la messe solennelle de l'Assomption, elle fut surprise par une clameur lointaine, vers laquelle les gens se pressaient, en agitant chapeaux et mouchoirs. Intriguée, elle arrêta d'un signe de la main un jeune homme, qui passait près d'elle en courant. Essoufflé, il prit le temps d'ajuster son costume et de caler son haut-de-forme, avant de lui présenter ses civilités et lui expliquer que l'armée française, de retour d'Italie, défilait victorieuse vers l'Arc de Triomphe. Pressé, il s'excusa et repartit aussitôt, en l'exhortant à le suivre. La journée était radieuse et le jour férié ; elle céda donc à la curiosité et se mêla à la foule, de plus en plus compacte. Dans les cris de joie et les applaudissements, les troupes de Napoléon III marchaient fièrement au rythme assourdissant des fanfares militaires, en s'égrainant en rangs serrés en direction des Champs-Élysées. Les régiments se succédaient sans interruption, précédés par leurs fanions et annoncés par le son puissant des clairons ; les pantalons rouges et les tuniques bleues des fantassins, les beaux dolmans verts des chasseurs à cheval ou encore les plumes colorées s'agitant à l'unisson sur les shakos et les colbacs offraient un spectacle saisissant. Transportée par l'allégresse générale et la ferveur patriotique, elle se joignit aux vivats, en saluant les soldats à grands gestes. La chaleur et le tumulte eurent vite raison de ses forces ; non sans difficulté, elle se fraya un passage jusqu'au jardin du Palais-Royal, où elle put retrouver son calme à l'ombre des arbres. Sur le chemin du retour, elle passa devant la librairie où elle avait ses habitudes, et remarqua un livre en vitrine, dont le titre la figea sur place.

Le livre des Esprits

contenant

les principes de la doctrine spirite

sur l'immortalité de l'âme, la nature des Esprits et leurs rapports avec les hommes ; les lois morales, la vie présente, la vie future et l'avenir de l'humanité

Selon l'enseignement donné par les Esprits supérieurs à l'aide de divers médiums.

*

Le lendemain, dès que les travaux au refuge furent terminés, elle s'empressa d'y retourner. La nuit avait été agitée, une question revenant sans cesse et suscitant en elle le plus fou des espoirs.

— Madame Durant ! s'exclama le libraire, ravi de la revoir. En quoi puis-je vous être utile ? Il vient de paraître un excellent ouvrage d'histoire, qui, j'en suis sûr, saura intéresser une femme érudite comme vous.

— Merci, monsieur Couet, mais aujourd'hui, j'ai déjà fait mon choix. Parmi les livres dans votre devanture, j'en ai aperçu un qui traite des âmes. Je ne vous cache pas mon embarras, car, depuis, je me demande avec insistance comment elles peuvent livrer des enseignements aux vivants avant la résurrection des corps. Qu'en pensez-vous ?

En souriant sous son imposante barbe, il en sortit un exemplaire de derrière le comptoir.

— Votre intérêt ne me surprend guère. Il y a ici matière digne de l'attention des plus éminents savants. Il s'agit du livre de monsieur Kardec, qui connaît un grand succès. Je viens d'ailleurs de recevoir ma deuxième commande ; je ne saurais assez vous le recommander, car la doctrine spirituelle qu'il professe interpelle la foi des gens de bonne volonté. Comme moi, pour qui il a été une véritable révélation, vous y trouverez sans doute les réponses que vous cherchez.

*

Le soir même, Mathilde se plongea dans sa lecture, jusque tard dans la nuit ; elle fit de même les jours suivants, en s'enfermant dans sa cellule dès que les obligations du refuge le lui permettaient. Aux sœurs qui s'inquiétaient pour sa santé, en craignant un nouvel accès de mélancolie, elle expliquait qu'au contraire, délivrée de ses souffrances, elle souhaitait rendre grâce à Dieu dans la prière et le recueillement. Elle regrettait sincèrement de devoir mentir à celles qui l'avaient secourue avec tant de charité, mais les enseignements du livre différaient en partie de ceux du catéchisme ; ne sachant pas s'il était convenable d'en parler aux religieuses, elle avait décidé de garder le secret, en tout cas pour l'instant. Ce qu'elle découvrait page après page la comblait d'une joie si intense, qu'elle avait du mal à contenir ses émotions et à respecter la bienséance du deuil qu'elle se devait de porter encore. La doctrine affirmait l'existence de Dieu, éternel et unique, créateur de l'univers, et se fondait sur l'enseignement de son Fils, d'agir envers les autres comme chacun voudrait que l'on agisse envers lui-même. Il y avait un monde visible, le nôtre, et un monde invisible, celui des Esprits, qui s'incarnaient maintes fois sur terre pour s'élever à Dieu à travers les épreuves de la vie ; après la mort, les âmes continuaient à exercer une action incessante sur le monde moral et physique et pouvaient même communiquer avec les hommes à l'aide de personnes douées d'une puissance spéciale. Elle comprenait à présent la raison de son étrange bonheur et s'émut à l'idée que Louis était à ses côtés ; plus important encore, les enseignements donnaient un sens à la perte d'un enfant, car ce n'était pas une fin, mais un cycle sur le chemin de la rédemption. En refermant le livre, elle se souvint attendrie de la comète et d'une promesse qu'elle allait maintenant pouvoir tenir.

*

— Cela ne me surprend guère de vous voir de sitôt ! se réjouit Adrien Couet.

En remarquant quelques chalands, elle s'approcha de lui et lui parla à l'oreille.

— J'aimerais vous entretenir d'une question personnelle, en particulier, si vous le voulez bien.

D'un air entendu, il lui indiqua un coin au fond du magasin, derrière le comptoir, partiellement caché par des étagères, et l'invita à s'assoir sur l'une des deux chaises qui s'y trouvaient.

— C'est ma solitude, plaisanta-t-il, en prenant place en face d'elle. Je m'adonne ici à la lecture chaque fois que le commerce me le permet. S'il vous plaît, dites-moi ce qui vous agite. Est-ce le livre ? Manifestement, il ne vous laisse pas indifférente.

Elle opina, en s'assurant à nouveau qu'ils n'étaient pas écoutés.

— Je suis bouleversée, car les ténèbres auxquelles un destin cruel m'avait condamnée se sont soudainement dissipées…

Elle se tut, l'évocation de la mort de Louis étant toujours une épreuve douloureuse.

— Accordez-moi votre confiance, l'encouragea-t-il, avec un regard bienveillant. Qu'est-ce qui vous peine de la sorte ? Excusez ma hardiesse, mais le deuil que vous portez depuis des mois et la souffrance sincère qui vous accable encore aujourd'hui sont sans doute pour un familier qui vous était très cher.

Mathilde opina de la tête, les yeux rougis. En voyant quelqu'un s'approcher du comptoir, elle cacha ses larmes derrière un mouchoir. Adrien Couet se dépêcha de noter le payement dans le livre de caisse et retourna vers elle.

— Rassurez-vous, il n'y a plus personne.

— Ne vous méprenez pas, les miens ne seront dorénavant que des pleurs de joie... Mon fils a été emporté par la maladie le mois de décembre, en peu de jours. Il s'appelait Louis et n'avait que six ans.

— Je compatis à votre douleur et je comprends maintenant l'émotion que le livre vous procure.

— En cet instant, l'esprit de mon enfant est peut-être avec nous, lui dit-elle, en regardant tout autour, comme si elle pouvait le chercher des yeux.

— Vous voulez le retrouver, n'est-ce pas ?

— Je me remets à vous comme au connaisseur de la doctrine que vous semblez être. Savez-vous qui je dois solliciter, pour que mon espoir puisse se réaliser ?

Il se tourna vers le comptoir et nota une adresse sur un bout de papier.

— Écrivez-lui, l'exhorta-t-il. C'est un médium au don très puissant ; je ne le connais que de réputation, mais on m'en a parlé on ne peut plus en bien.

Mathilde se leva, comblée de joie.

— Le beau sourire dont voilà ! se réjouit-il, en l'accompagnant vers la sortie. Donnez-moi de vos nouvelles, je vous prie.

— Je vous suis sincèrement reconnaissante. Mon fils n'est qu'un enfant et a grand besoin de mon réconfort.

— Je suis certain que vous le rencontrerez, car vos intentions sont nobles. Les Esprits mêmes nous le disent : celui d'une mère est le plus bel amour qui puisse être.

*

Paris, le 23 août 1859

C'est une mère accablée par le malheur qui vous écrit, en implorant votre secours. Louis, mon fils unique, m'a été enlevé dans son jeune âge par la maladie, l'affreuse douleur de sa disparition me précipitant dans une profonde mélancolie. Si la foi a pu préserver mon âme de la perdition, l'enseignement spirite a suscité en moi un espoir aussi immense qu'inattendu.

Communiquer avec lui est désormais mon désir le plus ardent et la
seule consolation qui me permettrait de supporter la vie qui encore
nous sépare. Puis-je croire que les paroles d'une mère infortunée
puissent inspirer votre compassion ? Je vous prie en grâce de
recevoir ma requête avec bienveillance et de m'accorder la faveur
de vos facultés spirituelles.

Dans le silence de sa cellule, Mathilde se frotta les yeux, fatigués par l'heure tardive et la lumière vacillante de la bougie. L'air troublé, elle contemplait la lettre qu'elle venait d'écrire, son élan passionné ayant subitement laissé la place à l'incertitude. Devait-elle suivre les conseils de l'abbé Giralt et de sœur Marie-Thérèse et attendre résignée le dernier jour, en se remettant à la volonté de Dieu ? Était-elle si aveuglée par le désir lancinant de parler à Louis, qu'elle prenait pour vérité une tentation mettant à l'épreuve sa foi ? Elle regarda pensivement le livre, posé à côté de la bible ; les Esprits y enseignaient pourtant la même morale et la même justice divine que les Écritures, en révélant la signification des allégories du passé. D'un geste machinal, elle plia la lettre, en se demandant ce qui était mieux, s'accrocher à un espoir peut-être insensé ou rester dans l'insupportable doute de perdre Louis pour la deuxième fois. Elle fit fondre à la bougie le bâton de cire rouge et en laissa tomber quelques gouttes sur le pli. La tête levée vers le crucifix, elle pressa le cachet, en scellant ainsi sa décision.

Deux jours plus tard, à l'heure du déjeuner, une sœur lui apporta une petite enveloppe noire, sur laquelle était imprimée une triskèle argentée. Gênée par la moue interrogatrice de la religieuse,

Mathilde la remercia d'un grand sourire et s'éloigna rapidement en direction du jardin du cloître, pour éviter ses questions. Ici, assise sur un banc à l'abri des regards, elle ouvrit la lettre avec fébrilité, en découvrant un billet qui ne comportait qu'une phrase :

Il vous attend.

12.

Charleroi, 26 février 1969

Nathalie poussa un cri de surprise.

— Cette fameuse nuit, ce n'était donc pas la première fois ! s'exclama-t-elle, sur un ton plus taquin que désapprobateur. Quand l'as-tu peint ?

Pierre ne répondit pas. Les yeux rivés sur le tirage photo, il secoua la tête et se pencha pour l'examiner de près, la stupeur se dessinant sur son visage. Nathalie se tourna alors vers Hugues, en l'interrogeant du regard ; ce dernier voulut lui expliquer pour l'ancien tableau, mais Pierre se redressa soudainement, en les dévisageant l'air abasourdi.

— Vous n'allez pas me croire, mais il n'est pas à moi, leur annonça-t-il d'une voix agitée. Si j'en juge au coup de pinceau, il doit s'agir d'une peinture à l'huile, alors que je n'utilise que des acryliques.

Nathalie prit ses mains dans les siennes, pour le calmer. Elle avait l'habitude de ses crises d'anxiété, dont il souffrait parfois quand il commençait un nouveau portrait, quelques mots suffisant alors à le tranquilliser. Mais, depuis quelques semaines, cela se produisait de plus en plus fréquemment, sans raison apparente. Inquiète, elle en avait parlé à Tanguy, qui ne comprenait pas non plus, d'autant plus que tout allait pour le mieux, la consécration artistique étant à la clé.

— Ce n'est rien, la rassura-t-il. Mais, c'est perturbant de découvrir la copie exacte d'une de tes œuvres.

Il hésita, en prenant une profonde inspiration.

— Et puis, étrangement, ce portrait fait resurgir en moi la même émotion que cette nuit de janvier. Hugues, pouvez-vous m'expliquer ?

— Malheureusement non. Bien au contraire, c'est moi qui espérais en apprendre plus de votre part. C'est d'ailleurs l'autre raison de ma visite, car j'aimerais...

— Qui est-ce qui a pu copier le tableau de Pierre ? l'interrompit Nathalie avec impétuosité.

— Voilà qui est impossible. Cet ancien portrait date de 1889. Donc, à ce jeu-là, c'est plutôt vous, Pierre, à l'avoir copié, d'une manière ou d'une autre.

— Je vous jure que j'ignorais son existence jusqu'à maintenant...

— Je sais et c'est bien pour cette raison que je me creuse la tête depuis le vernissage. Il s'agit en effet d'un tableau qui n'a jamais été exposé et qui ne figure dans aucun catalogue.

— Comment l'avez-vous trouvé ? demanda Nathalie.

— Il appartient à une de mes connaissances... en fait à une amie très proche. C'est grâce à elle que j'ai appris son histoire et je peux vous confirmer qu'il est plus qu'improbable que vous en ayez entendu parler par le passé.

— S'agit-il d'une aïeule de votre amie ?

— Elle se nommait Mathilde Durant et était la grand-mère de l'ancien compagnon de... cette amie.

— Au risque de vous paraître curieuse, insista-t-elle en remarquant son flottement, j'ai l'impression que ce portrait vous touche personnellement...

— Nathalie..., murmura Pierre, en regardant Hugues d'un air désolé.

— Il n'y a aucun problème, le rassura ce dernier. Je viens vous poser des questions, il est tout à fait normal que je réponde aux vôtres. Il appartient en fait à ma compagne Ela, qui vit à Angers. Pour différentes raisons, ce tableau semble la concerner de très près et par conséquent moi aussi, parce que nous sommes très liés… Pour tout vous dire, j'envisage de la demander en mariage dès que j'aurai remis mon affaire à Reims.

Il se tut, surpris de s'épancher ainsi, alors qu'il n'en avait pas du tout l'habitude, surtout avec des gens dont il venait à peine de faire la connaissance. Cela tenait peut-être à la simplicité touchante de Pierre, qui rivalisait avec son talent, ou encore au naturel enjoué de Nathalie, qui lui rappelait sa jeunesse ; en tout cas, avec eux, il se sentait à l'aise et éprouvait même un doux plaisir à parler de son rêve, comme une façon de déjà le réaliser un peu.

— Un mariage ! renchérit Nathalie, en lançant à Pierre un regard malicieux. Vous connaissez-vous depuis longtemps ?

Elle était ravie d'aborder un sujet qui lui tenait manifestement à cœur.

— Cela fera bientôt quinze ans...

— Ah ! s'étonna-t-elle, en levant les sourcils. Personne ne peut vous reprocher d'agir sur un coup de tête !

Hugues ne put retenir un éclat de rire.

— Les jeunes, vous allez droit au but sans complexes ! Je vous l'accorde, le nôtre aura été un coup de foudre, mais pas un coup de tête... Trêve de plaisanterie !

— Sans vouloir être indiscrète, pourquoi attendre votre retraite ?

Il marqua un temps d'arrêt, car cela devenait délicat. Il se devait de respecter la réserve d'Ela et préserver les souvenirs douloureux dont il était le seul confident, mais, en même temps, il ne pouvait rien négliger, s'il voulait avoir une chance de trouver qui d'autre, malgré tout, avait pu savoir pour le portrait.

— C'est un peu compliqué, reprit-il, en soupirant. L'ancien compagnon d'Ela était un résistant, mort en déportation. Elle ne se sent pas de quitter la ville qui lui rappelle leur bonheur, ce que je comprends tout à fait. J'ai donc l'intention de me libérer de mes obligations à Reims pour la rejoindre. À ce propos, est-ce que vous connaissez Angers ? Les Durant y ont vécu au siècle passé.

Pierre réfléchit un court instant, en regardant Nathalie qui, à son tour, secoua la tête négativement.

— Ce nom de famille ne me dit rien du tout, répondit-il, et je n'ai jamais été à Angers.

— Vos parents non plus ?

— Non, en tout cas pas avec moi. Je poserai quand même la question à ma mère, mais cela m'étonnerait, car je n'ai pas le souvenir de l'avoir entendue me parler de cette ville. Est-ce que c'est important ?

Hugues prit le cahier du vernissage et leur indiqua l'arrière-plan du portrait.

— Regardez bien les toits que l'on devine au bout du champ. Cela vous rappelle-t-il quelque chose ?

Pierre observa l'image et esquissa une moue perplexe, à l'instar de Nathalie, penchée sur son épaule.

— Sur le clocher, je vois une croix de Lorraine, fit-elle remarquer.

— Ou encore...

Hugues souriait, en se souvenant de son petit jeu avec Ela.

— Une croix d'Anjou, du nom de l'ancienne province dont la capitale était Angers !

— Vous vous y connaissez très bien, s'étonna-t-il. Les deux flèches et le clocher sont en effet ceux de la cathédrale Saint-Maurice.

— J'ai étudié l'histoire de l'art à la faculté de Namur, glissa-t-elle en passant. À l'évidence, tout tourne autour d'Angers...

— C'est bien plus que cela, répliqua Hugues. Ne voyez-vous pas ? Pierre, en plus de la dame, vous avez reproduit la cathédrale d'une ville que vous ne connaissez pas et dans laquelle elle a vécu !

Il s'en suivit un long silence embarrassé.

— Tu as peut-être vu une fois ou l'autre une carte postale et tu t'en es inspiré sans le savoir.

Nathalie avait parlé sans trop de conviction.

— C'est possible, lui répondit Pierre, mais cela m'étonnerait quand même. J'ai une bonne mémoire et là, très honnêtement, je n'en ai pas le moindre souvenir.

*

Elle suivait leur conversation depuis un moment, cachée dans la pénombre du couloir, la porte de l'atelier étant entrouverte. Pierre lui avait dit qu'il avait rendez-vous avec un marchand d'art et les avait d'ailleurs entendus parler en rentrant des courses. Elle n'avait pas voulu les déranger, car, de toute façon, c'était désormais Nathalie qui s'occupait de tout. Les éclats de voix de cette dernière avaient néanmoins fini par éveiller sa curiosité. Soudain, à l'évocation d'Angers, les vieux souvenirs refirent surface avec violence. La gorge serrée, elle essaya de se convaincre qu'il ne pouvait s'agir que d'un hasard. Prise de vertige, elle courut vers la cuisine et s'affala sur une chaise.

*

— Est-ce que je peux garder la photo ? demanda Nathalie. J'aimerais à mon tour tenter de percer ce mystère.

— C'est une excellente idée, lui dit Pierre. Cela te permettra de mettre à profit tes études, comme une sorte d'entraînement pour ne pas perdre la main.

— J'essaye de décrocher un poste de chargée de cours, expliqua-t-elle à Hugues. Pour l'instant, je donne quelques leçons privées d'histoire. J'ai donc le temps. Surtout, je serai ainsi à l'écart de l'atelier, n'est-ce pas ?

Elle termina sa phrase en lançant un coup d'œil espiègle à Pierre, lequel leva un sourcil amusé.

— Pour la photo, il n'y a aucun problème, acquiesça Hugues. J'ai de toute façon le négatif, au cas où. Je vous demande juste de me tenir au courant de vos découvertes. De mon côté, je suis en train d'étudier le journal de la fille de Mathilde, mais je ne suis pas certain que ses carnets vont beaucoup nous aider. En tout cas, je n'hésiterai pas à vous informer dès que je trouve quelque chose.

*

Hugues salua Nathalie à travers la vitre arrière du taxi. Il donna ensuite au chauffeur l'adresse de l'hôtel, où il comptait manger, le train ne partant que dans l'après-midi. Il espérait être à Reims à temps pour faire le point avec Leal. Le vernissage de Pierre Lécuyer revêtait en effet une importance particulière, car c'était la première fois qu'il lui confiait l'essentiel de l'organisation. Il l'avait connu quelques années auparavant, lorsque, jeune étudiant à l'école des beaux-arts, il venait travailler quelques heures par semaine, pour arrondir ses fins de mois. Très vite, Leal avait manifesté non seulement une aptitude remarquable pour la restauration et l'estimation des œuvres anciennes, mais aussi un sens inné du commerce, ce qui avait permis à Hugues de lui laisser la galerie de plus en plus souvent. Il lui avait finalement proposé de devenir son associé, en guise de cadeau de diplôme. Avec ce vernissage, il comptait maintenant le former à temps pour ses projets de retraite, dont il ne lui avait encore rien dit.

De retour dans sa chambre, il commença à préparer ses affaires ; en saisissant le carnet de 1906, resté sur la table de chevet, il l'ouvrit machinalement à la page marquée par la carte de visite.

Mercredi, 14 février 1906

Il y a aujourd'hui une semaine que mon cher et bien-aimé Gilbert nous a quittés. Nous l'avons accompagné à sa dernière demeure samedi, cinglés par un vent glacial, qui ajoutait à notre douleur. Les trois convois réunis sur le parvis de la cathédrale, Monseigneur Rumeau a béni les cercueils ; debout près du sien, j'aurais défailli sans la présence de Thierry, qui me rappelait que je devais faire preuve de courage, étant désormais son unique réconfort.

Le chagrin m'accable et seules les prières me donnent quelque force pour chérir sa mémoire, en confiant au journal, qui fut le nôtre, ses derniers moments.

La clameur subite, la fumée noire s'échappant des puits et les mineurs me livrant passage en baissant les yeux furent mes messagers de malheur. L'un d'eux, que je conjurai, m'apprit que le plafond de la chambre d'extraction s'était effondré, alors que Gilbert était au fond à cause d'un incident avec le fil d'acier ; il en faisait l'épreuve depuis quelque temps, pour l'établir un jour au lieu de la poudre, trop dangereuse pour l'exploitation. Après que le premier chariot eut ramené un vivant aux jambes horriblement démises, on nous annonça encore un blessé et deux morts. Le treuil reprenant lentement son grincement de bois et de métal, mon âme fut au supplice de cette longue et cruelle incertitude. Son visage était recouvert de poussière et de sang, défiguré par les bords acérés des plaques d'ardoise ; je ne pus le reconnaître que par sa chevelure rousse. Inerte et sans connaissance, ils le posèrent sur la charrette avec l'autre blessé ; un faible râle de douleur fut alors son seul signe de vie. Bien que d'aucuns essayassent de m'en empêcher, je me mis à ses côtés et l'assis dans mes bras, pour lui épargner les secousses. Tout le long du trajet, je m'accrochai à la miséricorde de Dieu, en refusant de croire à l'effroyable évidence que mon savoir m'infligeait pourtant. La sentence ultime se confirma dès notre arrivée à Sainte-Marguerite : Gilbert avait eu le cou brisé et la paralysie des membres allait tantôt lui ôter la respiration. Son supplice dura jusqu'au soir, lorsque je remarquai des larmes glisser sur ses joues, en emportant avec elles la poussière d'ardoise qui encore les souillait. Il réussit à ouvrir les yeux et sembla avoir peine à me reconnaître ; je l'embrassai et ses larmes redoublèrent, en se mélangeant aux miennes. Avec ses dernières forces et bien que j'essayasse de l'en dissuader, il persista à me dire qu'en bas, il s'était pourtant vite relevé de son évanouissement, empli d'une joie jamais ressentie, et qu'il avait compati au sort des autres mineurs, qu'il voyait écrasés sous la roche. Entouré d'une étonnante lumière, alors que leurs lampes gisaient éteintes au sol, il avait remercié Dieu de la grâce qu'il lui accordait. Quelqu'un s'était avancé dans sa direction, mais il n'avait pu qu'en apercevoir la silhouette floue, juste avant de tomber à nouveau sans connaissance, à l'arrivée des chariots avec les sauveteurs. Il termina en me réconfortant, car désormais il ne craignait plus la mort. Ses mots se perdirent dans un râle ; pendant quelques instants, il me regarda dans les yeux avec une infinie tendresse, comme il avait coutume de faire lorsqu'il voulait me rassurer d'une inquiétude. Je l'embrassai sur les lèvres et sentis son dernier souffle caresser ma joue.

Hugues haussa les sourcils, sans pouvoir retenir une moue déçue. Bien que touché par le récit, si celui de son mari en était un exemple, les phénomènes auxquels Irène faisait référence étaient donc des histoires confuses de moribonds, certes poignantes, mais ne lui permettant pas d'expliquer l'énigme des deux tableaux. Il ne lui restait plus que la piste de la page arrachée, mais encore il fallait la retrouver.

*

Nathalie remonta l'allée et se dépêcha vers l'atelier, où elle aperçut Pierre en train de mettre à côté les toiles retenues pour Reims.

— Je suis fière de toi ! lui dit-elle, en l'embrassant avec passion.

— Sans toi, tout ceci ne serait jamais arrivé. Je t'avoue quand même que cette histoire de tableaux me ferait presque oublier le vernissage chez Hugues Mercer...

— Surtout, n'y pense plus et laisse-moi m'en occuper. Tôt ou tard, je finirai par trouver, car il doit bien y avoir une explication.

Elle débarrassa les tasses de café et se dirigea vers la cuisine.

— Oh, tu es là ! s'étonna-t-elle, en la découvrant prostrée sur une chaise.

Angélique se leva promptement et s'efforça de lui sourire.

— Je viens d'arriver et je n'ai pas voulu vous déranger, se justifia-t-elle d'une petite voix.

— Tu as l'air fatigué, s'inquiéta Nathalie, en craignant une de ses sautes d'humeur. Est-ce que tout va bien ?

— J'ai juste mal dormi. Pierre est-il à l'atelier ?

— Bien sûr, tu le connais ; j'ai même appris qu'il a à nouveau peint la nuit. À ce propos, monsieur Mercer, le galeriste, nous a montré une chose absolument incroyable...

Angélique sentit l'angoisse resurgir ; elle devait savoir, tout de suite. Le regard fermé, elle quitta brusquement la pièce, en laissant Nathalie au milieu de sa phrase.

Pierre s'était remis à son tableau. En reconnaissant ses pas, il se retourna, la mine réjouie. Angélique l'embrassa sur le front et passa une main dans ses cheveux ébouriffés.

— Tu as l'air content, lui dit-elle.

— Hugues Mercer va m'exposer chez lui, à Reims !

— Tu le mérites. Ton père et moi, nous avons toujours cru en ton talent. Mais il faut vraiment que tu te ménages ; Nathalie vient de m'apprendre que tu te lèves à nouveau la nuit...

— Maman... Je te jure que ce n'est arrivé qu'une seule fois, la rassura-t-il d'un ton mutin.

Elle esquissa une moue dubitative, qui fit vite place à un sourire affectueux. En regardant autour d'elle, elle remarqua sur la table le tirage photo laissé par Hugues.

— On dirait un de tes portraits... Pourtant, je ne me souviens pas de t'avoir vu le peindre. Est-ce le fruit de la nuit blanche dont m'a parlé Nathalie ?

Pierre rit doucement, en lui montrant le cahier du vernissage parisien.

— Voici le tableau que j'ai réalisé pendant cette fameuse nuit. La photo est par contre celle d'un portrait de 1889.

Elle chercha dans sa poche ses lunettes de lecture et les utilisa comme loupe pour comparer les deux images. Elle ne tarda pas à lever les yeux vers lui, très étonnée.

— Je comprends maintenant ce que Nathalie voulait me dire. 1889... Comment est-ce possible ?

— Nous n'en avons pas la moindre idée, moi le premier.

— Est-ce qu'on sait qui est la vieille femme ? demanda-t-elle d'une voix qui cachait mal sa nervosité.

— Selon les informations d'Hugues Mercer, il s'agit de l'aïeule d'une amie proche. Elle s'appelait Mathilde Durant et a vécu à Angers au siècle passé.

Angers... mais un siècle auparavant. Et cette femme, qui lui était parfaitement inconnue. Avec un profond soulagement, elle comprit qu'elle s'était inquiétée pour rien. Elle regarda son fils avec amour, sa réussite était la plus belle des récompenses, après tant d'années de doute et de peur. En le voyant heureux, elle sut qu'elle avait eu raison, malgré tout.

— Je te laisse travailler, lui dit-elle doucement, en repoussant une de ses mèches d'un geste maternel.

En quittant l'atelier, un frisson glacial parcourut son corps. Elle n'en fit pas cas et poursuivit, sans remarquer au sol le dessin du garçonnet à la draisienne.

13.

Paris, 26 août 1859

Il allait bientôt être minuit ; dans les rues, seuls quelques noctambules s'attardaient encore, les notes des bals musettes et des cafés-concerts résonnant au loin. Elle n'était jamais sortie dans Paris à une heure si tardive ; l'air inquiet, Mathilde observa le fiacre disparaître en direction de l'Ile de la Cité et pensa à Louis, pour se donner du courage. Elle vérifia une dernière fois l'adresse inscrite au dos du billet. Derrière le portail du numéro 8, quai des Gesvres, elle découvrit une cour intérieure, plongée dans l'obscurité, sur laquelle s'ouvraient plusieurs immeubles cossus, décorés de bas-reliefs et d'élégantes ferronneries. Elle franchit la porte de celui d'en face, où un homme à la carrure imposante l'attendait sur le palier du troisième étage. Âgés d'une soixantaine d'années, ses cheveux gris et hérissés contrastaient singulièrement avec l'épaisse barbe, frisée et jaunissante. Il portait une longue chasuble en soie noire, aux bords brodés au fil d'argent de frises celtiques et de triskèles, similaires à celle reproduite sur l'enveloppe reçue la veille. Ses yeux exorbités et brûlants d'une sorte d'exaltation mystique l'impressionnèrent au point qu'elle demeura muette.

— Entrez ! lui dit-il d'une voix grave et péremptoire.

Elle pénétra dans un étroit vestibule, l'homme l'aidant à se débarrasser de sa mante.

— Monsieur Busque...

— Appelez-moi Astolpho. C'est le nom par lequel je suis connu au ciel et sur terre.

— Merci de me recevoir...

— J'ai lu votre lettre, l'interrompit-il, visiblement pressé. Ma médiumnité vous permettra de lui parler, peut-être même de le voir. Rejoignez les autres au salon, où je vous retrouverai, et n'oubliez pas de vous acquitter de l'offrande.

Il s'éloigna, en montrant du doigt un coffret en bois, posé sur une petite table à côté de l'entrée ; un carton collé sur la face interne du couvercle indiquait la somme de cinq francs. Elle fut surprise par l'importance du montant et encore plus par la requête du médium, en se rappelant le passage du livre où il était dit qu'une prière du fond du cœur était cent fois plus agréable à Dieu qu'un quelconque don. Toutefois, seul Louis comptait pour l'instant ; sans plus se poser de questions, elle mit l'argent et s'avança le long d'un couloir sombre jusqu'à une porte entrouverte, à travers laquelle filtraient des voix basses. Elle la poussa doucement et découvrit un petit salon, qui sentait fort l'encens et où régnait une atmosphère obscure et mystérieuse. La marqueterie du plancher reproduisait des frises celtiques qui s'entrelaçaient à l'infini, tandis que les murs étaient recouverts d'un papier peint vert foncé, aux motifs floraux sinueux, entrecoupés de tableaux mythologiques mettant en scène des sirènes, des dragons ou encore des chevaux ailés. L'unique fenêtre était cachée derrière un épais drap en velours noir, brodé au fil d'argent tout comme la chasuble du médium. Dans la pénombre d'un lustre à gaz réglé au plus bas, elle aperçut deux hommes et deux femmes, vêtus de noir, assis à une table ronde au milieu de la pièce. En la voyant, ils se turent brusquement et la saluèrent d'un simple hochement de tête. Elle s'empressa de prendre place sur la seule chaise encore libre, entre les deux hommes et vis-à-vis d'un grand fauteuil capitonné. Les murmures reprirent aussitôt, personne ne lui prêtant plus attention. Elle remarqua que la table, en chêne massif et soutenue par un imposant pied, présentait en son centre de minutieuses gravures rehaussées à la feuille d'or, reproduisant les lettres de l'alphabet, les dix chiffres arabes ainsi que les mots OUI, NON et FIN ; à côté était posée une planchette en bois, en forme de goutte, avec un trou dans sa partie la plus étroite, montée sur quatre tasseaux arrondis qui lui permettaient de glisser sans encombre. Alors qu'elle cherchait à se remémorer ce que le livre lui avait appris au sujet des communications, le jeune homme assis à sa gauche se pencha vers elle et lui sourit avec bienveillance.

— Madame, tout va bien se passer, murmura-t-il à son oreille, en posant sa main sur la sienne.

Surprise par tant d'audace, elle détourna la tête et retira discrètement le bras ; puis, en se disant que ce n'était après tout que

167

la délicate sollicitude pour une néophyte, elle leva les yeux vers lui et le remercia timidement. Sur ce, Astolpho fit son entrée, précédé par un puissant coup de gong. Il marchait lentement, les mains jointes devant lui et les paupières baissées, ses lèvres murmurant une prière rituelle aux mots incompréhensibles. Il prit place dans le fauteuil qui lui était réservé et écarta les bras d'un geste hiératique.

— Nous sommes ici, ce soir, pour invoquer les Esprits ! annonça-t-il, le regard encore plus exalté que tout à l'heure. Que chacun mette ses doigts sur la planche et qu'en aucun cas il ne les enlève. Nul autre que moi ne parlera ni posera de questions !

Tous s'exécutèrent promptement ; fort impressionnée, Mathilde les imita, en décelant sur leurs visages la même fébrilité et la même attente craintive qu'elle. Seul l'homme à sa gauche restait impassible ; il lui adressa un clin d'œil amusé et la rassura à nouveau d'un sourire. Troublée, elle eut un mouvement brusque, qui n'échappa pas à Astolpho.

— Je vous le dis encore ! fulmina-t-il. Les Esprits exigent de nous la plus grande concentration !

Sans plus attendre, il posa à son tour les doigts sur la planche et psalmodia une formule d'invocation.

— Nous prions Dieu Tout-Puissant de nous accorder l'assistance des Bons Esprits et d'éloigner les Esprits imposteurs ou malveillants. Si quelques-uns tentaient de s'introduire ici, au nom de Dieu, nous les adjurons de se retirer. Nous prions les Bons Esprits de venir nous instruire ; que la pensée du bien commun efface en nous tout sentiment personnel. Nous prions tout particulièrement Louis, désincarné à l'âge de six ans et dont la mère est ici, pour qu'il veuille venir à nous dans la paix.

Il marqua un temps d'arrêt, plongé dans un recueillement si intense, que son visage se tordit en une grimace douloureuse.

— Esprit, es-tu là ? demanda-t-il enfin, d'un ton solennel.

S'en suivit un long silence, à peine troublé par le sifflement ténu de la lampe à gaz. Les yeux rivés sur la planche, Mathilde retenait son souffle. Tout à coup, elle ressentit au bout des doigts une petite secousse ; elle crut que c'était le fruit de son imagination, mais il y en eut tout de suite une deuxième, puis une troisième, de plus en plus fortes. Finalement, la planche se mit à glisser avec un léger grincement, son mouvement, au début lent et hésitant, devenant très vite fluide et précis. Éberluée, Mathilde l'observa avancer vers le mot *OUI*, sur lequel elle s'immobilisa.

— Comment t'appelles-tu ? demanda Astolpho.

La planche bougea à nouveau, en changeant de direction si brusquement, que Mathilde avait de la peine à laisser ses doigts posés sur elle. Après avoir marqué les lettres en s'arrêtant sur elles pendant quelques secondes, elle se figea près du bord de la table, en indiquant ainsi la fin du mot.

ADAM

— Comment vas-tu ?

JE VAIS MIEUX MAINTENANT

— Es-tu seul ?

NON JE SUIS AVEC MES AMIS QUI M ENTOURENT DE LEUR AMOUR

— As-tu un message ?

FAITES LE BIEN SUR TERRE ET AIMEZ VOTRE PROCHAIN RIEN N EST POUR TOUJOURS MAIS VOS ACTIONS DECIDENT DU TEMPS NECESSAIRE

Avant qu'Astolpho ne pût poser une autre question, la planche s'arrêta sur le mot *FIN*. Le médium respira profondément et s'effondra dans le fauteuil, sans plus bouger pendant un temps si long, que Mathilde se demanda s'il ne s'était pas évanoui. Inquiète, elle se tourna vers le jeune homme, mais ce dernier resta imperturbable, en arborant toujours son petit sourire amusé. Finalement, Astolpho ouvrit les yeux et se signa plusieurs fois, en marmonnant à nouveau des mots incompréhensibles.

— Adam nous a quittés, expliqua-t-il enfin.

Il les invita à prier, pour qu'un autre Esprit se manifestât, Mathilde appelant Louis de tout son cœur.

— Esprit, es-tu là ? recommença Astolpho.

Après de longues secondes, la planche se déplaça sur le mot *OUI*.

— Qui es-tu ?

ROSANA

— Qu'as-tu fait dans ta dernière vie ?

CELA A ETE TRES DIFFICILE ET MAINTENANT JE PAIE LE PRIX

Dès que la phrase fut terminée, la planche ralentit et commença à bouger de manière erratique, comme si l'Esprit qui la guidait hésitait. Finalement, elle composa le mot *PUNITION*.

— De quoi es-tu punie ?

JE SUIS CONFUSE ET TRISTE CAR MON CHATIMENT EST DE COMPRENDRE AUJOURD HUI LE MAL QUE J AI FAIT DE MON VIVANT

— Qu'as-tu d'autre à nous dire ?

CE NE SERA PAS MOI IL ATTEND DEJA

Au fur et à mesure que les mots se dévoilaient, Mathilde sentait le sang bourdonner de plus en plus fort dans ses oreilles ; finalement, elle lança un regard affolé au jeune homme, qui opina discrètement de la tête, pour qu'elle gardât son calme.

— Veux-tu t'en aller ? continua le médium.

En guise de réponse, la planche s'arrêta sur le mot *FIN*, Astolpho plongeant à nouveau dans un profond abattement.

— Je prie Dieu tout-puissant de permettre à l'Esprit de Louis de se communiquer à nous ! s'exclama-t-il ensuite d'un ton ferme.

Après quelques mouvements indécis, la planche composa le nom de BELDA, Mathilde ayant du mal à cacher sa déception.

— Qui es-tu ?

JE SUIS UNE PETITE FILLE

— Comment vas-tu ?

LACHE-MOI

— Pourquoi es-tu fâchée ?

La planche eut un mouvement si rapide et violent, qu'elle leur échappa et traversa la pièce en frappant le mur avec fracas. D'un bond qui surprit tout le monde, Astolpho se précipita pour la ramasser.

— Hâtez-vous ! Posez à nouveau vos doigts sur elle ! leur enjoignit-il, en la remettant sur la table, sa voix et son regard trahissant une vive inquiétude.

D'un geste résolu, il déplaça ensuite la planche sur le mot *FIN* et intima à l'Esprit de quitter la séance. Le mouvement spontané reprit, cette fois lentement.

VOUS ME FATIGUEZ

— Nous ne voulons que t'aider, répliqua-t-il avec prudence.

IL Y A TROP DE DOULEUR

— Tu es désormais un Esprit, tu ne souffres plus dans ton corps.

LA SOUFFRANCE DU CORPS N EST RIEN EN REGARD DE CELLE DE L ESPRIT

La planche s'arrêta sur le mot FIN, Astolpho poussant un soupir de délivrance.

— Nous remercions les bons Esprits qui ont bien voulu se communiquer à nous ; nous les prions de nous réconforter, pour que chacun de nous se sente encouragé dans la pratique du bien et de l'amour du prochain. Nous prions également pour les Esprits souffrants ou ignorants, qui ont pu assister à la séance et sur lesquels nous appelons la miséricorde de Dieu.

Il se leva, le visage creusé par la fatigue.

— Mes chers amis, cela sera tout pour ce soir, leur annonça-t-il. Les communications épuisent mon fluide médiumnique et affaiblissent le corps comme l'esprit. Vous venez de le voir, certaines âmes errent dans la confusion et les aider est notre devoir de bons chrétiens. Je vous donne donc rendez-vous dans une semaine.

Les participants quittèrent la pièce en silence, en esquissant une révérence respectueuse. Au moment de prendre congé à son tour, Mathilde ne put cacher son dépit de ne pas avoir pu parler à Louis.

— Nous ne pouvons pas obliger un Esprit à se présenter, répliqua le médium sur un ton las. Il jouit, comme nous, de son libre arbitre. Ne perdez pas confiance et remettez-vous à la volonté de Dieu. Maintenant, rentrez chez vous et priez pour le salut de votre fils. Nous nous reverrons bientôt.

En quittant l'appartement, elle remarqua que le coffret avec les offrandes avait disparu, ce qui lui arracha un sourire désabusé et ajouta à son amertume. Elle traversa la cour d'un pas rapide, en espérant trouver tout de suite un fiacre. À la hauteur du portail, quelqu'un, tapi jusque-là dans l'ombre du passage, la fit tressaillir, en bougeant soudainement dans sa direction. Lorsqu'il retira son haut-de-forme, Mathilde reconnut le jeune homme de tout à l'heure.

— Veuillez pardonner mes manières hardies, s'empressa-t-il de la rassurer. Je n'ai pas l'intention de vous importuner, mais j'aimerais pouvoir vous entretenir de ce à quoi nous avons assisté ce soir.

— L'heure et l'endroit ne me semblent point conformes à la bienséance. Avec qui ai-je l'honneur ?

— Je suis Francis Auger, maître clerc à la Cour d'appel de Paris.

— Heureuse de faire votre connaissance. Madame Durant, en visite à Paris. Vos manières auront tout du moins l'avantage d'éviter à une dame seule et étrangère les embûches de la nuit. Voulez-vous avoir la gentillesse de m'accompagner jusqu'à la prochaine place de fiacres ?

— Vous me voyez ravi de pouvoir vous offrir mes services. Je me mets en devoir de vous emmener jusqu'à chez vous, ma voiture particulière étant stationnée non loin d'ici. Avec cette commodité, nous pourrons parler à loisir.

— À mon tour, je ne voudrais pas vous embarrasser de quelque sorte, hésita-t-elle, en ajustant néanmoins son capuchon, visiblement soulagée à l'idée de retrouver le couvent en toute sécurité.

Sans plus attendre, Francis Auger ouvrit le portail et l'invita à s'avancer d'un geste courtois. Ils marchèrent jusqu'à l'angle de l'immeuble, où était stationné un élégant cabriolet.

— Quelle direction devons-nous prendre ? demanda-t-il, en s'installant à ses côtés après l'avoir aidée à monter.

— Au couvent du Bon Pasteur, près de l'église Saint-Roch, si vous le voulez bien.

Il poussa un léger sifflement et agita le fouet au-dessus de la tête du cheval ; ce dernier s'ébroua et s'élança au petit trot le long de la Seine, à la lumière des réverbères qui se perdaient au loin, de part et d'autre des berges. Mathilde gardait le silence, en admirant ébahie le spectacle offert par la nuit parisienne. À la hauteur de l'Ile de la Cité, Francis Auger lui montra du doigt l'imposant Tribunal de Grande Instance.

— Regardez, c'est ici que je travaille, lui dit-il avec enthousiasme. N'est-ce pas magnifique ?

— Tout est grandiose. La Ville Lumière ne pouvait porter meilleur nom...

— Au risque de vous paraître homme sans façons, j'aimerais vous demander ce que fait une dame de votre rang à Paris, qui loge au couvent mais assiste aux communications spirites.

Sa douce moquerie n'échappa pas à Mathilde, qui esquissa un sourire triste. L'air pensif, elle ne répondit pas, le regard perdu dans les flots qui s'écoulaient tranquillement. Francis Auger regretta son manque de tact ; confus, il tira sur les rênes et mit le cheval au pas.

— Me voilà tout sot ! lui dit-il d'une voix embarrassée. Le deuil que vous portez encore aurait dû m'inspirer plus de mesure et de respect ; d'évidence, votre douleur est trop récente pour supporter l'inconvenance d'un étranger.

Elle se tourna vers lui et fut touchée par la sincère affliction qui se lisait sur son visage.

— Ne vous accablez pas. Louis, mon fils de six ans, est mort de maladie en décembre. Alors que j'étais minée par la mélancolie, ma famille m'a convaincue de quitter Angers pour trouver ici le salut dans les prières et les bonnes œuvres. Grâce à Dieu, mon âme est désormais sauvée, encore que meurtrie et fragile. Ne vous méprenez pas : mon hésitation n'est pas due au déplaisir qu'auraient causé vos paroles, mais à la commotion toujours vive du souvenir de mon enfant.

— Comment vous êtes-vous initiée à la doctrine spirite ? Certainement pas au couvent, car l'Église nous condamne ; voilà par ailleurs la raison, certes pas l'excuse, de mon ironie fort maladroite.

— J'ai découvert par le plus grand des hasards le livre de monsieur Kardec, dont les enseignements ont été une véritable révélation. Le nouveau sens qu'ils donnent à la vie et à la mort me permet dorénavant de supporter mon malheur avec courage et confiance, d'autant plus que nous pouvons communiquer avec eux...

Elle baissa la tête, ses derniers mots se perdant dans le bruit des sabots.

— Qu'est-ce qui vous trouble ?

— Ce à quoi j'ai participé ce soir me semble bien éloigné de l'élévation morale évoquée dans le livre. Aveuglée comme je suis par l'envie de retrouver mon enfant, je crains avoir été la dupe d'une fourberie grossière.

— Oh, non, pas du tout ! répliqua-t-il promptement. Astolpho est un médium puissant et ses invocations sont authentiques.

Malheureusement, il n'utilise pas son don à bon escient et il n'a point de principes, en tout cas pas ceux d'éthique et d'altruisme qui nous viennent des Esprits. Il pervertit ainsi le but des séances, qui devraient au contraire nous permettre de progresser grâce à la sagesse des Esprits supérieurs ; en s'adonnant aux spectacles lucratifs, il s'entoure d'Esprits de bas niveau, au mieux frivoles et vulgaires, au pire malveillants.

— Peuvent-ils nous nuire ? s'inquiéta Mathilde.

— Ils ne sont pas dangereux par ce qu'ils sont Esprits, mais il ne faut jamais méconnaître ce dont ils peuvent être capables, en influençant nos pensées et en nous détournant du bien. Astolpho le sait aussi, comme le prouve son affolement lors de l'incident en fin de séance ; si l'Esprit n'est pas congédié en bonne et due forme, l'on s'expose au risque de possession...

— Que Dieu nous garde du diable et de ses démons ! s'exclama-t-elle, en l'interrompant brusquement et en se signant en toute hâte.

L'éclat de rire de Francis Auger résonna dans la nuit et fit broncher le cheval, qui finit par s'arrêter à la hauteur du Louvre, après un long ébrouement. D'un bond, le jeune homme sauta du cabriolet et se dépêcha vers sa passagère, en lui tendant la main pour l'aider à descendre.

— Venez, je vous prie, l'invita-t-il sur un ton badin. Le cheval a choisi pour nous...

Mathilde regarda à la ronde et reconnut le pont Royal, émergeant de la fine brume qui se levait de la Seine. Ils marchèrent en silence jusqu'à son milieu, où ils se penchèrent au-dessus du parapet pour observer les tourbillons que le courant formait autour des piles.

— Puis-je connaître la raison de votre hilarité ? demanda-t-elle au bout d'un moment, en feignant le courroux. Serait-ce une sottise que j'aurais dite sans le vouloir ?

— Satan, Lucifer, Belphégor, Léviathan, Belzébuth, Méphistophélès...

Francis Auger déclamait les noms sur un ton théâtral, en faisant d'amples gestes avec les bras et en regardant autour de lui l'air apeuré, comme si une créature monstrueuse allait aussitôt apparaître.

— Votre extravagance fait de vous un excellent comédien ! lâcha Mathilde, en pouffant de rire.

— Je trouve ma récompense dans votre joie !

Il se prosterna, chapeau bas.

— La jeune adepte que vous êtes doit encore s'affranchir des superstitions religieuses, reprit-il, en réajustant son haut-de-forme. Elles affublent les forces du mal de noms et de représentations qui entretiennent l'illusion de l'existence réelle des êtres démoniaques. Il ne s'agit, en fait, que d'Esprits imparfaits, qui cherchent à nous influencer en nous éloignant du chemin du bien. Voilà ce qu'il faut entendre par possession et pourquoi les communications des spirites sérieux ne sont jamais guidées par de basses motivations, le seul bénéfice espéré étant celui de l'élévation de l'âme.

— Dans ce cas, pourquoi étiez-vous à la séance ?

— Je suis un spirite de la première heure, gardien fidèle d'une doctrine qui n'en est qu'à son début. Ceux qui l'appliquent sans respecter les hautes exigences morales qu'elle demande donnent matière à la critique de ses nombreux détracteurs, car les enseignements ainsi obtenus non seulement sont trompeurs ou indignes du moindre intérêt, mais aussi, en nous exposant à la dérision et au discrédit, atteignent la science spirite dans sa considération. Monsieur Busque et les autres médiums que je fréquente ignorent ma véritable identité ; je profite de mon incognito pour rédiger un article pour le prochain numéro de la Revue Spirite, consacré aux procédés permettant d'écarter les mauvais Esprits et éviter de cette façon d'abuser la crédulité des gens de bonne volonté.

— Connaissez-vous alors un médium sincère et puissant, qui peut me réunir à mon fils ?

— Tel est précisément le motif qui m'a incité à vous approcher. La noblesse de votre quête mérite meilleure récompense que la basse besogne d'un commerçant...

Il termina sa phrase en se dépêchant en direction du cabriolet, où il se saisit de sa canne, restée sur le siège. Sous le regard étonné de Mathilde, il revint vers elle et dévissa le pommeau, en retirant de la tige une carte de visite qu'il lui tendit.

— Voici l'adresse d'un médium parmi les plus puissants que je n'ai jamais rencontrés. Elle applique avec grande piété la loi d'amour et de charité des Esprits, en refusant de se donner en spectacle ou de chercher un quelconque bénéfice. Son unique préoccupation est la compassion pour les autres, parce qu'elle sait que cette faveur ne lui a été accordée que pour les servir. Elle ne souhaite pas être connue en dehors du cercle des spirites de bonne volonté, pour éviter les importuns et les curieux. Voici donc son adresse telle une confidence. Par un heureux hasard, j'ai prévu de la rencontrer demain ; je profiterai de l'occasion pour lui parler de vous, car je n'ai pas de meilleur conseil à vous donner que celui d'obtenir son concours.

Elle se sentit envahir par la même joie qu'à son arrivée à Paris. Émue aux larmes, elle comprit enfin que Louis aussi la cherchait.

14.

Angers, 2 septembre 1859

Crachant un dernier panache de fumée, le train s'immobilisa près du butoir, le vacarme assourdissant des freins laissant alors la place au brouhaha joyeux de la foule, qui saluait depuis le quai dans une grande agitation de mains et de chapeaux. Adossé à un pilier métallique pour éviter la bousculade, Victor trépignait fébrilement, ému par des retrouvailles qu'il attendait depuis des mois. Le temps lui avait paru d'autant plus long, que leurs échanges épistolaires, au lieu de le réconforter, lui avaient rappelé jour après jour leur éloignement. À plusieurs reprises, il avait voulu la rejoindre, mais sœur Marie-Thérèse, qui correspondait aussi avec elle et la savait encore fragile, l'en avait dissuadé, en l'invitant à faire preuve de la patience nécessaire à son rétablissement complet. Soudain, elle surgit des volutes de vapeur. Le séjour à Paris avait à l'évidence opéré le miracle ; avec une grâce qu'il avait crue perdue à jamais, il la vit se frayer un chemin dans la cohue, en le cherchant des yeux avec empressement. Alors qu'il portait encore un crêpe noir en brassard, il remarqua avec étonnement qu'elle avait remplacé le deuil par une très belle robe rose clair, dont les riches dentelles dépassaient d'une élégante cape aux reflets dorés. Sous un large chapeau agrémenté de fleurs des bois, à la mode de Paris, comme elle le lui avait écrit, son visage rayonnait à nouveau de la beauté à laquelle il avait jadis succombé. Ils s'étaient rencontrés lors des visites à l'hôpital que Mathilde rendait à sa mère, convalescente après une congestion pulmonaire. Bien que ce fût normalement la tâche du commis, il avait tenu à lui administrer personnellement les remèdes, afin de lier conversation avec son avenante fille. Au fil des jours, son assiduité lui avait obtenu que cette dernière l'accompagnât en promenade dans les allées du parc, pendant les moments de repos de la malade. Avec un pincement au cœur, il la revit marcher à ses côtés d'un pas léger, protégée du soleil par une ombrelle, ses gestes discrets et ses propos pudiques trahis par ses yeux émeraude, qui pétillaient d'amour et de désir.

— Mon doux rêveur...

Plongé dans ses souvenirs, il l'avait perdue de vue au milieu de la foule ; comme une apparition, elle se tenait maintenant devant lui, le visage illuminé par un sourire radieux. Bouleversé, il prit ses mains dans les siennes et les embrassa longuement.

— Tu es magnifique ! réussit-il à dire d'une voix étranglée par l'émotion.

Mathilde sortit un mouchoir et essuya délicatement les larmes qu'il n'arrivait plus à retenir.

— Je n'ai jamais éprouvé de souffrance si cruelle, que celle infligée par ton absence, reprit-il, en se ressaisissant quelque peu. Je l'ai néanmoins endurée de bonne grâce pour le salut de ton âme, car c'est de ma faute de n'avoir pas eu les gestes et les mots pour te préserver de la maladie...

— C'est à tort que tu t'accuses, l'interrompit-elle avec douceur. Si le chagrin a pu consumer mon esprit, c'est seulement parce que j'étais dans l'ignorance...

Elle eut une brève hésitation, mais laissa finalement ses paroles se perdre dans le sifflement d'un train. Les yeux baissés pour cacher son trouble, elle accepta le bras qu'il lui offrait, en le suivant vers la sortie.

— Quand tes lettres m'ont appris ton lent rétablissement, celui-ci me paraissait si fragile, que la crainte d'une déception encore plus douloureuse m'interdisait de m'en réjouir. Puis, les assurances réitérées de sœur Marie-Thérèse m'ont redonné confiance ; je pensais te revoir convalescente, mais te voici remise et resplendissante comme jamais ! Le Seigneur, dans sa miséricorde, m'accorde plus que ce que j'ai demandé.

— Plus qu'une guérison, la mienne est une renaissance ! répliqua-t-elle avec conviction. Louis est vivant et j'en ai désormais la preuve !

Il la regarda d'un œil interrogateur, mais elle lui répondit par un rire enjoué, en se dégageant de son bras et pressant le pas vers Agnès, qui attendait à côté d'un fiacre.

*

Angers, fin octobre 1859

Etienne Basset sortit de la chambre et referma la porte sans faire de bruit. D'un hochement de tête, il rassura Victor, qui se morfondait dans le salon, et lui fit signe de patienter un instant. Il se dirigea ensuite vers la cuisine, où il trouva Agnès en train de prier en silence.

— Madame se repose, lui dit-il à voix basse. À son réveil, vous lui apporterez un bouillon de viande, que vous aurez bien épaissi.

Il la gratifia d'un sourire entendu et se dépêcha de rejoindre Victor, qu'il entraîna vers la cave à liqueurs, un petit meuble en bois précieux posé sur une commode près de la fenêtre.

— Mon cher ami, lui annonça-t-il d'un ton enjoué, le moment est bien choisi pour m'offrir de ton délicieux triple sec.

Allongée dans son lit, Mathilde ferma les yeux et se laissa bercer par la fine pluie qui tambourinait contre les fenêtres. Elle mit les mains sur son ventre et respira profondément, transportée de bonheur. Après son retour, ils avaient vécu une deuxième lune de miel, Victor, fou de joie, lui témoignant son amour avec une tendresse exquise et la comblant de mille attentions ; entraînés par leur passion, ils s'étaient aimés dès la première nuit, qu'une aurore boréale aussi féérique qu'exceptionnelle avait embrasée. Elle se plut à penser qu'il s'agissait sans doute d'un heureux présage, tout comme les mystérieux voiles de lumière qui avaient éclairé le ciel parisien dans la stupéfaction générale, la veille de ses retrouvailles avec Louis. Elle sourit de sa naïveté, car elle avait attribué ses malaises à son état de santé encore fragile, convaincue que les événements extraordinaires de Paris avaient certes hâté sa convalescence, sans pour autant la rétablir complètement. C'était Agnès qui, quelques jours auparavant, avait demandé à lui parler avec grande insistance ; fort embarrassée, elle avait réussi à demi-mot à lui faire comprendre ce qu'elle avait remarqué en mettant le linge à la lessive. Elle entendit dans le couloir les pas rapides de cette dernière ainsi que la voix basse d'Étienne ; avec la fierté d'une épouse dévouée, elle se réjouit pour Victor, qui allait désormais apprendre la bonne nouvelle. Elle regrettait de l'avoir inquiété en prétextant une légère indisposition, mais elle tenait à ce que son état fût certain, pour ne pas lui donner de faux espoirs. Après la naissance de Louis, ils avaient longtemps prié pour que le Seigneur leur accorde la joie d'un deuxième enfant ; cette grossesse était donc un véritable cadeau du ciel, la plus belle des récompenses après tant d'épreuves. Avec une pensée reconnaissante pour Louis, qu'elle savait près d'elle et qui avait certainement intercédé pour leur obtenir cette grâce, elle prit sa bible, posée sur la table de chevet, et en sortit un petit papier avec quelques mots écrits au crayon, qu'elle lut à voix basse avec la même émotion que la première fois. Cela s'était passé à la rue Rameau, non loin du Palais-Royal, le lundi après-midi après la séance chez Astolpho. L'immeuble était vétuste et sombre, avec un escalier en bois qui craquait à chaque pas, plusieurs marches étant d'ailleurs cassées et la rambarde tremblant dangereusement. Elle avait frappé à une porte du deuxième étage, au milieu d'un couloir plongé dans le noir, en se demandant si elle avait eu raison de faire confiance à Francis Auger. Le regard vif et bienveillant de Sophie Duchamp l'avait néanmoins rassurée tout de suite ; prévenue par le jeune homme, elle lui avait réservé un accueil chaleureux dans son modeste appartement, qui lui servait aussi d'atelier de couture et où elle vivait avec son mari, compagnon maçon sur les grands chantiers de Paris. Menue et plus jeune qu'elle, elle avait un visage gracieux, à la peau mate, encadré de longs cheveux noirs, noués en un chignon haut qui la faisait paraître plus grande ; sa robe en coton gris était de facture simple mais soignée, embellie par le col brodé d'un corsage blanc. Après avoir libéré deux chaises des bouts de tissu qui étaient éparpillés un peu partout, elle l'avait invitée à prendre le thé à une petite table au centre de la pièce à vivre. Elle se souvenait avoir alors imploré son secours, en lui confiant sa douleur et surtout l'espoir suscité par les enseignements des Esprits.

— Je ne suis qu'un instrument dont Dieu se sert pour parvenir à ses fins, avait-elle humblement répliqué d'une voix fluette. C'est à Lui qu'il faut demander la grâce, car Lui seul peut l'accorder. La faculté médiumnique est plus ou moins puissante et peut se manifester sous des formes diverses, mais elle reste pour nous tous un don de la Providence ; tel est donc le devoir des médiums, offrir par pure charité les bienfaits de leur aptitude à toutes les personnes de bonne volonté qui en font la requête.

Après avoir posé sur la table une feuille de papier et un crayon, elle lui avait proposé d'invoquer Louis sans plus tarder, en suscitant sa surprise. Contrairement à la lourde mise en scène d'Astolpho, rien chez elle ne rappelait le décor et les outils d'une séance, ce à quoi Sophie Duchamp avait ri de bon cœur.

— Cela ne m'étonne guère, car je connais les charlatans et leurs artifices, par lesquels ils s'emparent des gens crédules. En réalité, seuls le fluide que dégage le médium et l'élévation morale des participants sont nécessaires à ce que les Esprits bienveillants puissent se communiquer à nous.

— Mais, nous ne sommes que deux et le soleil brille encore !

— Les Esprits nous enseignent que les jours et les heures que nous croyons leur être propices n'ont jamais existé que dans les contes. Aussi, ce n'est pas le nombre de participants qui importe, mais leur sincérité. Maintenant, calmez-vous et priez pour votre enfant.

Elle se souvenait avoir récité à voix basse un Pater et exhorté Louis à se manifester ; dans son profond recueillement, elle avait même entonné du bout des lèvres sa berceuse préférée. Pendant ce temps, Sophie Duchamp avait fermé tous les volets et allumé au centre de la table une lampe à pétrole ; elle s'était ensuite assise à ses côtés, en se saisissant du crayon et en posant la main sur la feuille de papier, comme si elle s'apprêtait à écrire. Après avoir observé quelques instants de silence, elle avait enfin récité une formule d'invocation.

— Dieu notre Père, accorde-nous ta bienveillance et permets aux bons Esprits de venir à nous. Nous appelons tout particulièrement Louis, dont la mère est ici avec moi, mais quiconque le souhaite avec sincérité peut se communiquer à nous.

Elle avait sombré dans un état de somnolence, sans bouger pendant de longues minutes. Puis, sa respiration s'étant accélérée, sa main avait commencé à dessiner de petites spirales irrégulières.

— Esprit, sois le bienvenu.

Elle avait parlé lentement et d'une voix grave, comme une somnambule. En guise de réponse, les mouvements étaient devenus précis, le crayon traçant tout d'abord des lettres isolées puis des mots entiers, l'écriture se faisant finalement de manière naturelle.

Je m'appelle Calixta. Je suis venue, car je compatis à ta peine.

Surprise que l'Esprit s'adressât à elle directement, Mathilde s'était aperçue qu'entre-temps Sophie Duchamp avait plongé dans une sorte de profonde léthargie.

— Connais-tu mon fils Louis ? avait-elle demandé d'une voix mal assurée.

Il n'est pas loin, mais ce n'est pas encore le moment.

— Depuis sa mort, je le cherche éperdument, avait-elle insisté, comme dans une supplique. Mon seul et unique désir est de pouvoir lui dire combien je l'aime et qu'il ne doit pas avoir peur, car je serai toujours là. Qu'il sache que notre séparation n'est que passagère et que nous serons à nouveau réunis, dès que la volonté de Dieu sera faite.

Nous sommes ses agents, à qui tous sont soumis et dont nul ne peut connaître d'avance les desseins. Mets ta confiance en Lui et prie dans la foi. Ton fils viendra à toi bientôt.

— Comment te croire ?

Elle avait posé la question avant même que le mouvement du crayon ne cessa, en regrettant tout de suite son emportement, car elle savait que les Esprits n'aimaient pas ceux qui exigeaient d'eux sans cesse la preuve de leur existence et de leurs dires. Le bras du médium s'était arrêté, sans bouger pendant de longues secondes, en lui faisant craindre d'avoir en effet perdu le soutien des forces bienveillantes. Puis, le mouvement avait repris, si hésitant et irrégulier, qu'elle avait dû se pencher encore plus sur la feuille de papier, l'écriture étant maintenant indéchiffrable. Tout à coup, elle avait compris avec stupéfaction que ce qui se formait sous ses yeux était en réalité un dessin, à côté duquel l'Esprit avait ensuite ajouté quelques mots. Son émotion avait été si soudaine et violente, qu'elle s'était effondrée, en réveillant brusquement Sophie Duchamp et en la contraignant à mettre un terme à la séance.

Rêveuse, Mathilde glissa délicatement la main sur le bout de papier, en se demandant quand la promesse de Louis allait pouvoir se réaliser. À contrecœur, elle avait dû se résoudre à quitter Paris sans revoir le médium, retenue par ses obligations au refuge et par les préparatifs du retour, prévu quelques jours après. Depuis, elle avait essayé à maintes reprises de révéler son secret à Victor, mais chaque fois elle avait finalement renoncé, envahie par le doute et l'inquiétude, car il était un fervent pratiquant des préceptes de l'Église. En craignant sa désapprobation, elle avait préféré ne pas gâcher leur joie retrouvée ; pourtant, il lui était de plus en plus difficile de dissimuler son impatience et elle savait que tôt ou tard elle devait lui dire, si elle voulait rejoindre Sophie Duchamp à Paris. Elle venait donc de prendre sa décision, certaine que le bonheur lié à sa grossesse et la preuve indiscutable qu'elle tenait entre ses mains allaient permettre à Victor sinon de comprendre, au moins d'accepter son désir. En l'entendant congédier Étienne, elle se dépêcha de cacher le papier dans sa manche. Quelques instants après, il entrouvrit la porte et glissa la tête avec précaution.

— Ne te reposes-tu pas ? Étienne m'a dit que tu t'étais assoupie...

Elle le rassura avec un sourire et l'invita d'un geste de la main à s'assoir à ses côtés.

— Tu me combles de joie, chuchota-t-il, en l'embrassant avec douceur. Comment te sens-tu ?

— Étienne a dû t'expliquer que mon malaise n'est que le signe habituel de mon état et que je m'en remettrai bientôt. Tu ne dois pas t'inquiéter, car l'immense bonheur que je ressens ne peut être que d'heureux présage.

— Je vais dire à Agnès de t'apporter du bouillon. Il faut que tu reprennes des forces...

Il voulut se lever, mais elle le retint par le bras.

— Victor... S'il te plaît, reste un instant. J'aimerais t'entretenir d'une révélation bouleversante et secrète, qui m'a ramené à la vie pour qu'à mon tour je puisse la donner à nouveau.

Elle se tut, en se tordant les mains d'un geste nerveux.

— Parle-moi à cœur ouvert, lui dit-il. Il n'y a rien qu'une femme ne puisse confier à son mari.

Il se voulait rassurant, mais son regard se voila d'inquiétude.

— Pour avoir vu l'extrême détresse dans laquelle j'ai été précipitée, mon complet rétablissement a dû t'émerveiller...

— J'ai failli tout perdre, jusqu'à l'espérance, reconnut-il. Mais les prières et la charité nous ont obtenu la grâce de Dieu. Même, dans son immense pitié, il nous accorde d'être à nouveau parents.

—... pourtant, tout ici devrait me rappeler la mort de Louis, continua-t-elle. Sa chambre, ses jouets... Dans la bibliothèque surtout, je peux encore le voir me désigner un livre sur une étagère trop haute pour lui, et monter ensuite sur mes genoux, impatient de le découvrir avec moi. Les bonnes œuvres m'ont beaucoup aidée, certes, mais la vérité est que je sais maintenant qu'il est avec nous et que nous pouvons lui parler.

Victor écarquilla les yeux, en se rappelant l'étrange phrase qu'elle lui avait lancée le jour de son arrivée.

— Ma bien-aimée, qu'entends-tu par là ? Nous nous endormons dans l'attente du jugement dernier ; alors seulement, nous serons tous réunis dans la vie éternelle. Voilà notre foi...

— Une foi qui m'a été autrement révélée, l'interrompit-elle, avec une détermination qui le surprit encore plus.

— Qu'est-ce qui a pu ébranler ton esprit de la sorte ?

— C'est bien le contraire, mon âme s'est affermie et ma guérison en est le signe. Alors que je m'étais résignée à Sa volonté, le Seigneur m'a guidée dans le chemin de la connaissance. Après la mort, nous quittons le corps et devenons des Esprits. Nous ne pouvons pas les voir, mais ils sont constamment autour de nous, pour nous inspirer et protéger. Ils peuvent se communiquer à nous avec l'aide de personnes douées d'une puissance spéciale, que nous appelons les médiums.

— Crois-tu donc pouvoir parler à Louis ?

Mathilde sortit de la manche le bout de papier et le lui tendit.

— Il m'a déjà parlé, Victor. Notre fils est vivant...

Il prit la feuille et secoua la tête d'un air affligé. Puis, il poussa un soupir douloureux et la jeta par terre, en bondissant du lit.

— De quelle sorcellerie es-tu victime ? s'écria-t-il, en arpentant nerveusement la pièce. Qu'est-ce qui a pu t'éloigner du catéchisme, que tu as toujours pratiqué avec dévotion ?

— Tu vois comme moi le signe qu'il nous envoie et que le médium ne pouvait pas connaître…

— Ô la bonne dupe des charlatans et des envoûteurs ! Un simple dessin, sans doute l'artifice d'un malintentionné, suffit pour faire de toi une femme crédule.

Il se tut, en apercevant la bible.

— Ton bonheur n'est donc pas le fruit de la guérison, mais le symptôme d'une sorte d'aliénation d'esprit, lui dit-il, en retrouvant son calme. Sois sans inquiétude, je demanderai conseil à monsieur l'abbé. Pour l'heure, je t'en conjure, laisse-toi guider par les saintes Écritures et reviens à la raison.

Il posa la bible près d'elle d'un geste prévenant et quitta la chambre, sans se retourner. Attristée, Mathilde ramassa le papier et se consola à la vue de la draisienne dessinée avec la maladresse d'un enfant, le signe que Louis lui envoyait depuis l'au-delà. La surprise de Victor était normale ; il lui fallait juste du temps, car elle confiait dans son esprit éclairé et dans l'évidence de la doctrine spirite. Surtout, il y avait la promesse de Louis, qu'elle lut encore une fois d'un frémissement ému des lèvres.

Montre-toi courageuse dans la souffrance. L'épreuve sera difficile, mais nous nous rencontrerons bientôt.

Elle s'agenouilla devant le crucifix et pria pour que l'attente ne fût pas trop longue.

15.

Leal releva le col de son manteau et se hâta vers le dernier bus. Avant de monter, il salua encore une fois Hugues d'un geste chaleureux, la blancheur de son sourire se détachant sur la peau basanée d'un visage aux traits bien marqués et à la beauté brute. Debout derrière la porte vitrée qui donnait accès à la galerie, Hugues agita à son tour la main, en se disant qu'il avait eu beaucoup de chance de rencontrer ce jeune homme vif d'esprit et motivé. La surprise qu'il lui avait réservée et leur discussion au sujet du vernissage de Pierre Lécuyer le confortaient une fois de plus dans son idée. Leal avait le tempérament passionné et idéaliste de son père, auquel d'ailleurs il ressemblait beaucoup. Fervent républicain, ce dernier avait dû s'exiler en France en 1939, à la chute de Barcelone. Interné par le régime de Vichy dans les compagnies de travailleurs étrangers, il n'avait pas tardé à rejoindre la Résistance, pour se battre contre les Allemands comme il l'avait jadis fait contre les troupes franquistes. Il avait ensuite intégré les Forces françaises de l'intérieur et traqué l'ennemi au fur et à mesure que le front se retirait vers l'est, son combat s'arrêtant brusquement à Reims en 1944, lorsqu'un éclat d'obus lui avait arraché une jambe. Tombé amoureux de l'infirmière qui l'avait soigné pendant les longs mois de rééducation, il s'était marié avec elle l'année suivante, au lendemain de la capitulation de l'Allemagne. Hugues ne put s'empêcher de penser à Ela, car eux aussi avaient été en quelque sorte réunis par la guerre. Heureux à l'idée de la demande qu'il allait bientôt pouvoir lui faire grâce aux progrès de son jeune associé, il se dirigea vers le bureau, situé dans l'arrière-boutique, en prenant le temps d'admirer le nouveau décor. La galerie était installée dans une ancienne manufacture textile du quartier Sainte-Anne, rénovée en respectant l'architecture d'origine, notamment les vastes ateliers de production, aux plafonds très hauts et aux larges baies vitrées. Les expositions se tenaient dans trois salles, une dédiée aux tableaux et aux sculptures, les deux autres aux meubles et aux objets de valeur. Leal avait corrigé l'impression de désordre artistique qui s'en dégageait en les cloisonnant avec des paravents chinois, aux panneaux en soie finement brodés de fleurs, d'oiseaux ou encore de poèmes calligraphiés. Tout en donnant à la galerie un cachet unique et précieux, il avait ainsi réussi à créer des espaces et des couloirs qui facilitaient la visite, sans assombrir les pièces et en offrant en même temps une vue d'ensemble du plus bel effet. Pour les tableaux, jusque-là accrochés aux parois, il avait eu l'idée de les suspendre au plafond, ce qui permettait non seulement d'exploiter tout le volume de la salle, mais aussi de les mettre véritablement en scène. Hugues pressa le pas, très satisfait du changement et d'autant plus touché, que Leal avait tenu à le surprendre en s'y attelant pendant son absence. Il franchit la porte de l'arrière-boutique, un vaste atelier où il avait entassé au fil des années une grande quantité d'œuvres d'art hétéroclites, qui attendaient d'être expertisées ou restaurées. Il n'avait plus le temps de s'en occuper, car, pour rester le plus possible avec Ela, il avait pris l'habitude de concentrer ses activités sur quelques journées seulement, principalement pour organiser les vernissages et ses tournées, en travaillant souvent jusqu'au petit matin. En poussant la porte d'un petit local attenant, il embrassa du regard le décor spartiate dans lequel il s'apprêtait à passer la nuit. Derrière le bureau, posé entre un gros casier métallique et un lavabo, trônait un lit pliable, qu'il s'était résolu à installer pour s'éviter la route jusqu'à Witry-lès-Reims, où il vivait seul dans un pavillon de banlieue hérité de ses parents. D'un geste las, il ôta son nœud papillon et se laissa tomber sur la couchette dans un grincement de vieux ressorts. La fatigue commençait à se faire sentir, mais avant de s'endormir, il sortit de son sac le carnet de 1884, car il avait une dernière chose à vérifier. Pendant le voyage en train, il n'avait cessé de penser à la page qu'Irène avait arrachée, en se disant qu'il ne s'agissait pas seulement de savoir ce qu'il y avait écrit, mais aussi de comprendre pourquoi, selon toute vraisemblance, elle l'avait placée dans un livre bien précis, dont Mathilde lui avait parlé trente-cinq ans auparavant. Du coup, il s'était souvenu de la note marquée en rouge, qui évoquait justement leur rencontre à Paris cette année-là.

Samedi, 7 juin 1884

Dès que nous avons appris sa venue prochaine, l'impatience de retrouver mère n'a cessé de grandir; quel bonheur de pouvoir enfin serrer dans nos bras celle que nous n'avions plus revue depuis les noces! C'est dommage que père ne l'ait pas accompagnée, mais les circonstances remarquables de ce voyage, que nous n'avons su que par la suite, nous ont fait comprendre son motif. Arrivée le 24 mai, elle est restée chez nous deux semaines, pendant lesquelles les longues promenades dont nous étions naguère coutumières à la maison ont fait le plaisir de nos journées parisiennes. Les profonds changements de la ville ont suscité sa surprise et son admiration ; certaines rues ont dû aussi lui rappeler de lointains souvenirs, car son visage trahissait soudainement une intense émotion. Son hésitation à m'en parler m'a donné à penser, jusqu'à ce qu'elle me fasse enfin confidence de ce qui s'était passé en son temps. L'inquiétude a alors cédé la place à l'étonnement, son assiduité aux offices divins ne laissant personne l'imaginer initiée aux mystères ésotériques ; elle m'a fait remarquer qu'il ne faut jamais s'arrêter à la surface des choses et je n'ai pas tardé à en comprendre la raison. Inconsolable de la perte de Louis, elle avait mis son espoir dans un livre qui traitait des âmes après la mort et de leurs enseignements aux vivants. Elle m'a avoué avoir participé à des séances, où l'on invoquait les disparus et lors desquelles Louis en personne se serait communiqué à elle. La mémoire d'un frère que j'aime autant que si je l'avais connu et l'égard pour mère m'ont facilement convaincue de l'accompagner chez une extralucide, qu'elle préfère appeler médium. Cela a bien amusé Gilbert, lequel, toujours d'humeur badine, nous a raillées en nous disant qu'il fut un temps où l'on brûlait les sorcières. La séance a été saisissante et étrange, mère ayant laissé sous-entendre qu'elle partage un secret avec Louis ; elle n'a rien voulu me révéler, en ajoutant qu'elle-même ne comprend pas tout à fait. Malgré ses efforts de me convaincre de leur réalité, je reste incrédule, car il s'agit à ne pas en douter de manifestations somnambuliques, comme j'en vois souvent à la Salpêtrière. Je l'ai d'ailleurs amenée au cours du professeur Charcot ; reconnaissante d'avoir pu assister à une leçon si prestigieuse, elle a pourtant affirmé avec force que les hystériques n'ont rien à voir avec la doctrine spirite. Elle m'a expliqué que les adeptes sérieux sont des personnes éclairées et respectables, dotées d'une grande moralité, si bien qu'il serait ridicule de tous les soupçonner d'aliénation ; il ne s'agirait pas non plus d'une illusion des sens, car les mêmes témoins dignes de foi auraient apporté la preuve irréfutable de la véracité des manifestations physiques, comme celle des tables tournantes, pour n'en citer qu'une. Je lui ai demandé pourquoi elle nous a fait mystère de ses croyances ; certes, père est bon catholique, mais ses vues libérales l'ont toujours amené à prôner la tolérance pour les idées d'autrui. Elle m'a confié alors son long sacrifice, enduré avec abnégation pour nous épargner le scandale public ; son seul réconfort fut la lecture en secret du livre, avec la même dévotion d'un chrétien qui lit la bible ; nous avons bien ri de la manière dont elle s'y est prise. Comment pouvais-je m'en douter, aucun signe n'ayant trahi pendant toutes ces années la peine cachée d'une épouse dévouée et d'une mère aimante ? En apprenant ce qui s'était passé à Paris, père avait craint que la mélancolie dont elle avait souffert à la mort de Louis ne se muât en perdition de l'âme. L'abbé Giralt, dont il avait demandé le secours sans en entrevoir toutes les conséquences, avait crié au blasphème et menacé l'excommunication, en exigeant d'elle la renonciation complète et la présence régulière au service. Avec une émotion encore vive sur son visage, mère a ajouté que ce qu'il avait désigné comme le remède nécessaire à son salut fut pour elle en réalité un châtiment sans fin, scellé par un chantage, que le regard inquisiteur du prêtre renouvelait à chaque messe. Une seule fois, elle avait dû manquer à sa promesse de ne plus pratiquer les séances, et ce en dépit du remords douloureux de devoir mentir à père ; mais une étrange rencontre en songe avec Louis, qui l'attendait sous un arbre avec sa draisienne, ne lui avait point laissé le choix. J'ai été étonnée d'apprendre qu'elle fit ce rêve le jour de ma naissance, quand elle était au plus mal ; j'ai voulu savoir, mais, comme déjà chez le médium, elle m'a priée d'user d'indulgence, car le dessein qu'elle doit accomplir ne peut se divulguer. Aussi, j'ai trouvé bien étrange qu'elle s'enquière avec insistance de ma santé, son petit sourire faisant allusion au doux espoir d'une jeune mariée. J'ignore pourquoi, mais la question, pourtant compréhensible entre une mère et sa fille, m'a embarrassée, le sentiment indéfinissable qu'elle pressent quelque chose m'habitant toujours à l'heure où j'écris. Cependant, je garderai longtemps le bon souvenir de ces journées particulières, qui m'ont rapprochée d'une mère encore plus aimante et dévouée que je l'imaginais. Son entière conviction des vérités des esprits et la certitude inébranlable d'avoir retrouvé Louis m'émeuvent d'une tendresse compatissante, car elles la consolent d'une souffrance si non trop cruelle. Comme déjà avec père il y a quelques semaines, elle m'a été très reconnaissante de lui avoir permis de se libérer d'un lourd fardeau, notre bienveillance lui évitant désormais la condamnation qui l'avait jadis contrainte au secret et au mensonge.

*

Angers, 28 février 1969

Tiré de son sommeil par des bruits sourds provenant de la cuisine, Hugues se retourna dans le lit et savoura quelques instants encore la chaleur des draps. Rentré tard dans la nuit après une journée de travail avec Leal, il s'était couché dans la chambre d'amis, pour ne pas déranger. Il s'étira, avec l'intention de se lever, mais la porte s'ouvrit soudainement, une forte odeur de café se répandant dans la pièce.

— Voilà qui est nouveau ! s'exclama Ela d'un ton enjoué. Monsieur fait maintenant la grasse matinée...

Elle posa sur le lit le plateau avec le petit déjeuner et s'allongea à ses côtés, en l'embrassant tendrement.

— J'ai du sommeil en retard. Je ne te raconte pas la nuit passée au bureau...

— Désolée de te le rappeler, mais tu n'as plus l'âge pour jouer à l'étudiant dans son lit improvisé. Tu devrais confier plus de responsabilités à Leal. Il en est tout à fait capable et tu le sais bien, d'ailleurs.

— Tu ne penses pas si bien dire. Tu devrais voir avec quel talent il a réaménagé la galerie à l'aide de paravents. Ils ont coûté une petite fortune, mais les salles avaient vraiment besoin d'un coup de jeune. Je lui ai confié toute l'organisation du vernissage de Pierre Lécuyer ; ce sera son premier solo, en quelque sorte. Je prépare gentiment ma retraite...

Il se tut, car il en avait trop dit. Habituée à ses déclarations sans suite, Ela n'en fit pas cas et, d'un geste espiègle, croqua dans la tartine qu'il venait de beurrer.

— Est-ce que vous avez déjà retenu une date ? demanda-t-elle, la bouche pleine.

Hugues prit le temps de la débarrasser de quelques miettes restées accrochées au coin des lèvres.

— Une vraie gamine ! pouffa-t-il. L'exposition est prévue à partir du dix mars. Le délai est court, mais je tiens à être parmi les premiers à le faire connaître en France, car il s'agit à ne pas en douter d'un des meilleurs peintres du moment. La production que j'ai pu voir chez lui confirme du reste mes premières impressions. Il possède certes une maîtrise technique parfaite, ce qui n'est pas surprenant pour un élève de Tanguy, mais ce qui frappe vraiment est sa créativité hors du commun, d'une intensité presque... surnaturelle.

— Est-ce que tu penses au portrait de Mathilde ?

— En fait, c'est le cas pour tous ses tableaux. Selon ses mots, ils lui sont en quelque sorte inspirés par une force qu'il est le premier à ne pas comprendre. Je crois que c'est aussi grâce à l'atmosphère particulière qui règne dans son atelier, un magnifique jardin d'hiver de style Art nouveau, plongé dans la quiétude d'un immense parc arboré. Il te plairait, j'en suis sûr.

— A-t-il pu t'expliquer comment il s'est pris pour copier l'ancien portrait ?

— Non, bien au contraire, il a été bouleversé quand il l'a vu. Ni lui ni sa famille n'ont jamais entendu parler des Durant et ne sont jamais venus à Angers non plus. Tout ce qu'il a pu me dire, c'est qu'il l'a peint pendant une nuit agitée, comme dans un rêve et surtout sans modèle, ce qu'il ne fait jamais. En fait, c'est la deuxième fois que cela lui arrive, la première étant lors de ses premiers dessins à l'âge de six ans.

— C'est un peu tard, non ? fit remarquer Ela.

— Je ne parle pas des gribouillis habituels d'un petit enfant. J'en ai vu un tout à fait extraordinaire. Il s'agissait déjà de portraits, tous représentant un garçonnet dont il rêvait la nuit...

— Comme pour Mathilde... Qui était-ce ?

— Personne ne le sait. C'est un enfant aux boucles dorées, âgé d'environ cinq ou six ans, qui se tient dans un pré sur une sorte de vélocipède. Ses parents en avaient conclu que c'était sans doute l'ami imaginaire que beaucoup d'enfants s'inventent. Il faut dire qu'ils étaient surtout surpris par son talent, qui s'était manifesté d'un jour à l'autre…

Il se tut brusquement, en fronçant les sourcils.

— Quelque chose ne va pas ?

— Je vieillis mal, je t'assure. J'aurais dû y penser tout de suite...

Il prit son sac, qu'il avait posé à côté du lit, et en sortit la boîte avec le journal d'Irène.

— Viens, nous serons plus à l'aise à la cuisine, proposa-t-elle.

Tandis qu'elle refaisait du café, Hugues s'installa à la table et ouvrit le carnet de 1884.

— Irène en parle à l'occasion de la visite de sa mère à Paris, murmura-t-il, en tournant rapidement les pages.

— Est-ce que tu les as déjà tous lus ? s'étonna-t-elle.

— Je les ai juste parcourus, mis à part quelques notes qui ont attiré mon attention, comme celles qu'Irène a marquées au crayon rouge et qui sont du reste plutôt curieuses. Je vais tout de suite t'expliquer, mais avant cela... Voilà, c'est ici.

Il lui passa le carnet, en lui montrant la note du 7 juin, là où Irène évoquait l'étrange rencontre de sa mère sous l'érable.

— Qu'en penses-tu ? lui demanda-t-il, dès qu'elle eut fini de lire.

— Le garçon au vélo du dessin de Pierre Lécuyer serait-il donc le fils de Mathilde ?

— Tu ne m'as jamais parlé de lui.

— Je ne sais pas grand-chose. Il s'appelait Louis et il est mort en bas âge avant la naissance d'Irène. C'est tout ce que cette dernière m'a dit à son sujet. Encore une fois, c'était une femme admirable, mais d'une grande réserve, murée dans sa douleur.

Hugues remarqua dans son regard un voile de tristesse.

— Est-ce qu'il existe un portrait de l'enfant ? s'empressa-t-il de demander. Un daguerréotype peut-être ? À l'époque, c'était assez courant dans les familles bourgeoises.

— Il y a en effet une photo, par ailleurs d'un goût très douteux, répondit-elle, après une brève hésitation. J'avais voulu m'en débarrasser, mais finalement je ne l'ai pas fait, par respect des morts.

Elle se dirigea vers le salon, le bruit strident du battant du secrétaire résonnant quelques instants après.

— Une cachette secrète ?

Il lui avait parlé sur un ton léger, en la voyant revenir avec une ancienne photographie cartonnée qu'elle ne lui avait jamais montrée auparavant.

— Des vieilleries sans importance, bredouilla-t-elle.

Il s'agissait d'un tirage au format carte de visite, très à la mode durant la deuxième moitié du dix-neuvième siècle. Photographié au pied du lit, l'enfant reposait sur des fleurs blanches, vêtu d'un costume marin, les mains jointes sur le ventre. L'image en noir et blanc avait été colorisée, de délicates touches roses sur ses joues donnant ainsi l'impression qu'il dormait paisiblement à la lumière d'une bougie sur la table de chevet.

— Il est mort, n'est-ce pas ?

Il acquiesça avec un hochement de tête pensif, en reconnaissant tout de suite le garçonnet du dessin. Néanmoins, ce qui le préoccupait pour l'instant était l'embarras d'Ela.

— Tu sais que tu peux tout me dire...

Elle leva les sourcils, en feignant l'étonnement, mais le regard insistant d'Hugues la força à lui sourire d'un air gêné.

— Je l'ai trouvée par hasard après le décès d'Irène, au milieu de vieux bibelots sans valeur, oubliés au fond d'un des tiroirs cachés du secrétaire. J'y pense maintenant parce que tu l'as demandé... Pourquoi cette mise en scène morbide ? poursuivit-elle, en changeant de sujet. Quelle mère voudrait garder l'image de son enfant sur son lit de mort ?

Comme pour le cimetière, il n'insista pas ; il se doutait bien de ce qu'elle faisait, mais tenait à respecter sa douleur, car il savait que c'était sa façon à elle de l'aimer.

— Aujourd'hui, de telles photos seraient en effet inconcevables, lui expliqua-t-il. Elles étaient par contre courantes au siècle passé, car pour les familles, c'était souvent le seul souvenir d'un défunt, surtout lorsqu'il s'agissait d'un enfant.

— Est-ce bien lui ?

— Dans le dessin de Pierre, il est plus joufflu, mais oui, c'est lui, avec les mêmes boucles et le même costume. Toute cette histoire devient de plus en plus incroyable. C'est comme s'il y avait bel et bien un lien invisible entre Pierre et Mathilde, un lien qui défierait le temps. Je ne sais plus quoi penser... Je t'avoue que j'espérais obtenir à Charleroi une explication rationnelle. Encore un peu, je me mets à douter comme Irène…

— Nous finirons bien par trouver. Que nous apprennent les carnets au sujet du tableau ?

— Je n'ai découvert qu'une note de novembre 1889, où Irène dit l'avoir reçu de sa mère mourante, avec le collier et la broche. Mais il faudra que je les étudie plus attentivement ; pour le moment, je ne suis tombé que sur des notes où il est question de visions de l'au-delà et de communications avec les esprits.

Tout en parlant, il aperçut le carnet de 1887 et se souvint de la deuxième note marquée au crayon rouge, qu'il avait lue dans le train.

— En voilà un exemple. Irène raconte les derniers jours de son père, terrassé par une attaque cardiaque. Après avoir décrit les longues heures à son chevet, elle dit avoir trouvé Mathilde à la bibliothèque, au petit matin du 7 décembre.

Elle tenait dans ses mains les Contemplations de Victor Hugo, un des écrivains préférés de père. Le soir, il n'oubliait jamais de lire à haute voix un poème, mère l'écoutant avec une vive émotion, touchée jusqu'aux larmes par le sort de Léopoldine, la fille que le poète chercha au-delà de la mort. Agnès nous a rejointes ; son silence nous a appris que le moment était venu. Entouré des siens et après avoir reçu la bénédiction, père a proféré quelques mots, presque inaudibles, pour nous dire qu'il était en paix et qu'il se remettait entre les mains de la Providence. Puis, son visage s'est illuminé d'une joie immense. Il a murmuré le nom de Louis, le regard fixe devant lui, si intensément que nous nous sommes tous retournés, sans rien voir d'autre que le cierge allumé sur la commode. Il a rendu son dernier souffle en demandant pardon à mère. Après lui avoir fermé les yeux, elle nous a demandé de la laisser seule. À l'heure où j'écris, elle est toujours avec lui ; nous l'entendons lui parler à voix basse, comme s'il vivait encore.

— S'agit-il d'une de ces visions ?

— Tout à fait. Irène raconte que plusieurs de ses patients lui auraient fait des récits semblables, sans oublier Gilbert, qui aurait lui aussi eu une mystérieuse apparition lors de son accident. Un professeur de l'époque aurait même écrit un livre sur le sujet.

— C'est étrange, car elle ne m'a jamais rien dit de tout cela.

— Je suppose qu'elle ne t'a pas non plus parlé de sa rencontre avec le médium, en 1919.

Elle haussa les sourcils, l'air surpris.

— Je pense qu'elle voulait lever le doute sur les croyances de Mathilde, continua Hugues. Le deuil et les atrocités auxquelles elle a assisté ont probablement ébranlé ses certitudes scientifiques.

— Je me rends compte que je la connaissais à peine. Nous avons eu si peu de temps…

Son regard se troublant à nouveau, Hugues décida de ranger les carnets.

— Assez pour ce matin ! Allons plutôt profiter du soleil au jardin du Mail. Madame, j'aurai ensuite l'honneur de vous inviter au petit restaurant juste à côté.

La courbette avec laquelle il accompagna ses mots redonna le sourire à Ela.

— Monsieur, vous ne me laissez guère le choix...

Elle se baissa à son tour et remarqua alors une page qui venait de tomber de la boîte. Intriguée par les traces de foulage noircies, elle s'empressa de la lire.

— Je voulais t'en parler après le repas, lui dit Hugues. Cela me paraît plutôt bizarre, mais je suis sûr qu'Irène a suivi celles qu'elle croyait être les instructions de sa mère depuis l'au-delà. La page manquante doit se trouver dans le livre dont elles avaient discuté en 1884.

— Pourquoi aurait-elle fait cela ?

— Je n'en ai aucune idée, mais je compte bien le découvrir. En tout cas, c'est la seule piste dont nous disposons.

— De quel livre s'agit-il ?

— Je ne connais ni le titre ni l'auteur, mais il parle donc d'esprits. Comme Mathilde le consultait avec la même ferveur qu'une bible, elle a dû le conserver précieusement au fil des années. Avec un peu de chance, il est au bout du couloir.

16.

Angers, 28 octobre 1859

Avertie par la sonnette, Agnès pénétra dans la chambre et ouvrit les volets.

— Monsieur fait savoir qu'il est sorti de bonne heure pour des affaires en ville, annonça-t-elle dans la foulée. Il prie Madame de l'excuser et de bien vouloir patienter jusqu'à son retour.

Assise dans le lit, le dos calé avec des coussins, Mathilde respira profondément, la légère brise qui arrivait à elle soulageant quelque peu sa nausée. Elle regarda Agnès d'un air préoccupé, car ce qu'elle venait de lui apprendre ne laissait présager rien de bon. Victor, qui se levait toujours le premier, avait l'habitude de l'attendre à la salle à manger, où il aimait s'entretenir avec elle pendant le déjeuner. Il était aussi d'une grande ponctualité et tenait par-dessus tout à respecter les horaires de la pharmacie ; elle pouvait compter sur les doigts d'une main les fois qu'il n'avait pas ouvert, comme à la naissance de Louis ou pendant la révolte des ardoisiers de la Marianne. Ce n'était donc pas tellement son absence qui l'inquiétait, car elle se doutait de la raison, mais plutôt la gravité et l'urgence qu'il attribuait à leur discussion de la veille. Elle se leva et laissa son regard se perdre dans les mimosas de la cour intérieure, en s'accrochant malgré tout à l'espoir que l'œuvre du temps et du bon sens pût un jour lui faire admettre ses retrouvailles avec Louis.

— Quelles sont les consignes pour aujourd'hui ?

— Vous vous chargerez d'aller au marché. Comptez trois personnes, car l'abbé Giralt sera sans doute notre invité.

Agnès acquiesça et s'apprêta à quitter la chambre.

— Est-ce que Madame se porte bien ? demanda-t-elle sur le pas de la porte. Monsieur était dans une telle agitation, que j'ai craint un malheur de grossesse.

— Je vais bien... Nous allons bien, répondit Mathilde, en posant les mains sur le ventre, l'air serein.

— Madame a mes félicitations pour cette grâce de la Providence qui me comble de joie. Le sort m'a privé à jamais de pareil bonheur, mais je prendrai soin de l'enfant à venir avec tout l'amour que je ne pourrais donner autrement.

Mathilde la regarda en silence, en proie au doute. Ses paroles la touchaient profondément et lui rappelaient que la discrétion et la modestie dont elle faisait preuve ne devaient pas lui faire oublier sa souffrance sincère pour Louis, qu'elle avait aimé telle une deuxième mère. Devait-elle le lui dire ? Pouvait-elle lui révéler qu'il était vivant et qu'il s'était communiqué à elle ? Comment sinon supporter de la laisser dans l'ignorance et la douleur ?

— Agnès... Il faut que je vous fasse confidence de ce que j'ai découvert à Paris. Louis n'est pas mort ; son esprit est avec nous, il peut nous parler. Nous ne devons plus le pleurer, mais au contraire nous réjouir de sa présence et de son soutien...

Elle s'interrompit, en la voyant s'approcher de la table de nuit, sur laquelle elle posa la main d'un geste éloquent.

— Que Madame veuille bien me pardonner une indiscrétion tout à fait involontaire, mais occupée au ménage il y a quelque temps, j'ai remarqué le livre. Je me suis bien gardée de l'ouvrir, mais j'ai compris à son titre l'espoir dont on vient de me confier le secret. Cela me réjouit si Madame a pu retrouver Monsieur Louis, mais il est déjà dans toutes mes prières, la foi dans la résurrection suffisant ainsi à mon réconfort. Ma généreuse bienfaitrice peut toutefois être assurée de mon dévouement et de mon silence, quoi qu'il arrive.

Agnès avait coutume de dire d'elle qu'elle n'était qu'une servante sans étude, mais Mathilde reconnut une fois de plus l'intelligence et le bon cœur que cachait sa nature réservée. En lui adressant un sourire de gratitude, elle sortit le livre du tiroir.

— Tenez. Votre bienveillance allège une solitude que je n'ai pas souhaitée, mais à laquelle semble me contraindre une révélation encore trop récente pour avoir déjà vaincu la méfiance et l'hostilité. Monsieur va bientôt revenir avec l'abbé. Cachez le livre chez vous et n'en faites mention à personne, car j'ai peur sinon d'en être privée.

— Cela sera fait selon le désir de Madame. Si je peux me permettre, j'ai connu monsieur l'abbé lors de ses visites au refuge. Il est animé par une foi si fervente et absolue, qu'il lui arrive de remplir son ministère avec grande rudesse de manières.

— N'ayez crainte. Louis saura m'inspirer le courage et la persévérance, comme il veille déjà sur l'enfant que je porte. Les bons Esprits se soutiennent les uns les autres, réunis par la sincérité et la noblesse de leurs sentiments. Revenez vite. Vous m'aiderez à me vêtir de mes plus beaux atours, car je ne veux pas qu'on se méprenne sur la nature de mon indisposition.

*

Assise près de la cheminée de la bibliothèque, où des braises se consumaient lentement, elle s'affairait à broder une frise florale sur ce qui restait de son voile de mariée, avec lequel elle comptait agrémenter la robe de baptême, comme elle l'avait jadis fait pour Louis. Sur le coup de dix heures, elle entendit des voix étouffées dans le couloir, la porte s'ouvrant brusquement quelques instants après. Victor pénétra dans la pièce d'un pas hâtif, suivi de l'abbé

Giralt ; l'air grave, Agnès referma derrière eux, en lançant à sa maîtresse un regard long et appuyé, pour qu'elle ne perdît pas courage. Sans se départir de son calme, Mathilde souhaita le bonjour aux deux hommes, qui s'arrêtèrent devant elle, en gardant un silence nerveux. La mince silhouette de Victor et le corps trapu du prêtre lui rappelèrent le récit de Cervantès, ce qui l'obligea à cacher derrière une quinte de toux un éclat de rire qui n'aurait pas été convenable en pareille circonstance. Victor parla le premier, d'une voix mal assurée.

— Ma bien-aimée, j'ai mis au courant monsieur l'abbé de notre entretien d'hier soir. Nous connaissons en lui un homme d'Église pieux et de bon conseil ; sans la moindre hésitation, il a accepté de nous accorder son écoute et son soutien, ce dont je le remercie par avance.

Mathilde posa le tambour à broder et les invita d'un geste affable à s'assoir près d'elle.

— Mon mari vous a certainement appris que je vais à nouveau être mère…

— C'est l'œuvre du Seigneur miséricordieux, à qui nous devons rendre grâce !

Luttant contre sa corpulence, qui l'écrasait dans le fauteuil, l'abbé réussit à se redresser quelque peu et à dessiner un signe de croix sur le ventre de Mathilde.

— Je bénis déjà cet enfant, continua-t-il. Il est le fruit de votre sacrement et la manifestation de la bienveillance de la divine Providence. Seuls ceux qui se remettent à sa miséricorde, qui plus est dans l'épreuve, auront le salut et seront récompensés. Victor m'a raconté que de faux prophètes ont abusé de ta détresse, en prétendant pouvoir invoquer les esprits. Pourtant, tu le sais, les assauts du malin prennent les formes les plus diverses, pour nous charmer et nous faire succomber à nos propres faiblesses. Quoi de plus facile que de tromper l'âme d'une mère, en la séduisant avec l'illusion diabolique de pouvoir parler à l'enfant qu'elle vient de perdre ?

Mathilde le fixa dans les yeux. Sa réaction ne la surprenait pas, Francis Auger et Sophie Duchamp l'ayant prévenue que l'Église, qui proclamait le dogme de la résurrection de la chair et niait toute possibilité de salut en dehors d'elle, rejetait avec véhémence l'idée d'une élévation progressive des Esprits grâce au cycle des existences. Ce n'était donc pas la désapprobation de l'abbé qui l'attristait, mais le doute et l'inquiétude qu'elle lisait dans le regard de Victor ; en le voyant se tordre les mains et acquiescer à chaque mot du prêtre, avec dans les yeux la supplique muette pour qu'elle revînt à la raison, elle comprit qu'elle allait devoir affronter cette épreuve seule. Ce constat renforça encore plus sa détermination, car elle savait désormais que Louis ne pouvait compter que sur elle.

— Monsieur l'abbé, répondit-elle d'une voix posée, je suis navrée du trouble qui vous agite et dont je parais être la cause.

Soyez sans crainte, ce que j'ai appris à Paris n'a rien des ruses de charlatan et ne sort pas non plus des grimoires de sorcellerie. Il s'agit au contraire d'une doctrine enseignée par les Esprits supérieurs, fondée sur la morale de Jésus, qui fut le plus élevé parmi ceux incarnés sur terre.

Victor ne put cacher sa surprise. Mathilde, qui jusque-là avait toujours professé sa foi dans le respect et l'obéissance, avait parlé avec courtoisie, son regard trahissant néanmoins la ferme volonté de tenir tête à l'abbé. Ce dernier devint blême et, d'un geste instinctif, serra dans sa main la croix qui pendait à son cou. Puis, il fronça les sourcils et respira à fond, en essayant de contenir son indignation.

— Qui est-ce qui t'a enseigné cette... doctrine ? demanda-t-il sur un ton mielleux, dont Mathilde ne fut pas dupe.

— Je vous l'ai dit, ce sont les Esprits supérieurs.

— Je te l'accorde. Mais, pour qu'une doctrine se propage, il faut bien des prêcheurs en chair et en os, et même des ouvrages, si tant est que tu n'aies pas entendu des voix.

Elle sourit amèrement. Voilà donc le seul choix qui s'offrait à elle : la condamnation pour sa foi ou la pitié pour sa folie. Elle comprit où il voulait en venir et se dit qu'elle avait été bien inspirée de confier le livre à Agnès.

— Je vois que vous parlez en connaissance de cause. Les enseignements des Esprits ont en effet été recueillis par monsieur Kardec, dans un...

L'abbé l'interrompit sans ménagement ; en entendant ce nom, il se leva brusquement et se précipita vers un crucifix accroché au mur, en agitant les bras et en criant au blasphème. Alertée par la clameur, Agnès glissa la tête par la porte, en cherchant Mathilde d'un regard inquiet ; cette dernière, après l'avoir rassurée d'un geste discret de la main, la congédia avec un sourire au coin des lèvres qu'elles furent les seules à comprendre. Toujours tourné vers le crucifix, occupé à marmonner avec ferveur des supplications inaudibles, le prêtre ne s'aperçut de rien ; Victor, par contre, remarqua ébahi la réaction de Mathilde, qui ne lui ressemblait aucunement. Il avait fait appel à l'abbé Giralt, car il le tenait en haute estime ; versé en connaissances théologiques, il était leur confesseur, auquel ils se remettaient pour toute question spirituelle. Grâce à son avis éclairé, il avait espéré la raisonner, mais sa détermination, son insoumission même, venait de lui faire comprendre que la sienne n'était pas une bizarrerie passagère, mais la foi profonde d'une mère sincèrement convaincue d'avoir retrouvé son fils.

— Comment peux-tu être la dupe de ce mensonge, pire encore, le propager ? s'écria l'abbé, en revenant vers elle, le visage cramoisi.

Victor tressaillit au ton accusateur ; bien qu'il connût la rigueur dont il pouvait faire preuve, la dureté de son reproche le surprit.

— Calmez votre colère, je vous prie, tempéra-t-il d'une voix conciliante, en se levant à son tour. L'égarement momentané d'une mère si douloureusement frappée ne justifie pas tant de sévérité, eu égard à la ferveur et à la charité qui caractérisent depuis toujours sa conduite et dont vous êtes le témoin privilégié.

L'abbé Giralt se retourna brusquement, en braquant sur lui un regard excédé. Les yeux plissés et inquisiteurs, il le dévisagea longuement, comme pour traquer le mal partout où il pouvait se cacher. Gêné, Victor se rassit à côté de Mathilde, qui restait imperturbable. Essoufflé et en sueur, le prêtre marqua un temps d'arrêt et fouilla dans sa sacoche à la recherche d'un mouchoir, pour éponger son front. Il tomba ainsi sur sa bible de voyage, qu'il parcourut rapidement, en poussant de petits gloussements de satisfaction au fur et à mesure qu'il cornait les pages recherchées. Pendant ce temps, Victor prit la main de Mathilde et posa sur elle un regard désolé, car, s'il souhaitait qu'elle pût comprendre son erreur, il ne voulait pas pour autant l'accabler de la sorte. Elle en fut émue ; cette main rassurante, qui caressait la sienne avec tendresse, lui témoignait son amour, en dépit d'une croyance qu'il ne pouvait pas partager. Soulagée et reconnaissante, elle lui souffla un baiser du bout des lèvres. Au même moment, l'abbé leva le nez de la bible, en la refermant d'un claquement sec.

— Je connais, en effet, la sincérité de tes prières et ta compassion pour les nécessiteux, lui dit-il sur un ton plus calme. Purifiée du péché originel par le sacrement du baptême, tu appartiens à notre sainte mère Église, au sein de laquelle tu as toujours œuvré en te conformant à ses préceptes. Dieu nous envoie ses épreuves pour fortifier nos âmes, que la fragilité de la nature humaine exposerait sinon à la tentation. Aveuglée par la douleur, le mirage dont tu as été dupe t'a entraîné au péché de crédulité. Comme tu n'as pas agi par malignité, la faiblesse d'un moment ne saurait point condamner la dévotion de toute une vie. Aucune faute n'a été commise, qu'une contrition sincère et confiante au tribunal de la pénitence ne puisse remédier. Ainsi, je t'exhorte au nom de Dieu à rejeter les fausses croyances et à te confesser. Que tu retrouves le chemin du salut, voilà la seule raison de l'impétuosité de mes mots.

Elle se raidit, en pensant à la vérité que le message reçu à Paris dévoilait pourtant sans l'ombre d'un doute. Si déjà Victor l'avait considéré comme une imposture, il était alors inutile d'espérer autre chose que sa plus ferme condamnation de la part de l'abbé. Elle décida de ne rien dire, pour préserver de la réprobation la mémoire de Louis.

— La doctrine spirite ne parle que d'amour et de charité, répondit-elle. Elle ne vient pas renverser la religion, mais au contraire la confirmer et la révéler sans les allégories, jadis nécessaires, qui ne seraient aujourd'hui que source de confusion.

L'abbé secoua la tête, en manifestant un profond dépit ; l'air pensif et préoccupé, il commença à arpenter la bibliothèque, les mains croisées derrière le dos, son ventre paraissant ainsi encore plus proéminent. Victor en profita pour parler à l'oreille de Mathilde.

— Par la grâce de Dieu, écoute ses conseils, lui dit-il doucement. Quand bien même le but de cette doctrine ne serait pas celui d'abuser des esprits affaiblis, elle t'éloigne de notre foi...

— L'orgueil, Mathilde, l'orgueil..., lança sèchement le prêtre, en s'arrêtant devant elle, le doigt tendu dans un geste péremptoire. Cela est de la dernière insolence de vouloir interpréter les propres enseignements de notre Seigneur.

Victor bondit, mais avant qu'il pût protester et appeler à nouveau au calme, Mathilde répliqua, cette fois vertement.

— Détrompez-vous ! Les enseignements sont ceux des Esprits supérieurs, qui nous témoignent leur béatitude et nous montrent le chemin de la perfection. Je vous dirais d'ailleurs que leur message est le même que celui de Jésus : aimez Dieu et faites pour vos semblables ce que vous voudriez qu'ils fassent pour vous.

— La folie des illuminés agit en toi comme un poison, persifla le prêtre avec un sourire compatissant. Tu subis leur maléfice d'autant plus facilement que la douleur, après avoir brisé ta volonté, entretient maintenant le leurre que ta démarche est celle légitime d'une mère envers son fils.

— Comment croire que tant de personnes dignes de confiance et de haute moralité soient subitement toutes devenues des imposteurs ? À quelle aliénation mentale auraient-elles succombé, alors qu'elles continuent à mener des vies parmi les plus honorables ?

— Ils sont tous victimes des nécromanciens ! Pour pratiquer la divination, ces gens ont recours à Satan et à ses démons, qui n'ont d'autre but en cela que de nous induire en tentation. Quelle sottise que cette idée de les invoquer nous-mêmes, pour qu'ils puissent accomplir leurs desseins diaboliques avec encore plus de facilité !

Dans le silence qui s'en suivit, l'abbé Giralt remarqua le visage fermé de Victor ; il se ressaisit et ouvrit la bible à une des pages qu'il venait de repérer.

— Tu nous prétends, Mathilde, que les esprits ne rejettent pas la religion. Que cela soit, mais que dit alors la sainte Bible à leur sujet ? « *Ne vous tournez pas vers les spirites ou vers les médiums ; ne les recherchez pas, vous deviendriez impurs à leur contact. Je suis le Seigneur, votre Dieu.* »

Il humecta son doigt et passa rapidement à la page suivante.

— Ici encore : « *Si quelqu'un s'adresse à ceux qui invoquent les esprits et aux spirites pour se prostituer à eux, je me tournerai contre lui et je l'exclurai du milieu de son peuple.* »

Victor fronça les sourcils, car il venait d'entendre ce qu'il craignait le plus ; inquiet, il se tourna vers Mathilde, mais celle-ci ne quittait pas des yeux le prêtre, qui continuait à lire avec de plus en plus de délectation.

— « *Il fit passer son fils par le feu, il pratiqua la divination et l'occultisme, et il mit en place des gens capables d'invoquer les esprits et des spirites. Il fit de plus en plus ce qui est mal aux yeux de l'Éternel, provoquant ainsi sa colère.* » Écoute bien, Mathilde, ceci est remarquable de clarté : « *si un homme ou une femme ont des pouvoirs de spirite ou de médium, ils seront mis à mort ; on les lapidera : leur sang sera sur eux.* »

Il se tut, en levant sur elle un regard de défis. Tandis que Victor retenait son souffle en proie à une agitation croissante, Mathilde resta sereine et prit son temps, avant de lui répondre sur un ton condescendant.

— Vous n'avez cité que la loi de Moïse, dont la préoccupation était de libérer le peuple juif non seulement de l'esclavage matériel, mais aussi de celui spirituel des fausses divinations de la superstition égyptienne ; vous savez comme moi que cette condamnation ne se trouve nullement dans l'Évangile, car elle n'est pas divine. Les médiums sérieux ne sont ni des sorciers ni des

227

possédés et ils refusent d'asservir leur don au plaisir ou à l'ambition ; ils ne l'utilisent que pour faire connaître la vérité aux hommes de bonne volonté.

L'abbé, dont le front perlait à nouveau, dissimula sa surprise derrière une moue contrariée. Il savait que Mathilde était une femme intelligente et cultivée, mais il ne l'avait jamais entendue débattre ainsi des choses religieuses et encore moins le contredire.

— À quoi tendent tes arguments captieux, sinon à corrompre l'âme ?

— Je cherche uniquement à progresser dans une vérité étayée par des faits incontestables...

Elle se tut un instant, pour réprimer l'envie brûlante de lui parler quand même du message de Louis. À nouveau, elle se résolut à l'idée qu'il valait mieux protéger l'enfant de tout obscurantisme, car, bien que la doctrine écartât cette possibilité, elle ne voulait pas courir le moindre risque de l'exposer aux formules d'exorcisme.

— Voici ce qui est fort curieux, reprit-elle d'une voix désabusée. Sans autre forme de procès, vous rejetez ce qui serait le plus puissant auxiliaire de la religion, sous prétexte de folie ou d'œuvre satanique. Vous repoussez ainsi la seule explication rationnelle aux paraboles bibliques, comme si les lieux et les temps étaient toujours ceux de Jésus. Aveuglés par vos fausses certitudes, vous ne vous apercevez plus de vos contradictions les plus grossières. Le diable, l'être infiniment mauvais dont vous affirmez l'existence réelle, serait-il éternel et donc l'égal de Dieu ? Ou serait-il sa créature, auquel cas Dieu ne serait pas infiniment bon ?

— Nous mourons tous dans l'espoir de la résurrection des corps, le jour que le Seigneur, et Lui seul, aura décidé ! tonna le prêtre.

— La vôtre n'est pas une réponse. D'ailleurs, quand bien même l'enfer dont vous prétendez la vérité existerait, comment expliquer que Dieu permettrait aux seuls démons qui l'habitent de se communiquer à nous ? Et encore, comment admettre les manifestations des saints et nier celles des Esprits supérieurs ?

Il se boucha les oreilles, comme pour se protéger du Malin, et lança un regard dépité à Victor.

— Je suis désolé, lui dit-il sur un ton grave, mais ses propos ont la malice de l'esprit immonde, de l'emprise duquel nul acte de contrition, même le plus sincère, ne pourrait à lui seul la libérer. Il faut que j'entretienne monseigneur l'évêque de cette affaire, pour qu'il décide du nécessaire. Le mal étant récent, j'ai bon espoir que le rituel simple de l'eau bénite pourra suffire à lui éviter la privation des sacrements.

C'en était trop pour Victor, qui imposa le silence d'un geste nerveux et s'accroupit devant Mathilde, en lui parlant à voix basse, pour que le prêtre, qui déjà tendait l'oreille, ne l'entendît pas.

— Ma bien-aimée, je suis profondément navré de ce qui se passe. Alors que je cherche l'aide de conseils éclairés et bienveillants, je n'obtiens que de t'infliger un blâme bien trop sévère. En t'écoutant, j'ai compris que ta profession de foi ne procède ni de la maladie ni de l'œuvre du diable, mais de la conviction sincère d'une mère. Tu sais que je pourrais m'en accommoder même sans l'accepter, mais l'Église, elle, ne nous laisse guère le choix. Je te supplie de songer au salut de notre enfant et de rejeter une croyance qui démunit notre famille de la grâce de Dieu, son fondement.

En proférant ces paroles, il posa les mains sur son ventre, dans un geste de protection qui lui rappela son père. Bouleversée, elle se revit le pleurer dans le froid et la pénombre de la chapelle ardente du manoir familial. Elle n'avait que onze ans et son absence avait accablé toute sa jeunesse, malgré l'amour incommensurable de mère ; aujourd'hui encore, restait la tristesse de ces moments perdus. Elle s'était préparée à affronter l'intransigeance de l'Église, mais pas au prix de précipiter son enfant dans un scandale qui l'aurait privé du soutien d'une famille unie et bénie par le Seigneur. Sous les yeux émus de Victor, qui sembla deviner, elle se recueillit un instant dans une prière silencieuse, en demandant pardon à Louis et en le remerciant de lui avoir accordé la consolation de le savoir vivant et proche d'elle.

— Je ne peux pas disposer du salut de ma famille, annonça-t-elle sur un ton amer, en dévisageant le prêtre avec gravité.

L'abbé Giralt interrogea du regard Victor, mais ce dernier l'ignora, en détournant la tête sèchement.

— L'Église ne me donne guère d'alternative, reprit Mathilde. Jamais je ne serai la cause du malheur des miens. Vous voulez ma renonciation, eh bien, vous l'avez !

Submergée tout à coup par le chagrin, elle se blottit contre Victor.

— Monsieur l'abbé, vous venez de l'entendre, l'affaire est réglée ! lui signifia ce dernier avec fermeté. Nous nous sommes confiés en vous comme si nous faisions notre confession ; le péché est avoué, le repentir, à l'évidence, sincère. Bénissez-nous donc et partez, gardien d'un secret que vous ne saurez point trahir.

Comme tout à l'heure, le prêtre le regarda fixement, en plissant ses yeux méfiants.

— Le repentir est peut-être sincère, mais il me semble bien rapide, lâcha-t-il enfin, en maugréant entre ses dents.

— Je m'en rends garant et j'engage mon âme et mon honneur ! répliqua vivement Victor, peiné de voir Mathilde s'agiter dans ses bras, désormais secouée par des sanglots silencieux.

— Soit ! Je vous la confie, mais je contrôlerai personnellement son assiduité aux services et aux prières. Je serai à l'affût du moindre signe de rechute, que je ne saurais supporter.

Il bénit les lieux d'un geste machinal et prit congé, promptement accompagné à la porte par Agnès, soulagée qu'il ne restât pas pour le déjeuner.

*

De la lumière filtrait de dessous la porte de la bibliothèque. Victor lisait encore ou s'était peut-être déjà assoupi, enfin vaincu par la fatigue, comme cela lui arrivait quand les préoccupations le privaient de sommeil. Sans faire de bruit, Mathilde continua jusqu'au bout du couloir et pénétra dans la chambre, en allumant le cierge posé sur la table de chevet. Elle avait voulu que tout fût à nouveau comme de son vivant, ses jouets aussi, qui jonchaient ainsi le sol dans le joyeux désordre dont elle aimait s'entourer dans ses moments de recueillement. Avec des gestes lents, elle commença à les ranger dans un gros coffre en bois, chacun ravivant le souvenir de ses cris d'allégresse et de ses sourires lumineux. Victor la rejoignit, la petite draisienne dans les mains ; saisie d'une infinie tristesse, elle acquiesça de la tête et le regarda refermer sur elle le couvercle.

17.

— Je ne comprends pas, soupira Hugues.

Fatigué, il se laissa tomber sur une vieille chaise Second Empire, qui craqua dangereusement dans un nuage de poussière. Avec Ela, il venait de fouiller dans les piles de livres pendant tout l'après-midi, en vain.

— Pourtant, ils sont tous là, insista-t-elle. En son temps, j'avais pris soin de vider tous les meubles, sans trouver d'autres livres que ceux de la bibliothèque.

— Et au grenier, dans l'ancienne chambre de bonne ?

— Il n'y avait rien non plus, mis à part un lit et une commode, tellement vermoulus qu'ils tombaient en pièces. Je commence à penser qu'Irène ne l'a peut-être pas gardé.

— Cela m'étonnerait. La page manquante prouve bien qu'elle a dû suivre les instructions de sa mère... enfin, celles qu'elle croyait être ses instructions. Pourquoi se serait-elle ensuite débarrassée d'un livre si particulier à ses yeux, alors qu'elle a conservé les autres ? Est-ce qu'elle ne t'a vraiment jamais rien dit ? Même pas une petite allusion, au détour d'une conversation ?

— Non, je me souviendrais d'une histoire pareille. Et si elle l'avait caché ?

Hugues se frotta le menton, l'air pensif.

— Ce n'est pas logique. Mathilde a dû effectivement le cacher quelque part, le prêtre ayant menacé de l'excommunier. Par contre, Irène, qui en a sans doute hérité, n'avait pas besoin de le dissimuler, dès lors que l'aveu de sa mère avait été bien accueilli au sein de la famille et que, selon toute vraisemblance, il n'y avait pas eu cette fois de réaction de la part de l'église.

— Pourtant, je ne vois pas d'autre explication possible. Si le livre n'est pas perdu, comme tout le porte à croire, il est forcément dans l'appartement, à l'abri des regards pour une raison qui nous échappe.

— Là est la question. Irène a dû l'avoir entre ses mains en tout cas en 1919, pour y glisser la page du carnet. Pourquoi l'aurait-elle laissé dans sa cachette, un demi-siècle après les faits ?

Il essaya d'imaginer Mathilde, seule, contrainte au secret, convaincue d'avoir retrouvé son fils grâce aux enseignements d'un livre qui devait donc avoir pour elle une grande valeur.

— Un livre qu'elle a dû chérir par-dessus tout, fit-il remarquer, en réfléchissant à haute voix. Elle l'a certainement gardé près d'elle comme nous le faisons avec les ouvrages qui nous bouleversent et auxquels nous retournons pour le plaisir ou l'inspiration.

— S'il s'agit d'ésotérisme, elle devait plutôt le consulter régulièrement pour des invocations ou des formules magiques.

Une idée traversa l'esprit d'Hugues ; sans mot dire, il se dépêcha vers la cuisine, d'où il revint en agitant le carnet de 1884.

— Ta remarque m'a rappelé le récit d'Irène : « *... son seul réconfort fut la lecture en secret du livre, avec la même dévotion d'un chrétien qui lit la bible ; nous avons bien ri de la manière dont elle s'y est prise.* » Elle l'a laissé dans sa cachette, car, entre-temps, elle n'en était plus une !

— Là, je ne te suis plus...

— Si j'ai raison, nous l'avons déjà trouvé, sans le savoir. Pour Mathilde, il était une sorte de bible précieuse ; de plus, la meilleure façon de dissimuler quelque chose est de la montrer, ou presque... Si c'est comme je pense, nous devons chercher une bible lui ayant appartenu, probablement un ouvrage volumineux.

Elle haussa un sourcil dubitatif et se remit à la tâche, sans cacher son découragement à l'idée de devoir tout recommencer. Quelques minutes après, elle vit Hugues se placer sous la lumière du plafonnier, en tenant dans ses mains un gros livre en maroquin rouge, rehaussé d'ornements dorés.

— Il s'agit bien de sa bible personnelle, se réjouit-il, en lui montrant la signature sur la page de garde. C'est une édition de luxe de 1866, illustrée par Gustave Doré.

Il la feuilleta rapidement, son enthousiasme retombant très vite.

— Rien... Pourtant, j'aurais parié que Mathilde l'avait caché ici.

— Je vois... Tu pensais à une sorte de faux livre avec un espace vide à son intérieur.

Il acquiesça de la tête et referma la bible, en remarquant alors l'inscription sur le dos.

— Tome premier..., lâcha-t-il, avec un petit sourire au coin des lèvres.

Ils se remirent à l'œuvre et cette fois ce fut Ela qui trouva le deuxième tome, moins bien conservé que le premier, les pages ayant un aspect ondulé et la reliure étant presque complètement noircie par les moisissures. Elle l'ouvrit avec hâte et ne put retenir un éclat de rire.

— Je comprends maintenant ce qui les avait tant amusées, dit-elle à Hugues, en lui montrant l'astuce, simple, mais efficace.

Mathilde avait découpé les pages de son livre en les collant les unes après les autres sur celles plus larges de la bible. Une fois celle-ci refermée, l'illusion avait dû être parfaite.

— Elle consultait son livre « *avec la même dévotion d'un chrétien qui lit la bible* », releva Hugues, en citant Irène. Quelle belle ironie : elle donnait l'impression de professer la foi, tout en restant fidèle à sa doctrine. C'est sans doute le fardeau dont elle parle, car à chaque faux-semblant de prière elle savait qu'elle mentait aux siens.

Il porta la bible à son nez et secoua la tête d'un air entendu.

— Voilà pourquoi il est dans un si piètre état. Elle a dû se servir d'une colle à l'amidon de fabrication maison, en oubliant d'y ajouter de l'huile d'amande amère, qu'on utilisait à l'époque justement comme conservateur contre les moisissures.

— Espérons que la feuille du carnet n'ait pas trop souffert.

— Oui, bien sûr, répondit-il, en allant tout d'abord à la page de titre, qu'il lut à haute voix.

— La doctrine spirite..., répéta Ela d'un air perplexe. Je n'en ai jamais entendu parler.

— Moi non plus. Il faudra que j'en informe Nathalie...

Ela posa sur lui un regard interrogateur.

— Désolé, j'ai complètement oublié. Nathalie Morin est la fiancée de Pierre Lécuyer. Elle s'occupe de lui un peu comme son agent, en attendant de trouver un poste d'enseignante. Elle aussi a été très surprise au sujet des deux portraits et m'a promis de me donner un coup de main pour tenter de comprendre.

— Est-ce qu'elle s'y connaît ?

— Je pense que oui, car elle est diplômée en histoire de l'art. Je lui ai laissé le tirage photo, pour qu'elle puisse les étudier dans le détail. C'est quelqu'un plein d'allant et j'ai bon espoir que son aide nous fera avancer. Je me dis qu'elle pourrait faire des recherches aussi sur cette doctrine...

Il se tut ; en tournant les pages, il venait de tomber sur un petit feuillet jauni. Fébrile, il posa la bible sur une chaise et s'approcha d'Ela, pour qu'elle lût avec lui.

... Nous sommes allées dans sa chambre ; après une brève invocation, elle a commencé à écrire tout à fait naturellement, comme à l'époque. Bouleversée, j'ai tout de suite reconnu le style de mère. Ses premiers mots ont été un message d'amour et de protection de la part de Gilbert ; j'ai dû alors me retenir pour ne pas éclater en sanglots, qui auraient sinon dérangé notre recueillement. Sans m'expliquer le pourquoi, elle m'a ensuite

exhortée à cacher la note, que je consigne en ce moment, dans le livre, dont elle m'avait parlé en 1884, à l'occasion de sa visite à Paris ; elle a même précisé le chapitre, en me disant que cela était très important. Comme elle l'avait fait de son vivant, elle m'a incité à garder précieusement le tableau, le collier et la broche ; elle a ajouté qu'il y aura un grand malheur et qu'il faudra que je sois forte, car jamais je ne dois m'en séparer.

— Rien de vraiment nouveau, l'interrompit Ela, l'air déçu. Mathilde a donc rappelé encore une fois l'importance de son legs, mais toujours sans expliquer pourquoi.

— Aurait rappelé..., précisa Hugues avec un clin d'œil. Mais, attends, ce n'est pas fini :

Mardi, 2 septembre 1919

Me voilà de retour, auprès de mon Thierry, qui fêtera bientôt son dix-huitième anniversaire. J'ai demandé à Frédérique de prévoir un grand repas, car nous aurons aussi à le féliciter de la fin de son apprentissage à la boulangerie. Il est fier d'avoir réussi ce à quoi il songeait depuis l'enfance ; actif et entreprenant comme son père, à qui il me fait penser tout le temps, il a maintenant grand-hâte de s'embaucher comme ouvrier et devenir un jour artisan.

— Il avait commencé à travailler comme jeune commis au début de la guerre, l'interrompit Ela d'une voix attendrie. Il aimait dire que pétrir le pain pour la soupe du soldat était sa manière d'honorer leur bravoure.

Il ne s'attendait pas à ce qu'Irène évoque ici son fils ; désolé de raviver ces souvenirs, il posa sur elle un regard embarrassé.

— Ne t'en fais pas pour moi, glissa-t-elle doucement. Je suis au contraire contente de découvrir des pans de sa vie que j'ignorais.

Il dut cacher sa surprise, car c'était bien la première fois qu'elle parlait de lui avec le sourire. Il hésita un instant, en se demandant si ce n'était pas le moment d'aborder avec elle la question du cimetière ; finalement, il préféra continuer à lire la note.

Je confie ma joie à ce feuillet, bercée de l'espoir qu'en le mettant dans le livre, comme mère l'a souhaité, il puisse en quelque sorte parvenir à Gilbert, qui serait si fier de voir notre enfant se faire homme !

— Cela ressemble un peu à un rituel magique, s'étonna Ela.

— C'est plutôt surprenant, en effet. Mais n'oublie pas qu'elle venait de vivre les horreurs de la guerre, en plus de ses deuils... Elle a dû trouver dans les croyances de sa mère une sorte d'apaisement.

— Depuis quelques jours, j'ai en tout cas l'impression de parler d'une autre Irène. Elle ne s'est jamais livrée à moi, peut-être par peur que je me moque d'elle.

Hugues acquiesça distraitement, captivé par la suite de la note.

— Cela devient intéressant ! s'exclama-t-il.

Pourrai-je encore douter de l'existence des Esprits, après ce que je viens de découvrir ? À la page que mère m'a désignée, il y a un dessin identique à celui de son pendentif. Sophie ne pouvait pas savoir pour le bijou, fabriqué cinq ans après la séance de 1884, car elles ne s'étaient plus revues et n'avaient pas correspondu non plus. À cette occasion, Louis avait annoncé qu'un jour j'apercevrais la vérité. Est-ce donc cela le secret que mère n'a jamais voulu me révéler ? Mais alors, pourquoi son legs si étrange ? Et avec ce dessin, dont elle m'a caché l'origine sur son lit de mort, que veut-elle me dire après tant d'années ?

Avant encore qu'il eût terminé, Ela s'était emparée de la bible, en l'ouvrant à la page où ils avaient trouvé le feuillet. Le regard étonné, elle désigna du doigt le dessin à peine visible qui introduisait le chapitre *Prolégomènes*. Il était tout à fait identique à celui du collier ; bien que très abimée par les moisissures, on reconnaissait la branche de vigne entortillée et la grappe de raisin. Hugues lut en silence les premiers paragraphes et s'arrêta aussitôt.

— Voici l'explication : « *Tu mettras en tête du livre le cep de vigne que nous t'avons dessiné, parce qu'il est l'emblème du travail du Créateur ; tous les principes matériels qui peuvent le mieux représenter le corps et l'esprit s'y trouvent réunis : le corps, c'est le cep ; l'esprit, c'est la liqueur ; l'âme, ou l'esprit unis à la matière, c'est le grain. L'homme quintessencie l'esprit par le travail, et tu sais que ce n'est que par le travail du corps que l'esprit acquiert des connaissances. »*

— Il serait une sorte de symbole de la doctrine, fit-elle remarquer.

— Surtout, il nous montre une fois de plus l'étrange lien qui semble unir Mathilde à Pierre Lécuyer ! Sans la connaître, il a copié son portrait, dessiné son frère et finalement reproduit à l'identique la branche de vigne de son livre secret. Je t'avoue que cela commence à faire beaucoup, même pour un cartésien endurci comme moi. Je me demande sérieusement s'il n'est pas lui aussi une sorte de médium, comme la madame Duchamp d'Irène.

— Entends-tu par là qu'il aurait été... inspiré par l'esprit de Mathilde ?

— À vrai dire, je ne sais plus quoi penser. En tout cas, je doute fort qu'il connaisse l'existence de ce livre.

— Il est peut-être tombé sur une édition plus récente, suggéra Ela, l'air dubitatif.

— Je lui poserai la question à la prochaine occasion, mais au point où j'en suis, je serais presque déçu si cela était effectivement le cas. C'est quand même bizarre : nous parlons d'une dame morte au siècle passé comme si elle était là en ce moment, en train d'essayer de nous dire quelque chose.

— Et si c'était vrai ? Irène s'est posé la même question.

— En tout cas, ce n'est certainement pas par hasard si ce dessin a été reproduit fidèlement sur le pendentif et dans le portrait. Dans ses carnets, Irène évoque un secret d'outre-tombe entre Louis et sa mère, que cette dernière aurait toujours refusé de révéler. Elle a peut-être caché des indices dans le tableau, ce qui expliquerait la référence au Livre des Esprits et surtout la recommandation de ne jamais s'en séparer.

— Oui, mais dans ce cas, pourquoi confier un message à quelqu'un sans lui indiquer son destinataire ? N'oublie pas qu'Irène m'a donné le tableau et les bijoux uniquement parce qu'elle n'avait plus de descendance directe. Qu'est-ce que je suis censée faire ?

*

Charleroi, au même moment

Seule dans son bureau, qu'elle n'avait pratiquement plus quitté depuis la visite d'Hugues Mercer, Nathalie s'étira de tout son long et prit une profonde respiration. Dans le but de poursuivre ses recherches à la bibliothèque, elle venait de recopier dans son cahier de notes le motif du pendentif, une fois de plus admirative et incrédule de l'exploit de Pierre. Ce n'était pourtant pas une surprise, car son examen minutieux n'avait pu que confirmer que les deux Mathildes étaient strictement identiques ; malheureusement, cela ne faisait qu'épaissir le mystère, sans fournir la moindre explication. L'air perplexe, elle recula sa chaise et laissa errer son regard sur les deux portraits, en se disant qu'il fallait peut-être chercher la solution dans ce qui les différenciait. Si le décor simple peint par Pierre se résumait assez logiquement à la ville dans laquelle Mathilde avait vécu, celui de l'ancien portrait était par contre plus complexe, dominé par l'imposante bibliothèque, mais aussi par l'agencement de l'époque, dont les objets, bien que communs, étaient reproduits avec un tel souci du détail, qu'ils forçaient le regard. Sur la droite du tableau, posé sur un présentoir tout au fond de la pièce, on apercevait un livre, qui avait la particularité d'être le seul à être pourvu d'un titre : Πλούταρχος — Βίοι Παράλληλοι — Λύσανδρος, les Vies parallèles de Plutarque. Elle se rappela que cet historien de la Rome antique avait conçu son œuvre comme un ensemble de biographies comparées, en présentant chaque fois un Grec et un Romain ; elle nota dans son carnet le nom de Lysandre, visible sous le titre et qui correspondait probablement à celui d'un de ces hommes célèbres. À gauche de Mathilde, à côté d'une imposante cheminée et surmontée d'un tableau avec une scène de vie bucolique, il y avait une commode, sur laquelle étaient posés deux candélabres, une pendule en bronze ciselé, un vase en porcelaine décoré d'oiseaux et surtout plusieurs boîtes en bois verni, regorgeant de bijoux de toutes formes et couleurs. Derrière une d'elles, partiellement caché par un large collier de perles, quelque chose attira son attention ; à l'aide d'une loupe, elle constata avec surprise qu'il s'agissait d'un monocle de bijoutier. Au même moment, Angélique appela pour le souper ; elle se dépêcha de griffonner une note dans son cahier et dévala l'escalier, en se demandant intriguée ce qu'un tel objet venait faire dans le tableau.

*

— L'associé de monsieur Mercer m'a confirmé le vernissage à Reims pour le 10 mars, annonça Pierre, en servant dans les assiettes le traditionnel waterzooi au poisson, qu'ils avaient l'habitude de manger en famille tous les vendredis soir.

— D'accord..., soupira Nathalie avec une moue boudeuse. À vrai dire, ce serait à moi de gérer tout ça...

— Il a tout d'abord voulu te parler, la rassura-t-il tout de suite, en connaissant son petit côté soupe au lait. Mais tu étais tellement occupée avec les tableaux, que je n'ai pas osé te déranger.

— Tu as raison, cette histoire accapare tout mon temps, répondit-elle, en retrouvant le sourire. J'ai beau chercher, je ne trouve rien, à part te confirmer que ce que tu as fait est si ahurissant, que je me demande ce que tu nous caches...

Elle força le trait avec une grimace soupçonneuse, qui amusa beaucoup Pierre.

— Que veux-tu dire par là ? l'interrompit sèchement Angélique, en posant sur elle un regard sévère.

Nathalie avait l'habitude de ses soudaines sautes d'humeur, qu'elle supportait en compatissant à sa douleur. À la mort d'Étienne, victime d'un infarctus en 1962, elle avait sombré dans une profonde dépression, ne quittant plus sa chambre et gardant un mutisme absolu que seules de longues crises de larmes brisaient par moments. Tanguy, qui s'occupait déjà de la formation de Pierre, avait dû prendre ce dernier sous son aile, car, malgré ses vingt-deux ans, il était complètement désemparé ; c'était d'ailleurs à cette époque que leur amitié s'était muée en une véritable relation filiale. Angélique avait réussi à se rétablir lentement, mais, depuis, il lui arrivait de broyer du noir, sans raison apparente ; il fallait alors la laisser tranquille, au risque sinon d'essuyer ses brusqueries et ses remarques cinglantes. Par-dessus tout, elle ne permettait pas que l'on s'intéressât trop à Pierre, comme si elle voulait protéger farouchement le seul être cher qui lui restait. Nathalie se souvenait encore de l'accueil glacial qu'elle lui avait réservé lors de leur première rencontre, quand elle et Pierre lui avaient annoncé leur intention de s'installer à Namur ; elle avait refusé de la voir pendant des semaines, plongée dans un tel état d'abattement, que Pierre avait finalement proposé qu'elle vînt vivre chez eux. Tout d'abord méfiante, Angélique s'était malgré tout attachée à elle au fil du temps, en lui étant surtout reconnaissante de l'aider à s'occuper de son fils, au moment où sa carrière prenait son essor.

— Je le taquine, répliqua Nathalie avec bienveillance. Je t'avoue néanmoins que si je ne le connaissais pas, je pourrais vraiment croire à un don de voyance.

Elle sortit de la poche son carnet et leur montra l'esquisse qu'elle venait de réaliser.

— La minutie avec laquelle les pierres ont été disposées est remarquable, reprit-elle. Savez-vous ce que ce dessin peut signifier ?

— Je n'en ai pas la moindre idée, répondit Pierre. La seule chose dont je me souviens, c'est cette sorte d'intuition qui me disait que sa couleur devait être la même que celle des fleurs du champ... Une bizarrerie de plus.

— La dame est une aïeule de monsieur Mercer, fit remarquer Angélique, en parlant sur un ton plus calme. Le dessin renvoie peut-être aux armoiries de la famille.

Nathalie fut soulagée de la voir mieux disposée.

— C'est en effet une possibilité, admit-elle. Mais il faudra alors chercher du côté de son amie, car il s'agit en fait de la grand-mère de l'ancien compagnon de cette dernière, mort en déportation.

Angélique se raidit.

— En déportation..., répéta-t-elle à demi-voix.

Elle dévisagea Pierre d'un air nerveux, dans un silence subitement pesant.

— Pourquoi as-tu copié ce tableau ? demanda-t-elle enfin, les traits tirés.

Pierre écarta les bras, surpris que cette histoire la mît dans un tel état.

— Nous ne le savons pas encore, s'empressa de lui répondre Nathalie, en espérant la calmer à nouveau. Mais il est clair que cela ne peut pas être une coïncidence. Non seulement tu as reproduit un portrait qui t'était inconnu, continua-t-elle en se tournant vers Pierre, mais en plus Mathilde est indirectement liée à Hugues Mercer, dont tu as fait la connaissance au vernissage, *comme par hasard…*

Elle souligna ses derniers mots en écarquillant les yeux, Pierre l'interrompant alors sur un ton léger, pour essayer à son tour de détendre l'atmosphère.

— Où en es-tu avec tes recherches ?

— Je n'ai encore rien trouvé, mis à part le fait que les deux Mathildes sont vraiment identiques. Je pense d'ailleurs qu'il faut maintenant se concentrer sur les différences entre les deux tableaux...

— Les décors ? suggéra-t-il, le sourcil levé.

— Bravo ! s'exclama-t-elle, en exagérant une moue admirative.

Ils forçaient le trait pour rasséréner Angélique, mais elle restait muette, le regard perdu.

— Sérieusement, continua Nathalie, pourquoi n'as-tu copié que la vieille dame ? Je suis convaincue qu'il y a une raison bien précise à cela. Dans l'ancien portrait, on voit par exemple la référence à un livre de Plutarque ; j'ai aussi découvert un monocle de bijoutier, que le peintre a pris soin de bien dissimuler.

— C'est peut-être un objet qui faisait partie du quotidien de Mathilde, tenta d'expliquer Pierre.

— Il faut que je discute avec Hugues Mercer. Grâce aux carnets, il pourra certainement m'en apprendre davantage sur elle et sa famille.

— Qu'est-ce que Pierre a à voir dans tout cela ? murmura Angélique, comme si elle parlait à elle-même.

Pierre et Nathalie se regardèrent inquiets, redoutant une de ses crises d'angoisse, qu'un rien suffisait à déclencher.

— Tu n'as qu'à venir avec moi à Reims, proposa-t-il à Nathalie, en essayant de changer de sujet.

Cette dernière resta bouche bée, car c'était bien la première fois qu'il l'invitant à l'accompagner à un vernissage. Jusque-là, il avait toujours dit craindre de lui infliger la honte des mauvaises critiques, ce qui ne s'était du reste jamais produit. Elle s'empressa donc d'acquiescer avec enthousiasme, avant qu'il ne se ravisât.

— Est-ce que tu exposeras le portrait de Mathilde ?

— Certainement ! Après le succès de Paris, il est devenu en quelque sorte mon porte-bonheur.

— Serait-il possible qu'Hugues Mercer apporte aussi l'ancien ? J'aimerais l'étudier en vrai et puis... C'est étrange, mais j'ai comme le pressentiment qu'il faut les réunir.

À ces mots, Angélique se leva et quitta la table précipitamment, le claquement sec de la porte de sa chambre retentissant dans toute la maison quelques instants après.

18.

Angers, 30 mai 1860

Vêtue de noir et coiffée d'une charlotte de la même couleur, la sage-femme surveillait le travail depuis l'aube, en annonçant laconiquement, après chaque vérification, que tout allait bien. En réalité, elle cachait derrière son visage ridé et austère une inquiétude croissante, que Mathilde, qui ne se souvenait pas d'avoir autant souffert pour Louis, avait fini par déceler dans la fébrilité de ses gestes. En dépit de son insistance, la vieille femme n'avait rien voulu lui dire jusqu'à l'arrivée du médecin, qu'on avait appelé en toute hâte sur le coup de midi.

Trempée de sueur, Mathilde se mordit les lèvres et poussa un gémissement douloureux, les contractions étant de plus en plus violentes. La main d'Agnès serrée dans la sienne, elle supplia Louis de veiller sur l'enfant, le verdict d'Étienne, bien qu'accompagné de ses mots rassurants, résonnant encore dans sa tête. Près de la commode en face du lit, la sage-femme s'affairait désormais aux derniers préparatifs, en disposant avec soin des langes, une cuvette d'eau chaude, des ciseaux, du fil ciré ainsi que le contenu de la trousse que le docteur Basset venait de lui apporter. Après avoir contrôlé les deux cuillères du forceps, dont elle savait qu'il allait malheureusement devoir se servir, elle posa dans un coin le flacon de chloroforme et un sac en cuir, avec les instruments destinés au morcellement, si les choses devaient mal se passer. Discrètement, elle leva les yeux au ciel, en priant pour que cela n'arrivât pas.

*

— Un siège est certes délicat, mais il n'y a pas de raison particulière de s'affoler. Non seulement elle est au terme d'une grossesse normale, mais aussi elle a déjà enfanté.

Victor, qui ne cessait d'arpenter nerveusement le salon en se raidissant à chaque bruit provenant de la chambre, hocha la tête, les paroles d'Étienne ne parvenant pas à le calmer.

— Louis d'abord, Mathilde maintenant ! s'exclama-t-il, en forçant la voix comme pour couvrir les cris de cette dernière. Qu'avons-nous fait pour mériter tant de malheur ?

Il s'effondra sur une chaise, l'air abattu. Étienne posa une main sur son épaule, mais alors qu'il allait lui parler pour le réconforter, Agnès apparut sur le pas de la porte, en lui signifiant d'un regard sombre que le moment était venu.

— Tu es notre dernier recours..., lui dit Victor la gorge nouée, en le saisissant par le bras.

Étienne marqua une hésitation, l'air navré, car ce qu'il devait lui demander lui étant tout à fait insupportable.

— Il y a une chose qu'il faut que je sache...

Victor cacha son visage dans ses mains, incapable de lui répondre.

— La sage-femme vous réclame incessamment, insista Agnès d'une voix fébrile, affolée elle aussi par ce que le médecin sous-entendait.

Ce dernier s'approcha d'elle et l'exhorta à se ressaisir.

— J'ai besoin de vous. Vous resterez ici et vous me ferez savoir, si cela s'avère nécessaire...

Il les rassura du regard et entrouvrit la porte de la chambre, les hurlements déchirants redoublant d'intensité.

— Que Dieu me pardonne, murmura Victor.

— Mathilde ? lui demanda Étienne, en veillant à ce qu'elle ne l'entendît pas.

Victor baissa les yeux et acquiesça gravement.

— Je ne peux pas la perdre, pas après Louis, ajouta-t-il dans un souffle.

*

La sage-femme pesait de tout son poids sur Mathilde, pour que les spasmes violents qui tordaient son corps ne la fissent pas tomber du lit. Avec effroi, Étienne eut de la peine à reconnaître dans ce visage convulsé celle qu'il venait d'examiner seulement quelques minutes auparavant. Il retroussa ses manches et glissa les mains sous la couverture, en constatant avec dépit que la progression de l'enfant s'était arrêtée. Il n'aimait pas pratiquer l'accouchement au chloroforme, car il redoutait l'inertie de la matrice et l'hémorragie, mais l'urgence ne lui laissait guère le choix. En mesurant la dose, il en fit inhaler quelques gouttes à Mathilde, qui plongea rapidement dans une profonde somnolence, troublée à intervalles réguliers par des grimaces douloureuses. Sans perdre de temps, la sage-femme plia les jambes et les maintint fermement par les genoux, pendant qu'Étienne repérait au toucher les petits pieds. Avec prudence, il réussit à les dégager et à accoucher le corps, qu'il entoura d'un linge, pour qu'il ne lui glissât pas des mains. Il fallait faire vite, car l'enfant risquait maintenant l'asphyxie. Doucement, il libéra ses épaules et le posa à califourchon sur son avant-bras ; il fléchit ensuite la petite tête en avant en introduisant deux doigts dans la bouche, et tira à nouveau, pendant que la sage-femme exhortait Mathilde à pousser. Comme il le craignait, cette dernière n'eut aucune réaction, hébétée par le chloroforme et épuisée par le travail ; pire, les contractions s'affaiblissaient rapidement. Il ordonna alors à la sage-femme de lever l'enfant par les pieds et pratiqua une épisiotomie, se dépêchant ensuite de mettre en place le forceps. Les douleurs de l'extraction arrachèrent brusquement Mathilde de sa somnolence ; en l'entendant hurler à nouveau, Victor bondit en direction de la chambre, mais fut arrêté par Agnès, qui fit barrage de son corps. Bouleversée elle aussi par les cris, elle réussit néanmoins à le convaincre que tout ce qu'ils pouvaient faire était de retourner à la lecture de la vie de sainte Marguerite, patronne des femmes en couche, dont ils imploraient ainsi l'intercession. Pendant ce temps, Étienne désespérait, la sage-femme n'arrivant plus à contrôler les convulsions, ce qui rendait la manœuvre encore plus périlleuse. Soudain, alors que tout semblait perdu, Mathilde se raidit et poussa un long cri libérateur ; la tête de l'enfant se dégagea enfin, en déchirant les chairs, qui commencèrent à saigner abondamment. Elle s'évanouit aussitôt, mais Étienne ne s'en inquiéta pas, car, au contraire, il allait pouvoir s'occuper de la blessure sans lui infliger d'autres souffrances. Il coupa le cordon ombilical et confia le nouveau-né à la sage-femme, qui le gifla sur les fesses, en lui arrachant des pleurs puissants et bienvenus. Soulagé, il s'attela sans tarder aux sutures des tissus meurtris, pour arrêter au plus vite l'hémorragie. Il avait presque fini quand Mathilde revint à elle.

— Étienne..., murmura-t-elle d'une voix vidée de toute force, en regardant autour d'elle l'air perdu.

— Tout va bien. Tu t'es juste évanouie un court instant.

Des vagissements se levèrent depuis le fond de la chambre, où la sage-femme terminait d'emmaillotement.

— Tu es mère d'une fille magnifique ! la félicita-t-il.

Elle voulut se redresser, mais fut prise de vertige ; aussi, une vive brûlure au bas-ventre lui coupa le souffle.

— Tu as perdu un peu de sang, la rassura Étienne d'une voix calme, en lui cachant l'étendue de la blessure, pour ne pas l'inquiéter. Essaie de te reposer, car il ne faut pas que la fièvre complique l'épuisement.

Mathilde acquiesça distraitement, occupée à découvrir sa fille, que la sage-femme venait de poser à côté d'elle. Avec amour, elle lui caressa la joue, s'émerveillant de la grâce de son visage, délicatement bordé par la dentelle du bonnet. Elle s'émut de la voir entrouvrir les paupières au contact de sa main, comme si elle la cherchait déjà de ses yeux encore brouillés. Étienne, qui avait entre-temps terminé le pansement, l'observait attendri. Lors de ces moments auxquels il avait le privilège d'assister, quand aux douleurs du travail succédait la joie intense et unique d'une mère, resurgissait avec force le souvenir d'Alphonsine, sa fiancée, emportée par la phtisie à l'aube de ses vingt ans. Sur son lit de mort, inconsolable, il lui avait juré fidélité éternelle et décidé de se consacrer à la médecine, pour que plus personne n'eût à souffrir comme lui. Les yeux rougis, il fit signe à la sage-femme de changer les draps et alla rejoindre Victor et Agnès.

— Elle a accouché d'une fille pleine de vie, leur annonça-t-il de bon cœur. Mathilde n'est pas encore délivrée, mais vous pouvez l'entretenir à son chevet. Ne la fatiguez pas, car elle a supporté avec courage des couches difficiles.

Agnès ne se fit pas prier et prit congé en pressant le pas, tandis que Victor préféra attendre quelques instants, pour donner aux femmes le temps de terminer leurs soins. Il invita Étienne à le suivre devant la cave à liqueurs et lui tendit d'une main tremblante un verre de triple sec.

— Je ne puis assez te remercier, car je n'ose pas imaginer ce qui serait arrivé sans toi...

En souriant tristement derrière sa barbe, Étienne l'interrompit avec modestie et proposa plutôt un toast à la mère et à l'enfant.

— Ne fais pas attendre ta famille, l'exhorta-t-il, dès qu'ils eurent vidé leurs verres d'un seul trait.

En se doutant de la raison de son trouble, Victor insista pour l'entraîner avec lui, bras dessus bras dessous.

— Je regrette plus qu'autre chose de ne pas l'avoir connue, lui glissa-t-il à l'oreille. Pour te mériter, il s'agissait certainement d'une femme d'exception. J'admire d'autant plus ton dévouement aux malades et la dignité avec laquelle tu dissimules le chagrin d'une telle perte. Mais, je te prie, accorde-moi maintenant de partager avec l'ami le bonheur que je dois au médecin.

*

Réveillée en pleine nuit par une brusque secousse, Mathilde savourait la sensation de légèreté qui s'était emparée d'elle. Comme elle l'avait espéré, les douleurs avaient complètement disparu, surtout celles à la jambe, qui la faisaient souffrir depuis le début de la soirée. Lors qu'Étienne l'avait examinée après la délivrance, elle ne lui avait rien dit, en pensant que c'était normal après une telle épreuve et que le meilleur remède était sans doute une bonne nuit de sommeil. Maintenant, elle se sentait si bien, qu'elle décida de se lever, malgré les recommandations répétées de la sage-femme pour qu'elle gardât le lit jusqu'à la guérison des plaies. Sans faire de bruit, elle quitta la chambre et s'avança dans l'obscurité du couloir, en se repérant grâce à la faible lumière de la lune, qui filtrait à travers les volets. En faisant attention de ne pas la réveiller, elle s'approcha d'Irène, qui dormait tranquillement dans son couffin suspendu. Le prénom qu'elle lui avait choisi avait surpris Victor, car personne ne le portait dans la famille. De manière évasive, elle lui avait expliqué qu'elle l'aimait bien, parce qu'il signifiait *la paix* en grecque ; en réalité, elle avait voulu rendre un hommage secret à l'exemple de sainte Irène, laquelle, inébranlable dans sa foi malgré l'adversité, avait préféré mourir sur le bûcher, plutôt que de renier ses convictions. Bien serrée dans son maillot, la petite respirait calmement, son visage poupin, remis de l'accouchement, étant encore plus ravissant. Elle l'embrassa délicatement sur le front et s'éloigna, rassurée par la présence d'Agnès, qui somnolait sur un fauteuil à côté du berceau, avec à ses pieds une bassinoire remplie de braises rougeoyantes, dont elle se servait pour chauffer les draps à intervalles réguliers. Victor n'était pas dans la chambre d'amis, où il s'était installé le temps qu'elle se remît, mais dormait profondément dans la bibliothèque, à côté de la cheminée, la bouteille partagée avec Étienne toujours posée sur la table basse. Heureuse de l'avoir à nouveau rendu père, elle voulut le réveiller, pour lui dire son amour, mais décida finalement de ne pas déranger un sommeil dont il avait lui aussi grand besoin. En allant chercher une couverture pour le protéger de la fraîcheur nocturne, elle aperçut au milieu du couloir un point lumineux, qui flottait dans l'air en rayonnant d'un éclat vif, sans pour autant aveugler les yeux. Loin de s'en inquiéter, Mathilde se sentit irrésistiblement attirée par le calme apaisant qui s'en dégageait. Soudain, la lumière s'agrandit et l'enveloppa complètement, en faisant tout disparaître autour d'elle ; elle éprouva alors un bonheur indicible et eut la sensation de voler, bercée par un vent doux. Au loin, une brume argentée s'éleva dans sa direction, les lents tourbillons de ses volutes dévoilant petit à petit une silhouette familière. Elle le regarda incrédule. Appuyé sur une de ses belles cannes aux pommeaux finement ciselés, il se tenait debout devant elle vêtu avec élégance de son habit noir et de sa cravate en soie blanche nouée en foulard. Surtout, il arborait son haut-de-forme préféré, qu'il portait comme d'habitude légèrement penché sur le côté ; Mathilde eut une pensée amusée pour mère, qui n'avait cessé de corriger avec bienveillance une allure qu'elle jugeait trop désinvolte. Attendri à son tour par ce souvenir, il lui sourit sous sa petite moustache et lui tendit les bras, dans lesquels elle se jeta avec le même transport que quand elle était enfant.

— Père ! Vous m'avez tellement manqué.

— Cela fait longtemps que j'espérais te rencontrer, répondit Bertrand, en la serrant fort contre lui. J'ai dû te laisser que tu étais encore jeune fille. Je te retrouve aujourd'hui femme ravissante, épouse aimante et mère dévouée. Tu me combles de bonheur.

— Comment cela est-il possible ? Vous êtes... mort !

— D'une certaine manière oui, je le suis, mais je n'ai jamais cessé de veiller sur vous.

— Où sommes-nous ? Suis-je morte aussi ?

Elle fut surprise du détachement serein avec lequel elle venait de parler, comme si la plénitude intérieure à laquelle elle goûtait conjurait toute peur. *Est-ce le paradis ?* se demanda-t-elle, sous le regard amusé et bienveillant de son père.

— Pourtant tu sais. L'enfer et le paradis ne sont que des images créées par l'homme, pour marquer dans l'espace et dans le temps les choses infinies, qui lui seraient sinon incompréhensibles. En vérité, les Esprits sont partout, les heureux comme les malheureux.

— Est-ce que vous pouvez lire dans mes pensées ? s'étonna-t-elle.

Il rit de bon cœur.

— Ma fille bien-aimée, n'oublie pas qui nous sommes... Tu n'es pas morte, mais la maladie accable ton corps de telle sorte, que tu as pu venir à nous en esprit. Il y a beaucoup de choses que tu ne connais pas encore ; elles te seront révélées, mais en son temps et par quelqu'un d'autre que moi.

— Par qui, père ?

— Un être qui nous est très cher. Au revoir, ma douce enfant. Prends soin de toi et n'oublie jamais mon amour.

Avant qu'elle ne pût répliquer, il la prit dans ses bras une dernière fois et disparut dans un éclat de lumière, une vaste prairie parsemée de fleurs bleues surgissant alors devant elle. Au loin, à l'ombre d'un majestueux érable qui dispersait dans l'air des myriades de samares, un petit garçon s'amusait avec une draisienne. Bouleversée, elle voulut l'appeler, mais au même moment une force irrésistible l'entraîna jusqu'à lui à une vitesse vertigineuse. Louis posa son jouet et s'approcha d'elle en sautillant de joie ; libéré des marques de la maladie, son visage rayonnait à nouveau, le calme et la sérénité se dégageant de ses traits apaisés. Trop émue pour lui parler, elle l'embrassa sur la joue, en passant les doigts dans ses boucles dorées ; puis, elle s'assit sur l'herbe et étala son ample jupe tout autour d'elle, en lui faisant signe de la rejoindre, comme ils en avaient jadis l'habitude lors des promenades au Jardin des plantes. Ravi, l'enfant se blottit contre elle et posa la tête sur ses genoux, Mathilde savourant en larmes le bonheur de sentir à nouveau son corps se presser contre le sien.

— Nous voilà enfin réunis, se réjouit-il. À Paris, je n'étais pas prêt, le trouble de la mort m'agitant encore.

Elle éprouva un étrange sentiment : il s'agissait bien de sa voix aiguë et joviale, mais sa façon de parler était celle d'une personne adulte.

— Oui, Mathilde, tu vois juste, expliqua-t-il avec un petit rire, en se redressant. Pour que tu puisses me reconnaître, j'ai choisi de me manifester sous l'apparence du garçon que tu as connu.

L'entendre la tutoyer et l'appeler par son prénom était encore plus déconcertant.

— Pour nous, seul le fond de la pensée est important, continua Louis, en remarquant sa surprise. Les formes ne sont que des artifices de style dont nous nous passons volontiers. Dans tes souvenirs, je suis un petit garçon, mais mon esprit évolue depuis fort longtemps. Comme tu le sais désormais, au cours de nos vies successives nous progressons tous vers la perfection, grâce aux épreuves que nous soutenons et en considération de la charité que nous avons pour le prochain. Quand nous venons au monde, nous oublions notre passé, afin que seul notre libre arbitre puisse nous guider, sans entraves ni préjugés ; malgré ce trouble de la naissance, nous ne sommes enfants que par le corps, notre esprit pouvant être plus avancé que celui d'un adulte...

Elle l'écoutait avec émerveillement, peinant à croire que cet enfant plein d'assurance et d'éloquence était le même qu'elle devait réconforter le soir au chant des berceuses.

— Mais, tu seras toujours ma maman chérie ! s'exclama-t-il, attendri par ce souvenir.

— Et toi, tu resteras à jamais mon fils adoré...

— Il ne peut en être autrement. Le dévouement d'une mère va bien au-delà des simples besoins matériels de l'enfant auxquels il s'agit de subvenir. C'est une vertu qui persiste après la mort, un lien de sympathie entre Esprits de même degré et affinité, qui se retrouvent et concourent ensemble à leur progrès. Mais rassure-toi, tout te paraîtra plus clair quand nous serons à nouveau vraiment réunis.

— Je t'aime tellement, que le désespoir a failli me faire perdre la raison. C'est grâce à ton message que j'ai été sauvée.

— Je sais, car j'étais à tes côtés pendant tout ce temps. J'ai beaucoup souffert, à la fois dans l'impuissance de remédier à ton profond désarroi et inquiet de te voir sombrer vers la transgression ultime...

— As-tu guidé mes pas vers le livre ?

— Oui, mais je n'étais pas seul. J'ai été aidé par tous les bons Esprits qui t'entourent et te protègent.

— S'ils sont mes protecteurs, pourquoi ont-ils permis que tu me sois pris si tôt ? demanda-t-elle avec amertume.

Sans se départir de son sourire, Louis enfourcha la draisienne et commença à tourner autour du tronc, en poussant des cris de joie chaque fois qu'il passait devant elle.

— Te rappelles-tu nos après-midis ensoleillés au jardin ? J'adorais me faufiler entre les arbres en faisant peur aux canards...

— Tu n'avais que six ans..., insista-t-elle, l'amertume faisant place à la tristesse.

Il s'arrêta et la saisit par la main, en l'invitant à s'asseoir avec lui à l'ombre de l'érable.

— Il ne faut jamais regretter le temps passé, reprit-il, en regardant vers l'horizon. Nous nous sommes réjouis de ces belles journées et nous en conservons encore le doux souvenir ; néanmoins, le bonheur qu'il nous a été donné de partager sur terre ne doit pas nous faire oublier notre véritable destinée. Nous progressons grâce aux efforts que nous faisons pour parvenir à la perfection ; la perte d'un enfant est certes une épreuve parmi les plus douloureuses, mais nul ne peut connaître les desseins de Dieu. La seule chose qui doit importer c'est la manière dont on décide de surmonter l'adversité. C'est à cela que nous sommes jugés.

— J'ignore si j'ai mérité cette grâce, mais rien ne peut plus troubler mon bonheur. Nos retrouvailles sont la plus douce des consolations et les souffrances que j'ai endurées s'effacent désormais comme un mauvais rêve.

Louis se rembrunit.

— Ne parlons plus du passé, car c'est ce qui est à venir qui requiert notre plus grande attention.

Elle remarqua son embarras, qui l'intrigua comme déjà la tristesse qui s'était emparée d'elle, si étrangère à la paix et à l'harmonie de l'endroit. Elle voulut lui en demander la raison, mais un froid glacial traversa son corps, accompagné d'une douleur lancinante dans sa jambe, qui lui arracha un gémissement plaintif. Louis la prit dans ses bras et la serra contre lui.

— Que m'arrive-t-il ?

Il ne lui répondit pas et continua à la bercer sur son cœur. Une intense sensation de charité et de compassion s'empara alors d'elle, en effaçant toute souffrance. Étonnée, elle caressa son visage d'un geste maternel.

— Je ressens ton amour comme jamais jusque-là...

— Ainsi que nous communiquons par la pensée, sans les entraves du langage, de même, nos sentiments s'expriment de manière pure et directe, car ils sont libérés de toute imperfection de la matière ou artifice de l'homme.

— Mon cœur de mère me suffit pourtant à comprendre que quelque chose te trouble.

Louis acquiesça d'un air soucieux. Sans mot dire, il enfourcha la draisienne et se remit à tourner autour du tronc, cette fois lentement, comme pour gagner du temps.

— Une épreuve douloureuse et difficile t'attend sur terre, lui annonça-t-il enfin, revenu à sa hauteur. Tu devras d'abord supporter avec courage la maladie et ensuite faire preuve de patience et confiance...

— Allons-nous être séparés ? l'interrompit-elle en proie à une inquiétude soudaine. Pourquoi Dieu miséricordieux ferait-il cela, après nous avoir accordé la joie de retrouvailles inespérées ? Je ne veux pas te quitter...

— Ton temps n'est pas venu, répliqua-t-il. Père et Irène ont besoin de toi. Mais sois rassurée, l'accomplissement du dessein de Dieu nous fera nous rencontrer à nouveau, comme nous l'avons déjà fait. Je te parlerai à cette occasion de l'enfant que nous devons secourir.

— Quel enfant ? Est-ce que je le connais ?

— Il n'est pas encore né, répondit-il mystérieusement.

En prononçant ces mots, il poussa la draisienne et s'éloigna à grandes enjambées. Prise au dépourvu, Mathilde voulut le suivre, mais une force invisible la retint sur place ; affolée, elle l'appela de toutes ses forces, mais il ne se retourna pas et finit par disparaître. Au même moment, la douleur dans la jambe resurgit violemment, cette fois accompagnée d'un sentiment d'oppression dans la poitrine qui lui coupa le souffle. Impuissante, elle fut arrachée à la lumière et précipitée dans une chute sans fin jusqu'à sa chambre, où elle reconnut Victor dans la pénombre. Les traits déformés par la peur, il hurlait de désespoir et secouait avec frénésie un corps, qui gisait inerte dans le lit ; à ses côtés, Agnès implorait Dieu à haute voix, les mains jointes et les yeux en larmes. En s'approchant, elle aperçut une jeune femme, qui lui était étrangement familière ; lorsque Victor dégagea les cheveux qui tombaient en désordre sur son visage livide, elle se reconnut et s'évanouit aussitôt.

19.

Mardi, 23 juillet 1889

C'est avec tristesse que j'ai laissé mon bien-aimé seul à Paris, mais l'état de mère, dont le cœur malade s'affaiblit de jour en jour, demande désormais ma présence à son chevet. Agnès, ma chère tantine d'enfance, fait bien sûr tout son possible pour qu'elle ne manque de rien, mais elle est, elle aussi, sur l'âge. Comme il me l'avait dit dans sa lettre, Étienne s'inquiète grandement, car la digitale ne semble plus produire d'effet ; hélas, mon examen ne confirme que trop ses craintes.

J'ai essayé de l'en dissuader, pour qu'elle se repose, mais mère a tenu à fêter mon diplôme. Lors du souper, auquel Étienne était convié, elle n'a pas cessé de me combler d'éloges. Nous avons prolongé la soirée à la bibliothèque, où je les ai longtemps entretenus de mes études parisiennes, mère m'écoutant avec grand plaisir. À l'émotion d'être récompensée de sa joie et de sa gratitude, s'est ajoutée celle de parler pour la première fois entre pairs avec Étienne, pour qui j'ai la plus haute estime. Ce sont ses encouragements réitérés qui m'ont jadis résolue à fréquenter la faculté ; ses conseils et son expérience, dont il a nourri notre commerce épistolaire, m'ont aidée, plus qu'à comprendre l'anatomie et la physiologie, à découvrir l'être humain. Pourtant, bien que je lui doive la satisfaction à laquelle je goûte aujourd'hui, il m'a avoué avec grande modestie que le progrès des connaissances fait de nous de bien plus savants médecins qu'ils ne l'étaient ; il m'a ainsi proposé de le rejoindre à l'hôpital, pour qu'il puisse préparer sa retraite en confiance. Un tel honneur me flatte, mais je lui ai fait part de mon désir d'installer un cabinet de consultation dans l'ancienne pharmacie de père.

La nuit tombée, nous nous sommes aperçus que mère, bercée par notre conversation, avait sombré dans un sommeil profond, un doux sourire aux lèvres. Depuis la mort de père, elle s'est enfermée dans un silence mélancolique ; elle ne se plaint jamais, mais rares sont désormais les occasions de la voir ainsi apaisée. J'ai l'espoir que mon retour à la maison puisse la réconforter un peu.

Jeudi, 26 septembre 1889

Nous redoutons désormais le pire, mère ayant toujours plus de peine à respirer et demeurant au lit la plupart du temps. Comme nous ne pouvons que soulager quelque peu la maladie, elle trouve son réconfort dans l'épanouissement de son âme, à mesure que le corps décline. L'abbé Vadnais, qui lui apporte tous les dimanches la communion des malades, y voit la sérénité que la foi et la pitié rendent aux personnes de bien ; je sais en réalité qu'elle puise sa force dans la conviction qui est aussi notre secret. Quand je suis seule avec elle, elle m'invite à fermer les yeux et à invoquer *silencieusement nos êtres chers, Louis en particulier, pour qu'ils l'accueillent et la soutiennent le moment venu ; cette sorte de prière me fait chaque fois une grande tristesse au cœur, mais mère me rappelle qu'elle a déjà été vers eux et qu'elle ne craint pas la mort, car son esprit sera alors libéré de son enveloppe matérielle et renaîtra à la vraie vie.*

En dépit de son état de fatigue et de mes recommandations, elle a demandé avec insistance et sans m'en donner les motifs monsieur Guernon, qui nous avait jadis éblouis de son art en réalisant ma parure de mariage. Dans le cours de la dernière semaine d'août, il s'est donc annoncé tous les jours, mère l'entretenant en secret pendant de longues heures. Je l'ai vu un jour repartir avec les croquis de ce que je crois être un collier, mais il n'a rien voulu me dire, car elle lui a fait promettre le silence. Plus étrange encore, mère reçoit maintenant monsieur Laroque, à qui elle a commandé un portrait. J'aimerais comprendre, mais elle m'en fait à nouveau un mystère et ne veut pas que j'assiste aux interminables séances de pose, qui la fatiguent pourtant à tel point, que je dois chaque fois l'aider à regagner le lit. À plusieurs reprises, je lui ai conseillé de se faire plutôt photographier, mais elle a refusé, doutant que le souvenir à léguer ne résiste de la sorte au temps.

Nul ne connaît l'enfant à venir, a-t-elle murmuré l'autre soir, dans son premier sommeil, sans remarquer que j'étais encore auprès d'elle ; j'en ai éprouvé une grande émotion, car cela nous donne bien du chagrin, à Gilbert et à moi, qu'aucune naissance n'égaie notre mariage. Le lendemain, je lui ai posé la question, mais elle m'a répondu de ne point considérer les radotages d'une malade.

Dimanche, 10 novembre 1889

Mère garde le lit depuis une semaine ; sa respiration n'est plus qu'un souffle et le moindre effort l'étouffe d'interminables accès de toux. Nous nous relayons à son chevet sans relâche et essayons de réconforter son âme par nos paroles bienveillantes, plus que nous pouvons sustenter son corps, qui ne supporte plus qu'un peu d'eau. L'espérance dont nous faisons preuve en sa présence cache les larmes silencieuses que nous versons quand nous nous retirons prier pour elle ; Étienne, qui la visite en fidèle ami, puisque le médecin ne peut plus rien, se joint parfois à nous, lorsqu'un sommeil agité accorde à mère quelque répit. Ensemble, nous demandons pour elle la miséricorde de Dieu, car nous savons que le temps lui est compté.

Lundi 11 novembre 1889

Ce matin, mère m'a demandée pour m'entretenir d'une affaire qui ne peut attendre ; inquiète de la raison, je me suis hâtée vers elle, mon soulagement n'ayant été que plus grand de la voir réveillée de sa torpeur, le visage à nouveau illuminé de son sourire gracieux. Hélas, je me méprenais.

En pénétrant dans sa chambre, j'ai aperçu au pied du lit, posé sur un chevalet, le portrait dont elle avait fait mystère jusque-là. Elle y est représentée de manière très fidèle, sans enjolivements, assise dans la bibliothèque, qu'elle aime tant, avec à son cou le collier dont j'avais deviné le croquis. Ses cheveux sont arrangés en chignon bas selon son habitude, à la différence que cette fois une longue broche les maintient ostensiblement, ce qui ne lui ressemble pas. Elle a sorti de sous la couverture un coffret en bois, contenant cette broche et surtout le collier, qui est d'une facture exquise. Les lapis-lazulis du pendentif dessinent avec une rare maîtrise la branche de vigne du Seigneur, comme elle m'a expliqué d'un filet de voix, en ajoutant qu'elle implore avec ferveur sa miséricorde, pour qu'il abrège ses souffrances. Je n'ai pu cacher mes larmes, qu'elle a voulu consoler de son regard paisible et serein, l'air lui manquant désormais même pour les mots. Bien que curieuse de connaître la raison de ces objets, j'ai préféré me retirer, pour ne pas la fatiguer. À l'instant où j'allais partir, elle a pourtant retenu ma main, la mine soudainement grave, en me faisant comprendre d'approcher l'oreille de sa bouche. Avec ses dernières forces, elle m'a conjuré de ne jamais m'en séparer et de les transmettre à mes descendants avec la promesse solennelle qu'ils en fassent autant avec les leurs. Sa voix n'était qu'un souffle, mais ses paroles ont retenti jusqu'à mon cœur et m'ont troublée d'une vive émotion, car l'espoir auquel elles font allusion me rappelle avec beaucoup de peine l'enfant que nous attendons encore. En m'efforçant de contenir mon agitation, je lui ai demandé la raison de ce legs, plutôt étrange pour quelqu'un qui a toujours banni l'ostentation, mais sa réponse a été évasive et s'est perdue dans un long gémissement. Navrée de l'ennuyer de mon insistance, je l'ai alors suppliée au nom de la charité de me faire confidence des révélations que les esprits lui auraient faites, le désir ardent de savoir si je connaîtrai un jour la tendresse de la maternité faisant fi de mon scepticisme. Le regard brouillé de larmes compatissantes, elle m'a exhortée à ne pas lui tenir rigueur du secret auquel elle est obligée, mais tel serait le dessein de Dieu, que la connaissance des épreuves à venir, quelque imparfaite qu'elle soit, reste toutefois cachée à ceux qui doivent les subir, pour qu'ils soient les seuls artisans de leur progrès. En voyant ma peine, elle a tendrement caressé mon visage, en m'assurant qu'elle veillera toujours sur nous, comme l'esprit protecteur que Louis fut jadis pour elle et père. Vaincue par la fatigue, elle a soudainement sombré dans un sommeil profond, dont les râles sourds sont depuis son unique signe de vie. Bouleversée, je me suis empressée de lui murmurer à l'oreille le serment de respecter ses volontés, dans l'espoir que son âme puisse encore m'entendre et trouver de la sorte la paix.

Dimanche, 17 novembre 1889

Mère n'est plus revenue à elle et sa caresse, dont je garde aujourd'hui un souvenir d'autant plus émouvant, aura été son adieu. Tous ces jours, nous avons eu cure d'alléger ses souffrances *autant qu'il nous l'était possible. Hier au soir, alors que nous étions réunis au salon pour la veillée avec monsieur l'abbé, un sombre pressentiment m'a soudainement envahie. En les laissant à leurs prières, je me suis rendue dans sa chambre, où j'ai longuement pleuré, ma tête posée contre son cœur. Me doutais-je déjà, par une sorte de sympathie des âmes, de ce qu'Agnès allait m'annoncer à l'aube ? Mère gisait dans son lit, le visage apaisé, presque souriant, les mains croisées avec grâce sur sa poitrine, paraissant se reposer après si dure épreuve. Ma surprise a été grande, en remarquant à son cou le collier, jusque-là rangé dans la table de nuit ; Agnès s'en est étonnée à son tour, car, en la découvrant, elle avait cru que c'était moi qui l'avais ainsi parée. J'ai alors compris que mère n'a pas bénéficié de la clémence d'un trépas dans le sommeil ; une vive commotion s'est ajoutée à mon chagrin, en l'imaginant se débattre seule dans son agonie. Je ne connaîtrai jamais le secret qu'elle emporte avec elle, si important pour qu'elle lui sacrifie son dernier souffle ; pourtant, tel un ultime message qu'elle semble m'avoir laissé, ce collier me rappelle la promesse que j'ai faite et console ainsi mon deuil de l'espoir d'avoir un jour un fils.*

Hugues referma lentement le carnet, en songeant attendri que Thierry allait être cet enfant, douze ans plus tard. Debout à ses côtés, Nathalie, Pierre et Tanguy l'avaient écouté en silence, sans quitter des yeux les deux tableaux, mis en scène au fond de la salle et séparés du reste de l'exposition par le jeu des paravents. Suspendus l'un à côté de l'autre, leur ressemblance était saisissante ; le regard perçant de Mathilde, ainsi amplifié, était d'une telle intensité que la sensation qu'il donnait d'être animé en devenait déconcertante, presque une présence invisible qui rendait le récit de ses derniers jours encore plus poignant.

— Quel joli succès ! s'exclama au loin Leal, en troublant leur recueillement.

Il les rejoignit à grands pas, après avoir accompagné à la porte le dernier visiteur.

— Ils étaient surtout intrigués par les deux portraits, nuança Pierre avec un petit sourire. Pour éviter leurs questions, je leur ai dit qu'il s'agit d'une aïeule et que j'ai peint les deux versions à quelques années d'intervalle. J'espère que l'artiste de l'époque ne m'en voudra pas trop...

— Tu es trop modeste, l'interrompit Nathalie, en l'embrassant sur la joue.

— Elle a raison, le vernissage est plus que prometteur, insista Hugues. J'ai parlé à un critique d'art de ma connaissance, qui s'est engagé à écrire un bel article dans l'Union de demain. À ce propos, je crois que Tanguy nous réserve une petite surprise...

Il se tourna, en cherchant du regard son ami, étonné de ne pas entendre un de ses traits d'esprit enjoués.

— En cinquante ans de carrière, je n'ai jamais vu une chose pareille, marmonna-t-il, occupé à examiner de près les deux toiles. Mis à part le coup de pinceau, elles sont tout à fait identiques ! Es-tu absolument certain de ne pas connaître cette femme ? demanda-t-il à Pierre, qui nia d'un signe de la tête.

— Nous en avons déjà largement discuté, sans trouver la moindre explication, ajouta Hugues. Enfin, sans trouver d'explication logique.

— Qu'entends-tu par là ?

Hugues hésita, car il ne voulait pas s'attirer ses quolibets.

— C'est un peu compliqué... Tu sais que je suis quelqu'un qui aime avoir les pieds sur terre, mais, franchement, toute cette histoire frise la folie. Plus j'en apprends sur Mathilde, plus le mystère s'épaissit. Non seulement elle croyait aux esprits, mais prétendait pouvoir communiquer avec eux, en particulier avec Louis, son fils ainé, mort de maladie à l'âge de six ans.

— Une histoire de fantômes ! s'étonna Nathalie. Voilà pourquoi ces deux tableaux me donnent les frissons depuis qu'ils sont réunis.

— Peut-être..., reprit Hugues avec un petit sourire. Pour Mathilde, c'était quand même plus sérieux que cela. J'ai retrouvé le livre grâce auquel elle s'est initiée à cette croyance occulte ; elle l'avait soigneusement caché dans une bible pour échapper à la condamnation de...

— Y a-t-il d'autres livres lui ayant appartenu ? l'interrompit-elle, emportée par une excitation soudaine.

Elle s'excusa aussitôt d'un air navré. Connaissant sa fougue naturelle, qu'il appréciait, Hugues ne se formalisa pas et lui désigna du doigt l'ancien portrait.

— En véritables passionnés, elle et son mari avaient constitué une imposante bibliothèque, dont nous n'avons sous les yeux qu'un petit aperçu...

Tout en l'écoutant, elle s'approcha du tableau et promena son regard sur les luxueuses reliures, les nuances de rouge, ocre, vert ou bleu des maroquins étant encore plus éclatantes que sur le tirage photo. Elle s'émerveilla du soin du détail apporté aux fleurons et aux filets dorés ainsi que de l'extrême minutie avec laquelle les différents grains des cuirs avaient été reproduits.

— Fait rare, continua Hugues, la collection nous est parvenue complète et en assez bon état. Irène ne s'en est jamais séparée et a dû l'entretenir en souvenir de sa mère, tout comme le portrait, qu'elle a gardé dans la bibliothèque jusqu'à sa mort.

— Comment se fait-il que je ne les ai jamais vus ? s'étonna Tanguy, en devançant Nathalie, qui se mordillait les lèvres d'impatience.

— Ela les a entreposés dans la chambre au fond du couloir. Irène lui a fait promettre de ne jamais s'en séparer, exactement comme Mathilde l'avait fait en son temps avec le tableau et le collier.

— Je vois, ils sont dans le capharnaüm plein de poussière où elle évite de mettre les pieds. Pourquoi cette promesse ? S'agit-il de livres de valeur ?

— Ce ne sont que de vieux ouvrages, que j'avais sommairement examinés à l'époque. Mis à part quelques pièces rares du dix-huitième siècle, il n'y a rien de bien particulier. L'intérêt de la collection tient à leur nombre et à leur bon état de conservation. Il faudra que je reprenne tout cela avec plus d'attention ; j'ai mille fois promis à Ela de m'en occuper sérieusement, mais je n'ai jamais trouvé le temps...

— Voilà un joli travail pour un jeune retraité ! s'exclama Tanguy, qui était au courant de ses projets.

— Quelle retraite ? éluda promptement Hugues sur le ton de la plaisanterie, en remarquant le regard surpris de Leal.

— Pensez-vous que votre compagne acceptera que je fasse des recherches chez elle ?

Il s'empressa de répondre à Nathalie, soulagé par la diversion que sa question lui offrait.

— Je suis certain qu'elle se réjouira de faire votre connaissance. En plus, elle aussi veut comprendre ce qui se passe, car ce mystère semble concerner sa famille, d'une manière ou d'une autre. Enfin... celle de son ancien compagnon. Mais, vous me paraissez très intéressée par ces livres. Avez-vous découvert quelque chose ?

— Pas encore, mais je l'espère bien. Ce qui m'intrigue est le fait qu'un seul livre est pourvu de titre, alors que les autres sont reproduits avec le même niveau de détail. Je ne pense pas que cela soit un énième hasard et j'aimerais comprendre ce que le peintre ou Mathilde veulent nous dire par là.

Elle leur indiqua le livre sur le présentoir.

— Est-ce celui dont tu nous as parlé l'autre soir ? demanda Pierre, qui ne savait pas lire le grec.

— Les vies parallèles de Plutarque, acquiesça-t-elle, en traduisant à haute voix pour tous.

— Oh, cela me rappelle à nouveau mes années d'études, lança Hugues sur un ton nostalgique. Je dois néanmoins avouer que j'étais plus intéressé par les œuvres d'art que par la littérature. Si ma mémoire est bonne, il s'agit d'un historien romain...

—... du premier siècle, en effet, connu entre autres pour ses biographies. Le titre renvoie ici à celle de Lysandre, le commandant spartiate qui a gagné la guerre du Péloponnèse contre les Athéniens.

— Et quel est le rapport avec cette dame ? demanda Leal, en sortant de son silence.

— Je l'ignore encore, répondit-elle, mais je me dis que peut-être Mathilde a laissé un indice dans le livre.

Hugues se frotta le menton, en pensant à la page avec le cep de vigne, dont il ne leur avait pas encore parlé.

— Vous avez sans doute raison, lui dit-il enfin. Si vous préférez, je peux m'en charger personnellement, dès que j'aurai fini ici. Cela vous évitera une longue route.

— C'est très gentil de votre part, mais je suis vraiment impatiente de savoir. Si vous n'y voyez pas d'inconvénients, je pourrais me rendre à Angers demain à la première heure.

— Vous me rappelez mes belles années, quand j'étais prêt à traverser la France sur un coup de tête, juste pour dénicher un bel objet. Accordez-moi un instant pour prévenir Ela de votre venue.

Il s'éloigna rapidement et disparut derrière la porte de l'atelier, suivi du regard reconnaissant de la jeune femme.

— Cela ne t'ennuie pas, n'est-ce pas ? demanda-t-elle, en se tournant vers Pierre.

— Pas du tout. Nous serons de toute façon bien occupés ici... Je l'espère en tout cas.

— Vous n'avez aucun souci à vous faire, le rassura Leal. Mais, poursuivit-il à voix basse en s'approchant de Tanguy, qu'est-ce que c'est que cette histoire de retraite ? Hugues ne m'a jamais rien dit.

Pierre et Nathalie échangèrent un regard entendu, en se souvenant de ce qu'il leur avait confié. Très embarrassé, Tanguy coupa court, en saisissant Leal par le bras et en l'entraînant près des tableaux.

— Mon cher, ce ne sont que les propos en l'air d'un vieux qui ne sait pas ce qu'il dit. Occupons-nous plutôt de ces portraits ; est-ce que tu peux me dire ce qui te frappe le plus dans celui réalisé par Pierre ?

— Je ne sais pas. La ressemblance est tellement incroyable.

— Pourtant, cela saute aux yeux...

Tanguy arborait un large sourire, heureux de pouvoir apprendre quelque chose à un jeune du métier. Leal observa attentivement les deux toiles, mais dut finalement s'avouer vaincu.

— Le modelé de l'acrylique est logiquement différent de celui des couleurs à l'huile, lâcha-t-il perplexe, mais à part cela, je ne vois pas ce qui pourrait étonner encore plus que les deux Mathildes parfaitement identiques...

— Mais c'est bien cela ! s'exclama Tanguy. Quel est le problème récurrent des copies serviles ?

— Les couleurs, car elles ne correspondent pratiquement jamais à l'original...

—... parce que les copieurs travaillent en général sur des reproductions aux couleurs faussées ou qui, en tout cas, ne reflètent pas l'état actuel du tableau.

Leal se frappa le front, en réalisant où il voulait en venir.

— Le vieillissement du vernis !

Sous le regard satisfait de Tanguy, il se tourna vers Nathalie et Pierre, qui suivaient la discussion sans trop comprendre.

— Le vernis protecteur des peintures à l'huile jaunit en vieillissant, leur expliqua-t-il. Cela altère les couleurs d'origine, ce qui fait qu'il est impossible de les reproduire à l'identique, si l'on n'a pas l'original sous les yeux.

— Mais... mes couleurs correspondent parfaitement, fit remarquer Pierre.

— C'est ce qui est franchement ahurissant, s'enflamma Tanguy. Non seulement, mon cher Pierre, tu as copié un tableau que tu n'as jamais vu, mais tu as tenu compte de son vieillissement sur près d'un siècle ! On dirait que tu en as eu une sorte de vision, exactement tel qu'il est aujourd'hui !

— Toi aussi !

Surpris par son éclat de voix, tous se tournèrent vers Hugues, qui revenait du bureau avec une bouteille de champagne et des verres.

— Cela me rassure, continua-t-il sur un ton plus calme. J'avais peur d'être le seul à croire à une intervention de l'au-delà.

— Voilà qui est nouveau, s'étonna Tanguy, en se saisissant de la bouteille. Tu n'es pas suspect d'être un grand mystique et pourtant tu es en train de nous dire que ce seraient des... esprits qui auraient poussé Pierre à réaliser sa copie.

— J'ai beau chercher, je ne vois pas d'autre explication. Mais ce n'est pas tout : dans le livre secret de Mathilde, j'ai trouvé le même dessin que celui du pendentif, à la page qu'elle aurait indiquée à sa fille à travers une femme médium qui, elle, ne pouvait pas savoir pour le bijou. Et cela trente ans après sa mort...

— Serait-ce donc elle à l'origine de mon trouble pendant cette nuit de janvier ? se demanda Pierre. Je n'en ai plus qu'un vague souvenir, pourtant, à un moment donné, j'ai vraiment eu l'impression qu'une force invisible guidait mes mains... Pourquoi aurait-elle fait cela ?

— Tout est encore confus, lui répondit Hugues. Le motif du collier semble indiquer qu'il existe bel et bien un lien entre ses pratiques ésotériques et le legs, si important pour elle ; par contre, pour ce qui est du secret qu'elle disait partager avec son fils décédé, je n'ai trouvé aucun indice dans les carnets d'Irène, en tout cas rien qui puisse le relier au portrait et encore moins à votre copie.

— De grâce, laissons les esprits et les morts là où ils sont ! Dois-je vous le rappeler, nous avons quelque chose à fêter !

Tanguy, qui s'affairait à déboucher le champagne, semblait avoir retrouvé sa verve habituelle. Comme Hugues s'y attendait, il se lança dans une de ses envolées passionnées.

— Nous ne savons pas de quoi notre inconscient est vraiment capable. Pourquoi chercher des explications farfelues, alors que nous ignorons même la puissance et la profondeur des intuitions de notre âme ? Qui sait jusqu'où l'imaginaire irrationnel et absurde de nos rêves peut nous amener ? Par sa formidable faculté d'introspection, Pierre nous prouve qu'il n'y a pas de limites à l'expression artistique et que notre inspiration puise dans un univers mental aussi immense qu'inconnu...

Pendant qu'il parlait, Pierre s'approcha d'Hugues.

— À l'âge de six ans, j'ai ressenti exactement la même chose... Était-ce donc déjà Mathilde ?

— Je ne sais pas, mais j'ai découvert que l'enfant au vélocipède, votre ami imaginaire, était en fait Louis, son fils.

Sa phrase se perdit dans le bruit sec du bouchon, qui sauta au plafond ; figé comme les autres par la surprise, Tanguy laissa le champagne jaillir de la bouteille.

20.

Angers, 23 août 1860

Mathilde pénétra dans la chambre en veillant à ne pas faire de bruit, car c'était l'heure de la sieste. En cet après-midi caniculaire, les volets étaient fermés pour assurer un peu de fraîcheur ; dans la pénombre, Marie-Ange Cruselles nourrissait au sein Irène, tandis que son fils Gilbert dormait profondément dans le berceau posé à ses côtés. La jeune femme portait la robe et le tablier qu'Agnès lui avait prêtés pour le service, mais, au lieu de la coiffe blanche, elle avait préféré nouer ses longs cheveux blonds avec un fichu plié en bandeau, en dévoilant ainsi la peau claire et délicate de son cou. De son visage rond émanait une douceur triste et ses yeux bleus avaient la gravité d'une insouciance trop vite perdue. À peine âgée de dix-sept ans, elle avait accouché en décembre, seule et dans l'indigence la plus complète, le père de l'enfant ayant disparu juste après l'avoir séduite. Filleule d'une cousine d'Agnès, cette dernière avait pu la convaincre dans l'urgence de s'installer chez eux comme nourrice, au grand soulagement de Victor, qui n'aimait pas l'idée de confier sa fille à une inconnue, les histoires tragiques à ce sujet étant nombreuses.

Mathilde s'assit en face d'elle et admira Irène, dont les joues roses et les boucles dorées rappelaient une précieuse poupée en porcelaine. En la voyant téter goulument, elle regretta une fois de plus de ne pas pouvoir l'allaiter. Elle avait appris que les blessures de l'accouchement avaient provoqué une phlegmasie de la jambe, rapidement compliquée d'une congestion pulmonaire et d'un coma qui avait duré plusieurs jours. Tout le monde s'était préparé au pire, l'abbé Giralt lui ayant même administré la bénédiction des morts. Miraculeusement, elle était revenue à elle, les instants de lucidité alternant alors avec de longues périodes d'inconscience, agitées par d'interminables accès de toux. Victor et Agnès étaient restés à son chevet, en veillant à ce qu'elle n'étouffât pas et en essayant d'empêcher les brusques poussées de fièvre ; Étienne, qui venait l'examiner tous les jours, avait confié à son ami que jamais il n'avait vu une telle volonté de vivre. Les premiers jours de juillet, elle s'était sentie assez forte pour quitter le lit. Bien que tout le monde lui conseillât le repos, elle avait insisté pour rester avec Irène le plus souvent possible. Elle affectionnait tout particulièrement de s'isoler avec elle dans le calme de la bibliothèque et lui chanter les berceuses qui avaient été jadis pour Louis ; en l'entendant à travers la fenêtre, Victor la rejoignait alors depuis la pharmacie, pour se délecter des mélodies que les gazouillis enjoués de la petite rendaient encore plus douces. Tous les matins, avant que la chaleur ne devînt écrasante, il se faisait un plaisir de l'accompagner avec Marie-Ange jusqu'au pont du Centre ; avec Irène et Gilbert dans leurs landaus, protégés du soleil par des ombrelles, les deux femmes poursuivaient ensuite leur chemin vers l'abbaye de Saint-Nicolas, pour dire le bonjour à sœur Marie-Thérèse. L'agréable sensation des rayons chauds sur le visage, le va-et-vient tranquille des passants, le bruit régulier des sabots résonnant sur les pavés, tout était pour Mathilde source de réjouissance ; elle se sentait revenir lentement à la vie et en oubliait presque les douleurs dans la jambe, qui la faisaient toujours boiter. Au fil du temps, ces promenades étaient devenues l'occasion de longues conversations avec Marie-Ange ; bien que très pudique à parler de son infortune, cette dernière avait fini par lui ouvrir son cœur, en trouvant en elle une confidente discrète et de bon conseil. Un jour, elle lui avait avoué son inquiétude pour l'avenir de Gilbert, car elle redoutait par-dessus tout de devoir l'abandonner à l'hospice, ses parents, de pauvres fermiers, ne pouvant pas nourrir deux bouches de plus. Mathilde l'avait alors assurée de son soutien et de ses prières, pour qu'elle pût un jour rencontrer un homme de bonne volonté, les chérissant comme mari et père. À son insu, pour ne pas l'embarrasser, elle avait aussi demandé à Victor de prendre les dispositions nécessaires pour lui allouer une confortable pension jusqu'à la majorité de l'enfant.

— Je crois qu'elle a fini, chuchota Marie-Ange, en la tirant de ses pensées.

Après avoir épongé la bouche d'Irène, elle voulut la lui donner, car elle savait qu'elle se faisait un plaisir à lui tapoter le dos.

— Pas aujourd'hui, se désola Mathilde d'un air grave.

— Quelque chose préoccupe Madame ?

— J'ai... rendez-vous avec sœur Marie-Thérèse, pour préparer la reprise de mes leçons. Agnès est prévenue de mon absence ; tu t'adresseras à elle si besoin est. Il me tarde déjà que je sois de retour...

Elle embrassa sa fille et quitta la chambre hâtivement, sous le regard étonné de Marie-Ange.

*

Victor l'aida à monter dans le fiacre et s'assura avec précaution que sa jambe reposât sur un coussin, pour éviter l'enflure. Ses mille attentions lui faisaient cruellement regretter ce qu'elle s'apprêtait à faire, mais elle n'avait pas le choix.

— Tu feras mes civilités à sœur Marie-Thérèse ! se recommanda-t-il, heureux qu'elle reprît ses œuvres de bienfaisance.

Au même moment, le fiacre s'ébranla.

— Je ne manquerai pas, lui répondit-elle.

Soulagée que sa voix tremblante se perdît dans le vacarme des sabots, elle agita la main jusqu'au moment où il ne fut plus en vue. Alors seulement, elle demanda au cocher de faire le détour jusqu'à la gare.

*

Elle se dépêcha vers le quai, le souffle court. Pour ne pas éveiller les soupçons, elle avait prié Sophie Duchamp de ne pas répondre à sa lettre ; elle la cherchait donc avec fébrilité parmi les voyageurs, en se demandant si elle avait pu accepter son invitation. Elle l'aperçut enfin, vêtue d'une belle robe en velours bleu, dont l'ample jupe la faisait paraître encore plus petite, une haute parure de fleurs en guise de chapeau rétablissant quelque peu l'équilibre.

— Je ne puis assez vous remercier d'être venue, se réjouit-elle, en la serrant dans ses bras.

— Le bonheur d'avoir à nouveau de vos nouvelles a été si grand et inespéré, que je n'ai pas hésité un seul instant.

Suivies du porteur, elles se dirigèrent vers le fiacre.

— Comment va votre santé ? demanda Sophie, en remarquant sa boiterie.

— Ne vous inquiétez pas, ce n'est que peu de chose après avoir connu la mort.

— Ainsi, vous l'avez rencontré...

293

Mathilde acquiesça de la tête, une douce lueur dans les yeux.

— Oui, il était là, devant moi, comme vous en ce moment. Malheureusement, c'est un secret que je ne peux confier qu'à vous, de crainte d'être à nouveau prise pour une aliénée ou une hérétique.

— Je vous comprends. Sachez que votre lettre de novembre m'a certes chagrinée, mais sans grande surprise, car je connais l'hostilité de l'Église. Ma véritable peine a été de croire ne plus recevoir de vos nouvelles, d'autant plus que je ne pouvais pas non plus vous en demander, pour ne pas vous causer d'embarras.

— Manquer à ma promesse et mentir aux êtres charitables qui ont prié et œuvré pour mon salut m'attriste au plus profond de mon âme.

— Pourtant vos raisons sont justes et légitimes...

— Je sais, mais cette pensée n'allège que peu mon malaise.

Le fiacre les amena devant une petite auberge dans le quartier de la Doutre, à mi-chemin entre la pharmacie et le refuge.

— J'espère que le séjour vous conviendra, lui dit Mathilde sur le pas de la porte. La pension y est assez commode et l'aubergiste est en bonne réputation.

— Je vous suis déjà redevable. Vous savez, je n'avais jamais quitté Paris auparavant.

— Je vous ai logée jusqu'à mardi. Vous disposerez de votre temps comme il vous plaira, mais je ne pourrai pas vous accompagner, comme vous pouvez le comprendre. J'ai en tout cas laissé dans la table de chevet de quoi pourvoir à vos besoins et surtout vous remercier de votre dévouement.

— Notre unique rémunération se doit d'être la reconnaissance du bien que notre don nous permet de faire.

— Cela vous fait honneur et je m'y attendais. Ce nonobstant, je vous prie d'accepter ma modeste contribution à vos bonnes œuvres, qui ne saurait jamais égaler ce que vous faites pour moi.

— Je crains que ma présence ne paraisse étrange. Une femme seule, qui voyage sans raison évidente. Sans oublier vos visites...

— Voilà pourquoi je vous ai annoncée comme ma petite-cousine qui vient se reposer quelques jours d'un épuisement physique, loin du tumulte parisien. Mais entrons maintenant, l'heure avance et les miens me croient aux ateliers.

*

Le lendemain après-midi, sous le prétexte des leçons, Mathilde retrouva Sophie dans sa chambre. Cette dernière avait déjà préparé la table et fermé les rideaux, en laissant par contre ouverts les volets pour ne pas éveiller la curiosité à cette heure de la journée. Assises l'une à côté de l'autre, elles se recueillirent pendant quelques minutes, après quoi Sophie invoqua les esprits avec une des formules habituelles.

— Nous prions le Seigneur Dieu tout-puissant de nous envoyer de bons Esprits pour nous assister et éloigner ceux qui pourraient nous induire en erreur. Esprits qui daignez venir nous instruire, détournez de nous toute pensée d'égoïsme, d'orgueil, d'envie et de jalousie ; inspirez-nous l'indulgence et la bienveillance. Nous prions notamment nos guides spirituels de veiller sur nous ; nous les invitions à accompagner l'esprit de Louis, pour qu'il puisse se communiquer à nous.

Elle fut prise d'un léger tremblement et tomba en transe très rapidement.

— Esprit, es-tu là ? demanda Mathilde, d'une voix qui cachait mal son émotion.

Quelques secondes après, le bras de Sophie se mit à bouger.

— Si tu es là, fais-toi connaître.

Nous sommes toujours avec toi. Je suis ton ange protecteur.

— Mon fils adoré, est-ce vraiment toi ?

Elle voulait s'assurer qu'aucun esprit plaisantin ne vînt perturber la séance, mais son cœur devinait déjà la présence de Louis. En guise de réponse, les mouvements du crayon dessinèrent une petite draisienne.

J'attends ce moment depuis notre rencontre au pied de l'érable.

Elle se sentit envahir par une joie intense, qu'elle s'efforça de contenir pour ne pas perturber sa concentration.

— J'aurais voulu te retrouver plus tôt, soupira-t-elle, mais ma longue convalescence m'en a empêchée.

J'étais là, je t'ai aidée.

— Tous ont crié au miracle, mais je sais à qui je dois mon salut.

Ce n'est que la volonté de Dieu. Rien ne peut advenir sans lui.

— Tu m'as parlé d'un enfant à secourir. Cela aussi, est-ce la volonté de Dieu ?

Oui et c'est la raison de notre rencontre.

— Qui est-il ? S'agit-il de Gilbert, que nous avons recueilli avec sa mère ?

Non. Tu aimeras Gilbert plus que tu ne l'imagines aujourd'hui, mais il n'est pas cet enfant.

— Tu m'avais dit qu'il n'était pas encore né. Peux-tu donc voir dans le futur ?

Il m'a été accordé d'entrevoir les choses comme à travers le brouillard. Mais je n'ai pas le droit de tout savoir.

— Connais-tu son nom ?

Non

— Dis-moi du moins quand il naîtra.

Bien après ton temps.

Mathilde fronça les sourcils, en regardant incrédule la réponse de Louis.

— Ai-je bien compris ? Dois-je aider un enfant qui naîtra après ma mort ?

C'est l'épreuve à laquelle Dieu nous soumet, nous et les autres.

— Vous nous avez appris que Dieu nous fournit les moyens de tendre à la perfection par les épreuves de la vie corporelle, mais dans celle-ci je ne peux que succomber, car elle est impossible à accomplir.

Garde ta foi, car nous te guiderons avec nos bonnes inspirations. Aussi, l'enfant a le don de clairvoyance. Je l'ai déjà rencontré pendant son sommeil.

Elle écarquilla les yeux, en passant d'une surprise à l'autre.

— L'as-tu vu ? Comment est-ce possible, s'il n'est pas encore né ?

Pour nous, le temps n'a pas le même sens que pour vous.

— Que peux-tu alors me dire de lui ?

Il souffre sans savoir et avec lui, ceux qui l'entourent.

— Qu'elle est la cause de sa peine ?

Je n'ai pas le droit de te le dire, mais, bien souvent, il n'y a que l'amour qui peut faire autant de mal.

Mathilde soupira d'impatience, car elle ne comprenait toujours pas ce que Louis attendait d'elle.

— Comment puis-je aider un enfant, dont je ne sais rien et que je ne pourrai même pas rencontrer de mon vivant ?

Elle avait parlé avec une pointe d'agacement dans sa voix, qu'elle regrettait déjà. En guise de réponse, le bras de Sophie dessina une vieille potiche, tandis qu'un grand sourire illuminait son visage. Mathilde poussa un rire étouffé.

— Tu as raison, reconnut-elle en rougissant.

Je sais, ce n'est jamais facile, mais il faut être persévérant. Tout révéler n'aurait pas de sens, car chacun doit pouvoir décider librement et trouver lui-même sa voie.

— Que dois-je faire alors ?

Je te donnerai un message.

La respiration de Sophie se fit rapide et son corps commença à s'agiter sur la chaise. Mathilde reconnut les premiers signes d'épuisement ; bien qu'à contrecœur, elle décida de mettre un terme à la séance et prononça la formule d'usage.

— Louis, nous te remercions d'avoir bien voulu te communiquer à nous ; nous te prions, ainsi que les autres bons Esprits, de continuer à nous assister dans les épreuves de notre vie sur terre.

Sophie ouvrit les yeux et s'étira longuement, la fatigue se lisant sur son visage.

— Louis est venu à nous, lui annonça Mathilde. Il m'a parlé de l'enfant.

— Que vous a-t-il dit ?

Sophie avait posé la question tout en parcourant ce qu'elle avait écrit pendant la transe.

— Il est resté plutôt secret. À vrai dire, je n'ai pas compris grand-chose, mais il m'a promis un message.

— Pourquoi une potiche ?

— Oh, il ne s'agit que d'une espièglerie. Ses réponses vagues m'ayant quelque peu impatientée, il m'a rappelé la potiche que je gardais précieusement en souvenir de mon père et qu'il avait cassée avec sa draisienne à l'âge de quatre ans. À l'époque, j'avais tout de suite regretté la sévérité de ma remontrance ; il n'a pas oublié et m'adresse de la sorte un doux reproche pour mon tempérament vif.

— *Il n'y a que l'amour qui peut faire autant de mal...*, lut à voix basse Sophie. Que veut-il nous dire ?

— J'ai dû mettre un terme à la séance, car vous étiez fatiguée, mais si vous me l'accordez, je compte bien le découvrir lundi prochain.

*

Elle pressa le pas, car elle était en retard. Victor avait déjà fermé la pharmacie, mais elle ne s'en étonna pas. Jusque-là très méticuleux, il avait profondément changé depuis qu'il avait failli la perdre et faisait désormais preuve d'une grande souplesse, pour rester avec sa famille le plus souvent possible.

— Monsieur demande de l'excuser, car il sera retardé par une livraison, lui annonça à voix basse Agnès, en lui ouvrant la porte de l'appartement.

— Est-ce que tout va bien ?

— Irène a gazouillé tout l'après-midi, avec Gilbert à ses côtés s'essayant à marcher à quatre pattes. Ils viennent de s'endormir ; Marie-Ange est avec eux.

Mathilde s'avança en direction de la chambre, mais fut retenue par la voix haletante de Victor, qui les rejoignit en gravissant l'escalier à grandes enjambées, une lumière étrange dans les yeux. Agnès esquissa une révérence et se retira vers la cuisine, en lançant à Mathilde un regard soucieux, cette dernière lui ayant appris pour la rencontre secrète, afin de pouvoir être avertie s'il devait arriver quelque chose pendant son absence. Victor hésita un instant puis se ressaisit, en la serrant dans ses bras avec tendresse.

— Tu as l'air inquiet, lui dit-elle d'une petite voix.

— Ce n'est qu'un peu de fatigue. Et ton atelier ?

Il avait parlé calmement, sans relâcher son étreinte. Mathilde se raidit, le soulagement de ne pas avoir été découverte laissant vite la place au chagrin de devoir lui mentir à nouveau, alors même qu'elle entendait battre près de son oreille son cœur aimant.

— Rencontrer mes pupilles m'a fait grand bien...

— Je n'en doute point et je suis bien aise que ta convalescence soit plus courte qu'il était à prévoir. Mais, je te retiens, alors que tu as certainement envie de te reposer quelque peu avant le souper.

— Cela n'est pas de refus, mais je désire d'abord voir Irène, car il m'ennuie d'être si longtemps séparée d'elle.

En évitant son regard, elle l'embrassa sur la joue et se dépêcha vers le fond du couloir.

— Tu n'abandonnes jamais ceux que tu aimes et nul obstacle ne peut t'arrêter, lui lança-t-il à voix basse, à l'instant même où elle ouvrait la porte.

Ses paroles, encore que chuchotées, résonnèrent bruyamment dans sa tête. Victor savait-il donc ? Son allusion, qui la troublait au plus profond, n'était-elle pas déjà une punition pour son mensonge ? Ou bien se trompait-elle, le secret qui l'accablait de remords lui faisant croire que chaque regard, chaque geste, chaque mot l'accusait ? Elle se retourna lentement, un doigt sur la bouche, le silence qu'elle demandait pour les enfants lui accordant en même temps une trêve. Une expression soucieuse se dessina alors sur le visage de Victor, lequel sembla vouloir dire quelque chose ; finalement, il hocha pensivement la tête et disparut dans la bibliothèque.

*

27 août 1860

— Vous ne devez pas vous sentir coupable. Ce que vous faites est juste, car c'est la volonté de Dieu.

Sophie avait parlé d'une voix douce, mais ferme, attristée d'apprendre que l'étrange comportement de Victor avait jeté

Mathilde dans le désarroi. D'un geste vif, elle ferma les rideaux et la retrouva à la table.

— Cela devrait suffire pour m'en convaincre, répondit cette dernière, mais mentir aux personnes qui nous chérissent est une épreuve si difficile et douloureuse, que je n'arrive pas à faire taire le scrupule. Et la honte profonde que j'ai ressentie l'autre soir m'accable encore.

— La faute en est à l'Église et aux détracteurs de la révélation spirite. Leur hostilité nous oblige à user de grande circonspection, parfois même à garder le secret et abuser nos proches par des mensonges, dont la nécessité n'allège point un chagrin bien injuste. Mais êtes-vous sûre que votre mari ne se doute de rien ? Peut-être vous provoque-t-il pour qu'une réponse sincère dissipe sa méfiance et lui permette, sinon d'accepter, au moins de faire preuve d'indulgence.

— Après les fulminations de l'abbé Giralt, j'ai de la peine à le croire. Pour éviter le scandale, j'ai dû promettre solennellement et Victor s'est porté garant. Il ne pourrait jamais faire peser sur notre famille le risque d'une condamnation de l'Église ; moi-même, je prie à mains jointes pour que Dieu nous en préserve.

Sans plus attendre, elles se recueillirent en silence puis invoquèrent Louis.

— Mon enfant, es-tu là ?

Oui, mère. Je suis heureux d'être à nouveau avec vous. Ne t'inquiète pas pour père, son âme est pure et il n'œuvre que pour le bien d'autrui.

Elle sourit doucement, l'idée qu'il était auprès d'elle en toute circonstance lui faisant chaud au cœur.

— Tes paroles soulagent quelque peu mon chagrin. Mais, je te prie, parle-moi encore de l'enfant, car j'aimerais comprendre et le temps nous est compté.

C'est pour cela que nous nous rencontrons, mais j'aurai bientôt dit tout ce qu'il m'est permis de révéler.

— Pourtant, je ne sais pas grand-chose. Pourquoi souffrira-t-il ?

Il y aura un malheur extraordinaire et beaucoup de gens seront dans l'infortune.

— Que se passera-t-il ?

Je n'ai pas le droit d'en parler.

Mathilde garda le silence quelques instants, déconcertée une fois de plus par la réticence de Louis. Finalement, elle se souvint de leur rencontre, la nuit de l'accouchement.

— Quand tu l'as vu pendant son sommeil, vous êtes-vous parlé comme nous l'avons fait sous l'érable ?

Non, cela a été différent, car il a seulement eu l'intuition de ma présence. Nous devons l'aider à comprendre, lui et les siens, pour que la vérité soit rétablie. Telle est notre mission.

— Tu m'as promis un message. Peux-tu me le communiquer maintenant ?

Elle retint son souffle, les yeux rivés sur la pointe du crayon. Après un temps qui lui sembla infini, le bras de Sophie bougea à nouveau, cette fois très lentement, en marquant une pause entre chaque lettre, comme si Louis voulait ainsi souligner l'importance de chacune d'entre elles.

— Est-ce bien cela ? demanda-t-elle dès que le mouvement cessa. Comment un seul mot pourrait-il s'acquitter de tout un message ?

Tu le comprendras en son temps. C'est un message important, qui doit parvenir tel quel à la personne à qui il est destiné.

— À l'enfant donc...

Cela le concerne, certes, mais il n'est pas le seul. Sans le révéler, tu confieras le message à tes descendants. Ils en feront autant avec les leurs, mais cela aussi sera ton secret. Sophie ne doit pas savoir non plus. Rappelle-toi, si vous n'agissez pas par vous-mêmes, votre esprit ne progressera pas.

Elle acquiesça de la tête machinalement, tout lui paraissant encore plus confus.

Tu ne dois pas comprendre aujourd'hui. Ne t'accable pas non plus de questions. Chaque chose en son temps. Il faut que je parte maintenant. Ne me cherche plus et confie-toi en Dieu, car par sa volonté nous nous reverrons.

— Ne me quitte pas, je t'en conjure ! Tu m'as rendu la vie, alors que je n'ai pas pu sauver la tienne. Pouvoir te parler est ma douce consolation, la seule... Je ne supporterais pas de te perdre encore.

Elle fut interrompue par un mouvement brusque du bras de Sophie.

Tu ne me perds pas. Rappelle-toi ce que nous t'avons appris. La tristesse d'un moment ne doit pas offusquer ta foi. Le temps te paraîtra long, mais telle est la volonté divine. N'oublie pas que tu es épouse et mère. Persévère dans le dévouement et ton mérite sera récompensé.

Le crayon s'arrêta aussi soudainement qu'il s'était mis en mouvement. Mathilde se figea, en priant en silence Louis de rester malgré tout avec elle. Finalement, alors qu'elle s'apprêtait à réciter résignée la formule de remerciement, l'écriture reprit, hésitante comme celle d'un petit écolier.

Je t'aime maman. Je t'aimerai toujours.

Au même moment, des larmes jaillirent des yeux de Sophie. Avec émotion et gratitude, Mathilde comprit que Louis prenait congé d'elle en lui faisant cadeau, une dernière fois, de l'enfant qu'il avait été pour elle. En étouffant ses sanglots, elle se dépêcha de glisser dans sa manche la transcription de la séance.

— Est-ce que tout va bien ? demanda Sophie, en revenant à elle.

En remarquant ses yeux rougis et l'absence de la feuille de papier, elle posa sur Mathilde un regard à la fois inquiet et interrogateur.

— Veuillez me pardonner. Vous êtes ma plus chère confidente, mais nul autre que moi ne doit connaître le secret que Louis m'a transmis.

— Ne vous affligez pas. Je ne suis qu'un instrument, votre quête ne m'appartient pas. Mais quelle est la cause de votre chagrin ?

— Louis s'est communiqué à nous pour la dernière fois.

— Il ne vous a pas pour autant quittée. Nous restons unis dans la prière, jusqu'au jour où nous serons de nouveau désincarnés.

— Il m'a dit que tout doit maintenant se réaliser, mais j'ignore de quelle façon. Tout est si confus...

— Ce qui paraît obscur aujourd'hui se dévoilera le moment venu. Je vous aiderai alors, si telle est votre désir.

Mathilde essuya ses yeux du revers de la main, en posant sur Sophie un regard plein d'espoir.

— Que savez-vous déjà ?

— A chacun son secret, répondit-elle avec un sourire bienveillant. Gardez surtout votre foi ; les Esprits qui vous ont prise sous leur protection vous guideront dans la bonne voie. Et je me souviendrai de vous dans mes prières.

*

Agnès lui tendit discrètement un mouchoir, pour qu'elle puisse sécher ses larmes avant de franchir la porte.

— Monsieur est déjà rentré, lui glissa-t-elle à l'oreille, juste avant que ce dernier ne sortît de la bibliothèque.

Mathilde s'efforça d'arborer un air enjoué, mais son sourire mêlé de tristesse n'échappa pas à Victor, qui s'empressa vers elle.

— Es-tu souffrante ? s'inquiéta-t-il.

— J'ai trop présumé de mes forces, mais ne t'en fais pas, le sommeil sera mon remède.

Elle fit signe à Agnès de l'accompagner jusqu'à sa chambre, dans laquelle elle s'engouffra sans se retourner. Victor la suivit du regard et décida de faire semblant de la croire.

TROISIEME PARTIE

Lapis-lazuli

Parfois, tourmenté par le spectacle du monde et les incertitudes de l'avenir, l'homme lève ses regards vers le ciel et lui demande la vérité. Il interroge silencieusement la nature et son propre esprit. Il demande à la science ses secrets, à la religion ses enthousiasmes. Mais la nature lui semble muette, et les réponses du savant et du prêtre ne suffisent pas à sa raison et à son cœur.

(Léon Denis, Après la mort)

21.

Nathalie observait autour d'elle d'un œil curieux, fascinée à l'idée de se trouver dans l'ancienne bibliothèque. Si elle pouvait en juger à la cheminée, le portrait avait dû être très fidèle à la réalité. Elle essaya donc d'imaginer la pièce telle qu'elle était à l'époque, avec les livres et la commode, et repéra l'endroit où Mathilde devait se tenir pendant les poses avec le peintre. Discrètement, elle frappa du pied le parquet, mais ne remarqua rien d'anormal.

— Je suis tout de suite à vous, lui lança Ela depuis la cuisine.

Elle se dépêcha de regagner le fauteuil, amusée par son idée saugrenue d'une cachette secrète dans le sol.

— Ne vous dérangez pas pour moi, répondit-elle. Vous avez déjà eu l'amabilité de me recevoir au pied levé. Ce n'est pas dans mes habitudes, mais j'avoue que je me suis prise de passion pour les deux portraits. Alors, quand j'ai su que les livres de Mathilde étaient toujours en votre possession...

— Tout d'abord, il faut que vous mangiez quelque chose, l'interrompit Ela, en pénétrant dans la pièce avec un plateau sur lequel étaient posés une théière et un gâteau aux prunes. Je me suis dit que très certainement vous n'alliez pas vous arrêter le long de la route.

— Vous semblez bien me connaître, pouffa Nathalie.

— Hugues m'a parlé de l'enthousiasme avec lequel vous menez vos recherches. N'oubliez pas non plus que moi aussi j'ai eu vingt ans.

Elles rirent de bon cœur.

— Si vous me permettez, vous avez l'air fatigué, ajouta Ela, en servant le thé.

— J'aurais mieux fait de dormir un peu plus la nuit passée.

— Laissez-moi deviner : Tanguy a tenu à fêter le succès du vernissage...

— Tout à fait. Hugues nous ayant hébergés chez lui, il en a profité pour nous entraîner jusqu'au petit matin dans une discussion aussi passionnée qu'interminable sur le surréalisme et les forces inconnues de l'esprit, sans oublier de ponctuer ses envolées de toasts répétés à la réussite de Pierre.

— Il ne changera jamais ! commenta Ela, hilare. Sachez que j'ai beaucoup d'estime et d'affection pour lui. J'aime la passion avec laquelle il transmet son talent à ses jeunes élèves.

— Je ne vous le fais pas dire. Il s'occupe de Pierre presque comme un père. En tout cas, c'est grâce à lui qu'il a pu s'affirmer, même s'il en doute encore.

— Hugues répète volontiers que c'est le propre des grands artistes.

— Avec Pierre, il a fallu faire preuve de beaucoup de patience et je ne parle pas que des tableaux. Nous nous sommes rencontrés il y a quatre ans à Namur, lors d'un de ses premiers vernissages. Cela vous fera peut-être sourire, mais en le voyant, j'ai eu tout de suite le coup de foudre...

— Je sais ce que c'est..., murmura Ela. Mais, continuez, je vous prie.

— Depuis ce jour, je l'ai suivi à chacune de ses expositions. Il était si timide et réservé que c'est Tanguy qui a fini par me remarquer et nous présenter. On dirait une histoire d'un autre siècle, avec Tanguy dans le rôle de chaperon... Dès nos premières rencontres, Pierre m'a parlé de ses doutes et surtout de la gêne profonde qu'il ressent à montrer ses tableaux. Il m'a expliqué qu'il s'investit tellement dans leur réalisation, qu'il a l'impression de mettre à nu ce qu'il y a de plus intime chez lui. Mais il y a autre chose : sa réserve s'accompagne d'une angoisse diffuse, qui l'empêche de profiter pleinement non seulement de sa réussite, mais aussi de notre amour. Au début, j'ai cru que c'était à cause de la perte prématurée de son père, mais il m'a avoué qu'il éprouve ce sentiment depuis tout petit, sans comprendre pourquoi.

Elle se tut, l'air pensif, sous le regard attendri d'Ela, à qui ses paroles venaient de rappeler l'espoir auquel elle s'accrochait toujours et qui l'empêchait de se donner pleinement à Hugues.

— Parfois, il nous est difficile de reconnaître et surtout d'accepter le bonheur qui nous est offert, lâcha-t-elle, comme en parlant à elle-même.

— Vous me connaissez à peine et déjà je vous ennuie avec mes histoires de couple.

— Non, bien au contraire, j'ai du plaisir à discuter avec vous. Je ne reçois pas beaucoup de monde et j'ai rarement l'occasion de côtoyer les jeunes d'aujourd'hui... Mais venez, je pense que vous avez hâte comme moi de trouver ce fameux livre. J'ai tout mis dans la pièce au fond du couloir.

— Hugues nous a lu quelques extraits du journal d'Irène. Il y est question d'un secret que Mathilde aurait emporté avec elle. N'a-t-elle vraiment rien dit à sa fille ?

— Il paraît que non. Mais, vous devez savoir qu'Irène était très réservée et que nous avons très peu parlé de cela...

Elle fronça les sourcils et s'empressa d'ouvrir la porte, pour cacher son trouble.

— Navrée pour le désordre. J'attends depuis des années qu'Hugues fasse le tri, mais il n'a jamais le temps. Savez-vous de quel livre il s'agit ?

— D'après mes recherches, c'est une édition de 1841 des *Vies des hommes illustres* de Plutarque, un ouvrage en plusieurs tomes. Il nous faut celui avec la biographie de Lysandre, un commandant militaire de la Grèce antique.

— J'ai l'impression que cette histoire vous tient vraiment à cœur.

— C'est le cas. Pour moi, il ne s'agit pas seulement de percer le secret de Mathilde ; j'éprouve depuis le début un étrange sentiment, comme si tout cela avait une grande importance pour Pierre et moi... Vous allez certainement me prendre pour une illuminée, madame Bazylewski.

— Ela, je vous prie ! Ne me faites pas paraître plus vieille que je ne le suis déjà... Et n'ayez pas peur, depuis la découverte des deux tableaux plus rien ne m'étonne, à commencer par ces histoires d'invocations et de visions de l'au-delà.

— C'est en effet très bizarre, comme ce qui s'est passé cette nuit de janvier. Lorsque Pierre peint, il peut rester cloîtré dans son atelier pendant des jours entiers, perdu dans son monde à lui. Sa mère et moi, nous devons d'ailleurs veiller sur lui tout le temps...

— Cela ne doit pas être facile à vivre tous les jours.

— En effet, mais j'ai compris qu'il faut juste s'armer de patience. Par contre, ce qui s'est passé avec le portrait de Mathilde a été, semble-t-il, d'une intensité telle que lui-même n'en revient pas. Il m'a décrit une sorte d'état second, pendant lequel ses mains étant guidées par quelque chose qui le dépassait.

— Hugues pense qu'il s'agit du même état dans lequel plongeait le médium évoqué par Irène.

— Il nous en a parlé hier soir, en invoquant comme preuve de ces phénomènes le fait qu'elle ne pouvait pas savoir pour le motif du pendentif. Mais ce qui nous a le plus étonnés a été d'apprendre que le garçon que Pierre dessinait à l'âge de six ans est très certainement le fils de Mathilde.

— Il s'appelait Louis. Le dessin qu'il a vu chez vous correspond tout à fait à une ancienne photographie du petit. C'est pour cela qu'il pense à des manifestations surnaturelles, lui qui normalement est très cartésien dans sa façon de voir les choses. Mais comment expliquer sinon que Pierre a pu peindre à vingt-trois ans d'intervalle une mère et son fils, qui ont vécu au siècle passé et dont il n'a jamais entendu parler ?

— C'est ce que nous nous sommes demandé aussi. En tout cas, Pierre a été profondément bouleversé d'apprendre que celui qu'il avait considéré jusqu'ici comme un ami imaginaire a réellement existé. Franchement, j'ignore si nous saurons un jour comment cela a pu se produire, mais la vraie question qui trotte dans ma tête avec de plus en plus d'insistance est celle du pourquoi. Et surtout, pourquoi Pierre ?

— Croyez-vous que cela a un lien avec le secret de Mathilde ?

— C'est la raison de ma venue quelque peu précipitée. Je suis convaincue que l'ancien portrait nous livre un message...

Nathalie baissa les yeux, l'air troublé. Ela l'observa en silence, en se disant que Hyacinthe aurait eu aujourd'hui à peu près son âge. Elle s'étonna de ne pas ressentir la douleur qui d'habitude la saisissait à son évocation ; elle se surprit même à l'imaginer assis en leur compagnie, en train de bouger et de parler comme un jeune homme de son époque.

— Qu'est-ce qui vous fait penser que ce message vous concerne ? demanda-t-elle, en s'arrachant à sa rêverie.

— Vous êtes la première personne à qui je me confie. Comme je vous l'ai dit, il y a toujours eu entre Pierre et moi cette angoisse inexplicable, bien que je n'aie jamais eu à douter de son amour. Depuis qu'il a peint ce portrait, il a néanmoins changé. Il s'épanouit jour après jour et s'est rapproché de moi encore plus. C'est lui, par exemple, qui m'a proposé de l'accompagner à Reims, alors que pour le vernissage de Paris, il m'avait priée comme d'habitude de rester à la maison, en invoquant une fois de plus sa crainte de me décevoir. Même ses insomnies ont presque cessé et il a réduit sa production, ce qui était impensable encore il y a quelques semaines.

— En avez-vous parlé à sa mère ? J'ai cru comprendre qu'elle vit avec vous.

— En fait, nous vivons chez elle. Elle adore son fils et ferait n'importe quoi pour lui. C'est tellement fort, qu'elle réagit très mal quand on s'intéresse à lui de trop près. Elle a beaucoup souffert à la mort de son mari, ce qui explique peut-être son attachement exclusif. Bien qu'elle me fasse un peu plus confiance depuis que je l'aide pour Pierre, je ne pourrais jamais avoir cette conversation avec elle... Je vous l'ai dit, c'est complètement irrationnel. Vous comprenez maintenant pourquoi j'ai hâte d'en savoir plus.

*

— Je vais finir par tomber malade, soupira Ela au bout d'une heure, après une énième quinte de toux. Cette pièce est restée fermée pendant des années, mais, depuis la découverte des deux portraits, je ne compte plus le temps que j'y passe.

— Pourtant, nous devrions trouver plus facilement que pour le livre secret. A priori, Mathilde n'avait aucune raison de dissimuler celui de Plutarque.

Joignant le geste à la parole, elle entreprit de soulever un gros volume, qui lui glissa des mains et tomba à ses pieds avec grand fracas, en entraînant avec lui une pile de livres à moitié cachée derrière un vieux buffet.

— Tiens, j'avais oublié ceux-ci, murmura Ela.

— Ça alors, ce sont exactement ceux que nous cherchons ! s'enthousiasma Nathalie, en l'aidant à les transporter au milieu de la pièce.

— Devons-nous croire à un nouveau coup de pouce de Mathilde ? s'interrogea Ela.

— Allez savoir... Regardez, ce n'est pas tout à fait comme dans le tableau, car il n'y a pas de titre sur la reliure. On dirait vraiment que Mathilde veut nous indiquer un livre bien précis.

Elles consultèrent les tables des matières des différents tomes, en repérant très vite celui avec la biographie de Lysandre.

— Que devons-nous chercher exactement ? demanda Ela.

— Un mot, un code, un dessin peut-être, comme dans le livre qui traite des esprits…

Tout en parlant, elle remarqua une brève annotation en marge d'un paragraphe où le mot *scytale* avait été souligné.

Intéressant !
G ?

— C'est bien l'écriture de Mathilde, confirma Ela, en se souvenant de la signature dans sa bible personnelle. Savez-vous ce qu'est une scytale ?

— Plutarque lui-même nous l'explique, répondit Nathalie, en lisant à haute voix.

« *Quand un général part pour une expédition de terre ou de mer les éphores prennent deux bâtons ronds, parfaitement égaux en longueur et en épaisseur, de façon à se correspondre exactement l'un à l'autre, dans toutes les dimensions. Ils gardent l'un de ces bâtons et donnent l'autre au général : ils appellent ces bâtons scytales. Lorsqu'ils veulent mander au général quelque secret d'importance, ils taillent une bande de parchemin, longue et étroite comme une courroie, la roulent autour de la scytale qu'ils ont gardée, sans laisser le moindre intervalle entre les bords de la bande, de telle sorte, que le parchemin couvre entièrement la* » *surface du bâton. Sur ce parchemin ainsi roulé autour de la scytale, ils écrivent ce qu'ils veulent ; et, quand ils ont écrit, ils enlèvent la bande, et l'envoient au général sans le bâton. Le général qui l'a reçue n'y saurait rien lire d'ailleurs, parce que les mots, tout dérangés et épars, ne forment aucune suite ; mais il prend la scytale qu'il a emportée et roule autour la bande de parchemin, dont les différents tours, se trouvant alors réunis, remettent les mots dans l'ordre où ils ont été écrits, et présentent toute la suite de la lettre. On appelle cette lettre scytale, du nom même du bâton, comme ce qui est mesuré prend le nom de ce qui lui sert de mesure. »*

Elles se regardèrent dans un silence électrique.

— Il s'agit donc d'une méthode pour crypter les messages, fit remarquer Ela, comme pour s'assurer d'avoir bien compris.

— Ce qui signifie que le tableau en cache sans doute un ! Parmi les vieilles affaires de Mathilde, y a-t-il un objet qui rappelle un tel dispositif ?

En voyant Ela secouer la tête, l'air navré, elle se remit à feuilleter le livre, sans rien trouver d'autre. Déçue et fatiguée, elle ne put réprimer un bâillement, dont elle s'excusa d'un regard gêné.

— Il vous faut un bon sommeil, lui dit Ela avec un grand sourire. Je vous ai déjà préparé la chambre d'amis.

— Oh, merci, mais je ne voudrais pas abuser de votre hospitalité. Je n'ai même pas pris mes affaires...

— Vous ne me dérangez pas du tout. Ce matin, en vous attendant, j'ai compris que cela ferait trop de route en une seule journée. Permettez-moi d'insister. Vous me tiendrez ainsi compagnie ce soir et nous pourrons discuter dans le calme de ce que nous venons de découvrir. Pour les affaires de nuit, je crois qu'entre femmes nous allons pouvoir trouver une solution...

— Je ne sais pas quoi dire. En plus, j'ai promis à Pierre de rentrer aujourd'hui encore.

— Dites oui et ne vous inquiétez pas pour nos hommes, répliqua Ela sur un ton espiègle. Ils seront occupés jusqu'à tard avec l'exposition et Tanguy, dois-je vous le rappeler, se chargera de la suite.

*

— Vos galettes de pomme de terre sont excellentes ! Je n'aurais jamais imaginé pouvoir les associer à une gelée de groseilles.

— Au lieu de la gelée, vous pouvez aussi tout simplement arroser de crème fraîche et saupoudrer de sucre, expliqua Ela, en débarrassant la table. Ou alors, pour accompagner une viande, nous ajoutons de l'oignon râpé et de fines herbes.

Nathalie la suivit à la cuisine avec les verres et la bouteille de vin, un rosé pétillant, avec lequel elles se réconfortaient des heures passées dans la poussière.

— Je tiens à vous remercier de tout cœur pour cette belle soirée.

— En Pologne, nous avons le sens de l'hospitalité, se réjouit Ela, une pointe de fierté dans la voix. Mais venez, nous allons terminer le vin à côté de la cheminée.

— Qu'est-ce qui vous a poussé à vous installer à Angers? demanda Nathalie, en prenant place dans le fauteuil.

Ela prit le temps d'attiser les braises, en observant pensivement les étincelles s'élever en tourbillons rapides. D'habitude, elle éludait cette question, mais ce soir, c'était différent. Étaient-ce le vin et la chaleur du feu, qui invitaient à une douce mélancolie, ou alors cette jeune femme attachante, presque une inconnue, mais de laquelle elle se sentait étrangement proche? Pendant le souper, Nathalie s'était confiée à elle avec une spontanéité déconcertante, en lui avouant son désir d'avoir un enfant avec Pierre; troublée par l'ombre insaisissable qui semblait peser sur lui, elle souffrait en secret de ne pas avoir encore osé lui en parler. Son récit l'avait touchée au cœur, en lui rappelant encore une fois les sentiments profonds mais tourmentés qu'elle nourrissait pour Hugues. Il était le seul à avoir su partager sa douleur ; en dépit de cette marque d'affection, elle n'avait jamais pu se résoudre à quitter les lieux de son bonheur éphémère, prisonnière d'un souvenir que l'espoir irrationnel de retrouver Hyacinthe ravivait sans cesse. Elle s'en voulait de lui infliger cet amour bridé et priait chaque jour pour qu'il ne doutât jamais, malgré tout, de sa sincérité. Elle poussa un soupir de lassitude, car, finalement, toute cette souffrance n'avait pas de sens. En croisant le regard de Nathalie, dont les grands yeux ronds étincelaient chaque fois qu'elle évoquait Pierre, elle ressentit l'envie de lui parler à son tour de ses amours, d'Hugues bien sûr, mais aussi de Thierry, qui ne méritait pas de mourir à nouveau dans le silence de son chagrin.

— C'est une longue histoire...

Nathalie l'encouragea d'un sourire et prit l'initiative de remplir les verres.

— En 1939, la guerre approchant, je me suis engagée dans l'armée polonaise comme infirmière. Rien d'étonnant pour la fille d'un officier de carrière, qui tenait pour la plus grande vertu le sens de l'honneur et du devoir.

— Un père militaire… Ce n'était pas trop dur ?

Ela rit doucement, en secouant la tête avec bienveillance.

— J'oubliais que vous êtes de la génération de la paix et de l'amour. Au risque de vous décevoir, j'ai eu la chance d'avoir un père formidable. Il m'a élevée seul, ma mère étant morte alors que je n'avais que deux ans. Malgré les difficultés, il n'a jamais voulu se remarier ; certains soirs, quand la solitude lui pesait plus que d'habitude, il trouvait du réconfort en me parlant d'elle pendant des heures. Il me répétait volontiers qu'il m'aimait deux fois plus que les autres pères, parce qu'il lui avait promis de me donner aussi sa part.

— Vit-il toujours en Pologne ? demanda Nathalie, en regrettant son commentaire maladroit.

— Non, il est décédé en 1955. Après mon départ pour la France, nous ne nous sommes plus revus, à cause de la guerre et ensuite du rideau de fer. Heureusement, j'ai pu correspondre avec lui jusqu'à sa mort. Sa disparition m'a beaucoup affectée, car je n'ai plus de famille proche.

Elle sortit d'un des tiroirs de la table basse une vieille photographie.

— Il ne me reste plus grand-chose de lui.

Nathalie découvrit un homme d'une cinquantaine d'années, qui posait dans un uniforme d'officier haut gradé, l'air austère, une casquette galonnée sous le bras. Ela lui ressemblait beaucoup, avec les mêmes yeux clairs et les mêmes pommettes saillantes.

— Avez-vous été chassée par les nazis ?

— Par les Soviétiques aussi... Après l'invasion de septembre 1939, ils se sont partagé notre territoire. Le gouvernement polonais a refusé de se rendre et s'est exilé ici, avec son état-major et le 125e régiment d'infanterie, dans lequel je servais. Nous étions alors animés d'un grand d'espoir, convaincus que notre résistance et le soutien des alliés allaient tôt ou tard conduire à la défaite du troisième Reich. Finalement, nous les avons vaincus, mais notre pays est toujours occupé. Pardonnez-moi de vous ennuyer avec mes histoires ; ce ne sont que les souvenirs nostalgiques d'une vieille dame grisée par le vin...

— Vous ne m'ennuyez pas du tout, bien au contraire...

— Je dois vous avouer que vous entendre parler de Pierre m'a rappelé mes hésitations avec Hugues. Depuis notre rencontre, il y a presque quinze ans, je ne sais plus combien de fois il m'a demandée en mariage. J'ai toujours refusé, parce que trop de choses me retiennent ici, et il a fini par se résigner, ce qui me chagrine beaucoup, car je l'aime sincèrement.

— Il le fera peut-être encore...

Nathalie se mordit les lèvres, d'autant plus désolée de ne pas pouvoir lui dire ce qu'elle savait, qu'elle la voyait se morfondre, le regard perdu dans les flammes.

— Jusqu'à aujourd'hui, reprit Ela après un long silence, Hugues est le seul à qui j'ai pu raconter ce qui s'est passé, car la douleur était trop vive. Cette soirée avec vous est néanmoins spéciale... Connaissez-vous le château de Pignerolle ?

Nathalie secoua la tête négativement.

— C'est un très beau château aux portes d'Angers, réplique du petit Trianon de Versailles. Pour moi, c'est surtout l'endroit où j'ai vu Thierry pour la première fois. Tout comme vous, j'ai eu le coup de foudre.

22.

Paris, 24 mai 1884

Les rues sombres et insalubres des anciens quartiers populaires avaient cédé la place à de larges boulevards, bordés d'immeubles somptueux qui se perdaient à l'horizon ; penchée à la fenêtre du fiacre qui l'amenait au Faubourg Montmartre, Mathilde s'émerveillait de l'aboutissement des imposants travaux dont elle avait vu les débuts. Elle ferma les yeux et laissa les rayons du soleil chauffer son visage, en se réjouissant de passer enfin quelques jours en compagnie des jeunes mariés, qui avaient quitté Angers en novembre. Elle était aussi impatiente de retrouver Sophie, à qui elle avait pu écrire deux semaines auparavant, après tant d'années de silence. Gagnée par la fatigue, elle se cala dans le siège, en se disant avec une pointe de regret qu'elle aurait dû se confier à la bienveillance de Victor dès le début, plutôt que de supporter si longtemps un mensonge inutile. Le scandale ne les menaçait plus, car l'abbé Giralt, le seul à savoir, était mort depuis longtemps et l'abbé Vadnais, qui lui avait succédé, n'avait jamais fait la moindre allusion aux faits de 1860 ; de plus, Irène et Gilbert vivaient désormais leur vie à Paris, à l'abri des bavardages d'une petite ville. C'était leur départ qui avait d'ailleurs précipité sa décision ; en ayant arrêté entre-temps ses œuvres de bienfaisance pour s'occuper de sa mère, décédée en 1882 après un lent déclin, la

335

solitude soudaine de l'appartement lui avait fait comprendre que plus rien ne la retenait et que le moment annoncé par Louis était venu. Un soir, elle avait donc rejoint Victor à la bibliothèque, résolue à tout lui révéler. Non sans peine, elle lui avait appris pour la rencontre en rêve avec Louis et les séances secrètes avec Sophie Duchamp, en lui avouant sa foi intacte dans la doctrine spirite, en dépit de sa promesse. Elle lui avait même montré la bible, en lui demandant de faire preuve d'indulgence pour une ruse à laquelle elle avait été contrainte par l'intransigeance de l'Église. À sa grande surprise, il s'était alors levé et l'avait prise dans ses bras, en lui demandant pardon à son tour.

— J'ai toujours su pour le médium, lui avait-il dit. Comme je livrais un remède, je t'ai aperçue en sa compagnie ; je ne la connaissais pas, mais quand l'aubergiste m'a confirmé l'arrivée de notre petite-cousine parisienne, j'ai compris la raison de ton renoncement avec l'abbé Giralt. J'ai douté un instant, mais je ne me suis point mis en colère, car la nuit de l'accouchement, alors que tu étais à l'agonie, j'ai imploré Dieu de te faire miséricorde ; ton rétablissement miraculeux, auquel plus personne ne croyait, m'a montré que tu étais toujours dans ses grâces. J'ai donc quitté l'auberge, certes avec le poids d'un secret qui était désormais le mien aussi, mais sans plus craindre tes convictions, condamnées avec une véhémence qui me paraissait soudainement injuste. Ton dévouement pour la famille a ensuite entretenu ma confiance pendant toutes ces années. Sans hésitation, tu as recueilli Gilbert et tu lui as donné l'amour d'une mère ; tant de charité ne peut point procéder du mal. J'ai gardé le silence, car la foi dans le Seigneur m'y engage ; pourtant, je ne t'empêcherai pas d'accomplir ce que ta croyance te dit être nécessaire et juste.

Le souvenir de ces paroles aussi agréables à entendre qu'inattendues l'émouvait encore profondément. Bercée par les cahots du fiacre, elle esquissa un sourire attendri.

— Sache que ma promesse à l'abbé Giralt était sincère, avait-elle répondu. Mais, la rencontre avec Louis a tout bouleversé et ne m'a guère laissé le choix.

— L'as-tu vraiment vu ? De la même manière que je te vois en ce moment ?

— Je l'ai pris dans mes bras et senti son corps contre le mien. Nous nous sommes entretenus comme il est ordinaire entre une mère et son fils. Il est désormais un esprit supérieur et veille sur nous avec sollicitude.

— Est-il au paradis ?

— Nous portons en nous-mêmes notre paradis et notre enfer. C'est le bien que nous accomplissons pendant nos vies successives qui nous rapproche de Dieu.

— Crois-tu donc que nous naissons sur terre plusieurs fois ? Si l'abbé Giralt t'entendait...

— Non seulement il m'entend, mais aussi il sait à présent. Nous appelons cela la réincarnation. Dieu, dans son amour, nous accorde d'achever dans une nouvelle vie ce que nous n'avons pu faire dans la précédente.

— Cela ressemble à la métempsycose de Pythagore, que l'Église condamne aussi avec la plus grande fermeté.

— Les Esprits rejettent la transmigration de l'homme à l'animal, qui serait alors une régression. Quoi qu'il en soit, l'Église a toujours réprouvé comme l'œuvre du démon toute conviction non conforme à sa doctrine.

— Ni la raison ni la science ne peuvent discerner une vérité, vers laquelle seule une foi sincère et tolérante peut nous guider. Tu pratiques le bien et tu te confies en Dieu ; ce n'est donc pour moi qu'une affaire d'opinion. Pars sereine pour Paris ; mes prières t'accompagneront, pour que tu puisses trouver ce que tu cherches.

*

L'arrêt du fiacre la tira brusquement de sa torpeur. À travers la fenêtre, elle aperçut un immeuble cossu, richement orné de frises et agrémenté de petits balcons, dont les grilles en fonte aux motifs floraux étaient du plus bel effet. Elle descendit le marchepied avec prudence, sa jambe, lourde et engourdie, la faisant toujours boiter.

Éblouie par le soleil du soir, elle entrevit dans l'embrasure de la porte-cochère la silhouette familière de Gilbert, qui se dépêcha vers elle.

— Mère, soyez la bienvenue ! s'exclama-t-il avec joie, en posant la tête contre sa poitrine.

Elle le serra dans ses bras et passa une main affectueuse dans ses cheveux, roux et frisés comme ceux de son père, qu'il n'avait jamais connu, mais dont Marie-Ange lui avait parlé un jour, cédant à l'émouvante insistance d'un enfant innocent de la vie. Qu'elle aurait été ravie de voir son fils réussir ses études et se faire une situation à Paris ! Après le sevrage d'Irène, elle était rentrée au Mans chez ses parents, où elle s'était occupée d'eux et de Gilbert grâce à la pension ; quelques années plus tard, elle s'était finalement installée à Tours avec Tristan, son nouveau compagnon, un jeune menuisier qui veillait sur elle et le petit avec un amour sincère. Leur vie était modeste, mais ils formaient une famille heureuse. La guerre les avait rattrapés le 12 janvier 1871 ; Tristan ayant été tué lors des combats contre les Prussiens, Marie-Ange avait pris la fuite, en essayant de rejoindre à pied Angers. Épuisée par les privations et la phtisie, qui la consumait depuis des mois, elle s'était écroulée aux portes de la ville. Amenée au refuge, elle avait été reconnue par sœur Marie-Thérèse ; avec une émotion toujours vive, Mathilde se souvenait encore de son visage décharné, souillé par le sang de ses poumons. Juste avant de mourir, la jeune femme l'avait implorée de placer Gilbert chez des gens de bonne volonté, car il n'avait plus de famille, ses parents étant vieux et malades et Tristan ayant été abandonné à sa naissance dans un tour. Touchés de compassion, elle et Victor avaient obtenu de pouvoir recueillir l'enfant et le grandir comme leur propre fils. Élève appliqué, il avait brillamment décroché un diplôme d'ingénieur en juin 1883 ; le même jour, il avait demandé la main d'Irène. Sur un ton plaisantin, Victor avait alors feint le refus, en suscitant l'hilarité générale, parce que leur amour, qu'ils pensaient avoir caché jusque-là, ne faisait plus de doute depuis longtemps. Mathilde ne put retenir un petit rire, en se remémorant le bonheur de ces fiançailles improvisées.

— Est-ce la Ville Lumière qui vous met dans de si bonnes dispositions ? demanda Gilbert.

— Je suis ravie de retrouver mes nouveaux mariés et curieuse de tout savoir ! lui répondit-elle, en acceptant de bon cœur le bras qu'il lui offrait.

*

Abritées du soleil sous leurs ombrelles, Mathilde et Irène entouraient bras dessus bras dessous Gilbert, qui prenait un plaisir évident à jouer les chaperons en ce dimanche après-midi. Ils flânaient le long de la Seine, à la hauteur de l'île de la Cité, Mathilde ne se lassant pas d'écouter les récits enthousiastes de leur nouvelle vie à Paris. Gilbert était intarissable au sujet du chantier de la Grande Ceinture et avait même promis de lui montrer en semaine le tronçon duquel il était responsable ; Irène, de son côté, s'amusait à les impressionner avec les détails de ses cours d'anatomie et de physiologie à la Salpêtrière, si bien que Gilbert le premier devait la supplier de faire preuve de retenue. Il portait un beau costume trois-pièces sombre, la jaquette étant assortie au chapeau claque ; des gants clairs et une canne au pommeau d'ivoire ajoutaient au raffinement. Irène, dont la fraîcheur lui rappelait avec nostalgie sa jeunesse, avait délaissé les corsages austères et les crinolines au profit d'une soyeuse robe bleue, au décolleté discret et enrichi de délicates dentelles blanches ; la jupe, rehaussée à l'arrière par une tournure agrémentée d'un ruban en satin brodé, s'ajustait au corps sur le devant, en affinant gracieusement la silhouette. Elle avait abandonné aussi son habituel chignon bas et arborait de jolies frisettes, qui tombaient de chaque côté du visage en lui conférant, avec le chapeau garni de fleurs, un charme romantique.

— Il n'est pas de plus grand bonheur que de voir ses enfants connaître un heureux succès, se réjouit Mathilde, en posant sur eux un regard admiratif. Si père était avec nous, il ne saurait pas reconnaître ces élégants dans leurs belles toilettes parisiennes...

Elle se tut soudainement, en apercevant l'endroit où elle avait participé à sa première séance d'invocation, l'immeuble étant désormais vide et délabré. Troublée, elle eut une pensée vague pour Astolpho, qu'elle ne regrettait pas, et se demanda par contre qu'était devenu Francis Auger, dont l'aide providentielle avait tout permis.

— Mère, qu'y a-t-il ? s'inquiéta Gilbert.

— Ce n'est rien, le rassura-t-elle d'une petite voix, en restant évasive. J'ai juste trop présumé des possibilités de ma jambe.

Ils s'installèrent sur un banc, non loin de l'hôtel de ville, devant lequel des enfants jouaient avec des cerceaux, en poussant des cris de joie et de dépit, au gré des victoires et des défaites. En se souvenant de Louis en train de courir comme eux dans le jardin des plantes d'Angers, Mathilde décida enfin de leur dévoiler l'autre raison de sa venue à Paris.

— Mes chers, j'aimerais vous entretenir d'une chose qui me tient au cœur depuis longtemps. Je me suis tue jusqu'à aujourd'hui, parce que le bonheur de notre famille en dépendait.

— Votre essoufflement serait-il le signe d'une affection que vous nous cachez ? demanda Irène avec appréhension.

Mathilde sourit tendrement, touchée par sa sollicitude.

— Je vais bien, soyez sans crainte. Ce que j'ai à vous dire concerne Louis.

Ils ne purent retenir un geste de surprise, Irène surtout. Curieuse d'en savoir plus sur son frère, elle avait essayé à maintes reprises de la questionner à son sujet ; immuablement, elle refusait avec une douce fermeté, en lui répétant qu'il était inutile de raviver une douleur ancienne et qu'il fallait, bien au contraire, prier et œuvrer pour le bien, dans l'espérance de la vie future. En fait, elle ne parlait jamais de lui et tous à la maison évitaient de le faire en sa présence ; père lui avait expliqué qu'à l'époque, le chagrin l'avait tellement consumée qu'ils avaient craint de la perdre. Tous les douze mai et trois décembre, jours anniversaires de sa naissance et de sa mort, elle s'enfermait seule dans la bibliothèque pendant des heures, en parcourant les uns après les autres les livres préférés de Louis, dont elle lisait à voix haute certains passages, comme s'il pouvait encore l'entendre. Irène gardait un souvenir touchant de ses étranges journées. Dans le silence recueilli qui s'installait dans la maison, elle rejoignait Agnès à la cuisine, où elles commençaient par réciter ensemble le chapelet ; ensuite, elles parlaient de Louis jusque tard dans la soirée, Agnès étant ravie de chérir ainsi la mémoire de celui qu'elle pleurait toujours comme un fils.

— Je sais que tu as beaucoup prié pour lui, continua Mathilde, en devinant ses pensées. Je connais aussi ton attachement pour un frère que tu n'as pu aimer qu'à travers les récits de père et d'Agnès. Pardonne-moi de ne t'avoir rien dit, alors qu'il revenait à moi plus qu'à quiconque d'autre de l'évoquer et de le faire vivre dans ton cœur.

— Il n'y a pas pire malheur que celui d'une mère séparée pour toujours de son enfant. Je porte le plus grand respect pour votre courage et votre dignité. Malgré le deuil, vous m'avez choyée assidûment et de même vous avez accueilli Gilbert. Regardez, continua-t-elle en saisissant la main de ce dernier, il n'est pas de plus grande joie que celle que vous nous avez faite. Sans votre charité, nos âmes ne se seraient jamais rencontrées. Vous implorez un pardon dont j'ignore la faute.

— Je ne mérite point tes paroles flatteuses, car la véritable raison est que je savais Louis vivant. Il m'aurait été ainsi insupportable de parler de lui et, par la force des choses, d'évoquer sa mort, alors qu'il veillait sur nous. Le mien n'a pas été le courage d'une mère, mais la foi d'une croyante dans les Esprits bienveillants qui nous entourent et nous soutiennent.

— Est-ce que j'entends bien vos paroles ? s'étonna Irène.

— Il s'agit sans doute de personnes de bonne volonté, suggéra Gilbert, en levant les sourcils.

— Non, je parle bien des êtres du monde invisible. Si vous préférez, de nos âmes, éternelles et incorruptibles, que la mort libère de l'enveloppe périssable qu'est le corps.

Irène et Gilbert échangèrent un regard incrédule, en gardant un silence gêné.

— Je comprends votre surprise, reprit Mathilde. En son temps, ma confidence à père m'a valu son désaccord et surtout la condamnation de l'abbé Giralt.

— Le vieux prêtre au gros ventre ? demanda Irène, qui l'avait connu dans son enfance.

Mathilde ne put retenir un gloussement.

— Oui, en effet. C'est lui qui m'a contrainte au mensonge, sous peine d'excommunication. À ses yeux, j'étais au mieux une aliénée d'esprit, au pire un apostat et une nécromancienne. Rien n'a changé depuis, à l'instar de l'évêque de Barcelone, qui a fait saisir les livres de la doctrine et en a ordonné la destruction lors d'un autodafé public.

— La doctrine à laquelle vous faites référence serait-elle le spiritisme ?

Cette fois, ce fut Mathilde à être surprise ; elle acquiesça de la tête, tout en posant sur sa fille un regard interrogatif.

— Ici, tout le monde en parle et les adeptes sont nombreux, expliqua cette dernière. J'ai vu leur revue dans une devanture et nous en avons aussi discuté aux cours, s'agissant d'attribuer les supposées manifestations des esprits aux phénomènes physiologiques du somnambulisme.

— Voilà une révélation inattendue et troublante ! s'exclama Gilbert. Mais pourquoi une telle assiduité aux prières, si votre dévotion n'était que simulacre ?

— La liberté d'esprit et la tolérance que je te connais ne sont point l'apanage de l'Église. Il a fallu que je nous préserve du scandale.

— Je comprends à présent votre froideur avec l'abbé, quand il nous entretenait à la sortie de la messe, commenta Irène à mi-voix, l'air songeur. Mais, vous nous dites que Louis est vivant. L'avez-vous donc vu ?

— Même, je lui ai parlé. Je ne vous demande pas de vous en persuader ; ayez toutefois l'indulgence d'écouter le cœur d'une mère, dont la seule préoccupation a été celle de retrouver son fils.

Émue et soulagée comme déjà avec Victor, elle leur fit le récit de la rencontre sous l'érable et celui des séances, sans faire mention de l'enfant à secourir. Irène et Gilbert ne perdaient pas un mot, abasourdis de découvrir ses pratiques ésotériques insoupçonnées et les phénomènes extraordinaires auxquels elle prétendait avoir assisté.

— Vous avez aussi vu grand-père, souligna incrédule Irène, dès qu'elle eut terminé. Comment était-il ?

— Il s'est montré à moi tel que je l'avais connu de son vivant ; tout comme Louis, il était entouré d'une lueur douce qui se répandait sur moi et pénétrait jusqu'à mon cœur. Je me rappelle encore qu'il portait son haut-de-forme légèrement penché, ainsi qu'il en avait l'habitude.

— Ce qui aurait sûrement déplu à grand-mère...

Avec un sourire mélancolique, Irène pensa aux après-midi passés avec cette dernière dans son hôtel particulier aux abords d'Angers, où elle vivait seule depuis son veuvage. Elle lui parlait volontiers de grand-père, car ce souvenir lui était d'un grand réconfort. Un jour, elle lui avait raconté leurs douces querelles quotidiennes au sujet du chapeau, Bertrand s'amusant de son souci des convenances en le penchant toujours plus, au fur et à mesure qu'elle perdait patience. Après avoir ri de bon cœur, elle lui avait avoué avec tristesse que ses délicieuses taquineries lui manquaient plus que tout.

— Pourquoi avez-vous cessé les séances ? demanda Gilbert. L'abbé Giralt est mort depuis des années.

— En réalité, cela n'a rien changé, car je ne pouvais pas confier en son ancienne promesse de garder le secret. Il est vrai que l'abbé Vadnais semble être dans l'ignorance, mais je n'ai pas voulu nous mettre en risque, Louis même m'ayant de toute manière invitée à faire preuve de patience. Les communications avec les Esprits supérieurs ne sont point un passe-temps de société et il faut que leur motif soit toujours louable et vertueux.

— Toutefois, en dépit de votre promesse, des séances ont donc eu lieu à Angers, fit remarquer Irène.

— Elles ont été l'exception, rendues nécessaires par notre rencontre en rêve. À contrecœur, j'ai été obligée d'en faire mystère à père, d'abord par crainte qu'il m'en empêche et ensuite pour ne pas le désoler avec l'aveu de mon mensonge.

— Est-il toujours dans l'ignorance ?

— Il ne l'a jamais été ! Quoiqu'il m'ait vue en compagnie du médium, par un coup de hasard, il a fait le choix de respecter ma foi et s'est à son tour imposé le silence, pour ne pas me causer de la peine. Désormais, je lui ai tout dit, si bien que le passé ne peut plus nous embarrasser. Je retrouve donc Paris avec sa permission, loin des blâmes et à l'abri du scandale.

— Mère, demanda Gilbert avec un sourire entendu, la femme, avec qui vous êtes en connaissance et que vous envisagez de visiter pendant votre séjour, serait-elle le médium dont vous nous entretenez ?

— Je m'apprêtais à vous l'annoncer à l'instant. Je compte en effet la voir, ainsi qu'elle l'avait jadis prédit à mots couverts.

— Allez-vous tenter de parler à Louis ?

Emportée par son enthousiasme, Irène se ravisa aussitôt.

— Je suis sotte, car cela va sans dire… Mère, me permettrez-vous d'y participer ?

Mathilde, qui n'avait pas envisagé cette possibilité, la regarda d'un air grave.

— Les séances sont ouvertes à toute personne de bonne volonté. Je le répète, il ne s'agit pas d'un divertissement auquel l'on se livrerait par goût de la nouveauté. La démarche doit être honnête et commander le respect et le recueillement, car toute mauvaise foi ou divergence dans les idées favorise la substitution des Esprits inférieurs aux bons.

— Soyez-en rassurée. Certes, mes intentions ne sont pas celles d'une initiée, mais procèdent toutefois des méthodes de la science, qui se borne à chercher les vérités positives sans préjugés. Ainsi, je prierai avec sincérité pour Louis et je ne serai nullement un obstacle pour vous.

Mathilde acquiesça de la tête avec un sourire attendri, en reconnaissant dans ses paroles les pensées libérales de Victor.

— Ce sera alors avec plaisir. Et qui sait si les manifestations que tu pourras constater te convaincront de leurs conséquences morales ?

Elle se tourna vers Gilbert, qui les écoutait en silence.

— Mon bien-aimé, vois-tu un inconvénient à ce qu'Irène assiste à une séance que l'Église réprouve ?

— Aucunement. Mes deux pères m'ont appris à chérir la liberté, le premier en mourant pour elle et le second en m'offrant celle de la connaissance. La foi que je professe n'offusque pas pour autant mon discernement. Vous m'avez dit un jour, votre bible à la main, que toute croyance, lorsqu'elle est sincère et ne porte pas à faire du tort à son prochain, est respectable ; j'ai alors compris que le salut ne vient pas de l'obéissance aveugle aux dogmes, mais de la pureté de notre âme.

Mathilde ne put retenir un gloussement, en jetant sur eux un regard embarrassé.

— Mère, qu'ai-je dit qui vous amuse tellement ?

— Ce ne sont point tes belles paroles la cause de mon rire, mais le souvenir d'un stratagème qui semblait jadis nécessaire et qui se révèle aujourd'hui dérisoire et inutile. Veuillez pardonner mon inconvenance, dont vous comprendrez l'excuse quand je vous aurai parlé de ma bible. Mais pour l'heure, c'est assez d'évoquer le passé ; votre mère, qui est curieuse de votre bonheur, aimerait savoir si le ciel s'est décidé à bénir votre famille.

Elle avait prononcé les derniers mots en pensant à ce que Louis lui avait laissé entendre en secret. Surprise par la question, Irène baissa les yeux, les joues empourprées.

— Mesdames ! s'exclama de son côté Gilbert sur un ton badin. Il est des conversations auxquelles un gentilhomme ne peut pas prendre part. J'aperçois au loin la terrasse d'un café ; si vous me l'accordez, je vais disposer pour que des crèmes glacées nous y soient servies.

Sans attendre, il se leva promptement et fit la révérence, en s'éloignant d'un pas rapide.

— Rejoignez-moi à votre commodité ! leur lança-t-il plein d'entrain, en redressant d'une main le haute-forme et en faisant tournoyer la canne de l'autre.

23.

Angers, 11 mars 1969

D'un geste spontané, Nathalie leva son verre avec un regard complice et proposa un toast à leurs amours.

— Oh ! Veuillez m'excuser, se ravisa-t-elle aussitôt, en se rappelant ce qu'elle avait appris au sujet de Thierry.

Ce fut alors Ela qui entrechoqua leurs verres avec un sourire bienveillant. Elle se doutait des raisons de son trouble, tout en s'en étonnant, car elle connaissait la réserve d'Hugues, qui n'aurait jamais parlé à d'autres de souvenirs qu'ils évitaient eux-mêmes d'évoquer.

— Savez-vous déjà ce qui s'est passé à l'époque ?

Nathalie baissa les yeux, l'air gêné.

— Pierre et moi, nous étions curieux de connaître l'histoire du portrait. Hugues nous a seulement dit que votre ancien compagnon était le petit-fils de Mathilde et qu'il est mort en déportation.

— Il a bien fait de vous en parler, la rassura Mathilde. Thierry mérite bien cet hommage.

— Que faisiez-vous au château ?

— J'y étais stationnée avec mon unité ; Thierry, qui était notre boulanger, nous amenait tous les jours le pain, avec sa fourgonnette. À chacune de ses venues, il trouvait un prétexte pour me rendre visite à l'infirmerie du campement. Nous nous sommes aimés dès le premier instant, passionnément. C'était complètement irréfléchi, mais la guerre pousse les gens à ne pas se poser trop de questions, car personne n'est sûr du lendemain.

Elle but une gorgée de vin, pour dissimuler la rougeur qu'elle sentait monter à ses joues. Puis, sans mot dire, elle se dirigea vers le secrétaire et sortit d'un tiroir caché une petite photo rapiécée avec du ruban adhésif.

— Décidément, je ne sais pas ce qui m'arrive ce soir, lui dit-elle en revenant, visiblement très émue. Vous êtes la première personne à qui je la montre. Même Hugues ne la connaît pas, parce que je n'ai pas voulu lui faire de la peine. Elle a été prise le jour de l'inauguration de la boulangerie, le 23 octobre 1926.

Le cliché, très abimé, était resté plié en deux longtemps et avait fini par se déchirer. Nathalie reconnut néanmoins la façade externe de l'immeuble, qui avait très peu changé, l'enseigne *Boulangerie Saint-Maurice*, peinte en jolis caractères liés, étant toujours la même. Thierry se tenait debout sur le pas de la porte, presque au garde-à-vous, la figure élancée et la tête haute. Il était tout de blanc vêtu et portait bien enfoncé sur le front un calot, duquel s'échappaient quelques mèches rebelles. Une craquelure effaçait partiellement son visage, mais l'on devinait des traits fins et une expression souriante, soulignée par une moustache en petites pointes.

— Mon grand-père en avait une semblable, qu'il torsadait régulièrement avec de la cire, commenta Nathalie.

— Quand je l'ai connu, il ne la portait plus, mais j'avoue que cela lui donnait un genre. Irène m'a raconté que, ce jour-là, il ne tenait plus en place, fier de pouvoir finalement poser devant son propre commerce, qu'il avait installé dans les locaux de l'ancien cabinet médical. Bien que très attaché à sa mère, qui l'avait élevé seule après la mort de Gilbert, il avait un caractère très indépendant; c'est d'ailleurs pour acquérir au plus vite son autonomie qu'il a entrepris un apprentissage.

— Pourquoi la boulangerie ?

— Parce qu'il voulait faire quelque chose de bien avec ses mains, comme il aimait répéter. Dès le début, tout d'abord comme apprenti et ensuite comme commis, il a mis de l'argent à côté, en refusant obstinément l'aide financière de sa mère, qui pourtant n'était pas dans le besoin. Il tenait absolument à réussir seul.

— L'enseigne est toujours la même. Est-ce que le magasin appartient encore à la famille ?

— Non, Irène l'a vendu à la fin de la guerre... dès que nous avons su qu'il ne reviendrait plus.

Elle termina la phrase en passant ses doigts sur le visage de Thierry.

— Je suis navrée pour vous, compatit Nathalie. Je comprends mieux pourquoi cet endroit vous retient.

— Il ne s'agit pas que de Thierry. J'ai perdu aussi Hyacinthe, notre fils.

Nathalie écarquilla les yeux.

— J'ignorais que vous aviez un enfant.

— Il est né le 3 mai 1940, véritable fruit de la passion qui nous dévorait. Nous n'étions pas mariés, mais c'était la guerre et la seule chose qui comptait était notre amour.

— C'est ce que dit Pierre aussi : l'amour n'est pas une question de contrat. Moi, je ne sais pas trop ; c'est quand même beau une robe de mariage…

La candeur touchante de la jeune femme la fit sourire.

— Vous avez la chance de ne pas avoir connu la guerre. En tout cas, nous étions aux anges, Irène surtout. Âgée de quatre-vingts ans, elle ne pensait plus devenir un jour grand-mère. C'est elle qui nous a dit d'attendre pour le mariage, car elle ne voulait pas d'une cérémonie vite expédiée, qui plus est sous les bombardements. Elle nous a accueillis ici les bras ouverts, l'armée m'ayant accordé la permission spéciale de rejoindre ma famille tous les soirs.

— Hyacinthe... C'est un joli prénom, plutôt rare.

— Je sais. Thierry en voulait un plus commun, mais j'ai insisté pour rendre hommage au saint patron de Cracovie, ma ville natale.

— J'imagine que s'occuper d'un bébé dans de telles circonstances n'a pas dû être facile.

— Je vais vous étonner, mais pendant quelques semaines nous avons joui d'un bonheur parfait, loin des combats, comme si la guerre s'était arrêtée pour nous... Mais cela n'a pas duré. Quand les Allemands ont envahi la France, en juin 1940, le gouvernement polonais a décidé de se réfugier à Londres et j'ai donc dû suivre mon unité. J'étais si désespérée de devoir les quitter, que j'ai même songé à déserter. Thierry m'en a empêchée, car c'était trop risqué. Le 14 juin, juste avant notre départ, il m'a accompagnée à Pignerolle une dernière fois, en me promettant en pleurs de me retrouver à Londres, dès que possible. Je les ai embrassés éperdument puis la fourgonnette s'est éloignée en cahotant, dans un nuage de poussière. Je ne les ai plus revus...

Elle marqua une pause, en fixant les braises, qui achevaient de se consumer en plongeant la pièce dans une pénombre rougeâtre.

— Qu'est-il advenu d'eux ?

— Avec les Allemands qui approchaient, il était désormais trop dangereux de rester à Angers. Après l'armistice du 22 juin, Thierry a décidé de se réfugier chez une cousine, qui vivait à Limoges, en zone libre.

— Et Irène ?

— Il a tout fait pour la convaincre de le suivre, mais elle a refusé, se sentant trop faible pour se joindre à l'exode. Elle disait qu'elle ne craignait pas l'occupation et qu'elle préférait au contraire garder la maison, pour que nous pussions nous retrouver ici en des temps meilleurs. Pauvre Irène, elle a regretté cette décision jusqu'à sa mort.

— Que s'est-il passé ?

— Thierry a quitté la ville au petit matin du 24 juin. À une trentaine de kilomètres au nord de Poitiers, il a été ralenti par une colonne de réfugiés, en essuyant ainsi une première attaque des stukas allemands. Il savait qu'ils allaient revenir et qu'il fallait à tout prix s'éloigner de la route. La dernière chose dont il se souvenait, c'était d'avoir pris dans ses bras Hyacinthe, qui dormait dans un couffin, et d'être descendu de la fourgonnette, juste au moment où les avions piquaient à nouveau. Une bombe l'a soufflé, en le blessant à la tête. Le lendemain, il est revenu à lui chez des fermiers qui l'avaient secouru ; c'est alors qu'il s'est rendu compte avec horreur que Hyacinthe n'était pas avec lui. Il est retourné sur place, mais personne n'avait vu de nourrisson, même pas parmi les morts, que les gens avaient enterrés sommairement. Malgré les attaques incessantes, il l'a cherché pendant des jours, en sillonnant désespéré tous les villages de la région. Début juillet, la mort dans l'âme, il a dû se résoudre à rentrer à Angers, qui avait été entre-temps occupée. Irène m'a dit qu'elle ne l'a presque pas reconnu. Il était dans un état pitoyable, sale, affamé, écrasé par le chagrin. Depuis ce jour-là, il n'a plus été le même ; malgré les attentions de sa mère, il restait cloîtré dans sa chambre à longueur de journée, sans rien dire, les yeux hagards. Et moi, pendant ce temps, je les croyais en sécurité à Limoges ; avec la Kommandatur installée en ville, nous n'avions en effet aucun moyen de communiquer. Début 1941, Thierry s'est soudainement remis de sa dépression et a décidé de rouvrir la boulangerie, Irène ne tardant pas à comprendre qu'en fait, il venait de rejoindre la résistance, les livraisons de pain servant de couverture à son activité d'agent de liaison. C'est à cette époque que j'ai appris ce qui s'était passé, grâce aux contacts entre Londres et les résistants ; j'ai cru devenir folle à mon tour et c'était d'autant plus terrible que je ne pouvais rien faire. J'ai tout essayé pour regagner la France ; je me suis même portée volontaire pour des actions clandestines, mais j'ai essuyé un refus, car je n'étais pas une combattante.

— À vous entendre, vous pensiez qu'il était toujours vivant...

— Je le pense encore aujourd'hui, même si je sais qu'il s'agit du fantasme d'une mère qui ne veut pas accepter la mort de son enfant. Vous comprenez maintenant : ce n'est pas seulement le souvenir de notre bonheur qui me retient ici, mais aussi le fol espoir qu'il puisse un jour retrouver le chemin de la maison.

— Comment un nourrisson a-t-il pu disparaître sans laisser de trace ?

— Je ne sais toujours pas, malgré tout ce que j'ai entrepris. À la libération, j'ai tout de suite quitté Londres et l'armée pour m'installer chez Irène. Je me suis rendue plusieurs fois sur les lieux du bombardement. Comme Thierry avant moi, j'ai sillonné tous les villages et frappé à toutes les portes. J'ai cherché dans les registres des hôpitaux et même dans ceux des cimetières, en priant le Seigneur pour qu'il me fasse au moins la grâce d'une tombe sur laquelle pleurer. J'ai aussi visité tous les orphelinats de la région et j'ai écrit pendant des années aux organisations s'occupant des pupilles, sans jamais trouver le moindre indice. J'étais désespérée, seule, dans un pays que je connaissais à peine ; sans la foi et mon travail à l'hôpital, j'aurais sombré dans la folie.

— Et Thierry ?

— Si seulement il m'avait écoutée. Depuis Londres, je l'avais pourtant supplié de faire attention. Mais il était mû par la vengeance et multipliait les actions, en prenant tous les risques. Au début, il ne transmettait que des messages ou des tracts antinazis, mais très vite il a commencé à transporter les armes et les explosifs, en prenant part aux attaques. Il a été fait prisonnier en janvier 1944 et écroué à la maison d'arrêt du Pré-Pigeon, où il a été torturé pendant des semaines. Malgré son âge avancé, Irène se rendait tous les jours devant la porte et implorait les geôliers de la laisser entrer. Elle ne l'a plus revu non plus, Thierry ayant été finalement transféré à Compiègne et déporté à Buchenwald avec le convoi du 12 juin. Des résistants rescapés nous ont appris par la suite qu'il n'a jamais parlé sous la torture...

Elle se tut un instant, en se disant qu'elle ne pouvait pas révéler à Nathalie ce qu'elle avait jusque-là caché à Hugues, même si cela n'avait plus tellement d'importance.

— Il a succombé à l'épuisement quelques semaines après son arrivée au camp, reprit-elle, en détournant le regard. Irène ne s'en est jamais remise ; elle restait des heures entières assise dans son fauteuil, ici, à côté de la cheminée, absorbée dans la lecture de ses carnets, surtout ceux où elle racontait ses années heureuses avec Gilbert et Thierry. Elle est morte dans son sommeil en février 1946, en me léguant tout, car j'étais désormais la seule famille qui lui restait.

Elle se leva et s'approcha de la paroi qui faisait face aux baies vitrées.

— C'est ici qu'était accroché le portrait de sa mère, reprit-elle, en désignant du doigt l'endroit, situé juste à côté de la porte qui donnait sur le couloir. Je me rappelle encore le jour où elle m'a demandé de la rejoindre au pied du tableau, en me faisant prêter serment de ne jamais m'en séparer.

— Est-ce qu'elle vous a dit pourquoi ?

— Elle m'a seulement expliqué qu'elle avait promis à son tour à Mathilde et que c'était très important que nous respections ses volontés, même si nous ne les comprenions pas. Après m'avoir fait promettre aussi pour le collier et la broche, elle m'a confié avec beaucoup d'émotion ses carnets. Elle m'a prié avec insistance de les conserver précieusement, tout comme les anciens livres.

— Tout ceci a dû vous sembler plutôt étrange...

— À vrai dire, j'étais tellement accablée par la douleur, que je n'ai pas prêté beaucoup d'attention à celles que j'avais considérées comme les lubies d'une vieille dame frappée comme moi par la tragédie. Après sa mort, j'ai tout rangé dans une armoire et je n'y ai plus pensé pendant des années. C'est seulement à l'arrêt de mes recherches que j'ai eu envie de lire les carnets, surtout ceux qui parlent de l'enfance de Thierry ; nous avons eu très peu de temps pour nous connaître et les récits d'Irène m'ont été d'un grand réconfort. Bien sûr, j'ai été étonnée par ces histoires d'esprits, mais je me suis dit qu'il s'agissait de croyances superstitieuses du siècle passé ; en tout cas, je n'ai pas fait le lien avec le tableau et jamais je n'aurais imaginé que tout ceci allait prendre de telles proportions aujourd'hui.

Elles terminèrent leurs verres en silence.

— Je ferais mieux de me coucher, annonça Nathalie d'une voix fatiguée. Demain, il faut que je parte tôt pour récupérer Pierre et rentrer avec lui à Charleroi, où sa mère nous attend en fin d'après-midi. Je tiens à vous remercier de tout cœur. J'ai passé une très belle journée et cette soirée... est spéciale pour moi aussi. Je ne m'étais jamais confiée ainsi.

— Moi non plus... À part Hugues, vous êtes la seule personne à qui j'ai pu raconter mon histoire. Étrangement, j'éprouve pour la toute première fois un profond soulagement. Promettez-moi de revenir...

D'un geste affectueux qui surprit Nathalie, elle lui souhaita la bonne nuit en l'embrassant sur le front.

*

Reims, quelques heures auparavant

—... ça alors... D'accord, je te laisse. Passez une bonne soirée... Écoute, je pense rentrer jeudi, sauf imprévu. Je dois reconnaître que Leal se débrouille tout seul comme un chef... Oui, moi aussi ! Allez, gros bisous. Salue Nathalie de notre part.

Hugues raccrocha et se dépêcha vers l'atelier, où Pierre continuait à peindre dans la plus grande concentration.

— Désolé, s'excusa-t-il, en reprenant place sur le tabouret sur lequel il posait. Ela vient de m'apprendre que Nathalie reste pour la nuit chez elle et nous rejoint demain matin. Elles ont fouillé tout l'après-midi dans les anciens livres et n'ont pas vu le temps passer...

Tanguy s'approcha et lui parla à voix basse.

— Je ne pense pas qu'il t'entende. Il ne s'est même pas aperçu de ton absence. Le voir à l'œuvre me fascine toujours ; par moments, il peint les yeux fermés...

À leur réveil déjà, Pierre était apparu taciturne et distant. Nathalie ne s'en était pas trop inquiétée, car cela lui arrivait souvent, surtout après une nuit trop courte. Tanguy, de son côté, avait fait remarquer qu'il s'enfermait dans sa bulle surtout lorsqu'il s'apprêtait à commencer un nouveau portrait ; il avait donc demandé à Hugues s'il gardait toujours un chevalet et quelques toiles vierges, au cas où.

— Je pense que ce sont tes révélations sur son ami imaginaire qui l'ont mis dans un tel état, continua-t-il. Il m'en a encore touché un mot hier soir, avant de se coucher, en proie à une sourde inquiétude. Figure-toi qu'il doute même de son don artistique, en l'attribuant à ceux qu'il appelle désormais ses visiteurs nocturnes.

Hugues garda le silence, le fait de parler de Pierre comme s'il n'était pas dans la pièce le mettant mal à l'aise.

— Ne t'en fais pas, le rassura Tanguy, en remarquant son embarras. Tu verras, quand il reviendra à lui, ce sera comme s'il se réveillait. Des fois, il lui arrive même de me demander quel jour nous sommes.

— Que lui as-tu répondu ?

— Que je n'en sais rien et qu'il ne faut pas se laisser impressionner par des histoires invraisemblables. J'ai surtout essayé de le calmer. Pendant toutes ces années, j'ai dû faire preuve de persévérance pour le convaincre de son talent et voilà qu'une vieille dame et son enfant descendent du ciel et remettent tout en question...

Hugues comprit à sa voix excédée qu'il se faisait du souci pour lui.

— Est-ce que c'est toi qui lui as suggéré de peindre mon portrait ?

— Non, mais quand il m'en a parlé tout à l'heure, je lui ai répondu que c'était très bien, déjà pour passer à autre chose.

— Est-ce qu'il t'a dit pourquoi ? Je suis bien sûr flatté, mais quand tu m'as demandé pour les toiles, je ne m'attendais pas à ce qu'il me propose de lui servir de modèle.

— Il m'a juste laissé entendre qu'il s'est levé ce matin avec cette idée dans la tête...

Pierre recula de quelques pas, en regardant autour de lui l'air confus. Tanguy le débarrassa du pinceau et l'aida à s'assoir sur une chaise ; rassuré de le voir s'assoupir, il fit alors signe à Hugues de le rejoindre vers le tableau.

— Eh bien, c'est plutôt lugubre, lui dit-il sur un ton amusé.

Hugues se figea sur place, la stupéfaction se lisant sur son visage. Ce n'était encore qu'une ébauche, mais la composition du portrait était déjà reconnaissable. Comme il s'y attendait, il était représenté assis sur un rocher, en buste de trois quarts, la tête penchée en arrière, habillé d'un costume sombre, le borsalino et le nœud papillon lui conférant l'élégance discrète à laquelle il tenait. Quelques coups de pinceau parfaitement maîtrisés rendaient comme d'habitude son regard particulièrement expressif, doux et triste à la fois. C'était l'arrière-plan qui le laissait sans voix.

— Qu'est-ce que c'est ? L'enfer que tu mérites pour tous tes péchés de jeunesse ? ironisa Tanguy.

Hugues n'en revenait toujours pas et continuait à fixer ébahi le tableau. Derrière le rocher s'étendait une vaste plage, qui se perdait à l'horizon dans une mer calme ; près de lui, gisaient dans le sable un crâne humain, avec un trou béant à son sommet, ainsi qu'un dragon agonisant, transpercé par une longue épée, autour de laquelle s'enroulait une lanière en maroquin bleu.

— Ce n'est pas l'enfer, répondit-il enfin. Bien au contraire, le tableau raconte le plus beau jour de ma vie.

— Alors là, tu me dois une explication !

— Le crâne est celui de saint Aubert, qui a fondé le mont Saint-Michel...

— L'archange Michel, bien sûr, qui a tué le dragon avec son épée. Mais pourquoi le trou dans le crâne ?

— Selon la légende, l'archange est apparu à saint Aubert à plusieurs reprises, pour l'inciter à ériger une église à l'emplacement actuel de l'abbaye. Finalement, afin de le convaincre de la véracité des visions, il aurait appuyé son doigt sur son front, en y laissant une empreinte. Mais, peu importe, ce qui compte est que tout ceci renvoie à l'endroit où j'ai rencontré Ela pour la première fois.

— En avais-tu parlé à Pierre ?

— Bien sûr que non, d'où ma surprise. Je comprends mieux pourquoi ses modèles sont souvent bouleversés, car c'est comme s'il pouvait lire dans tes pensées.

— Pierre aurait donc en quelque sorte ressenti que ce lieu a une signification particulière pour toi. Il y a néanmoins un détail qui m'étonne…

— Crois-tu ? l'interrompit Hugues, en pouffant.

— Quand j'étais étudiant, j'ai réalisé un saint Michel, mais l'iconographie de laquelle je me suis inspiré ne comporte pas la lanière autour de l'épée.

— Il y a seulement quelques minutes, je n'aurais pas su te répondre, mais Ela vient de m'en parler au téléphone. C'est ce qu'elle a découvert dans le livre de Plutarque : à ne pas en douter, il s'agit de la représentation imagée d'une scytale, un dispositif utilisé dans l'antiquité pour transmettre les messages secrets...

Hugues n'avait pas terminé sa phrase, que Pierre bondit vers eux, les yeux grands ouverts.

— Scytale ! C'est le drôle de mot qui revenait tout le temps !

24.

La grande salle de cours baignait dans la lumière du soleil, qui filtrait à travers ses larges baies vitrées ; sur les gradins, les étudiants se pressaient déjà, en discutant entre eux à voix basse, les hommes habillés en noir et les femmes arborant d'élégantes robes à tournure. Irène avait trouvé place dans les derniers rangs et attendait impatiente, en saluant de la tête ceux de la faculté qu'elle connaissait. Assise à ses côtés, Mathilde était encore sous le coup de la surprise de se trouver à un endroit si prestigieux et regardait tout autour d'elle l'air émerveillé. Au réveil, Irène l'avait invitée de manière quelque peu mystérieuse à une promenade matinale ; ce n'était qu'aux portes de l'hôpital de la Salpêtrière, pressée par ses questions, qu'elle lui avait enfin révélé qu'elles allaient assister à une des leçons du professeur Charcot, ouvertes au public et fort courues par le Tout-Paris.

Les conversations cessèrent soudainement ; plutôt trapu, la soixantaine bien portée, les cheveux mi-longs coiffés en arrière et le nœud papillon parfaitement ajusté, le professeur fit son entrée, en saluant l'assemblée d'un ton courtois et en priant quelques retardataires de prendre place. Mathilde le regarda admirative et quelque peu intimidée, Irène lui ayant parlé avec enthousiasme de cet éminent médecin, titulaire de la chaire de clinique des maladies du système nerveux, neurologue et psychiatre de renom, qui faisait figure de référence entre autres pour ses traités sur l'hystérie et l'hypnose. Après une brève introduction, il fit signe à son assistant d'ouvrir une porte, dans l'embrasure de laquelle apparut la silhouette frêle d'une femme âgée d'une vingtaine d'années, dont les cheveux noirs tombaient en désordre sur une longue chemise blanche. Dans un silence profond, soutenue par deux infirmiers, elle avança pieds nus vers une chaise disposée devant l'auditoire, sur laquelle elle s'assit avec un soupir plaintif. Apathique, les yeux rivés au sol, elle ne manifesta aucune réaction à l'accueil aimable du professeur, lequel reprit sans tarder ses explications, en évoquant les grandes attaques hystériques, les états crépusculaires, les crises cataleptiques et les amnésies paroxystiques. Mathilde avait de la peine à suivre, mais écoutait néanmoins attentivement, fascinée par son éloquence et captivée par la mise en scène troublante, les deux infirmiers à la carrure imposante se tenant debout des deux côtés de la patiente, les bras croisés et les visages impassibles. Elle posa un regard perplexe sur Irène, qui la rassura d'un petit sourire, elle aussi attendant avec fébrilité la démonstration annoncée. Finalement, le professeur se tut et s'approcha de la malade, en l'invitant d'un geste délicat de la main à tourner la tête dans sa direction et à fermer les yeux, ce qu'elle fit avec docilité. Il appliqua avec les pouces une légère pression sur ses paupières, ce qui la plongea dans un sommeil profond ; au même moment, l'assistant sortit de sa poche un petit gong, qu'il fit résonner près de ses oreilles, le corps de la jeune femme se raidissant immédiatement. Ainsi déstabilisée, elle glissa de la chaise, les infirmiers accompagnant sa chute pour éviter toute blessure. Devant une assemblée déconcertée, elle arrêta de respirer, son visage se tordant en une grimace horrible. Brusquement, elle s'arc-bouta dans un spasme douloureux puis fut saisie de violentes convulsions, qui rappelèrent à Mathilde l'attaque d'épilepsie de laquelle elle avait été témoin un jour sur la place du marché. Au grand soulagement de tous, la crise se calma aussitôt, la jeune femme donnant maintenant l'impression de dormir paisiblement, allongée sur le sol. Alors que tout semblait fini, elle eut un soubresaut aussi soudain qu'inattendu et se mit debout, les jambes écartées dans une position impudique, en dévisageant tout le monde avec des yeux hallucinés et en les pointant les uns après les autres d'un doigt accusateur. Incapable de soutenir son regard brûlant, Mathilde baissa la tête, un hurlement assourdissant se faisant entendre au même moment ; c'était un cri de fureur, rauque et puissant, si brutal qu'elle eut un mouvement de recul et se demanda comment une telle force animale pouvait surgir d'un corps si chétif. La jeune femme fixa un point au plafond et leva les bras dans un geste de supplique, en penchant de plus en plus la tête en arrière, au fur et à mesure qu'elle arquait son dos. La terreur peinte sur son visage, elle garda cette position grotesque pendant de longues secondes, sans quitter des yeux son horrible hallucination. Ses cris se muèrent progressivement en gémissements plaintifs et ses muscles se relâchèrent peu à peu, en la faisant vaciller ; aidée par les infirmiers, elle s'affala sur la chaise et ne bougea plus, l'air épuisé. Mathilde se tourna vers Irène, en espérant que la démonstration touchât à sa fin, mais la patiente se leva à nouveau et regarda le plafond avec un sourire béat, comme si la terrible vision de tout à l'heure venait de se transformer en une apparition angélique. Perdue dans une contemplation extatique, elle rassembla ses cheveux sur un côté et les laissa tomber lascivement le long de sa poitrine, en les caressant d'un geste sensuel. L'assistant fit alors signe aux infirmiers de la reconduire dans sa chambre ; réveillée par le son du gong, elle les suivit sans mot dire, le regard à nouveau hagard. Une fois la porte refermée, un brouhaha général s'éleva, tout le monde y allant de son commentaire ; le professeur Charcot demanda le silence, pour pouvoir aborder la catalepsie et les attitudes passionnelles, dont il venait de montrer les manifestations cliniques. Irène profita de la confusion pour quitter discrètement la salle avec Mathilde, cette dernière, très impressionnée, lui ayant chuchoté à l'oreille qu'elle avait besoin de prendre de l'air. Elles rejoignirent le jardin de l'hôpital et longèrent lentement les allées en direction de la chapelle Saint-Louis.

— Je pense avoir deviné ton intention.

Mathilde avait parlé sur un ton affable, en rompant le silence gêné qu'elles gardaient depuis tout à l'heure.

— J'espère que la démonstration ne vous a pas trop dérangée, s'inquiéta Irène, tout en l'invitant à s'asseoir sur un banc. J'aurais dû faire preuve de prudence.

— J'avoue qu'elle m'a donné une vive émotion, mais je te suis reconnaissante de m'avoir permis d'assister à une de ces illustres leçons. Ma fille, continua-t-elle sur un ton résolu, sous-entends-tu

374

que les médiums et avec eux les spirites sont tous victimes de frénésie ?

Irène baissa les yeux, embarrassée par une question à laquelle elle s'attendait pourtant. Elle ne voulait pas causer de la peine à sa mère, en mettant en doute sa conviction d'avoir parlé à Louis, mais en même temps elle tenait à lui éviter les désillusions amères des fausses croyances.

— Le récit de vos séances m'a en effet rappelé les états somnambuliques de nos malades, répondit-elle enfin, en mesurant ses mots. Vous venez d'être témoin de symptômes hallucinatoires si puissants, qu'à notre tour nous avons été la dupe du délire sensoriel de la jeune femme, nos regards se levant dans la même direction que le sien.

Mathilde lui sourit doucement.

— Tes paroles ne me surprennent pas. Notre doctrine connaît beaucoup de détracteurs, qui persistent à contester l'existence des Esprits malgré ce que ces derniers ont démontré jusqu'à l'évidence. Il y a ceux qui nient obstinément, en invoquant le charlatanisme et la folie ; d'autres, tout en les admettant, voient dans les phénomènes l'action de causes physiques comme le fluide magnétique. D'autres encore prétendent que les communications ne sont qu'une sorte de reflet de l'âme des participants à la séance. Mais comment expliquer autrement que par l'œuvre incessante des Esprits supérieurs l'élévation intellectuelle, morale et spirituelle d'enseignements parfois transmis par des médiums illettrés à des personnes qui n'ont point plus d'instruction ?

— J'ai vu des malades parler une langue dont ils n'avaient pas connaissance ou exceller dans les mathématiques sans n'avoir jamais appris le calcul ; la cause en est l'état somnambulique, qui induit en eux une sorte d'exaltation des fonctions du cerveau. Mais, je reconnais volontiers qu'il manque à l'analyse de ces phénomènes un examen rigoureux et qu'on ne saurait se satisfaire d'un parti pris.

Le visage de Mathilde s'illumina.

— Ma fille, tu es bien avisée de rejeter les idées préconçues ! N'oublions pas qu'il fut un temps où l'on appelait l'exorciste plutôt que le médecin.

— C'est vrai. Le refus d'appliquer les méthodes de la science à ce qui encore dépasse notre entendement n'est qu'une sotte présomption de gens orgueilleux, lesquels nous privent ainsi de la connaissance du vrai.

— Et ma rencontre avec Louis ? insista Mathilde. Comment alléguer l'hystérie, alors que j'étais à l'agonie ?

Irène se leva et aida Mathilde à en faire autant.

— Je l'ignore, mère, répondit-elle avec douceur. À ce propos, allons rendre grâce au Seigneur de ne pas avoir fait de moi une orpheline dès mes premiers vagissements.

Bras dessus bras dessous, elles reprirent leur chemin et franchirent bientôt le portail de la chapelle.

*

Paris, 30 mai 1884

L'immeuble à la rue Rameau avait été rénové à grands frais et n'avait plus rien à voir avec le taudis qui l'avait jadis accueillie. Mathilde traversa rapidement la petite cour intérieure et s'arrêta sitôt la porte franchie, pour reprendre son souffle.

— Tout va bien, mère ?

La question d'Irène résonna en échos dans le silence de la cage d'escalier.

— Ne t'inquiète pas. J'attends ce moment depuis si longtemps que je tressaille d'un bonheur trop intense pour mon cœur fatigué.

Prévenue par leurs voix, Sophie se pencha par-dessus la rambarde du deuxième étage ; en voyant Mathilde, elle poussa un cri de joie et se pressa à sa rencontre.

— Ma chère amie, lui dit cette dernière après une longue accolade, permettez-moi de vous présenter ma fille, dont je vous ai parlé dans ma lettre.

— C'est pour moi beaucoup d'honneur de faire votre connaissance, se réjouit Sophie. Madame votre mère n'a pas de mots assez élogieux à votre égard, trop heureuse de vous voir parmi les premières femmes à accéder à la faculté.

Irène rougit, en posant sur elles un regard confus.

— Vous me flattez. Je n'en suis qu'à mon premier apprentissage et je dois encore me montrer à la hauteur de la rigueur et de la discipline qu'exige une telle ambition.

— Cela vous étonnera peut-être, mais je reçois la visite de nombreux de vos confrères. Ces éminents savants, sans être nécessairement des adeptes de la doctrine, ils en utilisent cependant les connaissances et les méthodes pour étudier l'action de l'esprit sur le corps. Aurai-je un jour le plaisir de vous compter parmi eux ?

— Je n'en doute point ! s'exclama Mathilde avec transport. Les phénomènes auxquels j'ai assisté à la Salpêtrière me persuadent qu'un jour les lois physiques rencontreront les lois morales de la science spirite et que nous comprendrons enfin les véritables causes de manifestations qui nous paraissent aujourd'hui inexplicables.

— En tout cas, les gens s'intéressent de plus en plus à nos séances, ajouta Sophie à l'adresse d'Irène. Certes, les personnes frivoles et les détracteurs sont toujours aussi nombreux, mais le nombre de ceux qui sympathisent avec nos principes ne cesse de croître. Du reste, bien que je m'évertue à les refuser, c'est grâce à leurs dons que mon mari et moi nous avons pu rester ici après les travaux, en dépit de notre condition modeste.

— En véritable spirite, vous êtes humble de cœur. Je vous l'ai dit en son temps, nulle récompense ne peut égaler le bien que vous faites aux autres.

— Je n'ai aucun mérite, car c'est Dieu qui m'a gratifié de ce don. Mais, je vous prie, ajouta-t-elle en les invitant à monter, ce n'est pas remplir mon devoir d'hospitalité que de vous entretenir dans les escaliers...

*

— Madame votre fille fait preuve de beaucoup de patience, fit remarquer Sophie au détour d'une phrase, alors qu'elles conversaient depuis bientôt une heure. Je crains que nos bavardages ne finissent par l'ennuyer et décevoir l'attente d'une scientifique.

— Bien au contraire, répliqua Irène avec affabilité. Cela me touche beaucoup de découvrir une amitié restée vive malgré les adversités. Je reconnais qu'il me tarde d'assister à votre séance, mais je m'en voudrais d'empêcher des retrouvailles si longtemps espérées...

— Notre séparation a été certes longue, l'interrompit Mathilde avec un sourire, mais, Louis nous en ayant prévenues, cela nous a permis de l'endurer avec patience. Crois-moi, ce n'est pas cela qui doit nous préoccuper, car les Esprits nous apprennent que les liens d'amitié, s'ils sont fondés sur une affection sincère, sont parfois anciens et subsistent de toute manière dans nos vies futures.

— Madame votre mère a raison, ajouta Sophie, en débarrassant la table du service à thé. Le temps ne nous est pas compté, car les sentiments qui unissent les âmes pures ne craignent ni l'usure des années ni l'ennui de l'éloignement.

Mathilde se leva à son tour, pour l'aider.

— Il me serait agréable de discourir encore, lui dit-elle, mais la joie de retrouver mon fils se mêle à l'inquiétude qu'il ne soit plus là. Je dois dissiper ce doute au plus vite, car il en dépend ce que vous savez.

Irène remarqua leur air entendu, mais préféra garder le silence, pour ne pas commettre d'impair.

— Permettez-moi une dernière question, reprit Mathilde, en suivant Sophie jusque dans la cuisine. Avez-vous des nouvelles de Francis Auger ? Je lui dois notre rencontre et pourtant je n'ai jamais eu l'occasion de l'en remercier personnellement.

— Il se trouve en ce moment à Lyon, pour les besoins de la Revue Spirite. À son retour, c'est avec plaisir que je lui transmettrai vos bons souvenirs. Il y a quelques années, il a quitté son poste au tribunal et se consacre désormais pleinement au journal, dont l'importance ne cesse de croître. Monsieur Kardec et ses successeurs ont en effet propagé les enseignements partout en France et même en Europe, en créant des sociétés d'études, dont le but est l'observation scientifique des manifestations des Esprits et l'élaboration de la philosophie morale de leur doctrine. Ces groupes ne se limitent donc pas seulement à prôner la charité et la philanthropie, mais sont aussi très engagés dans les questions sociales, à l'exemple de l'émancipation de la femme.

— Entendez-vous par là la révision du code Napoléon ? Nous avons eu écho des mouvements qui agitent Paris depuis quelques années.

— C'est cela. Les Esprits n'ayant pas de sexe et s'incarnant hommes ou femmes, il n'y a point de différence entre eux et doivent par conséquent jouir des mêmes droits. Les études auxquelles madame votre fille peut enfin s'adonner comptent parmi les premiers progrès de cette cause.

— À propos d'elle... Elle ne sait rien du message de Louis.

— N'ayez crainte. Tout à l'heure, je m'en suis doutée. Venez, ne la faisons pas attendre.

De retour dans le salon, Sophie ferma les volets et alluma des bougies aux quatre coins de la pièce ainsi qu'au centre de la table, à côté d'une feuille de papier et d'un crayon. Elle invita ensuite les deux femmes à s'assoir à ses côtés et se recueillit quelques instants les yeux fermés, imitée par Mathilde, tandis qu'Irène regardait autour d'elle, curieuse de ce qui allait se passer.

— Nous supplions le Seigneur tout-puissant de nous envoyer de bons Esprits pour nous assister, pria Sophie d'une voix solennelle. Qu'il nous préserve de ceux qui pourraient nous induire en erreur ! Nous adjurons les Esprits supérieurs de nous guider et de faire qu'en sortant d'ici chacun de nous se sente fortifié dans la pratique du bien et de l'amour du prochain. Nous invoquons surtout l'esprit de Louis ; qu'il puisse nous faire la grâce de venir à nous et de se tenir auprès de sa mère et de sa sœur, pour les assister et veiller sur elles.

Elle perdit connaissance aussitôt, au grand étonnement d'Irène, surprise par la simplicité des préparatifs et la rapidité de la transe. En retenant son souffle, elle garda les yeux rivés sur le médium, à l'affût du moindre mouvement.

— Louis, mon enfant chéri, es-tu avec nous ? demanda au même moment Mathilde.

Après quelques secondes, le crayon se mit à bouger, Irène poussant un petit cri de surprise, en constatant avec incrédulité que Sophie, après quelques gribouillis dénoués de sens, écrivait maintenant de manière tout à fait naturelle, bien que manifestement plongée dans un état de profonde inconscience.

Bonjour, mère.

— Louis, est-ce bien toi ?

Mathilde essayait de garder son calme, mais ne put retenir une larme de joie, qui glissa lentement le long de sa joue.

Oui

— Es-tu heureux d'être avec nous ?

J'attendais avec joie ce moment.

— Depuis quelque temps, je ressens moins ta présence et ta protection, si bien que j'ai cru ne plus te retrouver. Es-tu parti ?

Notre monde est plus vaste que ce que vous pouvez imaginer. Nous nous devons d'accomplir les missions de Dieu notre Père. Notre aide est néanmoins constante, car nécessaire à l'achèvement de votre existence. Je suis avec toi chaque fois que tu penses à moi. Bientôt commencera pour moi un nouveau cycle sur terre, mais il n'y aura jamais de séparation définitive.

— Ta sœur est avec nous.

Une expression espiègle traversa le visage de Sophie.

Bonjour à toi, Irène. Je suis avec toi depuis ta naissance. Je t'ai vue, quand tu as écrit ton nom.

Le mouvement d'étonnement d'Irène fut si brusque, que Sophie grimaça, comme dérangée dans son sommeil. À l'âge de sept ans, elle avait gravé la draisienne de Louis avec un clou, jalouse d'être délaissée le jour anniversaire de sa mort ; en relisant incrédule la phrase, elle ne comprenait pas comment un souvenir qu'elle avait elle-même oublié avait pu refaire surface de la sorte.

— Veux-tu communiquer un message à ta sœur? demanda Mathilde, en adressant un regard amusé à cette dernière.

Elle doit garder son esprit ouvert. Trop d'erreurs ont été prises pour des vérités et encore plus de vérités ont été repoussées comme erreurs.

— J'aimerais maintenant parler de ce que tu sais, continua-t-elle, d'un air plus grave.

Le crayon s'arrêta, saisi d'un tremblement à peine perceptible. Elle s'en voulut pour sa question maladroite, car Louis n'allait certainement pas évoquer leur secret en présence d'Irène. Heureusement, l'écriture reprit quelques instants après.

Je t'ai déjà tout dit. Reste confiante, car cela est important. Il faut transmettre ce que je t'ai communiqué.

— De grâce, donne-moi un indice, car je crains si non de ne jamais comprendre.

Le moment venu, tout te paraîtra clair. Garde la foi.

Épuisée, Sophie commença à s'agiter sur sa chaise.

— As-tu autre chose à nous apprendre ? se dépêcha de demander Mathilde, sachant le réveil de Sophie imminent.

Irène se pose des questions. Elle doute, mais son esprit est noble. Un jour, elle apercevra la vérité. Elle aussi aura sa part dans ce qui doit se produire.

— Qu'est-ce que cela signifie ? s'exclama Irène, en écarquillant les yeux.

En entendant la voix de sa fille, Mathilde sursauta, car elle avait oublié de lui dire qu'il était préférable qu'une seule personne parlât, pour éviter toute confusion et dispersion d'énergie. La réponse de Louis ne se fit néanmoins pas attendre.

Faites le bien, aimez votre prochain et affrontez les épreuves avec courage. Vous êtes de passage, ne l'oubliez pas.

En apercevant les larmes monter aux yeux de Sophie, Mathilde fut envahie par la tristesse.

— Nous ne nous reverrons plus, n'est-ce pas ?

Pas de ton vivant. Mais je reste à tes côtés, si Dieu me l'accorde. Je suis heureux d'avoir pu parler à Irène. Elle aussi sera toujours dans mon cœur. Vous avez ma bénédiction et mon amour.

Sophie ouvrit brusquement les paupières, en découvrant Mathilde en train de pleurer silencieusement, réconfortée par Irène.

— Que vous arrive-t-il ?

— Louis s'est communiqué à nous pour la dernière fois, lui apprit Mathilde.

Sophie hocha la tête pensivement. Elle savait que les adieux des Esprits étaient parfois plus douloureux que ceux sur terre, car il fallait accepter une nouvelle séparation après la joie d'avoir vaincu la mort. Elle se dirigea en silence vers la cuisine pour refaire du thé et posa au passage une main compatissante sur l'épaule de son amie.

— Mère, demanda Irène dès qu'elles furent seules, quelle est cette chose importante que vous avez évoquée ?

Mathilde se ressaisit et essuya ses yeux avec un mouchoir.

— De grâce, ne me fais pas grief de ce que je n'ai pas le droit de révéler. J'ignore presque tout et pourtant les consignes que Louis m'a données m'obligent au secret, car ainsi est la volonté de Dieu.

Irène n'insista pas, en se proposant de remettre cette discussion à un moment plus tranquille. Elles burent le thé en silence, Mathilde et Sophie s'échangeant des regards tristes, car elles savaient que pour elles aussi c'était la dernière rencontre. Lors des adieux, elles restèrent l'une dans les bras de l'autre pendant de longues minutes ; puis, Mathilde s'engagea la première dans les escaliers, en dévalant les marches sans se retourner, submergée par l'émotion.

— Que le Seigneur vous bénisse, chère amie ! lui cria encore Sophie depuis le palier.

Après l'avoir saluée d'une révérence respectueuse, Irène pressa le pas à son tour, sa mère l'attendant déjà dans le vestibule d'entrée. Intriguée par un murmure derrière elle, elle tourna la tête et vit Sophie en train de refermer la porte.

— Au revoir, chuchota-t-elle doucement, avant de disparaître, un sourire étrange sur ses lèvres.

25.

Charleroi, 13 mars 1969

Nathalie poussa un long bâillement, en s'en voulant d'avoir oublié de fermer les volets quand ils étaient rentrés tard dans la nuit. Pierre étant épuisé, comme chaque fois qu'il terminait un tableau, elle avait préféré le laisser dormir seul et s'était couchée dans la chambre d'amis, qui lui servait également de bureau. En se dirigeant vers la salle de bain, elle eut l'étrange impression d'être suivie du regard par Hugues, son portrait, troublant de réalisme, étant posé contre le mur à même le sol. Leal avait insisté pour l'exposer avec les autres, car il trouvait la mise en scène avec le dragon et le crâne particulièrement réussie, mais elle avait finalement obtenu de l'étudier dans le calme à Charleroi. Tout le monde s'accordait en effet à dire qu'il y avait forcément un lien avec les portraits de Mathilde. D'une part, Pierre était certain d'avoir entendu des mots confus, murmurés à son oreille dans le même état de torpeur que celui de la nuit de janvier ; d'autre part, il y avait la référence au mont Saint-Michel et donc à la rencontre entre Hugues et Ela, sans laquelle les deux tableaux n'auraient jamais été réunis. Tous s'interrogeaient aussi sur la lanière s'enroulant autour de l'épée : non seulement elle rappelait à ne pas en douter une scytale, mais sa couleur était exactement la même que celle des lapis-lazulis du pendentif ; ayant été peinte presque au

389

même moment que la découverte dans livre de Plutarque, personne ne voulait croire à un simple choix artistique de Pierre.

*

— Je vous attendais plus tôt dans la soirée.

Angélique s'affairait déjà aux préparatifs du petit déjeuner. Elle se levait toujours aux premières heures ; Nathalie avait d'ailleurs compris qu'il fallait profiter de ces instants privilégiés chaque fois que l'occasion se présentait, le calme du petit matin semblant adoucir son caractère et briser quelque peu sa réserve.

— Nous avons fait halte à mi-chemin, pour souper et nous reposer un peu, lui répondit-elle, tout en l'aidant à beurrer les tartines. Nous n'avons pas arrêté depuis lundi et, avec Tanguy, les nuits sont toujours trop courtes.

— Je lui en toucherai un mot, car j'aimerais bien qu'il fasse plus attention, surtout avec Pierre. Si je le connais bien, l'accueil du public a donc été favorable...

— Le jour du vernissage, il y avait moins de monde qu'à Paris, mais Hugues, qui est au fait de la scène artistique de Reims, nous a rassurés. Les jours suivants, nous avons effectivement vendu sept tableaux et reçu commande pour trois portraits.

— Pierre nous a pourtant promis de lever le pied.

— Crois-moi, il a vraiment ralenti sa production ; là, ce n'est que la rançon du succès de l'exposition. De toute façon, tu le sais mieux que moi, il n'en fait qu'à sa tête. Juste pour te dire, il a profité de mon absence mardi pour peindre le portrait d'Hugues. Je ne peux pas trop lui en vouloir, car le tableau est très beau. Si cela t'intéresse, je l'ai posé dans mon bureau.

— Pourquoi ne l'avez-vous pas laissé à Reims ?

— Il a certainement quelque chose à voir avec les deux portraits. Il se peut même qu'il recèle la clé du mystère. Je veux l'étudier avant qu'il ne soit vendu.

— J'ai l'impression que tu perds ton temps avec cette histoire à dormir debout. Cela mis à part, pourquoi n'étais-tu pas à Reims mardi ?

Elle avait posé la question plutôt sèchement, mais Nathalie n'en fit pas cas.

— Je me suis rendue à Angers, chez la compagne d'Hugues. La veille, ce dernier nous a lu des extraits du journal d'Irène, la fille de la vieille dame, dans lequel elle évoque une sorte de doctrine spirite, de laquelle sa mère était une fervente adepte. Il a d'ailleurs découvert que la branche de vigne qui décore le collier de Mathilde est la reproduction exacte d'un dessin que l'on trouve dans un de ses livres.

— S'agit-il du dessin que tu nous as montré l'autre soir ?

Nathalie acquiesça de la tête.

— Ce genre de détails rend la copie réalisée par Pierre encore plus ahurissante. Là, je te rejoins volontiers, c'est à dormir debout, sauf admettre qu'il jouit d'une espèce de don de clairvoyance, comme les esprits auxquels croyait Mathilde.

Angélique se rembrunit.

— Laissons-le en dehors de ces histoires farfelues, maugréa-t-elle, l'air contrarié. C'est déjà assez compliqué de gérer son talent artistique...

— Je te rassure, personne n'y comprend rien et donc tout le monde y va de son idée. Tanguy, par exemple, nous a dit qu'il s'agit de l'expression surréaliste de l'irrationnel, du rêve donc, et qu'il est parfaitement inutile de tenter d'expliquer ce qui ne peut pas l'être par définition.

— Qu'en penses-tu ?

— Je suis de plus en plus persuadée que les deux portraits cachent un secret. Mathilde a légué l'ancien à sa fille avec la promesse de le transmettre à son tour à ses descendants, comme si elle avait un message à faire passer.

— Une sorte de chasse au trésor ?

— Peut-être, qui sait ? opina Nathalie avec un petit rire. En tout cas, j'ai retrouvé le livre de Plutarque.

— Quel livre ?

— Celui dont je vous ai parlé aussi l'autre soir et que l'on voit dans le tableau avec le titre en grec. C'est la raison pour laquelle je me suis rendue à Angers, Hugues m'ayant appris que l'ancienne bibliothèque de Mathilde est restée intacte au fil des années. Dans ce livre, il est justement question d'une scytale. C'est un simple bâton, autour duquel une lanière était enroulée et sur laquelle l'expéditeur écrivait son texte, qui devenait incompréhensible une fois celle-ci déroulée. Il suffisait ensuite à celui qui la réceptionnait de se servir d'un bâton du même diamètre et le tour était joué.

— Plutôt ingénieux. C'est ainsi que la vieille dame aurait caché son message...

— C'est ce que je crois, mais, malheureusement, nous n'avons rien trouvé d'un tel dispositif.

— Avez-vous une idée quant à la nature de ce message ?

— Pour l'heure, nous savons seulement qu'elle partageait un secret avec son fils Louis, secret qu'elle a refusé de révéler même sur son lit de mort. En tout cas, Hugues m'a donné à étudier les carnets d'Irène. Quelque chose nous a peut-être échappé.

— Son frère ne lui a-t-il jamais rien confié ?

— J'ai oublié de te dire qu'il a été emporté par la maladie avant sa naissance. Il aurait communiqué ce secret depuis l'outre-tombe...

Le visage d'Angélique se crispa à nouveau, mais cette fois Nathalie décela dans son regard de la tristesse. Elle s'en étonna, car, par sa nature plutôt froide et distante, elle ne semblait éprouver de véritables sentiments que pour Pierre.

— Je ne savais pas qu'elle avait perdu un fils.

— Je crois qu'il avait cinq ou six ans. Elle ne s'en est jamais remise.

— On ne s'en remet jamais !

Tout en parlant, elle s'éloigna brusquement vers l'évier, sous le prétexte de refaire du café. Surprise par sa réaction, Nathalie la rejoignit et la prit par le bras.

— Je te comprends. En tant que mère, tu peux mieux que quiconque compatir à la douleur de la perte d'un enfant.

Angélique s'écarta d'un geste nerveux, en donnant l'impression de déjà regretter son moment de faiblesse.

— Ce n'est rien, certainement la fatigue accumulée de mes nuits trop courtes.

Il y avait une lueur sombre dans ses yeux et le ton de sa voix était à nouveau cassant. Nathalie envisagea un instant de lui demander la raison de ce trouble, mais, redoutant de la contrarier encore plus, elle préféra poursuivre.

— Mathilde était inconsolable. Pour retrouver son fils, elle a même participé à des séances, lors desquelles les esprits des morts étaient invoqués. Le secret lui aurait été révélé de cette façon.

Angélique secoua la tête avec une moue dubitative.

— Et la compagne de monsieur Mercer, que dit-elle ?

— Comme nous, elle ne comprend pas grand-chose à cette histoire et se demande à son tour comment Pierre a pu reproduire des détails qui ne pouvaient être connus que par les membres de sa famille. J'aimerais bien un jour te la présenter, car c'est une femme hors du commun. Elle aussi a beaucoup souffert. Ela, c'est son nom, est arrivée à Angers avec les troupes polonaises qui fuyaient les Allemands. C'est là-bas qu'elle a rencontré Thierry, le petit-fils de Mathilde, avec qui elle a eu un enfant. Malheureusement, la guerre lui a tout pris : Thierry est mort en déportation et son fils, âgé de seulement quelques semaines, a disparu pendant l'exode de 1940. Des années durant, elle a tout entrepris pour le retrouver, en vain...

Angélique ne l'écoutait plus. Prise de vertige, elle regarda par la fenêtre, l'embrasement de l'aube se reflétant dans ses yeux et rendant encore plus dramatiques l'effroi et la stupeur qu'on pouvait y lire. Puis, elle quitta la pièce précipitamment, les appels de Nathalie se perdant dans le sifflement de la cafetière.

*

Sa chambre, enfin, et le coussin, dans lequel étouffer un cri de désespoir. Personne ne doit l'entendre, personne ne doit savoir. Les images se bousculent dans la tête, si vite qu'elles finissent par former un tourbillon vertigineux. Il faut se calmer, se convaincre que tout ceci est absurde, comme l'est cette histoire de tableaux. Pourtant, chaque pulsation du cœur est désormais une horrible déchirure, qui la suffoque de douleur et fait vaciller sa raison. L'angoisse, contre laquelle elle s'est battue si longtemps, la saisit à nouveau, violente et soudaine. La culpabilité aussi, la même que celle supportée avec Étienne, dans le secret et le silence d'un mensonge inavouable.

Charleroi, 5 avril 1969

Pierre portait les touches finales au portrait d'une jeune fille souriante, assise dans un pré et délicatement entourée d'une brume lumineuse, qui laissait deviner au loin les ombres aériennes et fugaces d'êtres ailés. Calée dans un fauteuil, Nathalie leva la tête des carnets d'Irène et posa sur lui un regard plein de tendresse. Depuis leur retour de Reims et malgré la rechute inexplicable d'Angélique, il avait encore changé. C'était peut-être le hasard des modèles, mais les tableaux étaient beaucoup plus joyeux que par le passé et inspiraient un profond sentiment d'harmonie et d'apaisement. Aussi, elle le sentait plus attentionné et aimant que jamais ; il ne s'isolait plus et s'accordait des pauses, pendant lesquelles il prenait plaisir à se promener dans le parc en sa compagnie. Il s'était même laissé convaincre de passer une fin de semaine en amoureux à Ostende, Tanguy leur ayant promis de s'occuper d'Angélique. Pour la première fois, ils s'étaient amusés à courir sur la plage, pieds nus dans l'eau froide, en criant de plus belle lorsqu'une vague se brisait sur eux et leur coupait le souffle. Ce soir-là, Pierre lui avait fait la surprise d'un petit portrait au fusain, un hommage inattendu qui la touchait profondément ; assise sur les rochers, le menton posé dans le creux de sa main, elle contemplait la mer à l'horizon, les yeux pleins d'amour et d'espoir. Loin de la précision et du souci du détail habituels, le dessin se résumait à quelques traits d'une rare maîtrise, qui restituaient avec une émouvante intensité sa douce rêverie.

— Encore à tes carnets !

La voix grave d'Angélique la ramena brusquement à la réalité.

— Tu es bien matinale ! se réjouit Nathalie, en l'embrassant sur la joue.

Pierre la salua à son tour, soulagé lui aussi de la voir reprendre ses habitudes, après être restée cloîtrée dans sa chambre pendant des jours. Depuis, elle se rétablissait lentement, mais ils continuaient à se faire du souci, car à l'inquiétude s'ajoutait l'incompréhension, cette nouvelle crise étant d'autant plus inexplicable que tout allait pour le mieux. À plusieurs reprises, ils avaient essayé de lui parler, mais les rares fois qu'elle avait brisé son mutisme, c'était pour rejeter toute aide d'une voix cassée par les médicaments, avec l'emportement farouche dont elle pouvait alors faire preuve.

— Ce n'est rien. Je me passe juste le temps, glissa Nathalie avec prudence.

Pour une raison qui leur échappait, Angélique n'aimait pas entendre parler des deux portraits.

— Tu as l'air reposé, releva Pierre, en préférant changer de sujet.

Il approcha un fauteuil et l'invita à s'assoir.

— Merci, mon chéri, mais ce matin, j'ai envie de me rendre en ville. Voir du monde me fera du bien.

— Voilà une bonne résolution ! s'exclama Nathalie. Puis-je t'accompagner ?

— Si cela ne te fait rien, je préfère y aller seule. Vous êtes adorables. Ce que vous faites pour moi me fait vraiment chaud au cœur. Pourtant, mon caractère en aurait découragé plus d'un...

Nathalie lança à Pierre un regard furtif, empli d'étonnement. Ce dernier s'empressa de serrer sa mère dans ses bras.

— Ne t'en fais pas. Tu as beaucoup souffert à la mort de papa et tu restes fragile. Pendant ces moments, c'est la maladie qui parle pour toi. Sache que tu pourras toujours compter sur nous. Tiens, pour une fois c'est moi qui t'accompagne. Permets-moi d'insister, car cela fait une éternité que nous n'en avons pas eu l'occasion.

Sans plus attendre, il la prit par le bras et se dirigea avec elle vers le vestibule.

— Nathalie, avant que j'oublie..., lança-t-elle encore, en se retournant. Monsieur Mercer a téléphoné pour dire que le succès de l'exposition est tel, qu'il la prolonge jusqu'au 4 mai.

*

Ils n'étaient toujours pas rentrés. Heureuse de les savoir ensemble pour la première fois depuis longtemps, Nathalie déambulait dans l'atelier, en prenant plaisir à contempler les tableaux au chant des oiseaux dans le parc. En apercevant le tirage photographique d'Hugues, elle le déroula sur la table et fixa Mathilde dans les yeux, comme pour la sommer de tout lui dire. Quel était son message ? La réponse était forcément devant elle ; le collier, le livre, le cep de vigne, autant de signes figés dans une attente qui durait depuis quatre-vingts ans. Et à qui étaient-ils destinés ? Le monocle... Elle avait oublié le monocle. Guidée par une intuition, elle ouvrit le carnet de 1889 à la page où Irène évoquait la confection du collier ; elle feuilleta ensuite son cahier de notes, l'excitation s'emparant d'elle tout à coup. Elle courut vers le téléphone et composa fébrilement le numéro.

— Désolée de vous déranger ainsi, mais je viens de découvrir que la scytale que nous cherchons n'est rien d'autre que le collier de Mathilde !

À l'autre bout du fil, il y eut un long silence.

— Je ne comprends pas, répondit enfin Ela. Il ne comporte aucune inscription. Qu'est-ce qui vous fait dire cela ?

— La lettre *G* qu'elle a écrite en marge du livre de Plutarque est très certainement l'initiale de Guernon, le bijoutier. Il doit y avoir une raison pour que son nom figure à l'endroit précis où le fonctionnement de la scytale est expliqué.

— Le collier serait donc bien plus qu'un simple trésor de famille... Mais, de quelle façon Mathilde aurait-elle pu y cacher un message secret ? Les plaquettes qui le composent sont parfaitement lisses et le pendentif ne comporte que le dessin.

— Mis à part monsieur Guernon, est-ce qu'il y avait d'autres bijoutiers dans son entourage ? Son mari peut-être ?

— Non, il était pharmacien. Si j'ai bonne mémoire, le père de Victor était un riche commerçant de Nantes et celui de Mathilde avait une fabrique de textiles. Pourquoi cette question ?

— J'ai oublié de vous en parler lors de notre rencontre. Dans l'ancien portrait, à moitié caché derrière les bijoux posés sur la commode, l'on distingue un monocle de bijoutier. Nous savons que Mathilde avait des plans détaillés pour le collier ; il se peut donc qu'elle ait donné des instructions précises aussi au peintre. D'ailleurs, tout ce que nous avons découvert à ce jour semble répondre à un dessein secret. D'où ma question : pourquoi avoir caché un monocle dans le tableau ?

— Il s'agit peut-être d'un hommage discret que Mathilde a voulu faire au bijoutier pour le remercier de sa virtuosité. Cela ne m'étonnerait pas si, en regardant à la loupe, nous découvrions ses initiales ou son poinçon...

Cette fois, ce fut Nathalie à se figer dans un long silence.

— Est-ce que j'ai dit une bêtise ? s'inquiéta Ela au bout d'un moment.

— Non, bien au contraire. Sans le savoir, vous avez trouvé...

— Trouvé quoi ?

— Ce que Mathilde veut qu'on fasse !

26.

Hugues posa la loupe binoculaire sur la table du salon et retira avec précaution la cloche de protection. Il s'en servait pour expertiser les œuvres d'art avant leur mise en vente et l'avait rapportée de Reims à l'insistance d'Ela, malgré ses doutes.

— Plus j'y pense et plus je suis convaincu que nous ne trouverons rien, lança-t-il à cette dernière, en la voyant revenir de la chambre avec le coffret. Non seulement nous n'avons rien remarqué jusqu'à ce jour, mais en plus nous ne savons même pas ce qu'il faut chercher.

— Nathalie y croit dur comme fer. Elle me l'a encore dit hier au téléphone : pour elle, le monocle ne peut être là que pour montrer de quelle manière s'y prendre. Après tout, cela ne coûte rien d'essayer.

— Est-ce qu'elle t'a donné des nouvelles de madame Lécuyer ? Tanguy m'a appris qu'elle n'allait pas très bien.

— Elle se remet doucement. En tout cas, le pire semble passé.

Il secoua la tête d'un air perplexe.

— Je ne comprends pas. Son fils est en train de devenir un des artistes les mieux cotés de ces dernières années et elle broie du noir. À sa place, je ne connais pas de mère qui ne serait pas la plus heureuse du monde.

— Elle a les nerfs fragiles depuis la mort de son mari et a déjà souffert de dépression par le passé. Ne sois pas trop sévère avec elle, car je sais ce que c'est...

Elle fut interrompue par la sonnette, qui annonçait l'arrivée de Nathalie.

*

— Comment va Pierre ?

Ils étaient assis au salon, tandis qu'Ela préparait les cafés.

— Depuis le vernissage, il n'a pas arrêté de travailler, répondit Nathalie avec enthousiasme.

— Est-ce que cela ne vous inquiète plus ? J'avais cru comprendre que vous deviez veiller sur lui à tout moment.

— Il a beaucoup changé. Je ne sais pas à quoi cela tient, mais il ne s'enferme plus dans son monde et passe volontiers du temps avec nous, bien qu'il soit sollicité de toute part.

— Dans ce cas et malgré son veuvage, je m'explique encore moins l'épuisement nerveux de sa mère, fit remarquer Hugues, en baissant la voix. Veuillez m'excuser, mais c'est un sujet délicat pour Ela et je préfère qu'elle ne nous entende pas.

— Elle m'a raconté... J'ai d'ailleurs beaucoup d'admiration pour elle, pour son courage. Concernant Angélique, Pierre et moi, nous ne comprenons pas non plus. Nous avons essayé de lui parler, en vain. Heureusement, elle va beaucoup mieux maintenant.

— Je disais tout à l'heure à Ela qu'elle peut être fière de son fils.

— Elle l'est, bien sûr. Mais, je crois qu'elle lui est tellement attachée, qu'elle craint justement que le succès ne l'éloigne d'elle. Du reste, c'est pour cette même raison que je me suis installée à Charleroi.

— Comme ça, vous n'allez pas le lui voler ! commenta Ela d'un ton léger, en surprenant leur conversation. Il ne faut pas en faire tout un drame. Ce n'est qu'une mère qui s'inquiète du bonheur de son fils, peut-être un peu trop, s'il est possible de trop aimer...

Impatients de commencer, ils se dépêchèrent de boire leurs cafés. Hugues ferma ensuite les rideaux et alluma la loupe, en plongeant le salon dans une pénombre bleuâtre. Sous le regard intrigué des deux femmes, il entreprit d'examiner le collier en procédant avec méthode, le temps étant rythmé par ses murmures de déception, au fur et à mesure qu'il passait à la plaquette suivante sans rien avoir trouvé.

— Elles se ressemblent toutes..., se désola-t-il au bout d'un moment. Elles sont parfaitement lisses, sans la moindre trace de quoi que ce...

Il se tut brusquement, en fronçant les sourcils. Après avoir ajusté la molette de la mise au point et positionné la plaquette avec précision à l'aide de deux brucelles, il s'écarta des oculaires et poussa un cri jubilatoire.

— C'est tout bonnement incroyable ! leur annonça-t-il, en se tortillant sur la chaise.

— Mais parle, donc ! l'exhorta Ela.

Pour toute réponse, il se leva et l'invita à regarder elle-même.

— Je n'en reviens pas ! lâcha-t-elle quelques instants après, en cédant à son tour la place à Nathalie.

— Observez bien vers le bord supérieur, près de l'endroit où le fil tressé passe à travers les maillons, lui dit Hugues. Ce n'est pas très visible, même à la loupe, mais vous pouvez vous aider avec les brucelles et jouer un peu avec le reflet de la lumière.

Nathalie repéra une marque légèrement plus sombre, au profil flou. Elle régla la mise au point et vit apparaître une minuscule gravure en forme de L. Avec fébrilité, elle observa la plaquette suivante, en découvrant rapidement une deuxième gravure.

— J'ai une autre lettre ! leur annonça-t-elle, gagnée par l'excitation.

Hugues reprit place et confirma la trouvaille à Ela d'un regard réjoui.

— Quelle prouesse, s'émerveilla Nathalie. Même en sachant qu'elles existent, elles ne sont pas visibles à l'œil nu.

— Il s'agit très certainement de gravures à l'eau régale, un mélange d'acide chlorhydrique et nitrique, expliqua Hugues, en réalignant le collier dans le champ de l'objectif. J'en ai une troisième...

Nathalie sortit son carnet et commença à écrire ce qu'il lui dictait. Ela regardait par-dessus son épaule, en essayant de comprendre le message, au fur et à mesure que les lettres s'enchaînaient.

— Pour atteindre une telle précision, le bijoutier a dû utiliser des instruments extrêmement fins, fit-elle remarquer.

Hugues leva la tête et se frotta les yeux.

— Je ne peux pas l'affirmer avec certitude, mais, à mon avis, il a dû se servir de larmes bataviques. Elles sont obtenues en coulant une goutte de verre en fusion dans de l'eau froide. Le choc thermique leur confère une forme qui rappelle celle d'une larme, avec une partie oblongue qui s'amenuise en un filament parfois très long et très effilé, suffisamment pour pouvoir attaquer l'or à l'acide avec une extrême minutie. Ces larmes de verre possèdent d'ailleurs l'étrange particularité de pouvoir résister à un coup de marteau, mais d'exploser en mille morceaux si l'on brise justement le bout de ce filament.

Il se remit à l'œuvre, les plaquettes ne présentant bientôt plus de gravures. Après avoir examiné la dernière, il s'empressa de regarder dans le carnet de Nathalie, en hochant la tête d'un air pensif.

LYCAONPARISLEDAZEUSILION

— Avez-vous la moindre idée de ce que cela peut signifier ? leur demanda Ela.

Nathalie, qui gardait le silence depuis un moment, afficha alors un large sourire et posa sur Hugues un regard entendu, comme pour le mettre au défi.

— Je vois, lui répondit-il après une brève réflexion. Mais, je vous en prie, l'honneur vous revient.

À l'aide d'un crayon, elle sépara les lettres par groupes, en isolant ainsi les mots LYCAON, PARIS, LEDA, ZEUS et ILION.

— Lycaon et Paris étaient frères et princes, expliqua Hugues à Ela. Léda, mariée au roi de Sparte, et Zeus, qui l'avait séduite en se transformant en cygne, étaient les parents d'Hélène, connue pour sa beauté. Tombé amoureux d'elle, Paris l'amena chez lui à Troie...

—... appelée aussi Ilion, précisa Nathalie.

— Je suis désolée, mais je ne vois toujours pas ce que Mathilde veut nous dire par là.

— Moi non plus, la rassura Hugues. Mais, n'oublions pas qu'elle et son mari étaient férus de littérature et qu'il s'agit de la deuxième référence à la Grèce antique. Je crois que nous devons chercher dans tous leurs livres qui traitent du sujet, car Mathilde y a certainement caché un autre message.

— Une sorte de jeu de piste... Nous avons alors du travail, soupira Ela, en pensant déjà au nombre de tomes qu'ils allaient à nouveau devoir éplucher dans la poussière.

Une idée traversa l'esprit de Nathalie.

— Cela ne sera peut-être pas nécessaire, car le collier ne nous a pas tout dit. Le message n'est pas visible à l'œil nu, certes, mais en même temps il n'est pas vraiment caché, une simple loupe permettant de le découvrir. Or, la scytale de Plutarque était un véritable système de cryptage, rudimentaire, mais suffisamment efficace pour rendre la lecture d'un texte impossible à quiconque ne possédait pas un bâton du même diamètre.

— La broche ! s'exclama Ela. Elle a la forme d'un bâtonnet...

— Pourquoi pas ? se dit Hugues. Après tout, elle fait partie du legs de Mathilde.

Ela alla la chercher dans sa chambre et la donna à Nathalie, qui essaya à plusieurs reprises d'enrouler le collier autour d'elle. L'opération se révéla impossible, le bijou n'ayant pas la souplesse nécessaire. Déçue, elle posa les deux objets sur la table, Hugues remarquant alors que la broche avait à peu près la même longueur que l'ensemble des plaquettes portant les gravures. Il l'examina sous la loupe et ne tarda pas à afficher un sourire énigmatique. Sans mot dire, il prit le crayon et en broya la mine à l'aide d'une cuiller à café. Puis, il frotta la broche avec la poudre ainsi obtenue et fit apparaître une dizaine de minuscules entailles, disposées à intervalles irréguliers tout au long de la tige.

— Mathilde voulait à tout prix que ces objets puissent durer dans le temps et être conservés par ses descendants, leur expliqua-t-il enfin.

Tout en parlant, il aligna avec précision le collier à côté de la broche, le premier trait à la hauteur de la plaquette portant la lettre L.

— Grâce aux carnets de sa fille, continua-t-il, nous savons qu'elle a choisi la peinture parce qu'elle ne faisait pas confiance à la photographie ; probablement, elle a aussi pensé que le legs particulier que représente un portrait pour la famille allait traverser le temps plus sûrement qu'un simple tirage sur papier, qu'on peut perdre ou jeter par mégarde. Tout ceci nous amène à dire qu'elle a certainement voulu cacher son message dans des objets plus résistants et précieux qu'une lanière en cuir et un bâton.

— Mathilde a adapté le principe de la scytale aux contraintes du support qu'elle avait choisi, conclut Ela, en réalisant ce qu'il s'apprêtait à faire.

Dans un silence fébrile, Hugues marqua au stylo les plaquettes correspondantes aux traits et les observa à la loupe, en épelant à haute voix le mot LAPISLAZULI.

*

Charleroi, 6 mai 1969

La pendule dans le vestibule sonna midi. Assise à son bureau, Nathalie étira son dos endolori et referma le Livre des Esprits, en se disant que le manque de sommeil et les lectures qu'elle s'imposait depuis son retour d'Angers allaient finir par avoir raison de ses forces. Pierre avait même plaisanté, en lui faisant remarquer que c'était maintenant à lui de veiller à ce qu'elle ne se fatigue pas trop. Elle voulait à tout prix trouver de nouveaux indices, car elle était dans une impasse. Avec le mot lapis-lazuli, Mathilde faisait manifestement référence aux pierres du pendentif et donc au symbole de la doctrine spirite, mais, ses convictions n'étant pas un secret, en tout cas depuis son séjour à Paris en 1884, il devait y avoir forcément une autre explication. À défaut d'avoir une piste, elle avait décidé de se documenter sur ces pratiques ésotériques, autour desquelles tout semblait tourner. Elle avait ainsi appris qu'elles avaient pris leur essor au milieu du dix-neuvième siècle, dans une ferme de Hydesville, une petite ville de l'état de New York. Dans la nuit du 31 mars 1848, Kate et Margaret, les jeunes filles du pasteur Fox, avaient communiqué par coups frappés dans les cloisons et dans les meubles avec l'esprit d'un colporteur, qui leur avait dit avoir été tué et enterré dans la maison ; en suivant ses indications, des restes humains avaient été par la suite trouvés dans le sol de la cave. Les exhibitions publiques des sœurs Fox,

412

rapidement imitées par d'autres médiums, avaient suscité un engouement sans précédent pour les communications avec les esprits, un véritable mouvement spiritualiste ne tardant pas à se créer et à traverser l'Atlantique. Hippolyte Rivail, un pédagogue installé à Paris, avait consigné dans le Livre des Esprits les enseignements reçus pendant ces séances, en le publiant en 1857 sous le nom d'Allan Kardec. L'ouvrage avait connu un succès immédiat et contribué au développement en France et en Europe de la doctrine spirite. Les détracteurs avaient été nombreux à crier à la supercherie ou à la superstition, à commencer par l'Église catholique, qui avait finalement interdit la participation aux invocations et mit les livres à l'index, en fulminant contre celle qu'elle considérait comme une forme moderne de nécromancie. Après la mort de son fondateur en 1869, le spiritisme avait continué de se propager, jusqu'à son apogée au début du vingtième siècle ; par la suite, l'émergence d'autres mouvances occultistes et le rejet du monde scientifique avaient entraîné son déclin en Europe, tandis qu'en Amérique latine, notamment au Brésil, la doctrine comptait toujours des millions de fidèles.

*

— Ça sent bon ! lança-t-elle à Angélique, en pénétrant dans la cuisine d'un pas sautillant.

Cette dernière esquissa un sourire en guise de bonjour et termina d'arroser la viande d'une sauce lapin dont elle avait le secret.

— Des boulets-frites, comme Pierre les aime, lui dit-elle enfin, en les enfournant pour les garder au chaud.

— Il n'est pas le seul, se réjouit d'avance Nathalie. As-tu bien dormi ? Cette nuit, je t'ai entendue descendre. Je suppose que c'était Tanguy...

Elle et Pierre étaient toujours à ses petits soins, car, bien que remise de sa dépression, elle demeurait taciturne et distante. Nathalie aurait souhaité passer plus de temps avec elle, mais ses recherches accaparaient toute son attention ; elle s'était donc réjouie d'apprendre que leur ami, de retour de Reims, allait rester chez eux quelques jours.

— Vous dormiez et je n'ai pas voulu vous déranger. Je l'ai aidé avec les tableaux, qu'il a rapportés exprès pour toi. À propos, ajouta-t-elle en lui faisant les gros yeux, j'ai vu que tôt ce matin c'était déjà allumé dans ta chambre...

— Je sais, j'en fais trop, mais je n'arrive pas à m'enlever de la tête toute cette histoire. Et plus on avance, plus le mystère s'épaissit.

— Il faut que tu laisses tomber, trancha Angélique avec une crispation des lèvres. Tu ne veux pas m'écouter, mais cette vieille dame qui parlait aux morts te rendra folle à ton tour.

Étrangement, Nathalie eut l'impression qu'elle disait cela aussi à elle-même.

— Tu as certainement raison, concéda-t-elle, pour ne pas la froisser. Bon, je vois que c'est prêt. Je vais vite chercher les hommes.

*

— Et voilà. Elle pourra les étudier en toute tranquillité.

Pierre venait d'installer au fond de l'atelier les deux portraits de Mathilde ainsi que celui d'Hugues, comme Nathalie le lui avait demandé.

Tanguy poussa un soupir résigné.

— Elle a tellement insisté, dit-il. Finalement, elle est très dure en affaires...

Pierre sourit à sa douce raillerie.

—... mais, n'oubliez pas que j'ai promis la collection complète à mon ami de Lyon.

— Ne t'en fais pas. Elle m'a assuré qu'elle en a pour quelques jours tout au plus.

— Je l'espère bien. Les échos de Paris et de Reims sont si favorables, qu'il prévoit de t'exposer si possible déjà la semaine prochaine. Crois-moi, c'est une occasion en or, qu'il ne faut pas rater. Mais, autre chose... Hugues m'a raconté au téléphone un truc bizarre, au sujet d'un mot caché qu'ils auraient découvert dans le collier.

Pierre opina de la tête et s'approcha des portraits, en désignant du doigt une vingtaine de plaquettes, alignées à droite du pendentif.

— Sur chacune d'elles est gravée une lettre. C'est un travail d'une extrême précision. Mais ce n'est pas tout, continua-t-il, en montrant la broche. Ici, Hugues a trouvé de minuscules encoches ; en les faisant correspondre aux lettres, il a obtenu le mot lapis-lazuli.

Tanguy se frappa les mains et pouffa de plus belle.

— J'avais donc bien compris. Tout ça... pour ça ! C'est fort ingénieux, mais quel est l'intérêt de rappeler ce en quoi est fait le pendentif ? Cela me semble très... inutile, pour ne pas dire plus...

— Justement, ne dis rien que tu puisses regretter ! l'apostropha amicalement Nathalie, en franchissant la porte.

Tanguy s'empressa vers elle et lui fit un baisemain. Sa politesse quelque peu cérémonieuse et surannée, dont il était coutumier avec les femmes, la touchait toujours. Elle éprouvait pour lui beaucoup d'affection, car derrière ses manières de bon vivant truculent, elle savait que se cachait un être généreux, qui n'avait pas hésité à s'occuper de Pierre comme un père. En feignant un air sérieux, elle lui répondit avec une révérence aussi pompeuse que maladroite, pour ensuite courir embrasser Pierre sur la bouche, avec une fougue cette fois tout à fait moderne.

— Ah, les jeunes ! soupira Tanguy avec un sourire, en s'affalant dans un des fauteuils.

— Merci de m'avoir apporté les tableaux. Je vais pouvoir les étudier à nouveau et surtout dans le calme. Peut-être qu'ils sauront m'inspirer une nouvelle piste, un indice qui nous aurait échappé jusqu'à maintenant.

— Pierre vient de me dire pour le mot caché. Tu m'excuseras, mais j'ai l'impression que la montagne accouche d'une souris. As-tu une idée quant à sa signification ?

— Pas du tout, se désola-t-elle. Mais n'oublions pas que dans ses carnets, Irène nous apprend que Mathilde elle-même ne comprenait pas ce que son fils voulait d'elle, ce qui n'est pas pour nous faciliter la tâche.

Tanguy se caressa le menton, en soulevant un sourcil dubitatif.

— Nous cherchons donc à découvrir le sens d'un mot, qu'un enfant aurait transmis à sa mère il y a cent ans, qui plus est, depuis l'au-delà...

— Je me rends compte moi la première que tout ceci est très étrange, mais finalement pas plus que le portrait que Pierre a copié au détail près et dans un état second. Je te rappelle que nous en sommes à penser qu'il lui a été inspiré par Mathilde. À ce propos, elle pratiquait justement le spiritisme, une croyance qui s'est développée au siècle passé et qui affirmait que l'on pouvait communiquer avec les âmes des morts grâce au concours de personnes douées d'une réceptivité particulière.

— Il me semble d'entendre certains de mes élèves, qui se disent fils des fleurs et me parlent d'états de conscience modifiée, propices à la création artistique. Mais enfin, comment Mathilde s'y prenait-elle ?

— Une fois entrée en transe, le médium, auquel elle avait recours, écrivait tout simplement sur une feuille les réponses des esprits aux questions posées par les intervenants à la séance. On appelle cela la psychographie.

Tanguy leva les yeux au ciel, avec une petite moue amusée.

— Nous connaissons déjà tout cela : voilà un bel exemple d'écriture automatique, que nous, les surréalistes, utilisons pour nous libérer de toute contrainte logique.

Il s'approcha des tableaux, pour appuyer ses propos.

— Avec son œuvre, Pierre nous montre tout simplement la puissance créatrice de l'inconscient. C'est une force qui peut atteindre une telle intensité qu'elle finit par prendre possession de l'artiste et diriger son esprit troublé.

— Irène, qui était médecin, pensait aussi qu'il s'agissait de phénomènes psychiques, admit Nathalie. En tout cas au début, car elle semble s'être ravisée par la suite, en côtoyant des mourants qui lui ont parlé d'étranges visions de l'au-delà.

— Même Hugues soutient que mes tableaux sont le fruit d'une sorte de clairvoyance surnaturelle, fit remarquer Pierre.

— Que Dieu nous garde ! s'exclama Tanguy dans un éclat de rire. C'est bien ce que j'ai cru comprendre lors du vernissage. Hugues n'est pas vraiment ce qu'on appelle une grenouille de bénitier et le voilà maintenant expert en divinations occultes !

— Faute de mieux, une explication en vaut une autre, lâcha Nathalie d'un air subitement distrait, en contemplant le portrait réalisé par Pierre. Je me dis tout à coup, continua-t-elle en se tournant vers ce dernier, que jusqu'ici nous nous sommes concentrés sur l'ancien tableau, en considérant que le tien n'avait pour but que d'attirer l'attention. Mais, peut-être devrions-nous mieux l'étudier, car, si l'on admet qu'il t'a été inspiré par Mathilde, elle y a peut-être caché d'autres indices.

Tanguy secoua la tête.

— Je ne vois pas ce qu'il y a à chercher. Le personnage est identique à l'original et le décor est très simple, juste Angers à l'horizon d'un pré. Mais, tiens, releva-t-il avec ironie, les fleurs sont de la même couleur que les lapis-lazulis du collier.

Nathalie leva les sourcils, sans faire cas de sa douce moquerie.

— Mais, tu as raison... C'est aussi le même bleu ciel que celui de la lanière autour de l'épée.

Tanguy s'approcha de la toile, en s'apercevant que les fleurs au premier plan étaient reproduites avec une étonnante précision.

— C'est plutôt inhabituel pour de si petits éléments du décor, reconnut-il, en s'éloignant pour contempler les portraits dans leur ensemble. Et je confirme que, dans les trois cas, il s'agit bien de la même nuance d'azur.

Nathalie examina à son tour les fleurs, en forme de clochettes, réunies en grappes tournées vers le bas.

— Elles paraissent si réalistes...

— Elles me font penser à celles que j'allais chercher dans les sous-bois avec papa, lui dit Pierre. Au mois de mai, elles tapissent le sol de leur magnifique couleur. C'était un spectacle qu'il affectionnait tout particulièrement. Ensemble, nous en cueillions toujours un bouquet pour maman. Je crois qu'il s'agissait de muguets... oui, c'est bien cela, de muguets bleus.

— Elles sont aussi appelées jacinthes des bois, ajouta Tanguy.

Nathalie fronça les sourcils.

— C'est bizarre... Le fils d'Ela s'appelait Hyacinthe.

— L'enfant mort pendant la guerre ? demanda Pierre.

— Disparu... Il a disparu, corrigea-t-elle, sans détourner le regard du tableau, l'air pensif.

— Comme indice, c'est un peu tiré par les cheveux, lâcha Tanguy, sans se départir de son ton moqueur.

Ils furent interrompus par la voix impatiente d'Angélique.

— Mince, j'ai oublié de vous dire que c'est prêt. S'il vous plaît, ne la faites pas attendre, car je la trouve plutôt tendue, ce matin.

Elle quitta l'atelier, en se hâtant vers la cuisine.

— Cette histoire lui tient vraiment à cœur, glissa Tanguy à Pierre, dès qu'elle fut sortie.

— Au début, je pense que c'était par simple curiosité, mais maintenant elle en fait presque une affaire personnelle. Elle dort très peu et passe la plupart de son temps le nez dans les livres. L'autre jour, elle m'a même dit que le portrait de Mathilde m'a changé. Quand je lui ai demandé ce qu'elle entendait par là, elle m'a répondu qu'elle n'en savait rien, mais que c'était justement pour cette raison qu'elle voulait découvrir le message de la vieille dame. Je t'avoue que je n'y comprends rien.

Ils se dirigèrent vers la porte ; en passant à côté de la table, Tanguy remarqua le dessin que Pierre avait réalisé à Ostende.

— Pour une surprise, c'en est une ! s'étonna-t-il.

— Oh, ce n'est rien, juste une esquisse à main levée.

— Mon enfant, depuis que je te connais, tu ne fais que des portraits. Ils sont bien sûr magnifiques, mais tu n'as jamais voulu t'initier à d'autres compositions et Dieu sait si j'aurais aimé, car tu as un potentiel énorme. Et là, en cachette, tu me griffonnes quelques traits sublimes, d'une telle force expressive qu'un simple bout de papier suffit à me submerger de la douce mélancolie de Nathalie.

— J'en ai eu envie, lui répondit Pierre, comme pour s'excuser. Je suis épris d'elle et j'ai tenu à le lui dire avec ce que je sais faire de mieux.

Tanguy le prit par les épaules, en plongeant un regard ému dans ses yeux.

— En tout cas, elle a raison sur un point : tu as changé, Pierre, et je ne parle pas que de l'artiste.

27.

Charleroi, 6 mai 1969

— Nathalie ?

Pierre appelait depuis le couloir, inquiet de ne pas l'avoir vue de l'après-midi. N'obtenant pas de réponse, il ouvrit la porte et glissa la tête dans l'embrasure. Elle s'était endormie assise à son bureau, sur un cahier noirci de notes ; tout autour d'elle, des dizaines de livres jonchaient le sol, dans un désordre qui ne lui ressemblait pas. Écrits au feutre et en grandes lettres sur une feuille de carton accrochée au mur, il remarqua les mots PIERRE, CIEL, JACINTHE et HYACINTHE, ce dernier mis entre parenthèses et accompagné d'un point d'interrogation.

— Nathalie ? répéta-t-il, en la secouant doucement par l'épaule.

Elle tressauta puis s'étira longuement, surprise que le soleil se couchât déjà.

— Quelle heure est-il ? demanda-t-elle, les traits fatigués.

— Il sera bientôt dix-neuf heures. Est-ce que tout va bien ? Pendant le dîner, tu n'as presque rien dit et là... Franchement, tu commences à me préoccuper.

Il jeta autour de lui un regard éloquent et ramassa quelques livres, pour libérer le passage.

— Tu as raison, mais, depuis notre discussion à l'atelier, je ne fais que penser aux jacinthes et aux lapis-lazulis. Je cherche en vain d'établir un lien entre eux et c'est d'autant plus exaspérant que j'ai la nette impression d'être proche de la solution.

— Pourquoi y aurait-il un lien ?

— C'est évident, pourtant ! Les pierres d'azur et les muguets bleus, des pierres et des fleurs de la même couleur, qui est aussi celle de la lanière autour de l'épée, laquelle renvoie à la scytale et au mot secret de Mathilde... Que faut-il encore pour te convaincre que quelque chose se cache derrière tout ça ?

— Hum... Ne m'en veux pas, mais je crois que tu as tellement envie de trouver une explication, que tu vois des signes partout. Je pense plutôt que la dame du tableau était obnubilée par ses pratiques ésotériques et qu'elle n'en savait trop rien, comme elle l'a du reste avoué à sa fille. Il se peut que son message n'ait aucune signification, à part être le résultat d'une sorte d'hallucination mystique. N'oublie pas qu'après tout ce n'est qu'un mot et que nous ignorons même s'il était destiné à quelqu'un.

— Que penses-tu du fait d'avoir peint des jacinthes, alors que le fils d'Ela porte ce nom ?

— Je ne sais pas, tout était si confus cette nuit-là. En tout cas, je constate avec joie que tu ne peux pas te passer de moi, même quand tu travailles d'arrache-pied.

Il avait parlé sur un ton léger, pour détendre l'atmosphère. Elle le dévisagea en silence, surprise par sa remarque.

— Mais oui ! renchérit-il, en montrant du doigt le mot PIERRE, bien en vue sur le papier accroché au mur.

Elle rit de bon cœur.

— J'ai toujours l'ennui de toi, cela va de soi, mais là, pour une fois, ce n'est que l'étymologie de lapis-lazuli, du latin *lapis*, la pierre, et *lazulum*, le ciel. La pierre d'azur, justement. Désolée, mais rien à voir avec ton prénom...

— Pourtant tu as noté celui de Hyacinthe, l'interrompit-il, en feignant une moue boudeuse.

Elle voulut répliquer sur le même ton badin, mais son rire se figea sur ses lèvres. Les yeux rivés sur la feuille en carton, elle eut une intuition, si étonnante et soudaine, que son visage blêmit.

— Qu'y a-t-il, mon amour ? s'inquiéta Pierre.

Elle se trompait, forcément. Les autres avaient raison, son imagination et ses nuits blanches commençaient à lui jouer des tours. Pourtant, tout devenait clair et cette idée invraisemblable ne l'était finalement pas plus que les circonstances étranges qui avaient amené à elle. Une chose était sûre : elle ne pouvait pas rester dans le doute. Mais, à qui pouvait-elle se confier ? Angélique ne l'aurait pas supporté et Pierre l'aurait prise pour une folle. Elle ne pouvait pas courir le risque de leur faire du mal sur un simple coup de tête.

— Il faut que je parle à Hugues, répondit-elle enfin. Ne t'en fais pas, ce n'est rien de grave, juste une dernière chose que je dois vérifier avec lui. Je t'expliquerai à mon retour...

— À ton retour ? Tu peux lui téléphoner...

— Je dois absolument le voir en personne. Il faut vraiment que je le rencontre, répéta-t-elle avec insistance. Je te demande de me faire confiance et surtout de rassurer ta mère ; fragile comme elle est, je ne veux pas qu'elle s'inquiète inutilement.

Avant qu'il pût répliquer, elle le serra dans ses bras et quitta précipitamment le bureau, en dévalant l'escalier à grandes enjambées. Alertée par le remue-ménage, Angélique se rendit dans le vestibule, juste à temps pour voir la porte d'entrée claquer ; quelques instants après, elle entendit la DS démarrer sur les chapeaux de roues. Saisie d'un mauvais pressentiment, elle rejoignit Pierre, qui regardait désemparé par la fenêtre.

— Que se passe-t-il ? lui demanda-t-elle, affolée.

Il prit le temps d'observer la voiture éviter de justesse celle de Tanguy et s'éloigner à vive allure, en disparaissant derrière le portail.

— Si seulement je le savais, répondit-il, en se tournant vers elle, l'air dépité. Elle m'a juste dit qu'elle doit voir Hugues de toute urgence.

— Pourquoi Hugues ?

— Il semblerait qu'elle ait une chose à vérifier avec lui, mais elle est partie avant que je puisse lui demander quoi que ce soit.

— Encore cette histoire, j'en étais sûre...

Pierre se laissa tomber sur le lit et secoua tristement la tête.

— Depuis quelque temps, elle est bizarre, soupira-t-il. À table, elle n'a pas dit un mot et cet après-midi...

Il se tut, en montrant d'un geste las les livres amoncelés un peu partout.

— Pourtant, quand elle est descendue me voir à la cuisine, elle avait l'air tout à fait normal. Est-ce qu'il s'est passé quelque chose à l'atelier ?

— Nous venions d'installer les portraits. Comme nous l'avons fait maintes fois, nous avons évoqué avec elle les mystères qui les entourent, rien de plus. Je te dis que toute cette affaire lui tient trop à cœur. Ces tableaux revêtent pour elle une telle importance qu'elle en perd le sommeil et bientôt, je le crains, la santé. C'est une véritable obsession ; elle est persuadée que la vieille dame essaie de lui communiquer quelque chose... Maman, qu'y a-t-il ?

La voyant chanceler, il se leva d'un bond et la prit dans ses bras. Écrasée par la douleur, Angélique se blottit contre lui et serra les dents pour ne pas crier. Tout était perdu ; son ultime espoir, celui d'une incroyable coïncidence, venait de se briser avec une violence inouïe. Ce qu'elle redoutait par-dessus tout, depuis bientôt trente ans, avait fini par se produire. Elle ne comprenait pas comment, mais cela n'avait pas d'importance, car, au fond, elle avait toujours su qu'il ne pouvait qu'en être ainsi. Il ne lui restait plus qu'une chose à faire. Par chance, Nathalie avait décidé d'en parler tout d'abord à Hugues, certainement ébranlée par la découverte ; cela lui laissait un peu de temps, mais il fallait faire vite.

— Ce n'est rien... De toute évidence, je ne suis pas encore complètement rétablie. Je vais me coucher. Ne fais pas trop tard non plus, car toi aussi, tu as l'air fatigué. Surtout, ne t'inquiète pas pour Nathalie ; nous connaissons tous son tempérament impulsif et imprévisible. Demain, à la première heure, nous passerons un coup de fil à monsieur Mercer. Je te le promets.

C'était dur de lui mentir, mais il le fallait, une dernière fois. Elle lutta pour ne pas éclater en sanglots. Dans un ultime effort, elle réussit même à lui sourire et à quitter la pièce d'un pas décidé, pour qu'il ne la retînt pas. Elle se hâta vers sa chambre, à l'autre bout du couloir, et referma lentement la porte derrière elle, en posant sur lui un regard qui était déjà un adieu.

*

Reims, quelques heures après

Le bureau sentait bon le café frais. Nathalie réchauffait ses mains en jouant avec sa tasse, tandis qu'Hugues, assis devant elle, attendait patiemment, à la fois inquiet et curieux de connaître enfin les raisons de sa venue.

— Voulez-vous ma veste ? demanda-t-il.

Elle s'était présentée à l'entrée de la galerie vêtue d'un simple chemisier, grelotante au vent de la nuit.

— Non, merci... Est-ce que Leal est là ?

— Il est déjà à Lyon, pour préparer le prochain vernissage de Pierre.

— Tant mieux, car ce que j'ai à vous dire doit pour l'instant rester entre nous. Vous devez me le promettre.

Hugues opina de la tête et mit chauffer une nouvelle cafetière, en pressentant qu'ils allaient en avoir besoin.

— Je suis vraiment désolée de vous tomber dessus de cette manière.

— Rassurez-moi encore une fois : toute à l'heure, vous m'avez dit que tout le monde va bien.

— C'est le cas. Navrée de vous avoir inquiété, mais je ne pouvais pas vous en parler au téléphone.

— Vous pouvez me faire confiance. Qu'est-ce qui vous trouble au point de quitter Charleroi séance tenante ?

Elle se racla la gorge, comme pour gagner du temps.

— Je crois avoir découvert le message secret de Mathilde...

— Nous le connaissons déjà...

— Vous m'avez mal comprise : j'ai découvert ce que son mot caché signifie. C'est tellement invraisemblable que j'essaie de me convaincre que ce n'est que le fruit de mon imagination. Mais, je n'arrive pas à chasser le doute ; si je vois juste, la vie de beaucoup de personnes sera bouleversée. C'est pour cette raison que je ne peux pas leur en parler sans en être certaine. Vous êtes le seul à pouvoir m'aider.

Elle chercha dans sa poche, en poussant un soupir agacé.

— J'ai oublié mon carnet à la maison... Puis-je avoir de quoi écrire ?

Hugues sortit d'un tiroir une feuille de papier et stylo à plume. Comme elle l'avait fait chez elle, elle nota en lettres majuscules le mot lapis-lazuli, en barrant verticalement le trait d'union.

— Regardez, le message est d'une simplicité désarmante.

Hugues secoua la tête, sans comprendre.

— Je vous taquine un peu, car en fait vous ne pouvez pas trouver. C'est l'erreur que j'ai faite moi aussi. Ce mot n'est que la première partie du message, la deuxième étant à chercher dans le tableau de Pierre. Jusqu'à ce matin, j'ai cru que celui-ci n'avait pour but que d'attirer l'attention sur l'ancien portrait. Mais une réflexion de Tanguy sur les fleurs dans le champ derrière Mathilde a éveillé ma curiosité.

— Tanguy..., répéta Hugues avec un sourire amusé. Hier soir, avant de partir, il m'a dit que quand vous avez une idée en tête, rien ne peut vous en faire démordre. Je ne peux pas lui donner tort...

Elle rit doucement, pour la première fois depuis son arrivée.

— Il rechignait à me laisser les tableaux, de peur de ne pas les avoir pour la semaine prochaine.

— Je sais, il n'a pas arrêté de me le répéter. Mais, pardonnez-moi, je vous ai interrompue. Qu'a-t-il remarqué de si intéressant ?

— À vrai dire, il ne faisait que plaisanter au sujet de mes recherches, me trouvant justement quelque peu obstinée. Il a néanmoins relevé que la couleur de ces fleurs est exactement la même que celle des lapis-lazulis du pendentif et de la lanière de votre portrait.

— Nous en avons déjà discuté... Je vous l'accorde, la coïncidence avec la découverte du livre de Plutarque est plutôt troublante, mais je n'attacherais pas trop d'importance à ce détail. Finalement, chaque artiste a ses préférences.

— Est-ce aussi par hasard que Pierre aime la même nuance de bleu que l'ancien portraitiste ?

D'un acquiescement de la tête, Hugues admit qu'il n'avait toujours pas d'explication à cela.

— Ce qui est surprenant, continua Nathalie, est le fait que Pierre a peint ces fleurs avec une grande précision. Elles ne sont que de simples éléments du décor et pourtant on peut aisément les reconnaître. Il nous a appris d'ailleurs qu'elles lui rappellent les promenades qu'il faisait avec son père, dans les sous-bois tapissés de muguets bleus.

— Des muguets bleus ?

— Vous les connaissez probablement sous le nom de jacinthes des bois.

Hugues afficha une moue perplexe.

— C'est drôle, mais cela me fait penser au fils d'Ela...

— Vous venez d'avoir exactement la même réaction que moi. Ne voyez-vous toujours pas ?

Confortée dans son idée, elle reprit sa démonstration.

— Vous le savez certainement, en latin *lapis* signifie pierre et *lazulum* ciel.

Elle écrivit les deux mots ainsi que *jacinthe* puis leva la tête vers Hugues, qui l'observait l'air perplexe.

— Une pierre bleue comme le ciel, bleue comme une jacinthe.

Tout en parlant, elle souligna avec la plume les mots *pierre* et *jacinthe*.

Hugues fronça les sourcils et posa sur elle un regard incrédule.

— Vous n'êtes pas sérieuse, n'est-ce pas ? s'emporta-t-il, en la voyant acquiescer gravement. Que voulez-vous dire ? Que Pierre est le fils d'Ela ? Comment pouvez-vous affirmer une chose pareille sur la base d'un simple jeu de mots ? Je suis désolé pour vous, mais vous perdez la tête...

— Je vous comprends. En roulant jusqu'ici, je me suis posé mille fois la même question et j'ai presque failli faire demi-tour. Je vous l'ai dit, je suis la première à reconnaître que tout ceci est incroyable. Mais, franchement, qu'est-ce qui ne l'est pas, depuis quelque temps ?

Hugues se mit à arpenter la pièce d'un pas nerveux. Elle avait bien entendu raison sur un point : tout était très étrange, à commencer par la référence au mont Saint-Michel. Il n'arrivait pas à se défaire de l'impression déconcertante de servir un dessein précis, qui restait insaisissable, mais semblait s'accomplir inéluctablement depuis un siècle, le tableau de Pierre n'étant que le dernier maillon, après le legs d'Irène et sa rencontre avec Ela. Fallait-il croire à l'œuvre des esprits ou à celle d'un destin écrit à l'avance ? Surtout, pourquoi tout cela ? Il n'avait pas de réponse et ne s'attendait pas à en avoir un jour, mais avait-il pour autant le droit d'ignorer l'intuition de Nathalie ? En pensant à Ela, il se dit que s'il y avait un espoir, même minime, même déraisonnable, il fallait s'en assurer coûte que coûte.

— Si votre supposition est exacte, reprit-il d'une voix plus calme, vous rendez-vous compte du bouleversement pour Ela ?

— Vous oubliez Pierre et Angélique. Voilà pourquoi j'ai voulu avant toute chose me confier à vous. Que devons-nous faire ? Ne rien dire et garder pour nous un doute insupportable ? En même temps, comment vérifier une vérité si terrible sans blesser personne ?

Hugues se redressa et la fixa dans les yeux.

— Il faut d'abord parler à Angélique, décida-t-il. Nous y mettrons bien entendu les formes. Si nous faisons erreur, il lui sera facile de nous pardonner celle qui paraîtra alors comme une simple bévue de mauvais goût. Par contre, nous ne dirons rien à Ela avant d'en savoir plus ; elle a déjà trop souffert pour l'accabler à nouveau d'un faux espoir. Venez, allons nous reposer quelques heures à Witry-lès-Reims. Nous nous mettrons en route demain matin à la première heure.

*

Charleroi, le lendemain

Pierre entrouvrit les yeux, en devinant à travers les volets les premières lueurs de l'aube. Il avait mal dormi, oppressé par le sombre pressentiment que quelque chose de grave allait se produire. Pendant la soirée, il avait essayé de peindre, pour se calmer, mais aucune inspiration n'avait guidé ses mains, l'obligeant à laisser à l'atelier une toile désespérément vierge.

Les coups retentirent à nouveau, cette fois avec force.

— Pierre, réveille-toi, s'il te plaît !

La voix de Tanguy trahissait une grande nervosité. D'un bond, il lui ouvrit, la mine sévère de son mentor achevant de l'affoler.

— Que se passe-t-il ?

— Ta mère a disparu.

Tanguy sortit de sa poche un petit bout de papier, sur lequel Pierre reconnut l'écriture d'Angélique.

Pierre, mon enfant adoré, c'est la mort dans l'âme que je dois te quitter, mais il faut que je règle une vieille affaire. Ne t'inquiète pas, car ce qui arrive n'est que justice. Rappelle-toi que je t'ai toujours aimé comme jamais une mère a aimé son fils et que tout ce que j'ai fait, je l'ai fait pour toi. J'espère qu'un jour tu pourras comprendre.

Avec amour

Maman

— Qu'est-ce que cela signifie ? Depuis hier, cette maison est devenue un asile de fous. Nathalie d'abord, ma mère maintenant...

Tanguy le prit par le bras et l'entraîna dans le couloir.

— Ce n'est pas tout. Regarde, je l'ai trouvée comme ça, en me réveillant.

La trappe qui menait au grenier était ouverte, son étroit escalier escamotable étant toujours baissé.

— J'ai entendu un bruit vers une heure du matin, ajouta Tanguy, mais je ne m'en suis pas inquiété outre mesure.

Ils se dépêchèrent de monter, en découvrant un coffre en bois rempli de jouets, dont une bonne partie était éparpillée sur le sol, quelqu'un ayant manifestement fouillé en toute hâte.

— Je ne l'avais jamais vue auparavant, s'étonna Pierre, en ramassant par terre une vieille photo jaunie.

C'était un portrait réalisé en studio, ses parents posant devant la reproduction grandeur nature d'une pergola fleurie. Étienne se tenait debout et fixait l'objectif avec la joie et la fierté d'un jeune père. À ses côtés, assise dans un large fauteuil en rotin, Angélique regardait avec une tendresse infinie le nourrisson au visage joufflu qui dormait dans ses bras.

— Elle est rayonnante... Je ne l'ai jamais connue ainsi, murmura Tanguy d'une voix triste.

Sur le dos de la photo, il remarqua l'inscription *Baptême de Pierre, 6 avril 1940.*

— C'étaient les jours heureux juste avant l'exode, expliqua ce dernier. Du jour au lendemain, ils avaient dû tout laisser et fuir sous les bombardements. Cela a dû les marquer à vie, maman surtout, car je n'avais que quelques semaines.

— Bien sûr, opina Tanguy, en poussant un soupir douloureux. Je me souviens moi aussi de cet été maudit et de l'occupation qui a suivi.

— Je ne comprends pas pourquoi mes parents ne m'ont jamais montré ce cliché. C'est d'autant plus étrange qu'il n'y a pas d'autres photos de moi nourrisson. Ils m'ont dit qu'ils les avaient toutes perdues dans la confusion de ces jours tragiques.

Tanguy plissa les yeux, en remarquant une irrégularité sur la face latérale du coffre ; en forçant avec ses doigts, il découvrit que le socle dissimulait un tiroir.

— Dans sa précipitation, Angélique a dû mal pousser le ressort de fermeture, expliqua-t-il.

Il connaissait bien ce type de cachette, car il possédait un ancien secrétaire avec plusieurs de ces compartiments secrets. Sous le regard intrigué de Pierre, il fit glisser la main le long des parois internes du coffre, en repérant rapidement un tasseau, qui céda sous la pression avec un bruit sec, le tiroir s'ouvrant de quelques centimètres. Pierre aperçut alors une vieille carte routière, qu'il s'empressa de déplier avec précaution, le papier, entamé par le temps, étant déchiré par endroits. Une croix marquait un petit chemin en pleine campagne, à quelques kilomètres de Poitiers.

— Qu'est-ce que c'est ? demanda Tanguy.

— Elle date des années quarante. Il s'agit probablement de la carte que mes parents ont utilisée pendant leur fuite. Pour la croix, c'était peut-être un point de ralliement. Je ne sais pas grand-chose, car ils n'ont jamais voulu me raconter ce qui s'était passé exactement.

Tandis que Pierre cherchait d'autres repères, Tanguy sortit complètement le tiroir, en découvrant un écrin en velours noir, ouvert et vide, un vieil holster en cuir et des boîtes de munition.

— Ton père n'avait-il pas été exempté du service militaire ?

— Si, à cause de son pied bot, répondit Pierre de derrière la carte. Pourquoi cette question ?

— J'ai trouvé un étui de pistolet et des munitions.

— Ah ! Voilà où il l'avait caché. C'est le Luger qu'il s'était procuré dès l'invasion de la Pologne, pour protéger les siens.

— Est-ce qu'il s'en est servi ?

— Non, jamais et je ne pense pas qu'il aurait pu tirer sur quelqu'un. C'était juste pour se rassurer, et encore... Enfant, je lui ai demandé un jour de m'apprendre à l'utiliser. Il a refusé catégoriquement et dès le lendemain le pistolet avait disparu de l'armoire vitrée à la bibliothèque. Papa m'a dit qu'il l'avait mis là où personne ne pouvait le trouver, car non seulement c'était dangereux, mais cela lui rappelait aussi de trop mauvais souvenirs. S'il est ici depuis tout ce temps, il doit être dans un sale état.

— Je ne sais pas, car il n'y a que l'étui...

D'un geste brusque, Pierre posa la carte, en constatant avec effarement qu'une des boîtes de munitions était ouverte.

— Oh, mon Dieu, lâcha-t-il d'une voix étranglée.

*

Angers, au même moment

Le taxi disparut dans la brume matinale. Angélique respira profondément et chercha dans son sac à main, pour s'assurer qu'il était toujours là. Puis, elle pénétra dans le vestibule et gravit les marches jusqu'au premier étage, luttant contre l'envie de s'enfuir. Le son strident de la sonnette la fit tressauter ; à l'instant où la porte allait s'ouvrir, elle ferma les yeux et demanda pardon à Pierre.

Elle venait de se lever, réveillée par le bruit d'une voiture. En entendant la sonnette, Ela se hâta, ravie à l'idée d'une arrivée à l'improviste d'Hugues, comme il en avait l'habitude, chaque fois qu'il pouvait lui faire une surprise. Pendant un court instant, elle fixa interloquée cette inconnue au visage hâve, qui gardait étrangement les paupières closes dans une sorte de prière silencieuse. Puis, elle baissa les yeux vers la main qu'elle lui tendait et aperçut une lueur métallique.

28.

Witry-lès-Reims, 7 mai 1969

Hugues s'attendait au coup de fil de Pierre, car il devait certainement se faire du souci, mais, en décrochant, il était loin d'imaginer ce que ce dernier venait de lui apprendre. En voyant Nathalie sortir de la chambre d'amis, elle aussi brusquement tirée de son sommeil par la sonnerie, il lui tendit le combiné, la mine grave.

— Comment, disparue ? s'étonna-t-elle, la voix angoissée de Pierre résonnant fort à travers le téléphone.

Elle interrogea du regard Hugues, qui haussa les épaules l'air dépité.

— La trappe était ouverte. Elle a fouillé dans le coffre à jouets.

Pierre fut interrompu par un chuchotement agité.

— Tanguy..., souffla Nathalie à Hugues.

— Elle n'est pas dans le parc non plus ! reprit Pierre, de plus en plus affolé.

— Calme-toi, s'il te plaît. Tout d'abord, êtes-vous certains qu'elle n'est pas dans la maison ?

— Nous l'avons cherchée partout. C'est Tanguy qui a remarqué son absence, intrigué par l'échelle du grenier, qu'elle n'a pas refermée.

— Je ne comprends pas. Pourquoi aurait-elle disparu ? Hier, elle avait l'air bien et il ne s'est rien passé de spécial...

— Tu sais bien que non ! l'interrompit-il sèchement. Pourquoi es-tu partie de bout en blanc ?

C'était la première fois qu'il levait la voix sur elle ; elle s'en voulut encore plus de ne rien pouvoir lui dire.

— Fais-moi confiance, s'il te plaît. Encore une fois, j'ai juste un détail à vérifier auprès d'Hugues. Nous... je vais rentrer cet après-midi, c'est promis !

— J'ai l'impression que tu me caches des choses. Je suis même persuadé que la disparition de maman est en rapport avec ton départ.

— Je te jure que non, souffla-t-elle.

Elle n'aimait pas mentir, surtout à Pierre. Devinant son hésitation, Hugues lui fit les gros yeux et porta l'index à la bouche d'un geste péremptoire.

— Si je te dis cela, continua Pierre plus calmement, c'est parce que je l'ai vue se troubler subitement quand elle m'a rejoint dans ton bureau. Elle a prétexté un coup de fatigue et s'est enfermée dans sa chambre, d'où elle n'est plus sortie de la soirée.

— Angélique est venue dans mon bureau..., répéta Nathalie, en lançant un regard appuyé à Hugues.

Elle mit la main sur le combiné et lui parla à l'oreille.

— Elle a forcément aperçu mes notes, car elles étaient accrochées au mur, bien en vue.

Hugues s'efforça de réprimer un cri, pour que Pierre ne l'entendît pas. C'était donc vrai, la disparition d'Angélique étant en fait un aveu. Il eut une pensée émue pour Ela, mais sa joie fut de courte durée, une vive inquiétude le saisissant soudainement.

— Je crois savoir où madame Lécuyer a pu aller, murmura-t-il à Nathalie d'une voix nerveuse. Raccrochez vite, s'il vous plaît. Il faut que je prévienne Ela.

— Allô ? Est-ce que tu m'entends ?

— Oui, Pierre. Désolée, je discutais avec Hugues. Il a peut-être une idée pour retrouver ta mère. Je dois libérer la ligne, mais je t'appelle tout de suite après.

— D'accord, mais dépêchez-vous, car nous nous faisons un sang d'encre. Cela ne veut certainement rien dire, mais dans le coffre nous avons découvert un tiroir secret, dans lequel mon père avait caché un vieux pistolet. Il n'y a plus que son étui.

— Un pistolet ? Vous ne pensez pas sérieusement qu'elle a...

Elle n'eut pas le temps de finir la phrase. Hugues lui arracha le combiné et coupa la communication.

*

Angers, au même moment

— Il s'agit très probablement d'une chute de tension. Elle devrait s'en remettre rapidement, mais il serait préférable que quelqu'un la surveille, en tout cas ce matin.

— N'ayez crainte, je vais rester auprès d'elle.

— En cas de douleurs, donnez-lui un de ces comprimés toutes les trois heures. Rappelez-lui aussi de passer me voir la semaine prochaine, car j'aimerais faire quelques analyses, pour en avoir le cœur net.

— Je n'y manquerai pas.

— Vous m'avez dit que vous êtes...

— Une amie... Une très vieille amie.

Angélique raccompagna le médecin à la porte et retourna au salon, où Ela, allongée sur le divan, revenait à elle lentement.

— Qui êtes-vous ? demanda-t-elle, les yeux hagards.

Elle voulut s'asseoir, mais une vive douleur à la tempe l'arrêta. Angélique s'empressa de caler un coussin sous sa tête et lui conseilla de rester étendue encore un moment.

— Je suis vraiment désolée, ajouta-t-elle. En tombant, vous avez tapé contre le mur. Vous m'avez fait une belle frayeur. Heureusement, votre voisine du dessus a entendu le bruit et m'a aidée à vous transporter jusqu'ici. C'est elle qui a appelé le médecin.

— Vous ne m'avez pas dit qui vous êtes.

— Je suis Angélique, la mère de Pierre Lécuyer.

Ela écarquilla les yeux.

— Que faites-vous ici, à cette heure du matin ?

Soudain, elle se souvint de sa fragilité psychique, une pensée inquiétante traversant alors son esprit.

— Est-ce que les vôtres savent où vous êtes ? Souhaitez-vous que je les prévienne ?

Angélique la rassura d'un petit sourire.

— Ne vous en faites pas, je vais bien. Je n'ai pas l'habitude de déranger ainsi les gens, mais... il fallait que je vous parle. Depuis quelques mois, il se passe des choses bizarres.

Avant qu'elle pût l'en empêcher, Ela se leva et se dirigea vers la cuisine d'un pas chancelant.

— Mettez-vous à votre aise, lui dit-elle. Je suppose que vous faites référence à cette histoire de tableaux. Cela peut attendre un café ; là, il m'en faut un bien serré ainsi qu'une bonne aspirine.

— Le médecin a laissé pour vous sur la table des comprimés contre la douleur.

— Merci. À mon tour d'être désolée. Comme l'a dit le docteur Carignan, j'ai dû me lever trop vite.

Angélique attendit qu'elle eût quitté la pièce pour se précipiter ouvrir une fenêtre. Soulagée par la fraîcheur du matin, elle respira un grand coup et essaya de mettre de l'ordre dans ses idées, car rien ne se passait comme prévu. Elle ne savait plus quoi faire. D'une part, elle ne voulait pas bouleverser à nouveau Ela, d'autant plus que la chute semblait avoir effacé le souvenir de ce qu'elle avait vu ; d'autre part, bien que son évanouissement laissât peu de place au doute, elle n'était pas encore tout à fait sûre qu'il s'agissait de la bonne personne, à qui pouvoir livrer son secret sans risquer de perdre Pierre par une terrible méprise.

— J'ai fait la connaissance de Nathalie, une jeune femme ravissante et à l'esprit vif, lui dit Ela, en revenant.

Angélique se ressaisit et l'aida à poser sur la table basse le plateau avec les tasses fumantes.

— Moi aussi, je l'apprécie beaucoup, répondit-elle d'une petite voix. Elle me prête main-forte avec Pierre.

— Les artistes... Mais, pardonnez-moi, quelle est donc cette affaire urgente ?

Angélique toussota nerveusement.

— Je ne sais pas vraiment par où commencer... Des événements récents m'ont rappelé de vieux souvenirs et semé le doute dans mon esprit. Cela va vous sembler étrange, mais vous êtes la seule personne qui peut m'aider.

— Si je peux faire quelque chose, ce sera bien volontiers, mais je ne vois pas tellement en quoi je peux vous être utile. S'agit-il des tableaux ? Tout ce que je sais, c'est que cette histoire est invraisemblable…

— C'est en effet très troublant et je suis d'ailleurs convaincue que nous ne découvrirons jamais comment cela a pu arriver.

— Sauf croire à l'action des esprits, à l'instar de la dame du portrait. Reste encore à comprendre pourquoi ils l'auraient fait.

— C'est la raison pour laquelle je suis là. Enfin... peut-être.

Ela la regarda avec étonnement et se demanda à nouveau s'il ne valait pas mieux d'avertir sa famille.

— Encore une fois, il ne s'agit pas d'une de mes crises, reprit Angélique, en devinant son inquiétude. Je dois vous parler de ce qui s'est passé en juin 1940.

Ela ne s'y attendait pas. L'image de ce qu'elle avait entrevu sur le pas de la porte lui revint tout à coup et avec elle le souvenir déchirant des derniers baisers qu'elle avait posés sur le front de Hyacinthe.

— Montrez-la-moi..., lâcha-t-elle dans un murmure.

*

Hugues avait dû s'y prendre deux fois, avant de réussir à composer le numéro. Maintenant, il attendait, en tambourinant nerveusement avec ses doigts contre le mur et en poussant des soupirs inquiets à chaque sonnerie à vide.

— Normalement, elle répond tout de suite, s'exaspéra-t-il. À cette heure-ci, elle est certainement à la maison. Il se passe quelque chose, je vous le dis.

— Je ne peux pas croire qu'Angélique veuille lui faire du mal. Elle est parfois difficile à vivre, mais de là à...

— Moi non plus, je ne peux pas le croire, l'interrompit-il. Mais, le fait est que le pistolet a disparu...

— Allô ?

La voix d'Ela n'était qu'un souffle à peine audible.

— Mon amour ! Est-ce que tout va bien ?

Il y eut un long silence, entrecoupé de sanglots étouffés. Hugues était sur les braises, mais s'efforça de rester calme, pour ne pas l'affoler.

— Que se passe-t-il ? La mère de Pierre est-elle avec toi ?

— Elle est arrivée tôt ce matin.

— Pourquoi pleures-tu ? Est-ce qu'elle t'a fait du mal ?

— Pourquoi ferait-elle cela ? s'étonna-t-elle. Les miennes sont des larmes de joie. Mais, pourquoi m'appelles-tu à cette heure-ci ?

Déconcerté, Hugues bredouilla quelques mots confus, ne sachant pas quel prétexte invoquer. Nathalie se saisit alors du combiné.

— Elle a quitté la maison cette nuit sans prévenir et nous nous faisons du souci pour elle, car nous craignons une de ses crises.

— Nathalie ? Que faites-vous à Reims ?

Ela passait d'une surprise à l'autre.

— Je vous expliquerai plus tard. Vous a-t-elle dit pourquoi elle est chez vous ?

— Je ne sais pas encore, mais elle vient de me montrer la médaille...

Un sanglot ému interrompit sa phrase.

— Quelle médaille ? insista Nathalie.

Le visage d'Hugues se crispa. Ela lui avait un jour demandé de garder secret ce détail, car c'était le seul moyen dont elle disposait pour confondre d'éventuels imposteurs.

— Vous n'allez pas le croire, mais c'est ma médaille de baptême. Je l'avais accrochée à son cou le jour où nous avons dû nous quitter. Je saurai finalement ce qu'il est advenu de mon Hyacinthe !

Hyacinthe ! En entendant ce nom, Angélique comprit qu'elle allait être séparée de Pierre pour toujours. La douleur qui transperça son cœur à ce moment lui fit réaliser le mal qu'elle avait fait, car c'était la même souffrance à laquelle elle avait jadis condamné une autre mère. Elle s'était menti à elle-même depuis le premier jour, en refoulant au fond de son âme la honte et le remords de ne jamais avoir vraiment voulu savoir. Un rayon de soleil traversa les vitraux et illumina la médaille d'un éclat doré ; elle la prit dans sa main et contempla tristement saint Hyacinthe, dont le nom en latin était gravé le long du bord, comme lui avait expliqué un jour Étienne, persuadé de pouvoir ainsi retrouver la famille du petit. La gorge nouée, elle lui demanda pardon de ne pas l'avoir écouté.

— Hugues veut vous parler, cria Ela depuis le couloir.

Elle tressaillit à l'idée que Nathalie l'avait certainement déjà mis au courant. Se donnant tant bien que mal du courage, elle s'empressa de saisir le combiné puis attendit qu'Ela retournât au salon, avant de s'annoncer.

— Écoutez-moi bien et surtout veillez à ce qu'Ela ne vous entende pas, l'apostropha Hugues sans détour. Tout d'abord, est-ce vrai que Pierre et Hyacinthe sont la même personne ?

Pendant ses nuits hantées de cauchemars, cette question avait résonné dans sa tête mille fois et mille fois elle s'était réveillée en sueur au moment d'y répondre, secouée par des pleurs qu'elle essayait d'étouffer dans les draps. Cette fois, c'était différent : en voyant Ela au salon, en train de fondre en larmes en serrant la médaille contre son cœur, elle acquiesça sans hésiter, comme une délivrance trop longtemps attendue. Elle se sentit aussitôt envahir par une sensation d'apaisement si intense et surprenante, qu'elle ne fit pas cas de l'éclat de voix d'Hugues.

— Comment avez-vous pu faire cela ? Comment avez-vous pu commettre une telle abomination ? Voler un fils à sa mère...

Bouleversé, il ne put continuer. Sa joie pour l'enfant retrouvé avait laissé la place à la rage pour tout ce qu'Ela avait dû endurer, déchirée entre le sombre abattement de la résignation et la cruauté d'un espoir vain. Il voulut crier, mais aucun son ne sortit de sa bouche, qui se tordit en une grimace douloureuse.

— Je suis prête à assumer les conséquences de ce que j'ai fait, répondit Angélique à voix basse. Mais d'abord, je dois arrêter une folie qui a trop duré. Je dois lui parler, non pas pour qu'elle me pardonne, mais pour que je puisse lui expliquer ce qui s'est vraiment passé. J'espère qu'elle pourra comprendre que nos intentions n'étaient pas mauvaises.

— Vous ne ferez rien du tout avant que nous ne soyons pas sur place, lui intima Hugues. Est-ce que c'est clair ? Vous ne dites rien à Ela. À cause de vous, elle a pleuré son fils sans savoir s'il était mort ou vivant. Vous n'imaginez pas le mal que vous lui avez fait. Je veux être à ses côtés ; il faut que je puisse la préparer et la soutenir. Nous partons maintenant et serons là en début d'après-midi.

— Mais..., elle m'attend au salon pour que je lui parle de la médaille.

— Vous avez menti pendant trente ans, alors, quelques heures de plus...

Il lui raccrocha au nez, en la plongeant dans le désarroi.

*

— Que vous arrive-t-il ? lui demanda Ela, en la voyant revenir l'air abattu.

Angélique prit place en face d'elle et garda le silence.

— Avez-vous reçu une mauvaise nouvelle ?

— Non..., tout va bien, lâcha-t-elle enfin. Hugues et Nathalie partent maintenant de Reims ; ils seront là dans quelques heures.

Ela ne put cacher son étonnement.

— Décidément, il se passe des choses étranges aujourd'hui. Vous ont-ils dit pour quelle raison ?

D'un geste las, Angélique prit la médaille qu'Ela avait reposée sur la table.

— Quand vous étiez au téléphone, je vous ai entendu parler de votre médaille de baptême.

Ela lui montra du doigt la gravure sur le revers de celle-ci.

— Regardez, c'est ma date de naissance, le 10 juin 1908. Ce sont mes parents qui m'ont offert ce cadeau, un souvenir qui m'est très cher et qui me rappelle surtout ma mère. Je ne l'ai presque pas connue, car elle est décédée quand j'avais deux ans.

Angélique opina de la tête, l'air pensif, tandis qu'Ela attendait ses explications avec d'autant plus d'impatience, qu'elle se demandait pourquoi elle avait manifestement éludé sa question.

— Madame, peu importe ce qui vous a amenée à sonner à ma porte, lui dit-elle enfin sur un ton calme mais ferme, il s'agit néanmoins de la médaille que j'ai accrochée au cou de mon fils la dernière fois que je l'ai vu. Jusqu'ici, j'ai respecté votre fragilité, mais maintenant il faut que vous me disiez comment vous êtes entrée en sa possession. J'ai abandonné mon enfant alors qu'il n'avait que quelques semaines ; depuis, il ne se passe pas un seul jour sans que je ne sois pas tourmentée par les remords. Cette médaille me redonne l'espoir de connaître enfin ce qu'il est advenu de lui !

— Vous n'y êtes pour rien ! répliqua Angélique, avec un emportement soudain.

— Vous ne pouvez pas savoir. Je n'aurais jamais dû les laisser à leur sort…

— Vous ne pouviez pas faire autrement. Ce mois de juin 1940 a été maudit pour nous tous.

Ela la dévisagea en silence et se redressa dans son fauteuil.

— Nathalie vous a raconté...

— Il ne faut pas lui en vouloir. Elle m'en a parlé, parce qu'elle sait que notre famille aussi a souffert sur la route de l'exode.

— Je ne lui en veux pas. Seulement, je n'aime pas évoquer ses souvenirs. Vous avez un fils et vous pouvez me comprendre. Je vous le demande encore, où avez-vous trouvé cette médaille ?

Angélique se raidit, ne sachant plus comment gagner du temps.

— C'est donc ici qu'a vécu la vieille dame, tergiversa-t-elle, en se levant et en esquissant un pas en direction de la cheminée.

C'en était trop pour Ela, qui l'attrapa par le bras.

— Mais parlez, enfin ! Que me cachez-vous ? Pourquoi me montrer la médaille pour ensuite ne rien dire ? Que voulez-vous de moi ? Me faire souffrir encore plus ?

Angélique se mordit les lèvres nerveusement.

— J'ai pensé à la dame du portrait, parce que je crois que les tableaux ont été réunis à cause de ce qui s'est passé le 24 juin 1940.

— Pourquoi cette date ? C'est le jour où Hyacinthe a disparu...

Ela s'écarta d'elle brusquement, en poussant un cri sourd.

— Attendez, je comprends ! Vous étiez là, n'est-ce pas ? C'est vous qui l'avez trouvé !

Angélique baissa les yeux et opina gravement.

— Madame Bazylewski, aviez-vous un landau ? Un landau bleu foncé avec de petites fleurs blanches ?

— C'était un cadeau d'Irène... Malgré la guerre aux portes, elle s'était arrangée pour en dénicher un flambant neuf. Elle était tellement heureuse d'avoir enfin un petit-fils que rien n'était assez beau pour lui.

Elle esquissa un sourire triste puis s'assombrit et chancela, en s'appuyant contre le linteau de la cheminée d'une main tremblante.

— Est-ce là que vous avez trouvé son corps ?

— Son corps ? Oh, non ! Vous m'avez mal comprise. Votre fils était dans son landau, mais bien vivant. C'est la raison qui m'amène chez vous.

*

Il l'aperçut dès la porte franchie, près de la fenêtre du salon, en train de contempler d'un regard vide le va-et-vient dans la rue. À l'évidence, elle avait tout avoué. Les traits tendus, Hugues bondit dans sa direction, inquiet de ne pas voir Ela. Nathalie réussit à le retenir et lui donna le petit mot qu'elle venait de trouver accroché au miroir d'entrée.

— Je m'en doutais..., maugréa-t-il, en parlant à lui-même.

Elle l'interrogea des yeux, mais, absorbé dans ses pensées, il n'eut qu'un hochement de tête préoccupé.

— Restez avec elle, lui lança-t-il enfin, en désignant Angélique d'un regard noir.

Il claqua la porte derrière lui et dévala précipitamment l'escalier. Nathalie se rendit au salon, où Angélique semblait ne pas faire cas de sa présence.

— C'est donc vrai..., essaya-t-elle de lui dire, ses mots se perdant dans le vide.

Elle remarqua sur la table basse la médaille de baptême, dont Hugues lui avait parlé pendant le trajet ; elle s'en saisit, en découvrant l'inscription qui avait permis à Angélique de faire le lien avec le message des tableaux.

— Quand j'ai vu ce nom, écrit en grandes lettres dans ton bureau, je n'en ai pas cru mes yeux, lui dit cette dernière, en rompant brusquement le silence. Au fur et à mesure que tu avançais dans tes recherches, je m'obstinais à penser qu'il ne s'agissait que de simples hasards ; hier encore, alors que j'avais compris que tout était fini, je me suis pourtant accrochée à l'infime espoir d'un extraordinaire quiproquo, jusqu'au dernier moment, quand elle a prononcé le nom de son fils. Crois-moi, j'ai essayé d'attendre votre arrivée, mais...

— Ne t'en fais pas. J'ai bien dit à Hugues que tu n'allais pas pouvoir garder le silence longtemps. Là, il s'inquiète beaucoup pour Ela, car il craint que le bouleversement ne soit trop violent pour elle. Sais-tu où elle est en ce moment ?

Angélique secoua la tête négativement.

— Comment a-t-elle réagi ?

— Très calmement. Je n'en revenais pas, c'était presque irréel. Alors que je redoutais par-dessus tout cet instant, elle m'a juste écoutée en pleurant puis elle est sortie, sans mot dire, comme si je n'étais pas là.

— Tu comprends qu'il faudra quand même que tu t'expliques, n'est-ce pas ? Comment cela a-t-il pu se produire ? J'entends, je ne te vois pas en train d'enlever un nourrisson.

— Ce jour de juin a été maudit pour tout le monde... Pierre était notre premier enfant et nous étions aux anges. Ce petit rayon de soleil nous a même fait oublier la guerre pendant quelques semaines.

Avec un pincement au cœur, Nathalie ne put s'empêcher de penser au récit d'Ela et au bonheur éphémère dont elle aussi lui avait fait part.

— En mai, au moment de l'invasion, nous avons fui vers la France, continua Angélique. Nous avons tout d'abord longé la côte atlantique et essayé ensuite d'atteindre la zone libre, en passant par Angers. C'était difficile et dangereux, car Pierre n'avait que quelques semaines. Parfois, nous avions la chance de trouver un hébergement pour la nuit, mais, le plus souvent, nous devions dormir dans la voiture, au bord de la route. Le 24 juin, nous avons rejoint la même colonne de réfugiés que le mari de madame Bazylewski...

— Ils n'étaient pas...

Nathalie interrompit sa phrase, en se rendant compte que cela n'avait aucune importance et que, de toute façon, Angélique continuait à parler sans faire attention à elle, perdue dans ses souvenirs.

— La première attaque des stukas fut suivie d'un mouvement de panique indescriptible. Les gens courraient dans tous les sens, pour se mettre à l'abri. Au sol, à côté des cadavres, gisaient de nombreux blessés, qui appelaient désespérément à l'aide. Nous avions eu beaucoup de chance... Enfin, nous le croyions. La voiture était criblée d'impacts, mais nous étions indemnes ; le couffin, dans lequel Pierre dormait et qui était posé sur la banquette arrière, n'avait pas été touché non plus. Il fallait s'éloigner de la route au plus vite, car les avions revenaient déjà. J'ai pris le couffin et j'ai couru à toutes jambes jusqu'au bois au bout de la clairière, Étienne essayant de nous protéger avec son corps. Nous venions de nous cacher derrière les arbres que les bombes tombaient à nouveau, ne laissant aucune chance à ceux restés près du chemin. C'était insupportable ; j'ai fermé les yeux, mais aujourd'hui encore il m'arrive d'entendre leurs cris. Après un temps qui nous a paru interminable, les avions ont fini par s'éloigner. Nous avions survécu ; folle de joie, je me suis jetée au cou d'Étienne, mais il n'a pas réagi. C'est alors que j'ai remarqué son regard horrifié, rivé sur le couffin.

Nathalie commençait à comprendre. D'une main compatissante, elle essuya une larme sur la joue d'Angélique et l'aida à s'asseoir.

— C'était affreux, reprit-elle avec un tremblement des lèvres. Pierre semblait dormir paisiblement, mais ses langes étaient souillés d'une tache rouge, qui grossissait à vue d'œil. Quand je l'ai soulevé, le sang a coulé en abondance sur mon chemisier ; il ne respirait plus, transpercé par un éclat d'obus. Tout s'était passé en un instant, sans un seul cri. Nous nous sommes longuement regardés, hagards ; nous n'avions même pas la force de pleurer. À la lisière du bois, nous avons vu des gens enterrer leurs morts dans des tombes de fortune. C'était tout ce que nous pouvions faire ; Étienne est allé chercher une pelle dans la voiture et a commencé à creuser au pied d'un arbre. Pendant ce temps, j'ai gardé Pierre serré contre moi, ma tête contre la sienne, en le couvrant de baisers ; je me rappelle qu'il sentait encore bon le talc...

Avec émotion, Nathalie se souvint des nombreux flacons qui encombraient la salle de bain et dont elle s'était toujours étonnée. Elle réalisait maintenant ce qu'ils signifiaient vraiment pour Angélique.

— J'ai mis dans ses mains le crucifix que je portais au cou depuis ma première communion ; je l'ai enveloppé dans un drap, en veillant à bien protéger son joli visage, et je l'ai posé au fond du trou, comme dans un berceau. Nous l'avons recouvert de terre, quelques gros cailloux faisant office de pierre tombale, sur laquelle nous avons prié en silence. Le temps pressait, car la colonne repartait déjà, dans la crainte d'une nouvelle attaque. Avant de quitter les lieux, Étienne a marqué sur une carte l'endroit exact de la sépulture, pour pouvoir la retrouver après la guerre.

Angélique se racla la gorge, accablée de chagrin.

— Le destin en a décidé autrement, ajouta-t-elle encore, dans un murmure.

— Vous n'y êtes plus retournés, n'est-ce pas ? Vous ne vouliez et ne pouviez pas...

— Juste avant de mourir, Étienne m'a avoué avoir été rongé par le remords de l'avoir abandonné dans ce bois, même si cela était nécessaire pour le bien de notre famille. Il m'a fait promettre de l'exhumer et de lui donner une sépulture chrétienne, mais je n'avais pas le choix, si je ne voulais pas perdre à nouveau mon enfant. J'ai donc continué à taire la vérité, seule dans ma douleur, car pour tous Pierre était toujours vivant.

— Comment avez-vous trouvé Hyacinthe ? Pourquoi ne pas l'avoir rendu à sa famille ?

— Nous nous dirigions vers la voiture, quand nous avons entendu un nourrisson pleurer. Cela nous a surpris, parce qu'il n'y avait personne aux alentours. En nous approchant, nous avons découvert un landau couché sur le flanc, caché dans les hautes herbes en contrebas de la route. D'après ce que madame Bazylewski t'a raconté, je pense que son compagnon, dans un geste désespéré, a mis l'enfant dans le landau et lui a fait dévaler la pente, pour l'éloigner des bombes.

— Il s'est sacrifié pour lui, commenta à voix basse Nathalie, en comprenant enfin comment Thierry avait été séparé de son fils.

— Sur place, nous avons essayé de retrouver ses parents, mais il n'y avait plus personne. Nous avons alors remonté la colonne de réfugiés en voiture, sur plusieurs kilomètres, en demandant à tous s'ils connaissaient le petit. Rien... Le soir approchant, nous avons décidé de poursuivre vers le sud et de le prendre avec nous, car nous ne savions pas à qui le confier. Plus tard, en septembre, quand nous avons pu rentrer chez nous, la Belgique était occupée. Il était hors de question de remettre l'enfant à une administration sous le joug allemand. Pour nous éviter des ennuis, nous l'avons fait passer pour Pierre, étant donné qu'ils avaient à peu près le même âge. Personne ne s'est jamais aperçu de rien et nous l'avons élevé comme notre fils jusqu'à la libération.

— Je comprends... Après toutes ces années, vous n'avez pas pu vous en séparer, car désormais vos liens étaient trop forts.

— En réalité, ce fut beaucoup plus compliqué. Étienne l'aimait lui aussi plus que tout, mais voulait régulariser notre situation en l'annonçant aux autorités de tutelle. Grâce à la médaille que nous avions trouvée à son cou, il comptait s'assurer que l'enfant était vraiment orphelin, pour entamer une procédure d'adoption en bonne et due forme. Nous en avons discuté pendant des jours, Étienne essayant par tous les moyens de me faire entendre raison. Je ne pouvais pas accepter l'éventualité d'être séparés, cette idée m'était tout simplement insupportable. J'ai sombré dans la dépression ; Étienne, qui ne voulait pas me perdre, s'est alors enfermé avec moi dans ce lourd secret, qui a fini par miner notre famille. Pendant des années, j'ai été une mère heureuse tandis que lui, il n'a plus jamais été le même. Petit à petit, il s'est éloigné de moi ; avant de mourir, il m'a avoué la souffrance que le choix impossible entre Pierre et moi lui infligeait chaque jour. Il m'a fait jurer de tout entreprendre pour retrouver sa famille, mais, là encore, je lui ai menti. Depuis, ceux qui m'entourent se demandent pourquoi je suis distante et froide, alors que je devrais me réjouir d'avoir un enfant si talentueux, mais, en réalité, je vis dans la honte et la culpabilité d'un mensonge odieux, en ayant d'autant plus peur de le perdre qu'il est désormais connu.

— Pourquoi n'as-tu jamais rien dit à Pierre ? Il aurait certainement pu comprendre que tu as agi par amour.

Angélique esquissa un sourire désabusé.

— Je vais devoir payer le prix de mon égoïsme, car je ne voulais pas courir le risque qu'il se mît à la recherche de sa famille. Comment penses-tu qu'il réagira maintenant, en apprenant que je l'ai privé de sa vraie mère ?

Elle baissa les yeux, l'air effondré.

— Ils ne pourront jamais me pardonner, continua-t-elle dans un souffle. Je ne mérite que le mépris.

— Non, ne dis pas ça. Il t'a fallu beaucoup de courage pour venir ici... Je ne sais pas ce qui va se passer, mais je ne te lâcherai pas. Après tout, Pierre a survécu grâce à toi...

— C'est une maigre consolation, quand je pense à ce que j'ai infligé à madame Bazylewski...

Nathalie se leva et l'aida à faire de même.

— Viens, allons chercher une chambre d'hôtel. Tu dois te reposer et il est de toute façon trop tard pour rentrer chez nous. Je laisse un mot à Hugues. Juste une dernière question : tu es fragile, mais je te connais suffisamment pour savoir que tu n'es pas folle. Pourquoi cet amour déraisonnable, plus fort que tout ? Hyacinthe a-t-il pris la place de Pierre ?

Le regard d'Angélique s'anima soudainement.

— Non, je n'ai jamais oublié Pierre et tu n'imagines pas combien j'ai souffert de ne pas pouvoir me recueillir sur sa tombe... Quand nous l'avons trouvé, Hyacinthe était en pleurs ; pour le calmer, je lui ai tout naturellement donné le sein, comme j'avais fait avec Pierre encore quelques heures auparavant. Jamais je n'oublierai ce moment. Étienne, ému aux larmes, nous protégeait avec sa veste, pour nous isoler des horreurs autour de nous, et le petit, qui tétait goulûment, ne me lâchait pas des yeux, en essayant d'agripper mes doigts avec ses mains encore toutes froides. Pourras-tu me comprendre un jour ? À cet instant précis, il est devenu à jamais mon enfant.

29.

Angers, 7 mai 1969

En poussant le portail du cimetière, Hugues regretta d'avoir quitté l'appartement précipitamment ; son inquiétude pour Ela le rongeait maintenant d'autant plus, qu'il ignorait ce qui s'était passé à l'époque. D'une main fébrile, il chercha dans sa poche le petit mot et commença à se repérer dans le dédale des allées grâce au croquis qu'elle avait pris soin de dessiner. Il n'était pas surpris qu'elle lui eût demandé de la rejoindre ici. Bien qu'Irène y fût enterrée avec toute sa famille, elle avait prétendu ne jamais venir se recueillir sur sa tombe, pour ne pas raviver les mauvais souvenirs. Pourtant, il avait découvert par hasard plusieurs factures pour des arrangements funéraires ; depuis, il croyait savoir les raisons de cette cachotterie, qui le faisait sourire tendrement, mais il avait gardé le silence, pour respecter son deuil.

À l'endroit indiqué, il aperçut un tombeau familial en forme de petit temple, surmonté d'une imposante croix de la passion en fer forgé. La frise portait l'inscription en grandes lettres dorées *Famille Durant — Cruselles* et le fronton était agrémenté d'un bas-relief représentant l'ancien emblème des pharmaciens, un serpent enroulé autour d'un palmier sur un sol rocheux, les attributs des trois règnes de la nature à la base de leurs préparations. En s'approchant, il

471

remarqua que la porte d'entrée, une lourde pièce en métal avec une lucarne grillagée, était entrouverte et laissait deviner un étroit escalier en pierre, qui se perdait dans l'obscurité. Il descendit à tâtons, le plafond bas l'obligeant à se pencher en avant. Dès que ses yeux se furent habitués à la pénombre, il aperçut Ela au fond d'une crypte suffisamment spacieuse pour deux personnes et dont la voûte maçonnée permettait de se tenir debout. Elle était agenouillée sur un prie-Dieu, devant un grand crucifix, que la lueur vacillante d'une bougie semblait animer. Sur les côtés, il remarqua six emplacements pour les cercueils, dont cinq étaient scellés avec des plaques en marbre blanc ; Mathilde et Victor reposaient à droite, avec leur fils Louis dans la case du milieu, tandis qu'à gauche Gilbert et Irène occupaient les deux cases inférieures. Dans la troisième, qui était ouverte, il aperçut une petite urne cinéraire.

— Ce sont ses cendres, lui dit Ela, une grande tristesse dans les yeux.

Elle se leva et alla se blottir contre lui, Hugues caressant doucement ses cheveux.

— Je m'en doutais, mais je ne t'ai jamais rien dit, parce que je comprends ta douleur. Ne t'en fais pas, ce qui compte maintenant, c'est d'avoir retrouvé Hyacinthe. Rentrons nous reposer un peu, car la route est longue.

Elle le retint par le bras.

— Attends... Je t'ai demandé de me rejoindre ici pour te montrer la seule chose que je t'ai cachée. Toutes ces années, je suis venue me recueillir sur les restes de Thierry, en le suppliant d'intercéder auprès du Seigneur, car il aimait son fils par-dessus tout. Quand j'ai appris pour Hyacinthe, ma première pensée a été pour lui ; j'ai voulu le remercier d'une grâce si inespérée que j'ai encore de la peine à y croire.

— Que s'est-il passé exactement ?

— Quelques mois après la libération de Buchenwald, j'ai reçu la visite d'un de ses frères d'armes, déporté avec lui. Rescapé du Sonderkommando, il m'a confié les quelques cendres qu'il avait réussi à soustraire à la vigilance des SS. Il voulait que sa mémoire puisse être honorée avec la dignité que l'on doit à un vrai patriote. Il m'a ainsi appris que dès l'arrivée au camp, Thierry s'est approché des communistes allemands, qui avaient mis sur pied un réseau interne de résistance. Bien qu'affaibli par les tortures et les privations, il s'est donné corps et âme pour assurer les contacts avec les prisonniers français. Il a été arrêté avec son groupe à l'automne 1944, près d'une cache d'armes. Les nazis ont alors décidé de les éliminer discrètement, pour ne pas attiser la révolte.

— Les chambres à gaz..., murmura sourdement Hugues.

— Pire encore...

Le regard d'Ela se fit sombre et ses mâchoires se crispèrent.

— Ces lâches lui ont fait croire qu'il devait passer une visite médicale et l'ont conduit dans un local qui ressemblait à s'y méprendre à une infirmerie. Dissimulée derrière une toise, il y avait une fente qui donnait sur une pièce cachée, où se tenait un tireur armé d'un fusil. Le sol était peint en rouge, pour masquer le sang, et de la musique était diffusée, pour qu'aucun bruit ne réveille la suspicion. Ils lui ont dit de se mettre sous la toise, dos au mur, et quelques secondes après ils l'ont froidement abattu d'une balle dans la nuque.

Hugues porta la main à la bouche, horrifié.

— Il ne méritait pas de mourir de la sorte, continua Ela d'une voix éteinte. C'était un homme bien, passionné par son métier, toujours prêt à aider les autres et qui ne demandait qu'à pouvoir chérir sa famille. Ses assassins ne lui ont même pas accordé la grâce d'une dernière prière.

— Pourquoi avoir gardé tout cela pour toi ?

— Cela te semblera stupide, mais j'ai eu peur de te faire de la peine. Je ne voulais pas que tu doutes de mon amour. Avant de te connaître, je conservais l'urne à la maison ; tous les jours, je priais devant elle et jurais à Thierry de retrouver notre fils. Cette présence m'était d'un grand réconfort et me poussait à redoubler d'efforts, surtout lorsque je me décourageais. Puis, en 1955, quand j'ai appris la mort de mon père, tout s'est effondré. Désormais seule au monde, mes recherches ne menant à rien, je me suis laissée abattre, en réalisant que je n'allais pas pouvoir tenir ma promesse. Je suis restée prostrée à côté de l'urne pendant des jours, en pleurant et en demandant pardon à Thierry. J'étais complètement perdue, mais j'ai réussi à me ressaisir, comme si, quelque part, je pressentais que ce jour finirait par arriver. J'ai tout réaménagé et pris mes premières vacances. Tu connais la suite... Au mont Saint-Michel, je suis tombée amoureuse de toi dès le premier soir, mais il m'a fallu une année pour trouver la force d'amener l'urne ici...

Hugues posa un baiser délicat sur ses lèvres.

— Te rencontrer a bouleversé ma vie, reprit-elle, les yeux rougis. Je ne pensais pas pouvoir éprouver à nouveau de tels sentiments et quand finalement j'ai compris ce qui m'arrivait, j'ai eu l'impression de trahir Thierry, de l'abandonner une deuxième fois ; en même temps, je ne voulais pas te perdre pour rien au monde. Ce tombeau est devenu mon secret. Je suis navrée de ne pas avoir su te faire confiance...

Il l'embrassa à nouveau, avec une fougue redoublée.

— Pas ici..., souffla-t-elle avec un sourire gêné.

— Pourtant, c'est ici que repose celle qui nous a peut-être fait rencontrer. Sache que rien ne pourra jamais me faire douter de ton amour. Maintenant, rentrons à la maison. Chemin faisant, tu pourras ainsi me raconter ce qui s'est passé en 1940.

— Madame Lécuyer ne t'a rien dit ?

— Je n'ai pas encore pu lui parler, car je me suis précipité ici sous le coup de l'émotion. J'étais très inquiet pour toi. Comment te sens-tu ?

— Tout se bouscule dans ma tête. Cela va te surprendre, mais je n'éprouve aucune haine pour elle. Au contraire, elle me fait de la peine, parce que j'ai retrouvé mon enfant, alors qu'elle, elle a tout perdu. Il y a aussi une chose que je ne dois pas oublier : sans elle, Hyacinthe serait mort à l'heure qu'il est.

Hugues opina de la tête, sans conviction.

— Il faudra néanmoins qu'elle m'explique, dès que je me serais calmé un peu, rétorqua-t-il, en remontant l'escalier. Je lui avais interdit de te dire quoi que ce soit avant mon arrivée. Je voulais être là, car je craignais ta réaction à une telle annonce. Tu dois savoir que nous étions déjà sur les nerfs à cause de sa disparition en pleine nuit...

Ela fronça les sourcils.

— Si elle ne vous a pas parlé de ses intentions, comment avez-vous deviné qu'elle était chez moi ? Comment avez-vous compris pour Hyacinthe ?

— Aussi incroyable que cela puisse paraître, c'est ce que Nathalie a découvert en perçant le secret des deux portraits, lui dit-il du haut des marches.

Frappée de stupeur, elle ferma les yeux et pria en silence pour Mathilde et Louis, sa main caressant doucement leurs noms gravés dans le marbre.

*

Charleroi, 8 mai 1969

Tanguy n'arrivait pas à dormir, ressassant dans sa tête ce que Hugues lui avait appris quelques heures auparavant. Sa surprise avait été d'autant plus vive qu'elle s'était mêlée à la colère et à la déception d'avoir été trompé par Angélique. Depuis qu'il s'était occupé d'elle et de Pierre à la mort d'Étienne, ils étaient devenus pour lui la famille dont sa vie d'artiste l'avait privé ; le ressentiment qu'il éprouvait maintenant envers elle était ainsi à la hauteur de l'affection et de la prévenance qu'il lui avait toujours témoignées.

Las de lutter contre les draps, il s'assit au bord du lit et regarda d'un air dépité le réveil, qui indiquait deux heures et quart du matin ; habitué aux insomnies, il se résigna à descendre à la cuisine, pour se préparer une verveine. Tandis que l'eau chauffait, il débarrassa la table, en repensant avec amertume aux mensonges qu'il avait été obligé de raconter à Pierre pendant le souper. Comme il le craignait, la soirée avait été houleuse, ce dernier l'ayant submergé de questions, bien décidé à connaître les raisons qui avaient amené sa mère chez Ela, en pleine nuit et sans prévenir. Nathalie lui ayant demandé de ne rien dire jusqu'à leur arrivée le lendemain matin, il avait dû inventer une histoire alambiquée de retrouvailles après une première rencontre pendant l'exode de 1940, rendues possibles par un curieux hasard de la vie en la personne d'Hugues. D'une certaine manière, ce n'était pas complètement faux, mais l'insistance de Pierre avait mis à rude épreuve son assurance, ébranlée aussi par le lourd secret qu'il devait taire à celui qu'il affectionnait pourtant comme un fils. Déjà exaspéré par les réponses évasives de Nathalie, avec qui il avait parlé au téléphone dans l'après-midi, Pierre avait fini par perdre son calme. Acculé, Tanguy avait alors prétexté une nouvelle crise d'Angélique, une sorte de confusion mentale due aux sombres souvenirs de la guerre, que l'histoire d'Ela, semblable à la sienne, lui avait rappelés brutalement ; il avait ajouté qu'ils n'avaient pas voulu l'affoler inutilement et que, de toute façon, ils avaient prévu de tout lui dire, maintenant qu'elle allait mieux. Très remonté, Pierre s'était enfermé dans son atelier le restant de la soirée, en refusant de lui ouvrir, ce qui l'avait beaucoup affecté.

Alerté par un bruit à l'étage, il passa la tête par la porte et aperçut ce dernier en train de descendre lentement l'escalier. Dans l'espoir de pouvoir se réconcilier avec lui, il l'attendit en bas des marches, une deuxième tasse à la main, mais il remarqua très vite qu'il se déplaçait étrangement, par petits pas saccadés, le haut du corps figé et les bras ballants. Comprenant à ses yeux vitreux qu'il était somnambule, il le suivit jusqu'à l'atelier sans le réveiller, en s'étonnant qu'il n'allumât pas, la pièce restant ainsi plongée dans la pénombre d'une lune montante. Il s'installa près de la porte dans un des fauteuils et l'observa préparer avec soin la palette des couleurs puis commencer à peindre, emporté par une fougue aussi impétueuse que soudaine. Ses coups de pinceau, rapides et précis, contrastaient singulièrement avec son regard absent ; il ne l'avait jamais vu dans un tel état, même pas à Reims, quand il avait réalisé le portrait d'Hugues. Il essayait de se convaincre qu'il ne s'agissait que d'une forme ultime de surréalisme, mais il n'arrivait pas à chasser de sa tête les récits d'Hugues et Nathalie, en éprouvant un trouble de plus en plus intense, au fur et à mesure que Mathilde se matérialisait sous ses yeux.

*

Après avoir peint sans interruption jusqu'aux premières heures du matin, Pierre s'affala sur un fauteuil et sombra dans un sommeil profond. Sans faire de bruit, Tanguy s'approcha du tableau et admira ébahi le résultat, l'impression troublante d'une présence étant si forte, qu'il fut presque soulagé qu'au même moment un crissement de freins brisât soudainement le silence.

Hugues ouvrait la marche, en tenant par la main Ela, qui regardait tout autour d'elle, émue de découvrir les lieux où son fils avait grandi. Près de la maison, accrochée à un imposant chêne, elle aperçut une vieille balançoire rouillée, que la brise matinale faisait grincer ; non loin, il y avait un tourniquet aux couleurs délavées ainsi que le muret en pierre d'un bac à sable, désormais rempli d'iris bariolés. Elle imagina Hyacinthe en train de s'amuser à l'ombre des arbres, heureux et insouciant, et songea avec tristesse que ce temps, tout comme les cris de joie qui avaient dû jadis résonner dans le parc, était perdu à jamais.

Angélique suivait à distance, les jambes chancelantes et le visage blême.

— Laisse-moi partir, murmura-t-elle à Nathalie, qui la soutenait à bras le corps. Jamais je n'aurais la force d'assister à leur rencontre.

— Tu ne peux pas le quitter comme ça, répliqua cette dernière, en l'empêchant de faire demi-tour. Tu es tout pour Pierre et il a encore besoin de toi...

— Elle a raison.

Ela les attendait en bas des marches, tandis qu'Hugues avait déjà rejoint Tanguy sur le pas de la porte. Angélique la fixa avec surprise, car elle ne lui avait plus adressé la parole depuis ses aveux, murée dans un silence pesant qu'elle avait gardé pendant tout le voyage.

— C'est au-delà de mes forces, rétorqua-t-elle d'une voix étranglée. Pierre m'en voudra pour le mal que je lui ai fait et je ne pourrais pas supporter son regard.

— Il sera bouleversé, mais c'est bien pour cela qu'il aura besoin de vous...

Elle respira à fond pour retenir les larmes.

— Pour lui, je ne suis qu'une étrangère. Vous, par contre... vous êtes toujours sa mère. Vous l'avez sauvé et aimé comme un fils, d'un amour qui vous a rendue folle, mais qui vous a aussi donné le courage de venir vers moi. Au nom de cet amour, aidez-moi maintenant à lui dire ce qui s'est passé. Il lui faudra du temps, mais je suis certaine qu'il saura un jour vous pardonner. Si vous partez, vous l'abandonnez au pire désarroi qui soit et nous l'aurons alors tous perdu.

Sans plus attendre, elle pénétra dans le vestibule. Les paupières gonflées de larmes, Tanguy se jeta sur elle et la serra dans ses bras longuement, en la réconfortant ; puis, sa silhouette se profilant dans le contre-jour, il se tourna vers Angélique, saisi par l'indignation.

— Pourquoi ? l'apostropha-t-il sur un ton accusateur.

Hugues le calma d'une main posée sur son épaule.

— Pas maintenant, lui dit-il, en désignant du doigt Ela, qui s'était avancée dans la maison et jetait des coups d'œil craintifs à travers les portes.

— Où est Hyacinthe ? demanda-t-elle.

Tous se tournèrent vers Tanguy, qui resta muet, sans comprendre.

— Pierre, bien sûr..., s'avisa-t-il enfin, en se tapant le front. Il vient de s'endormir à l'atelier, après avoir peint toute la nuit. Il a eu une sorte de crise de somnambulisme... Je n'en reviens toujours pas.

Il marqua une pause, en leur lançant un regard étrange.

— C'est la vieille dame... Je crois que cette nuit elle était à nouveau là.

En entendant ses paroles, Ela prit Angélique par le bras et lui demanda instamment de lui montrer le chemin. Cette dernière acquiesça en silence et la conduisit jusqu'à la porte de l'atelier, devant laquelle elle s'arrêta, incapable de continuer. Ela tourna la poignée avec précaution, en veillant à ne pas faire de bruit malgré ses mains tremblantes. Hyacinthe dormait toujours ; elle ne pouvait pas voir son visage, mais vacilla en découvrant ses cheveux rebelles, les mêmes que ceux de son père. Hugues la retint à temps et l'aida à s'asseoir sur le fauteuil laissé libre par Tanguy.

— J'attends ce moment depuis trente ans et maintenant je n'ai pas la force d'aller vers lui, se désola-t-elle. Que peut bien dire une mère à son enfant, qui ignore jusqu'à son existence ?

Son regard se posa sur le tableau. Assise dans l'herbe à l'ombre du vieil érable, dans une robe écarlate rehaussée de dentelles blanches, Mathilde rayonnait. Cette fois, elle ne regardait pas derrière elle, mais se penchait sur Louis, les lèvres tendues. Allongé près d'elle sur sa large jupe, la petite draisienne à ses côtés, ce dernier laissait éclater sa joie, en levant les bras pour attraper les samares, qui virevoltaient par milliers dans un ciel d'azur.

— Elle me montre qu'elle aussi a retrouvé son fils, lâcha-t-elle, son visage s'illuminant d'un sourire radieux.

Hugues glissa quelque chose dans sa main.

— Tu n'oublieras pas de lui parler de son père.

Elle regarda surprise la vieille photo prise lors de l'ouverture de la boulangerie, Thierry posant fièrement devant l'entrée.

— Je savais pour elle aussi, ajouta-t-il avec bienveillance.

Elle se leva et l'étreignit dans un doux baiser.

— Maintenant, va retrouver ton fils, l'exhorta-t-il, des larmes de joie dans la voix.

Le visage de Hyacinthe lui rappela avec émerveillement les traits délicats de celui qu'elle avait jadis aimé. Elle se souvint des matins brumeux au château de Pignerolle, quand, le cœur palpitant, elle apercevait la fourgonnette de Thierry émerger du brouillard. Elle le revit lui sourire depuis la cabine, le calot de travers, puis courir vers elle et la soulever dans ses bras, en la faisant tournoyer sous les regards amusés des autres soldats. *J'ai retrouvé notre fils*, lui dit-elle dans un murmure silencieux, comme un dernier adieu, pour qu'il reposât enfin en paix. Puis, à l'instar de Mathilde, elle se pencha sur Hyacinthe et l'embrassa délicatement sur le front.

30.

Épilogue

Angers, 22 mai 1971

Angélique pressait le pas le long de la ruelle qui montait à la cathédrale depuis l'appartement. Sur le parvis, elle se fraya un chemin à travers les invités, en saluant au passage les parents de Leal, qu'elle avait connus à Reims l'année précédente, lors du vernissage en l'honneur du départ à la retraite d'Hugues. Tanguy, qui avait été le premier à exposer dans sa galerie, avait accepté avec enthousiasme de présenter une rétrospective personnelle, la première après presque vingt ans. Très touché par ce cadeau unique et heureux de pouvoir transmettre le flambeau à un jeune homme de talent, Hugues leur avait réservé à son tour une surprise, en demandant Ela en mariage.

Rayonnante de bonheur, cette dernière attendait devant le portail de la cathédrale, vêtue d'un élégant tailleur en soie ivoire, dont le col montant mettait en valeur son visage. Elle était coiffée de son habituelle tresse en diadème, agrémentée de muguets bleus en l'honneur de Mathilde, qu'elle chérissait désormais comme sa bienfaitrice. À ses côtés, Nathalie arborait une large capeline blanche, qui contrastait avec les couleurs vives de sa robe à fleurs. Elle tenait par la main Matthieu, qui trépignait d'excitation. Il allait avoir dix-huit mois, mais était déjà très grand, comme son père à son âge ; du reste, avec ses yeux souriants et ses cheveux ébouriffés, il lui ressemblait beaucoup. Songeuse, Angélique se rappela ce dimanche de juin, deux ans auparavant, lorsque Hyacinthe lui avait dit de les rejoindre à Angers. Son insistance l'avait d'autant plus surprise, qu'ils ne s'étaient plus revus depuis le jour des retrouvailles ; après lui avoir tout avoué, elle avait demandé à Tanguy de pouvoir loger chez lui à Bruxelles, le temps de le laisser surmonter, seul avec sa mère, une douleur que sa présence aurait sinon avivée à tout instant. Bien qu'en colère, Tanguy avait fini par céder, dans la crainte d'un geste désespéré de sa part. Au fil des jours, troublé par son récit et affligé d'apprendre la mort du vrai Pierre, il s'était néanmoins rapproché d'elle, en compatissant à son malheur et finalement en lui pardonnant la faiblesse d'avoir trop aimé.

En la voyant lui tendre les bras, Matthieu gloussa de joie et lâcha la main de sa mère. Angélique ne put réprimer un sourire amusé, en pensant qu'elle avait soupçonné Tanguy d'être l'instigateur de la rencontre à Angers, alors que la véritable raison était maintenant en train de marcher vers elle à petits pas chaloupés. Ela et Hugues, qui n'étaient pas au courant, avaient été d'autant plus surpris de sa venue que Nathalie lui avait réservé un accueil bienveillant, qui tranchait avec le silence crispé dans lequel tous s'étaient murés jusque-là. Hyacinthe, visiblement très ému, l'avait serrée contre lui d'un geste timide et maladroit, sans mot dire, soucieux de ne pas faire de la peine à Ela. Il s'était ensuite empressé de leur dévoiler son dernier tableau : un enfant, qu'on voyait de dos, jouait au pied d'un vieil érable, semblable à celui de Louis ; comme lui, il levait les bras et essayait d'attraper les samares, sous le regard aimant d'Angélique et d'Ela, paisiblement assises dans l'herbe, l'une à côté de l'autre. Avec une pensée pour Mathilde et ses messages, cette dernière lui avait demandé s'il s'agissait d'une de ses mystérieuses œuvres nocturnes, ce qu'il avait nié avec un sourire énigmatique. Nathalie leur avait alors expliqué qu'il avait tout simplement voulu représenter deux grand-mères en compagnie de leur petit-fils ; avec une allusion à peine voilée à leur escapade à Ostende, elle leur avait annoncé qu'ils attendaient un enfant pour décembre. Oubliant un instant ce qui s'était passé, tous avaient laissé éclater leur joie. Hyacinthe en avait profité pour prendre Angélique à part et l'amener vers Ela ; avec une grande tendresse, il leur avait dit qu'il les aimait les deux comme ses mères et qu'il ne pouvait plus supporter la souffrance de ce choix impossible. Dans l'émotion générale, il avait ajouté que ce que lui et Ela désiraient le plus maintenant était d'offrir à leur enfant une famille unie, en essayant de rattraper ce dont la guerre, et elle seule, les avait privés pendant si longtemps.

Elle se releva avec Matthieu dans les bras, en lui pinçant doucement le nez. Accroché à son cou, il riait aux éclats et se tortillait dans tous les sens.

— Il commence à être fatigué, lui dit Nathalie, soulagée de la voir.

Angélique posa le petit à terre et embrassa chaleureusement les deux femmes, en s'excusant pour le retard.

— Ne t'en fais pas, la rassura Ela sur un ton enjoué. Nous venons aussi d'arriver. Pour certains d'entre nous, le réveil a été difficile.

— Hugues est-il déjà là ?

— Il attend avec Leal devant l'autel. Crois-moi, cela n'a pas été une sinécure. Avec Tanguy, ils sont rentrés tard d'une tournée entre hommes. Je te laisse imaginer dans quel état ils étaient ce matin.

Elle rit de bon cœur. Nathalie, qui gardait par contre son sérieux, voulut dire quelque chose, mais Matthieu s'échappa de ses mains, l'obligeant à partir à sa recherche au milieu des gens.

— Il est toujours aussi vif, se réjouit Ela, en souriant aux familiers et aux amis qui commençaient à rejoindre leurs places à l'intérieur de l'église.

— Ils n'ont d'yeux que pour toi.

— Tu es bien aimable, mais je ne suis qu'une vieille dame qui se donne des airs de jeune mariée...

— Tu es magnifique. Je suis vraiment heureuse pour vous deux...

Ela remarqua ses larmes.

— Non, s'il te plaît ! Si tu pleures, je pleure. Essayons de nous retenir au moins jusqu'à l'échange des alliances, sinon, je ne vais jamais réussir à prononcer ma promesse.

— Qu'est-ce qu'elle a, Nathalie ?

— Oh, rien, elle s'est juste inquiétée pour toi. Ton petit mot ne l'a pas du tout rassurée, car elle ne savait pas où tu étais. Elle a même craint que tu ne te défiles.

— Pourquoi aurais-je fait une chose pareille ?

— C'est exactement ce que je lui ai dit... Tu y es retournée, n'est-ce pas ?

Angélique sentit l'émotion empourprer son visage, mais ne fut pas vraiment surprise, car elles se connaissaient désormais très bien. Après leur rencontre à Angers, elle avait accepté de bon gré la proposition de Tanguy d'accueillir Ela à Charleroi chaque fois qu'elle souhaitait voir son fils. Jusque-là, c'était Hyacinthe qui se rendait chez elle aussi souvent que possible, mais il lui était de plus en plus difficile de concilier ses visites avec la grossesse de Nathalie et sa production artistique. Ela l'avait bien entendu invité à s'installer à Angers, mais il avait refusé, en expliquant l'air confus qu'il ne pouvait pas quitter son atelier, la lumière y étant idéale. En réalité, il avait avoué à Tanguy que bien qu'il éprouvât pour elle des sentiments de plus en plus forts, il n'arrivait pas à se résoudre à abandonner celle qu'il aimait toujours comme une mère. Ne supportant pas de le voir se morfondre, Tanguy avait alors parlé de son idée à Hugues, lequel lui avait appris qu'Ela aussi, ébranlée par ce qu'il leur avait dit, se demandait comment le soulager d'une peine qu'elle devinait facilement derrière ses mots pourtant rassurants. Elle s'était donc laissé convaincre de se rendre à Charleroi, malgré ses doutes et ses craintes. Sans surprise, les premiers temps avaient été difficiles ; sans vraiment vouloir s'éviter, elles essayaient néanmoins de ne pas rester seules l'une en présence de l'autre, pour ne pas ajouter au malaise de vivre sous le même toit. Ela passait ainsi le plus clair de son temps à l'atelier, en admirant Hyacinthe donner vie aux portraits et en goûtant au bonheur nostalgique de retrouver un peu de Thierry dans ses gestes et ses regards. Fatiguée par la grossesse, Nathalie lui avait demandé de la remplacer lors des promenades dans le parc, en veillant à ce qu'il s'accordât suffisamment de pauses. Au début, ils ne faisaient que marcher en silence, en échangeant des regards gênés, comme si chacun attendait de l'autre qu'il fît le premier pas, leurs rencontres à Angers leur ayant permis de se connaître sans vraiment les rapprocher. Finalement, un jour d'octobre, Hyacinthe l'avait priée de lui parler à nouveau de son père, le récit de ses efforts inlassables pour le retrouver et de ses actions héroïques au sein de la Résistance l'émouvant toujours profondément. Était-ce la mélancolie de l'automne ? Au moment d'évoquer sa déportation, ce matin-là elle n'avait pas pu retenir les larmes. D'un geste affectueux, il l'avait alors serrée dans ses bras, en l'appelant maman pour la première fois. Le lendemain, tandis qu'Angélique apprêtait le traditionnel waterzoï du vendredi, Ela l'avait rejointe à la cuisine, une lueur étrange dans le regard. À sa grande surprise, car elles ne s'adressaient presque pas la parole depuis des mois, elle lui avait demandé de lui apprendre la recette. C'est ainsi qu'elles avaient commencé à se rapprocher timidement, en se réjouissant de l'arrivée du petit lors des promenades avec Hyacinthe ou en aidant Nathalie à préparer la chambre d'enfant. Elles avaient même entrepris de remettre en état l'ancienne place de jeux, Tanguy s'étant joint à elles pour décorer le plancher du tourniquet avec un jeu de l'oie géant. La naissance de Matthieu le 26 novembre 1969 avait resserré encore plus leurs liens. Pour permettre à Nathalie de se reposer, il n'était pas rare qu'elles restassent éveillées jusqu'à tard, prêtes à bercer le nourrisson entre une tétée et l'autre. Au fil de ces longues heures, elles avaient commencé à parler de leur passé, en se livrant un peu plus nuit après nuit. Un soir où Ela était plus nostalgique que d'habitude, elle avait soudainement évoqué Thierry, en se rappelant avec tendresse leur premier baiser à l'infirmerie du campement ; entraînée par ses confidences, Angélique avait à son tour trouvé la force de raconter son bonheur avec Pierre. Partager leurs blessures leur permettait enfin de se réjouir de souvenirs qu'elles avaient jusque-là refoulés dans la douleur ; au fil du temps, la compassion et le respect mutuels avaient ainsi fini par les lier d'une amitié profonde et sincère.

— Oui, répondit Angélique à mi-voix, après une longue hésitation. Je n'ai rien dit à personne, pour ne pas gâcher la journée avec mes histoires, mais il fallait que je le fasse un jour... Cette nuit, j'ai su que c'était le moment ou jamais.

— Je te comprends. Moi aussi, tôt ce matin, je suis allée me recueillir dans le tombeau. J'ai demandé à Thierry de veiller sur ma nouvelle famille.

— La famille... Pendant toutes ces années, je n'ai jamais eu le courage de retourner là-bas, pour ne pas revivre ce cauchemar. J'ai essayé d'oublier, en donnant tout mon amour à Hyacinthe, mais notre bonheur n'a jamais été complet. Aujourd'hui, quand je vois la façon dont Matthieu et ses parents sont heureux ensemble, je comprends que cela ne pouvait pas en être autrement...

Elle baissa les yeux, pour que les quelques retardataires, qui se hâtaient de franchir le portail, ne remarquassent pas son trouble.

— Que vas-tu faire maintenant ? demanda Ela, en lui prenant la main.

— Ce que j'aurais dû faire il y a fort longtemps : exhumer son corps, pour que Pierre puisse reposer en paix à côté de son père.

Elles furent interrompues par les cris aigus de Matthieu, qui résonnèrent dans toute la cathédrale, en suscitant l'hilarité générale. Le petit vint s'agripper à leurs jupes et reçut tout de suite les baisers qu'il réclamait avec son visage poupin. Nathalie les rejoignit à son tour, après avoir fait signe à Tanguy, qui discutait près de l'autel avec Hugues et Leal.

— Est-ce que tout va bien ? s'inquiéta-t-elle, en remarquant leurs regards voilés.

— Nous sommes des sottes ! s'exclama Ela, l'air badin. En ce jour de fête, nous n'avons trouvé rien de mieux que de ressasser nos vieux souvenirs. Ne t'en fais pas, Angélique t'expliquera plus tard...

Cette dernière acquiesça doucement de la tête, en retrouvant le sourire. Rassurée, Ela saisit Nathalie par le bras et pénétra avec elle dans l'église.

— J'espère que ce sera bientôt votre tour, lui murmura-t-elle avec un clin d'œil.

— Une si belle fête me donne envie de lui en parler à nouveau, répondit-elle, en étouffant de la main un petit rire. Cette fois, je sens qu'il va dire oui...

— Mesdames, c'est quand vous voulez !

La voix de Tanguy se perdit dans les premières notes de la marche nuptiale, qui surgit puissamment de l'imposant orgue baroque. Avec une élégance compassée, il leur fit le baisemain, les trois femmes s'amusant alors à lui voler des baisers sur la joue, Angélique de manière si appuyée, qu'Ela et Nathalie s'échangèrent un regard éloquent.

— Allons, allons ! répliqua-t-il avec un petit sourire qui en disait long. Il aura assez attendu notre jeune prétendant. Nathalie, tes parents t'ont réservé une place à côté de Hyacinthe. Angélique, je te rappelle que tu es témoin de mariage... Tu me fais le plaisir de rejoindre Leal.

Amusées par son ton délicieusement péremptoire, elles remontèrent la nef aussi rapidement que les sautillements de Matthieu le permettaient.

— Plus que quelques mètres, dit-il enfin à Ela, en lui offrant son bras.

En approchant de l'autel, elle remarqua par terre quelque chose d'étrange, qu'elle s'empressa de ramasser, l'air incrédule.

— Qu'y a-t-il ? demanda Tanguy, surpris de la voir s'accroupir.

Il écarquilla les yeux, en apercevant ce qu'elle tenait dans la main.

— Crois-tu que...

Elle opina d'un large sourire.

Averti par Leal, qui guettait leur avancée, Hugues se retourna aussitôt. Elle était belle comme jamais ; pendant un instant, il la revit sur le pas de la porte, la première fois qu'il s'était rendu chez elle, et sentit à nouveau sur ses lèvres la douceur de son baiser, aussi délicieux qu'inattendu.

— Tu fais de moi l'homme le plus heureux sur terre, lui dit-il, dès qu'elle fut à ses côtés.

Émue aux larmes, elle caressa son visage du bout des doigts, en serrant précieusement dans l'autre main la petite samare que Mathilde venait de lui offrir.

FIN